호접몽전

호접몽전

청빙 최영진 장편소설

3

터를 잡고 세력을 일으키다

폭스코너

- **노식 자간** 강직한 성품의 학자이자 장수. 유비와 공손찬의 젊은 시절 스승이었다. 동탁의 전횡을 피해 낙향하여 원소에게 가려 했으나, 용운과 만나 누상촌에 머무르고 있다.

- **진궁 공대** 정의로우며 기백 넘치는 선비. 정사에서는 조조의 밑에 들어갔다가 그를 배신하고 여포와 운명을 같이하지만, 이 책에서는 변화한 역사에 의해 누상촌에 있는 용운에게로 향하게 된다. 지략이 뛰어나며 행정에도 능한 인재다.

- **전예 국양** 역사상의 활약에 비해 《삼국지연의》에서는 거의 등장하지 않는 인물. 공손찬을 따랐지만 홀대받던 중 자신을 인정해주는 용운에게 이끌린다. 흑영대를 창설하여, 용운을 위해 스스로 어둠의 길을 걷길 자처한다. 정보전과 책략에 능하다.

- **장료 문원** 강대한 무력과 지략, 인품을 동시에 갖춘 장수. 동탁의 지

시로 낙양에서 병사를 수습하던 중 진정한 주군을 찾아 누상촌으로 향하게 된다. 젊은 시절부터 군무에 종사하여 상관의 명에 충실한 반면, 호기심이 많아 질문이 잦은 일면도 있다.

• **한복 문절** 동탁에 의해 기주목으로 임명된 인물이나, 대립하던 원소가 반동탁연합군에 참여하여 백성들의 지지를 받는 걸 보고 자신도 반동탁연합군에 가담하였다. 소심하고 질투심이 많은 성격을 가졌으며, 가까이에서 급격히 세력을 키우는 용운을 경계한다.

• **순욱 문약** 능히 왕을 보좌할 능력을 가졌다고 세간에 알려진 천재. 원소에게 실망하여 그를 떠나 기주목 한복 밑에 머무르고 있었다. 학문, 정치, 행정, 군무, 인사에 두루 능한 인재 중의 인재로, 용운이 반드시 손에 넣겠다고 탐내는 인물이다.

• **마등 수성** 양주 출신의 군벌로, 강대한 세력을 가졌으며 강족과도 가깝다. 동탁이 장안으로 달아난 뒤, 중앙 정계로 진출하기 위해 낙양으로 향한다.

• **마초 맹기** 마등의 장남. 금마초라는 별명이 있을 정도로 빼어난 외모와 무공을 자랑한다. 다만, 다소 단순하고 성급한 성격이 단점이다.

• **저수** 본래 한복의 책사 겸 장수였으나, 용운에게 감복하여 귀순한다. 권모술수에 뛰어나며 큰 그림을 볼 줄 안다.

- **전풍 원호** 한복의 책사로, 어릴 때부터 재주가 뛰어났으며 웅대한 뜻을 품었다. 그 천재성은 가히 천하를 다툴 만하지만, 지나치게 강직하고 급한 성격이 흠이다. 윗사람에게 간언하길 두려워하지 않으며할 말은 다 하는 성품이다.

- **흑선풍 이규** 위원회 소속의 천강위로, 겉모습은 갈색 피부에 양갈래머리를 한 어린 소녀지만 그야말로 흉신악살 그 자체다. 두 자루의거대한 도끼를 무기로 쓰며 염력을 가졌는데, 그 영향으로 정신상태가 불안정하다. 사이코패스 성향이 있으며 제 손으로 부모를 해친 어두운 과거를 가지고 있다.

- **화타 원화** 후한 말 최고의 명의로, 동봉, 장중경과 더불어 건안삼신의 중의 한 사람이다. 다친 사람을 찾아 전쟁터를 떠돌아다니기도 하는 괴벽이 있다. 나이를 짐작하기 어려운 외모이며 관직에 나아가기를 꺼려 재야에 머물러 있다.

(*각 인물의 역사적 발자취에 대해서는 본문 안에 충분히 언급하고 있으므로,여기서는 이 책 내에서의 특징만 설명하였습니다. 따라서 본래 역사와 다를수 있습니다. -편집자 주)

차례

외전

1

새로운 바람이 불어오고

용운 일행이 누상촌에 머무른 지도 몇 주가 지났다. 추위가 한결 누그러졌고 어느새 봄이 다가오고 있었다.

장세평과 소쌍이 마침내 상행에서 돌아왔다. 둘은 메마른 겨울 동안 북부에 식량을 팔기 위해 떠나 있었던 참이었다. 두 사람은 귀향한 유비를 크게 반겼다. 또한 기꺼이 자금과 물자 지원을 약속했다. 덕분에 큰 근심거리 하나가 사라졌다.

그사이 용운 및 유비와 노식은 하루도 빠짐없이 머리를 맞대고 논의를 거듭했다. 내용은 대개 앞으로 유비의 행보에 대한 거였다. 혹은 천하의 정세에 대해 짐작해보기도 했다. 그러는 동안, 용운의 마음속에는 자신만의 새로운 길이 어렴풋이나마 만들어지고 있었다.

"잠시 쉬고 더 얘기해보세. 차도 한잔하고."

열띤 토론을 하던 중 노식이 휴식을 제안했다. 그는 나이 들어 체력이 달리는 편이었다.

"예. 그럼 전 잠시 산책 좀 하고 오겠습니다."

용운은 머릿속을 정리해야 할 때마다 걷는 걸 즐겼다. 그는 노식의 집 주변을 천천히 돌며 생각했다.

'애초에 공손찬을 따른 건, 이 세계에서 사천신녀들과 살아남기 위한 기반을 만들기 위해서였어. 내가 처음 떨어진 곳이 그의 영역이었으니까. 그런 후에라도 그가 괜찮은 제후였다면 쭉 함께할 마음도 있었다. 하지만……'

물론 공손찬이 해준 일들은 고맙게 생각했다. 그에게 용운은 생면부지의 애송이에 불과했을 텐데도 재능을 알아보고 관직을 주었다. 덕분에 집이 생기고 과분한 녹봉도 받았다. 그러나 가까이에서 냉정한 시선으로 보니, 왜 그가 끝내 원소에게 패망했는지 알 수 있었다.

'원래 계획했던 대로 동탁을 잡진 못했지만, 반동탁연합군의 대장이 되어 민심을 얻고 명성을 떨치게 됐다. 등자를 개발하고 낙양을 안겨주었다. 거기다 태사자와 장합, 최염, 진림까지 임관시켰으니, 이만하면 내가 받은 것들에 대한 보답은 충분히 했다고 생각한다.'

그런 것들을 잘 활용하면 원소에게도 쉽게 깨지진 않으리라. 운까지 따라준다면 역사를 뒤집어 공손찬이 이길지도 모른다. 앞으로는 그가 하기 나름이었다.

생각에 잠겨 있던 용운은 문득 씁쓸해졌다. 자신은 이미 원소를 확실한 적으로 간주했었다. 공손찬 진영에 몸담은 입장에서 그리한 것이다. 천하에 대한 원소의 야망이 사라지지 않는 한, 또 기주를 시작으로 중원에 진출하려는 공손찬의 계획이 취소되지 않는 이상, 둘은 적이 될 수밖에 없는 운명이었다.

그로부터 한 달도 채 지나지 않았는데, 공손찬에게서 마음이 떠나버렸다. 그가 조언을 듣지 않은 것도 이유이긴 했다. 하지만 결정적인 이유는 따로 있었다.

'그는 자룡 형님을 끝내 박대했어.'

용운은 조운이 사경을 헤매는 시간 내내 쭉 옆에 있었다. 그동안 무수한 장수가 막사를 다녀갔다. 친분이 있던 태사자와 전예 등은 물론이고 하다못해 손견도 몇 차례나 방문했다.

그러나 공손찬은 끝내 코빼기도 비치지 않았다. 참다못한 용운이 공손찬을 찾아간 적이 있었다. 그리고 조운이 여포와 싸우다 중상을 입었으니, 잠깐 들러서 위로해주면 안 되겠느냐고 하소연했다. 그 말을 들은 공손찬은 잠깐 생각하더니 이렇게 대꾸했다.

"내가 왜 그래야 하나?"

순간, 용운은 그에게 정이 뚝 떨어졌다. 이 세계에 와 처음 몸담은 세력의 장이라는, 나름의 소속감도 날아가버렸다. 용운은 그 일을 도저히 용서할 수가 없었다. 그에게 조운은 가족 이상의 존재였으니까.

'다시 돌아가지 않는다. 여기 온 걸 계기로 그에게서 독립하거나, 정 힘이 부족하다면 다른 제후 밑에 들어가겠어. 공손찬과 원소는 제외하고. 일단 여기 머무를 핑계는 댔으니, 어느 정도 힘이 생길 때까지는 공손찬에게 비밀로 해야겠지. 문제는 유비인데…….'

이후의 일은 앞으로의 상황을 봐서 결정하리라.

나름의 결론을 낸 용운은 다시 방으로 들어갔다. 셋이 토론할 때, 관우는 묵묵히 듣기만 했다. 가끔 유비가 의견을 물으면 신중하게 답하는 정도였다. 그는 유비의 경호가 주목적이었다.

장비는 머리는 나쁘지 않았으나, 성격상 토론이나 회의는 질색했다. 이에 얼마 전부터는 아예 병사들을 훈련시키는 일을 전담했다. 그저 성월 근처에 있으려는 속셈인 듯하기도 했다.

검후는 원소에게서 얻은 교본으로 검술에 매진했으며, 청몽은 그림자처럼 용운 곁을 지켰다. 성월은 장비와 더불어 병사들에게 궁술을 가르쳤다. 시간이 빌 때는 둘이 술을 마셨다. 사린은 근처 야산에서 멧돼지며 곰 따위를 잡아와, 식량 보급에 톡톡히 일조했다.

다들 각자의 역할을 열심히 해내고 있었다.

초평 원년 3월의 어느 날, 정오 무렵이었다. 이제 해가 높이 뜨면 춥지 않았다.

조운은 병사들의 숙영지를 돌아보는 중이었다. 그는 군기에 엄격했으나 관우만큼은 아니었다. 취하지 않을 한두 잔의 술이나, 푼돈을 걸고 하는 가벼운 도박 등 사기에 도움이 될 만한 사소한 것들은 눈감아주는 편이었다. 창술도 곧잘 가르쳐주곤 해서 병사들에게 인기가 많았다. 단, 탁현에 들어온 후부터는 서릿발 같은 기세로 병사들을 단속했다.

조운은 틈날 때마다 엄중히 경고했다. 누상촌 사람들이 두려워할 행동을 하지 말라고. 만약 마을 사람을 해치거나 노략질을 한다면 그 자리에서 목을 벨 것이라고.

덕분에 병사들은 정연한 군기를 유지했다. 평소 온화하던 사람이 정색하니 더 무서웠다. 조운은 이곳, 탁현에서의 시간이 용운에게 중요한 계기가 되리라는 걸 어렴풋이 짐작하고 있었다.

그는 장래를 내다보는 책사 타입은 아니었다. 그건 용운을 아끼는 데서 온 일종의 예감이었다.

'용운이가 여기서 뭔가를 새로이 시작하려 하고 있다. 대외적으로는 아직 공손찬의 막하이나, 사수관 전투를 기점으로 한발 물러나온 느낌이야. 녀석의 재능은 나로서는 짐작조차 하기 힘든 것. 그 시작에 행여 문제를 일으켜선 안 된다.'

용운을 볼 때면, 조운은 늘 눈이 부셨다. 용운에게서는 환한 광채가 뿜어져나왔다. 자신과, 아니 다른 사람들 모두와 뭔가 다른 존재처럼 느껴졌다.

유비를 처음 만났을 때, 이런 생각을 했다. 아마 용운을 먼저 만나지 않았다면 이 사람을 따랐을지도 모르겠다고. 이제와 돌이켜보니, 자신이 그때 막 하산한 용운을 만나 구해준 건 운명인 듯했다. 하늘이 내린 재능이 만개할 때까지 지키라는 계시. 그뿐만 아니라 지금은 그의 수하 중 하나인 검후에게서 목숨을 구원받고 입맞춤까지…….

'아니, 이런 생각은 나중에.'

조운은 고개를 저어 검후의 미소를 털어냈다. 그때 생각만 하면 얼굴이 화끈거렸다. 무슨 용기가 솟아 그랬는지 알다가도 모를 일이었다.

검후는 요즘 아무 일도 없었다는 듯 행동했다. 그러나 청몽과 성월은 둘 사이에 묘한 기류가 감돈다는 사실을 눈치채고 있었다.

아무튼 조운은 이제 내심 용운이 공손찬으로부터 독립하

길 바랐다. 공손찬에게 경애의 마음은커녕 충성심조차 생기지 않았기 때문이다. 일부러 이탈을 부추기지는 않았다. 지금 몸담은 주군에 대한 최소한의 예의였다. 떠날 거라면 정식으로 관직을 내놓고 가야 한다. 그게 옳다고 조운은 생각했다.

'마치 껍데기만 머물러 있는 것 같구나.'

이런 현실이 제일 서글픈 건 조운 자신이었다. 믿고 싶다. 진심으로 충성이 우러나는 주군을 위해 창을 휘두르고 싶었다.

그러나 공손찬에게는 마음이 반응하지 않았다. 오히려 시간이 갈수록 회한만 쌓여갔다.

처음 공손찬을 찾을 때만 해도 기대를 했다. 그가 원소에게서 맛본 실망을 잊게 해주리라고. 그러나 공손찬은 수하를 부릴 때조차 그 능력이나 적성이 아니라 자신의 구미에 따라 쓰는 자였다. 자기 취향에 맞는 사람은 감싸고 중용했다. 뭔가 마음에 안 들면 아무리 뛰어나도 박대했다. 심지어 그 취향이란 것도 기준이 매우 모호했다.

예를 들어 유비는 그렇게 싸고돌면서, 유비가 마음에 들어한 조운 자신은 못마땅해했다. 또 용운은 그럭저럭 나쁘지 않게 여기는 듯한데, 용운이 아끼는 전예는 일부러 외면한다는 느낌이 들 정도로 무시했다.

'분명 내 능력이 부족해서는 아닐 것이다.'

조운은 막말로 공손찬이 거느린 장수들 전원이 덤벼도 이길 자신이 있었다. 전예 또한 관정 따위보다 훨씬 뛰어난 책사 감이었다. 조운과 전예가 눈 밖에 날 만한 실수를 한 것도 아니었다. 말 그대로, 그냥 싫어했다. 아무 이유 없이.

그게 조운을 더 답답하게 하고 체념케 했다. 차라리 이유가 있으면 고칠 수라도 있지 않은가.

'오히려 원소는 사람을 고루 쓰는 면이 있었다. 타인의 평판이나 시선을 의식해서이긴 하지만. 그렇다고 조조처럼 무서울 정도로 능력만 중시해달라는 것도 아니다. 최소한, 내가 왜 눈 밖에 났는지 이유만이라도 알고 싶다.'

공손찬에 대한 조운의 실망감은 사수관 전투 때 극에 달했다. 조운은 단신으로 여포와 맞서 싸우느라 만신창이가 됐다. 용운을 지키려고 한 일이지만 그가 아니었다면 그쪽 진영은 완전히 무너졌을 수도 있었다. 결과적으로 적지 않은 공을 세운 셈이었다.

그러나 조운이 요양하는 동안, 공손찬은 단 한 번도 그에게 들른 적이 없었다. 하다못해 전령을 보내 위로조차 하지 않았다. 수하를 구해줘 고맙다며, 직접 찾아와 고개를 숙인 손견과 너무도 비교됐다.

관직이나 은상을 바라는 게 아니었다. 조운은 본래 그런 것들에 관심이 없었다. 그저 수고했다는 말 한 마디면 충분했다.

거꾸로 생각하면, 조운 자신은 공손찬에게 그 정도의 가치도 없다는 의미였다. 조운은 고결한 인격을 가졌으나 그도 사람이다. 바보가 아닌 이상, 자신을 무용지물 취급하는 주군에게 충성심이 생길 리가 없었다.

'내 나이도 이제 스물셋. 더는 허송세월하고 싶지 않다. 앞으로 누구를 따라야 하는가.'

조운은 숙영지를 따라 천천히 말을 몰며 생각에 잠겼다. 스스로 제후가 되어 일어설 생각은 들지 않았다. 그런 그릇은 따로 정해져 있는 것이니까. 그보다는 부대를 맡아 전장을 누비는 편이 좋다.

동탁 정벌전은 그에게도 좋은 경험이었다. 거기서 내로라하는 천하의 제후들을 봤다. 그중 마음이 끌리는 사람이 있을 법도 했다. 그러나 딱 이 사람이다 싶은 이는 없었다.

꼭 인간적인 호감이 안 생기더라도, 그러면 뭔가 큰일을 할 것 같은 사람. 의로움을 행하며 세상을 평안케 할 듯한 사람. 주군으로서 목숨을 바칠 수 있을 것 같은 사람.

순간, 조운의 뇌리에 한 사람이 떠올랐다.

그는 바로 용운이었다.

"엇……?"

조운은 자기도 모르게 얼빠진 소리를 냈다.

용운의 재능은 누구보다 잘 안다고 자부했다. 그러나 엄밀히 말해 주군 감은 아니지 않은가. 게다가 할거(割據, 땅을 차지하고 지킴)할 영지도 없었다.

'하지만 그건 현덕 님도 마찬가지다.'

용운 외에 가장 강하게 이끌린 이가 유비였다. 유비는 그나마 변변한 관직조차 없었다.

'혹시 용운이가 기반으로 삼을 영토를 노리고 있는 것인가?'

독립하기 위해 영토는 필수였다. 병사들이 주둔하고 식량을 생산할 땅이 있어야 한다.

탁현은 근거지로 삼기에 좋은 지역은 아니었다. 건조하고 토양이 거칠어 농사짓기가 어려웠다.

하지만 그렇기에, 제후들의 시야에서 벗어나 있기도 했다. 그 증거로 지금까지 이곳 탁현은 잠잠했다.

조운의 생각이 거기까지 미쳤을 때였다. 소규모의 병사들이 일단의 무리를 둘러싼 채 이동하는 모습이 보였다.

탈영 혹은 무단 이동인가? 이런 대낮에?

눈을 부릅뜬 조운이 큰 소리로 물었다.

"무슨 일이냐?"

그중 십인장(十人將, 병사 열 명을 지휘하는 상급 병사)을 맡은 병사가 조운을 알아보고 달려왔다.

"나리, 다름 아니라 저자들이 군사님을 뵙고자 한답니다. 하지만 낯선 자들이라 무턱대고 마을 안으로 들여보낼 수가 없어 일단 나리께 데려가던 참이었습니다."

"그렇군. 잘했다."

엄하게 명을 내린 것이 효과가 있는 모양이었다. 조운은 십인장을 치하하고 나서 상대를 확인하러 다가갔다.

병사들에게 둘러싸여 오던 자들은 모두 다섯. 먼 길을 급히 왔는지 먼지투성이의 몰골이었다. 그중 하나가 자못 반갑게 손을 흔들었다.

"어이, 자룡! 나야. 태사자라고."

조운은 그중 친숙한 얼굴 둘을 발견했다.

"자의 님, 국양(전예) 님까지……. 여긴 어떻게 오셨습니까?"

전예는 웃으며 가볍게 포권을 취했다.

태사자가 조운에게 유쾌한 투로 말했다.

"동탁이 낙양을 버리고 달아났지 뭔가. 잿더미가 된 낙양을 차지하긴 했지만, 일단은 이긴 모양새이니 연합군 태반이 손을 떼버렸네. 더 얻을 게 없다 이거지. 달아난 동탁을 추격하던 조조는 형양에 매복해 있던 여포와 가후에게 걸려서 낭패를 봤고 말이야."

"그런 일이 있었습니까."

태사자가 어깨를 으쓱해 보였다.

"여포는 괴물이야. 거기에 가후라는 자의 지략까지 더해졌으니. 조조군에도 하후돈, 하후연, 조인 같은 맹장들이 있었던 모양이지만 풍비박산이 나버렸다네. 조조는 겨우 목숨을 건져서 달아난 모양이더군."

조운은 여포의 공격을 떠올렸다. 그가 얼마나 강한지는 뼈에 사무치게 잘 알았다. 내심 무예로는 어디 가서 뒤지지 않는다고 자부해왔으나, 하늘 위에 하늘이 있음을 깨달았다.

당장 곁의 사천신녀들만 해도 얼마나 강한가. 그 패배는 그를 더욱 정진케 하는 계기가 됐다.

태사자는 계속 말을 이었다.

"태수님은 여전히 미련을 못 버리고 장안으로 진군하려 했지만 혼자서는 무리였지. 대신 낙양을 점거해서 정비하기에 분주하다네. 나야 그런 일은 영 적성에도 안 맞고 용운이도 보고 싶어서, 빈둥거리느니 이쪽의 전력을 보강하겠다고 청을 드려 허락을 받았지. 나는 둘째 치고 이 친구 하나라면 전력을 보강하겠단 내 말이 허언이 안 될 걸세."

'이 친구'라는 대목에서 태사자는 옆에 있던 남자의 어깨를 친근하게 툭 쳤다.

남자는 푸른빛이 감도는 갑옷 차림이었다. 어깨가 넓고 마른 체격에, 애병인 듯한 긴 극을 옆구리에 끼고 있었다.

조운은 태사자의 무력이 자신에게 뒤지지 않는다고 생각하고 있었다. 그 태사자가, 단 한 사람의 존재로 전력이 강화

된다는 표현을 썼다. 푸른 갑옷의 사내가 실력자임을 알 수 있었다.

조용히 서 있던 그는 조운에게 인사를 건넸다.

"장합 준예라고 합니다."

"조운 자룡입니다. 먼 길 오느라 수고하셨습니다."

서늘한 눈매를 가진, 잘 벼린 검 같은 사내였다. 조운은 그를 스치듯이 본 기억이 났다. 분명 한복의 수하라고 알고 있었는데.

놀라는 조운에게, 전예가 앞으로 나서며 말했다.

"자룡 님, 소개할 사람이 더 있습니다. 낙양에서 데리고 왔지요."

전예가 데려왔다는 사람은, 제법 나이가 있어 보이는 중년의 사내와 그보다는 젊은 20대 초반의 무장이었다. 중년 사내는 생김새나 체격으로 보아 문관으로 예상되었다. 강직한 인상과 날카로운 눈매가 인상적이었다.

20대 초반의 청년은 다부진 얼굴에, 무장임에도 눈에서 총기가 흘렀다. 둘 다 범상치 않은 인재들임은 분명했다.

둘은 입을 굳게 다물고 가볍게 묵례만 했다. 전예를 따라오긴 했으나 자신들도 확신이 없는 기색이었다.

마주 인사한 조운이 모두에게 말했다.

"이럴 게 아니라 다들 용…… 아니, 군사에게 가시지요."

어쩐지 이들 앞에서, 이전처럼 친근하게 용운의 이름을 불러선 안 될 것 같았다. 조운은 직접 일행을 이끌고 용운에게로 향했다. 그러면서 이상하게 가슴이 뛰는 걸 느꼈다. 용운을 중심으로, 뭔가 새로운 바람이 불고 있었다.

노식의 집에서는 오늘도 토론이 한창이었다. 주체는 물론 용운과 유비 그리고 노식이었다.

"늦든 빠르든, 백규가 원소와 싸우게 될 것은 자명하네. 하지만 그때까지 병력을 키우는 건 만만한 일이 아닐세. 이곳은 거점으로 삼기에도 적합하지 않고. 성은 허술하며, 길이 너무 트였네. 장사하기에는 좋지만 지키기에는 최악이지."

노식이 허연 수염을 어루만지며 말했다.

유비는 공손하게 그에게 답했다.

"그래도 자금 문제는 소쌍과 장세평의 원조 덕에 어떻게든 해결될 것 같고, 식량도 용운의 제안이 큰 도움이 될 것 같습니다, 스승님."

용운의 제안이란, 누상촌 외곽에 주둔한 병사들로 하여금 농사를 짓게 하자는 것이었다.

전투가 없을 때는 경작을 실행하여 노동력을 활용한다. 궁극적으로는 군량의 자급자족을 가능케 하는 방법이었다.

이 제도를 일컬어 '둔전(屯田)제'라 하였다. 둔전제는 보급선이 길어짐을 방지하고, 잉여 노동력을 군량 생산에 활용하는 이점이 있었다. 역사상으로는 본래 한호라는 무장의 건의로 조조가 실행한 것이었다.

탁군의 척박한 환경을 파악한 용운이 이를 먼저 들고 나온 것이다.

'내가 둔전제를 먼저 제안했다고 해서, 한호가 이를 떠올리지 못하는 일은 없겠지. 장비가 한호를 죽인 것도 아니고.'

장비는 일찍이 동탁군을 도발하기 위해 시행한 비무대회에서 한호를 주먹질 한 방에 졸도시킨 적이 있었다.

유비의 말에 노식이 다시 대꾸했다.

"분명 둔전제는 훌륭한 전략이네. 다만, 지금 문제는 식량이나 자금이 아니라, 절대 인구라네, 현덕. 여긴 징발할 병력이 너무 적어. 자네한테도 고향이니 잘 알 걸세. 자원이 남아돈다고 해도, 애초에 인구 자체가 적으면 군대를 확장할 수가 없지 않은가."

유비는 고개를 끄덕였다.

"맞습니다. 원래 크게 번성한 지역도 아니었지요. 전란으로 얼마 안 남은 사내들을 억지로 징발했다가는 백성들의 원성만 살 터입니다. 그렇다면 역시……."

"다른 세력을 집어삼키는 방법뿐이겠지."

말한 노식이 용운에게 고개를 돌렸다.

"지금 당장은 무리라고 쳐도, 원소와의 일전을 치르기 전에 흡수할 만한 가장 적당한 세력은 어디라고 보는가, 용운? 현재보다 병력이 조금, 그러니까 오백 정도 늘어났다는 가정 하에 말이네."

몇 주를 보내는 사이, 노식은 용운에게 크게 감복한 상태였다. 어린 나이가 믿기지 않는 넓은 시야와 탁월한 식견을 가지고 있다. 무엇보다 어떻게 입수했는지 모를 방대한 정보력은 경이롭기까지 했다. 천재라는 게 실제로 존재하는구나 싶었다. 묘하게 세상 물정에 어두운 느낌이 들 때도 있었지만 은둔해 있던 후유증이려니 했다.

용운은 잠시 생각했다.

누상촌에 주둔한 병력은 모두 천오백 정도였다. 함곡관에 있던 병력에, 항복한 동탁군을 더한 것이다. 이천 남짓한 병사와 유비, 관우, 장비, 조운이라는 네 무장. 거기에 작전관 역할을 해줄 노식과 용운 자신. 비장의 무기인 사천신녀도 있다. 결코 만만한 세력은 아니었다.

하지만 한 세력을 손쉽게 집어삼킬 정도로 강대하지도 못했다. 어설프게 덤볐다가는 큰 희생을 치러야 할 터.

얼마 후, 그가 천천히 입을 열려 할 때였다.

"나도 꼭 듣고 싶구려. 어느 세력을 먹잇감으로 택할지."

낯선 목소리가 방 안에 울려퍼졌다.

"누구냐!"

관우가 벌떡 일어나며 언월도를 들려 할 때였다.

갑자기 난입한 사내의 목덜미로 이미 날카로운 비수가 날아들고 있었다. 청몽이었다.

뒤를 따라 들어온 전예가 다급히 소리쳤다.

"청몽 님, 적이 아닙니다!"

그를 알아본 용운이 놀라서 말했다.

"어, 전예? 어떻게 여기에……."

챙! 청몽의 비수는 맑은 소리와 함께 누군가의 무기에 막혔다. 끝이 세 갈래로 나뉜 삼첨도(三尖刀)라는 병기였다. 어느새 한 청년이 옆에서 삼첨도를 내민 것이다.

그 모습에 관우가 눈을 빛냈다.

청몽의 눈썹 끝이 올라갔다.

'어쭈?'

태사자에 이어 공격이 막혀보긴 두 번째였다. 그녀가 비수를 삼첨도의 날 위로 미끄러뜨리려는 찰나였다.

"괜찮아, 청몽. 물러나."

용운이 조용히 말했다.

가볍게 혀를 찬 청몽이 물러나자, 청년도 삼첨도를 내렸다.

사실 용운은 적잖이 놀라고 흥분한 상태였다. 반사적으로 대인통찰을 사용하여, 이미 두 사람이 누군지 확인한 까닭이었다.

'헐, 대박.'

무력(武力) 50

지력(智力) 92

매력(魅力) 65

진궁 공대

징발(徵發)
보급(補給)
매복(埋伏)
간파(看破)
이간(離間)

통솔력(統率力) 76

정치력(政治力) 85

호감(好感) 53

무력(武力) 92

지력(智力) 75

매력(魅力) 76

장료 문원

행군(行軍) 돌파(突破)
매복(埋伏) 통찰(洞察)
기습(奇襲) 인마일체(人馬一體)

통솔력(統率力) 91

정치력(政治力) 56

호감(好感) 50

진궁과 장료는《삼국지연의》상에서도 유명한 호걸들이었
다. 그에 걸맞은 엄청난 능력치와 특기들.

용운은 가슴이 두근거리고 몸이 떨렸다.

'진궁과 장료라니! 저 둘이 전예와 함께 나타났다는 건, 설마…….'

일말의 기대가 용운의 뇌리를 스쳤다. 그는 흥분한 기색을 보이지 않으려고 애썼다.

장료 덕에 살아난 진궁이 목을 쓰다듬었다.

"허어, 나도 나름 무예에 기본적인 조예는 있건만 전혀 움직임을 느끼지 못했소. 이런 걸 전광석화(電光石火)라 하나 보오."

"흥."

청몽이 콧방귀를 뀌고 용운의 뒤에 가서 섰다.

장료가 그녀에게 눈을 부라렸다.

'저게 미쳤나. 죽을라고.'

청몽도 질세라 장료를 마주 노려보았다. 다행히 태사자가 나서면서 분위기가 부드러워졌다.

"하하, 진 군사, 오랜만이야. 여전히 예쁘군그래. 현덕 님과 운장 님도 안녕하십니까?"

"엇, 자의 님! 여전히 실없으시네요."

전예의 모습을 봤을 때, 누군가 동행했으리라는 짐작은 했다. 그게 태사자여서 더 반가웠다.

용운의 손을 덥석 잡은 태사자가 말했다.

"진 군사가 보고 싶어서 먼 길을 왔는데 실없다니."

"실없는 소리를 하시니까 그렇죠."

"크흐. 그나저나 이미 뭔가 한판 벌어졌군. 내가 앞서 들어왔어야 하는데, 저 양반이 문 앞에서 가만히 얘길 듣다가 갑자기 뛰어들어가지 뭔가. 미안하네."

뒤늦게 나선 장합이 묵묵히 포권을 취했다.

용운은 반갑게 그를 맞이했다.

"준예 님까지 오셨군요!"

"그리됐습니다."

그는 여전히 남의 일에 참견 안 하는 성격에, 말수도 적었다.

노식은 무슨 영문인지 몰라 눈만 껌뻑였다.

한바탕 소동이 지나간 후, 진궁과 장료는 용운, 유비, 관우, 노식 등에게 정식으로 자신을 소개하고 예를 표했다. 특히 노식을 보는 시선에는 존경의 빛이 어렸다.

"처음 뵙겠습니다. 진궁 공대라 합니다. 복양에서 종사(從事) 일을 했습니다."

"저는 장료 문원입니다. 낙양에서 군리로 있었습니다."

진궁은 원래 조조의 수하였으나 훗날 배신하고, 여포를 섬겨 죽을 때까지 함께 싸웠다. 여포와의 마지막 전투에서 이겨 진궁을 생포한 조조는 그에게 다시 자신을 따르길 권유했다. 인재를 보는 조조의 안목은 최고 수준이었다. 이걸로 보아도

진궁의 재주가 뛰어남을 알 수 있었다.

《삼국지연의》에서의 진궁은 중모현의 현령으로 처음 등장한다. 조조가 동탁 암살에 실패하여 달아나던 때였다. 조조를 알아본 진궁이 그를 체포했으나, 오히려 의기에 감동해 풀어주고 동행하게 됐다. 이후 계속된 도피행에서, 조조는 은인인 여백사 일가가 자신을 죽이려 한다고 오해하여 몰살해버렸다. 진궁은 그 사건으로 말미암아 조조의 모진 성품에 실망해 떠나는 걸로 묘사되었다. 하지만 그 부분에서 진궁과 조조의 관계는 전적으로 소설상의 허구였다.

용운은 진궁에 대한 내용을 떠올리며 생각했다.

'애초에 조조를 체포한 관리는 진궁이 아니었어. 진궁은 중모현령을 지낸 일조차 없었는걸. 여백사 일가 사건은 실제였으나 그게 조조의 오해에서 비롯된 일인지, 아니면 그들이 현상금을 탐내어 자신을 죽이려 들자 정당방위 차원에서 몰살했는지는 의견이 분분할 뿐, 정확히 밝혀지지 않았다. 굳이 진궁을 동행시킨 걸로 봐서 후자일 가능성이 커.'

실제 역사에서 진궁이 등장한 시기는 조조가 연주에 자리를 잡았을 무렵이었다. 그는 특히 물자 조달 및 행정관으로서의 능력이 탁월했다. 그러다 조조의 아버지 조숭이 아들에게 오는 도중 서주에서 살해당하는 사건이 벌어진다. 조조는 복수를 위해 서주 정벌을 떠났다. 그때 진궁에게 근거지였던 연주를 맡기기까지 했다.

그러나 진궁은, 아버지의 죽음에 분노한 조조가 서주에서 벌인 대학살에 크게 실망했다. 조조는 말 그대로 풀 한 포기 남기지 않았다. 지나는 길에 살아 있는 것은 모두 말살했다.

이에 진궁은 조조에게 주군으로 섬길 만한 덕이 없다고 판단한 것이다. 그 전란에 휩쓸렸던, 어린 제갈량과 마찬가지로.

진궁은 즉각 행동을 개시했다. 그는 여포와 장막을 끌어들여 연주를 빼앗았다. 이후 주군이었던 조조와의 긴 싸움이 시작됐다. 그야말로 풍운의 책사라 할 만했다. 그 전까지의 행적은 뚜렷하지 않았다.

그런 그가 지금 이곳에 나타난 것이다.

'원래대로라면 얼마 후 조조의 막하로 들어가야 하는데…….'

장료는 여포의 양아버지이기도 했던 병주자사 정원이 처음 발탁한 군리였다. 처음엔 하진의 명으로 군사를 모으는 일을 했다. 그가 임무를 완수하고 돌아왔을 때, 하진은 십상시에게 암살당한 후였다. 그 후 동탁이 수도의 중앙군을 장악해 버렸다. 그 바람에 장료도 자연히 거기에 속해 있었다.

'장료는 이때쯤 낙양에 있었던 게 맞지. 그런데 동탁을 따라 장안으로 가지 않았던 건가?'

장료는 동탁이 죽은 뒤 여포를 따랐다. 여포의 사후에는 조조에게 귀순했다. 그다음부터는 조조가 가장 신임하는 장수들 중의 한 사람으로 무수한 공적을 세운 명장이었다.

'저 두 사람이 어떻게 여기 오게 된 거지?'

이는 용운도 미처 예상치 못한 일이었다.

인사가 끝나자 모두 삿자리를 깔고 둘러앉았다. 넉넉하던 방 안이 사람들로 가득 찼다. 곧 노식의 하인들이 차를 내왔다.

용운과 유비는 태사자 일행이 어떻게 여기까지 오게 됐는지 궁금해했다.

전예가 나서서 그들의 궁금증을 풀어주었다.

"태수님께서 낙양을 점령하셨을 때, 저는 군사님의 명대로 도성에 남아 있던 재사들을 탐색했습니다. 안타깝게도 많은 인재가 죽임을 당한 후더군요. 화흠 님은 동탁의 무도함을 알고 저를 따라 낙양을 벗어나고 싶어했으나 병환이 심해 거동이 어려웠고, 순유 님은 동탁의 암살을 꾀하려다 발각되어 장안으로 끌려갔다고 합니다."

듣고 있던 유비와 노식이 탄식했다. 화흠과 순유라면 둘 다 천하의 기재였다. 특히, 순유는 곧 동탁의 손에 죽을 듯 보였다.

"저런……."

"아까운 사람이 죽게 됐구나."

그러나 용운은 곧 동탁이 암살당해, 순유가 목숨을 구할 것임을 알고 있었다. 그 부분의 역사가 뒤틀리지만 않는다면. 그가 장안으로 끌려가버리는 바람에 데려오지 못한 게 아쉬울 뿐이었다.

'아니, 진궁과 장료만으로도 엄청난 거지.'

혹시나 하고 전예에게 그런 임무를 맡기긴 했으나, 이처럼 잘해낼 줄이야.

전예를 보는 용운의 눈빛에 애정이 어렸다. 전예는 영문도 모르고 히죽 웃으며 말을 이었다.

"주준 장군님은 장안 천도에 반대하다가 화를 당할 뻔했으나, 워낙 명망이 높아 동탁이 해치지 못했습니다. 대신 부상국으로 삼아 장안으로 데려가려 했다고 합니다."

주준과 친분이 있는 노식이 노기를 드러냈다.

"동적(동탁) 놈이, 감히……."

"주준 님은 동탁의 요구를 거절하고 낙양을 지키기 위해 남았습니다. 제가 봤을 때는 연합군과 협력하여 앞으로의 일을 논의 중이었는데, 제후들이 사사로운 이익만 따지자 크게 실망한 기색이었습니다. 아쉽게도 저와의 동행은 거절했습니다. 형주로 가실 생각인 듯했습니다."

노식과 용운은 고개를 끄덕였다.

정확하진 않으나, 주준의 나이는 대략 40대 초반이었다. 여러 난을 진압하며 관직도 높아져, 하내태수와 거기장군을 거쳐 하남윤(河南尹)에 이르렀다. 검증되지도 않은 이들과 일을 도모하는 게 그로서는 막막하게 느껴졌을 것이다. 또 주준을 초빙하기엔 전예가 너무 젊고 명망도 부족했다. 이곳에 노식이 있다는 사실을 알았더라면 얘기가 달라졌을지도 몰랐다. 이미 늦은 후였지만.

"그 과정에서 이 두 분을 만나게 됐습니다. 제가 군사님에게 가려 한다고 동행을 청하자 응하신 겁니다."

전예의 설명이 끝났다.

그가 굳이 언급하진 않았지만, '나랑 같이 갈래?'라고 했다고 냉큼 따라나섰을 리가 없다. 아마 용운에 대해 뭔가 구미가 당기는 얘기를 했으리라.

용운은 무엇보다 태사자와 전예가 공손찬이 아닌 자신을 택한 게 기뻐 죽을 지경이었다. 태사자는 거기에 한마디를 더 추가했다.

"계규(최염) 님도 곧 이리로 오실 거다. 공장(진림) 님은 워낙 움직이길 싫어하는 터라 망설이는 모양이지만, 계규 님이 설득하면 함께 오실 수도 있고."

용운은 자기도 모르게 반문했다.

"왜, 어째서 모두 이리로 오시는 겁니까?"

"응? 몰라서 물어? 우린 다 네가 천거한 사람들이잖아. 혹은 널 보고 태수님께 임관했거나. 소위 진용운파라고 할 수 있지."

전예가 태사자의 말을 거들었다.

"전 군사님의 수제자니까요."

"헤헤."

용운은 웃음으로 감정을 얼버무렸다. 콧날이 시큰했다. 어쩐지 눈물이 날 것 같았다.

그런 모습을, 유비와 관우가 유심히 바라보았다.

그때, 진궁이 호기심 어린 투로 말했다.

"감동적인 상봉 분위기에 끼어들어서 미안하오만, 아까 들어보니 재미있는 대화들을 하고 계시던데 말이오. 괜찮으시다면, 진 군사가 떠올린 인물을 나와 동시에 말씀해보시지 않겠소?"

"지금 우리가 치기 적합한 인물 말인가요?"

"그렇소."

노식이 수염을 어루만지며 고개를 끄덕였다.

"그것도 재미있겠군."

"그럼 하는 거요. 자, 하나, 둘, 셋."

어차피 틀려도 유희로 치부하면 그만이다.

둘은 자신이 염두에 둔 인물의 이름을 내뱉었다. 원소에 앞서, 먹잇감으로 삼을 자를.

2

검은 용의 좌절

"한복!"

용운과 진궁의 입에서 동시에 나온 이름이었다.

장합의 눈썹이 살짝 꿈틀거렸다. 바로 얼마 전까지만 해도 그가 모시던 사람이기 때문이었다.

진궁은 무릎을 치며 껄껄 웃었다.

"그래, 그렇지! 이왕 시작한 것, 왜 그인지도 설명해주면 고맙겠소."

"그러지요."

용운은 이 얘기가, 진궁과 장료를 포섭하는 데 있어서 무척 중요한 것임을 직감했다. 난세라고는 하나, 어쨌든 아무

원한도 없는 이를 공격하려는 행위였다. 그에 대한 정당성을 부여해야 했다.

'그러면서 앞으로의 비전도 제시하면 더 좋겠지. 저 둘을 붙잡아두려면.'

진궁의 얼굴은 웃고 있으나, 눈은 용운을 날카롭게 탐색하고 있었다. 장료도 무표정한 얼굴로 용운을 응시했다.

용운은 머릿속 기억의 탑에 올랐다. 두 사람의 성향 등, 정보를 확인하기 위해서였다. 그는 '삼국지'라 쓰인 문을 열고, '진궁'과 '장료'의 이름이 붙은 서랍을 꺼냈다.

진궁은 강직하며 기백이 충만한 인품이었다. 특히, 의롭지 못한 행위를 매우 싫어했다. 서주 대학살 때문에 주군 조조를 버릴 정도로. 여포를 따랐던 탓에 평가절하 됐으나, 지략으로만 따지면 원소와 조조가 거느렸던 일급 참모들에 뒤지지 않았다. 실제로 조조를 죽을 고비에 몰아넣기도 했다.

장료는 용맹하면서도 현명했고 품위가 있었다. 무수한 산적과 도적들을 정벌했으며, 조조가 원가를 칠 때 종군하여 장남 원담의 부대를 격파했다. 특히 오나라와의 합비 전투 때는 손권의 십만 대군을 팔백의 병사로 격퇴하기도 했다. 그 일로 오나라에는 '장료 온다는 말에 우는 아이 울음 그친다'는 속담까지 생겼을 정도였다.

용운의 시선이 잠깐 장료에게 가닿았다. 사천신녀를 제외하고도 이미 조운과 태사자, 장합이라는 맹장들이 곁에 있긴 했다. 그래도 진심으로 놓치고 싶지 않은 장수였다.

또한 인재는 많을수록 좋지 않은가. 일부러 찾아다녀야 할 판에 제 발로 와주었다. 전예의 수고를 헛되이 할 순 없었다.

'진궁과 장료는 여포가 삽질하면서 떠돌아다닐 때도 끝까지 따랐다. 여포의 사후 진궁은 조조를 따르길 거부하고 죽음을 택했고 장료는 조조에게 귀순, 그 뒤로는 마지막까지 충성했지. 지금은 두 사람 다 동탁을 주군 감이라 인정하지 않기에, 또 전예가 낙양에 있어서 이리로 온 것! 이건 정말 절묘한 타이밍에 차려진 밥상이야.'

장료는 얼마 전까지만 해도 중앙군에 속해 있었고 진궁은 하급 관리 일을 했다. 즉 둘 다 아직 한 황실에 대한 충정이 남아 있을 확률이 높았다. 진궁은 의롭고 강직한 인품 때문에. 장료는 일단 선택한 주군에게 충성을 바치는 성향이므로.

'도리와 실리를 동시에 충족시켜야 한다.'

둘의 성향을 고려하여, 빠르게 생각을 정리한 용운이 입을 열었다.

"우선, 한복은 동탁에 의해 기주목에 임명되었습니다. 정당성이 부족하다는 겁니다. 그런 후에는 뜻밖에도 반동탁연합군에 가담했으나, 여전히 동탁과 연합군 사이에서 태도가 명확하지 않습니다."

용운은 미미하게 고개를 끄덕이는 진궁을 보며 승부수를 던졌다.

"그뿐만 아니라, 같은 연합군이었음에도 불구하고 원본초(원소)의 보급로를 차단하는 등의 행위를 하여 불신을 조장했습니다."

"어? 예! 맞습니다."

전예가 놀란 표정으로 거들었다. 사실, 한복의 그런 행위는 그가 용운에게 보고하려던 정보 중의 하나였다. 탁현에 있던 용운이 어떻게 그 사실을 알았는지 신기할 따름이었다.

'나 말고도 다른 비선(秘線, 비밀리에 관계를 맺고 있는 조직)을 부리고 계신 건가?'

얘기를 듣던 태사자가 중얼거렸다.

"소문은 얼핏 들었는데, 쓰레기군."

속내야 어떻든, 역적 동탁을 처치하기 위해 동맹군을 결성했다. 그 순간만은 동료가 된 것이다. 모두 힘을 합쳐도 아쉬울 판에, 그 안에서 비겁한 방법으로 분열을 조장했다. 원소가 동탁과의 전쟁을 제대로 수행하지 못한 것은 그의 우유부단함과 이기심이 주된 원인이었으나, 한복의 방해도 한몫했다고 한다. 이는 한복을 칠 충분한 명분이 될 터였다. 공손찬이 연합군 총사령관이고 용운은 아직 그의 소속이었으므로 더더욱.

실제 역사에서도, 한복에 대한 제후들의 평가는 매우 좋지 않았다.

연합이 와해된 후의 일이었다.

연주자사 유대는 '한복은 흉악한 역적이므로 동탁이 죽은 뒤에는 마땅히 군사를 돌려 한복을 쳐야 한다'는 내용의 격문을 돌렸다. 또 《후한서》에 의하면, 원소는 '한복은 오로지 권력에 대한 욕심뿐이라 맹세를 거스르고 음모를 꾸몄으며(후략)'라는 문장을 남겼다.

용운이 계속 말을 이었다.

"또 한복은 여기 계신 준예(장합) 님을 비롯하여 뛰어난 인재와 충신들을 여럿 거느렸음에도 불구하고 그들을 중용하지 않았습니다."

한복은 당시 후한 13주 중 가장 알짜배기 땅인 기주를 지배하고 있었다. 더구나 밑에는 장합과 국의라는 뛰어난 무장과 전풍, 저수, 심배 등 일류 재사들도 거느리고 있던 터였다. 공손찬이나 원소와 맞서, 천하를 노려볼 만한 세력이었다. 그럼에도 불구하고 변변한 전투 한 번 없이 원소에게 기주를 빼앗겼다. 휘하에 거느린 인재들도 고스란히 넘어갔다. 그가 얼마나 무능력한 인물인지 알 수 있었다.

장합이 묵묵히 고개를 끄덕였다. 그는 한복 밑에서 공손찬 수하의 조운과 비슷한 자괴감을 느껴왔다. 자존심 강한 그는 용운이 자신을 뛰어난 인재라 평해주는 것도 흡족했다.

"이는 돼지 목에 진주 목걸이를 걸어준 꼴입니다. 그를 친다면 군사뿐만 아니라 방치되어 있던 재사들을 무수히 얻을수 있으니, 앞의 이유가 도리에 따른 것이라면 후자는 실리적인 이유입니다."

명분이 있다면 전쟁은 더 수월해진다.

용운의 말에 다들 탄복과 동의의 뜻을 표했다. 사실, 용운에게는 한복을 목표로 택한 이유가 한 가지 더 있었다. 이는 예측이나 정보 수집과는 성격이 다른, 말 그대로 예언에 가까운 것. 그저 앞으로 일어날 일이므로, 미리 말했다가는 이상해 보일 우려가 있었기 때문에 언급하지 않았다.

'한복을 쳐 기주를 점령하고 있으면, 높은 확률로 한 인물과 접할 수 있다.'

어쩌면 그는 이미 기주를 향해 출발했을 것이다.

그는 젊은 시절부터 능히 왕을 보좌할 재능을 가졌다는 평가를 받은 희대의 천재였다. 초창기 조조가 기반을 닦는 데 결정적인 역할을 한 자이기도 했다. 특히 인재의 선발에 탁월하여, 잘 알려진 곽가(郭嘉)와 정욱(程昱)을 비롯, 순유, 사마랑, 위강 등 수많은 재사를 추천, 조조의 세력이 강성해지는 데 크게 공헌한 책사.

그 인물이란 바로 순욱(荀彧) 문약이었다.

실제 역사에서, 낙양에 있던 순욱은 관직을 버리고 낙향했다. 동탁의 전횡을 견디기 어려웠기 때문이다. 그때 한복이 그를 초청하여 기주로 떠났다.

하지만 순욱이 도착했을 때쯤, 기주는 원소에게 넘어간 후였다. 원소는 순욱을 크게 예우했으나, 순욱은 그가 대업을 이룰 인물이 아니라 보고 조조에게 갔다. 그 후 조조에게서 '나의 장자방'이라 불리며 대활약을 한다. 장자방은 한나라를 세운 유방의 책사이자 개국공신인 장량(張良)을 가리켰다.

'하지만 내가 원소보다 먼저 한복을 친다면, 순욱이 조조에게 가지 않게 할 수도 있다. 그가 나를 어찌 판단할지는 모르겠지만……..'

이때 용운은 한복을 치는 주체가, 또 순욱이 평가할 대상이, 유비가 아닌 자기 자신이라고 무의식중에 생각하고 있음을 깨닫지 못했다.

"하하!"

진궁은 또 한 번 소리 높여 유쾌하게 웃었다.

"진 군사의 생각이 곧 나와 같소. 이런 걸 이심전심(以心傳心)이라 하나 보오."

대화가 이어질수록 유비와 노식의 표정이 심상치 않게 변해갔다.

하지만 문답에 열중한 용운은 눈치채지 못했다.

그때, 장료가 처음으로 입을 열어 질문했다.

"한복을 쳐서 병사를 모으고 근거지를 마련한 뒤에는 장차 뭘 하실 계획입니까?"

"아마 원소와 맞서게 될 것입니다."

"원본초는 명문가의 자손일 뿐만 아니라 폐하를 구출하고 동탁을 처단하기 위해 군대를 일으킨 충신인데, 어찌 그와 싸우려 하십니까?"

장료는 본래 원소와 더불어 하진 밑에 있었다. 그래서 그에 대한 감정이 나쁘지만은 않았다. 꼭 원소를 편들기 위해서가 아니더라도, 용운의 그릇을 시험하고 싶은 마음도 있었다.

용운은 '언변' 특기가 발동됨을 느꼈다. 그 스스로 떠올린 말도 특기의 내용과 일치했다. 이에 자신감이 생긴 그는 거침없이 대꾸했다.

"원소는 폐하를 구하기 위해 군사를 일으킨 게 아닙니다. 동탁이 장안으로 달아날 때도 군대를 움직이지 않았습니다. 그가 조맹덕을 도와 동탁을 추격했다면 상황은 달라졌을지 모릅니다. 애초에 군을 편성할 때도 자신의 가장 뛰어난 장수와 참모들은 모두 두고 왔으니, 어찌 충신이라 하겠습니까?"

전예가 거기에 쐐기를 박았다.

"실제로 원본초는 폐하를 부정하고 다른 이를 황제로 추대하려는 계획을 꾸미고 있었습니다. 그 문제로 조맹덕과 다투는 소리를 들었습니다."

그 말에 용운을 제외한 모두가 크게 놀랐다.

노식은 이미 용운에게서 원소의 그릇이 작음을 들었다. 그러나 중국에서 가문이 미치는 영향력은 엄청났다. 이는 민족적 특성이라 할 수 있었다. 오죽하면 21세기까지도, 성이 동씨인 사람들은 뭔가 잘못했다 하면 동탁과 엮여 욕을 먹는다. 원씨 가문에서 태어났다는 것만으로도, 원소는 천하제패의 경쟁에서 한발 앞서 출발한 거나 마찬가지였다.

아직 원소에 대한 기대가 남아 있던 노식은 떨리는 목소리로 물었다.

"그 말을 책임질 수 있는가?"

"거짓을 고한 거라면 제 목을 베셔도 좋습니다."

"으음……."

침음을 토한 노식이 용운에게 고개를 돌렸다.

"본초가 새 황제로 추대하려 한다는 이가 누구일 것 같은가? 설마 자신이 스스로 황제가 되겠다는 건 아니겠지?"

용운은 침착하게 그의 말을 받았다.

"원소는 세간의 평판을 매우 신경 쓰는 이입니다. 스스로 황제를 칭했다가는 역적임을 자인하는 거나 마찬가지니, 진심은 어떨지 몰라도 결코 그런 행동을 하진 않을 겁니다. 제 예상에 원소는 백안 공을 황제로 추대하려 했을 것입니다."

전예가 찬탄 어린 투로 말했다.

"맞습니다. 대사마(大司馬) 님을 거론했습니다."

그 말에, 전예뿐만 아니라 그 자리에 있던 모두가 놀란 표정으로 용운을 바라보았다. 듣고 보니 수긍이 가긴 했다. 하지만 '원소가 다른 이를 황제로 추대하려 한다'는 전예의 말만 듣고, 곧바로 유추해내기란 절대 쉽지 않은 일이었다.

용운이 말한 백안(伯安) 공이란, 유우(劉虞)라는 자였다.

전예가 칭했듯, 그는 유주목을 거쳐 대사마 자리에 올라 있었다. 그는 유비와 달리 태생 자체가 진짜 황족이었다. 또한 공덕과 치적이 천하에 견줄 자가 없었다. 황건의 난이 일어났을 때, 유우의 다스림을 받고자 스스로 이주한 백성이 백만 가구에 이를 정도였다. 그들의 바람은 헛되지 않아서, 어찌나 통치가 훌륭했는지 유민들 대부분이 자신이 고향을 떠난 이주민이라는 사실을 잊어버렸다고 한다.

유우는 고관의 자리에 있었음에도 타고난 성품이 검소하여, 해진 의관에 기운 신발을 신었다. 또 식사에 고기가 놓이는 일이 없어, 이름난 선비 중에도 그를 보고 마음을 가다듬지 않는 이가 없었다.

'그가 진짜 황제였다면, 한나라가 이런 꼴이 되진 않았겠지만.'

유우는 확실히 이상적인 황제의 그릇이긴 했다. 그러나 아쉽게도 그는 황제가 될 순 없었다. 황제를 괜히 천자(天子)라 칭하는 게 아니었다. 정통 황제가 엄연히 존재하는데 다른 누군가를 추대하려는 행위는, 유교의 도리를 바탕으로 한 후한의 기준으로는 반역일 뿐이었다. 대상 인물이 아무리 훌륭해도 마찬가지였다.

'휴, 원소가 유우를 황제로 추대하려던 게 맞네.'

용운은 전예의 말을 듣고 조금 안도했다.

역사상 일어났던 일이라 예측에는 성공했다. 하지만 마음에 걸리는 부분이 있었다.

'원소가 그 일을 진행하려 한 것은 분명 191년이었어. 유우는 성품상 당연히 즉위를 거부했고. 아직 190년 3월일 뿐인데 왜 벌써 그 일이 원소의 입에서 거론되고 있는 거지?'

이미 실제 역사와 다르게 벌어진 사건이 많았다. 그런 것들이 이후의 일에도 영향을 준 것일까.

용운이 말을 마치자 장료는 고개를 끄덕였다.

"그랬군요. 원소가 그런 인물인 줄은 미처 몰랐습니다. 영웅의 탈을 쓰고 참람한 일을 꾸몄으니, 오히려 한복 따위보다 더 큰 악인입니다."

용운은 겸손하게 말했다.

"처음에는 원본초도 분명 충심과 큰 기상을 가지고 있었을 겁니다. 난세가 길어지고 황실의 권위가 약해지니 흔들린 거지요."

이번에는 진궁이 다시 물었다.

"한복을 치고 복양에서 미리 기반을 닦아 원소와 맞선다, 여기까진 좋습니다. 이게 가까운 앞날의 계획이라면, 공의 궁극적인 목표는 무엇입니까?"

그는 말투뿐만 아니라, 칭호도 달라져 있었다. 또 용운을 보는 눈에서 기이한 빛이 번득였다. 그것은 어떤 거대한 기대감 같은 것이었다.

용운은 사뭇 비장함까지 느껴지는 투로 말했다.

"나라 안이 어지러우니 북부의 이민족들은 국경을 넘봅니다. 온갖 사교가 판치며, 계속해서 반란이 일어나고 있습니다. 이에 살길이 막막해진 백성들이 반란군에 가담하는 악순환이 이어집니다."

방 안이 쥐 죽은 듯 조용해졌다. 누군가가 깊은 한숨을 내쉬었다. 그 가운데로 용운의 맑은 목소리가 울려퍼졌다.

"백성들을 평안하게 하고 전란을 종식하는 길은 한 가지뿐입니다. 바로 동탁의 손에서 고초를 겪고 계시는 황상을 구출하는 것. 그 일을 시작으로 황실을 굳건히 하여, 충신들을 모아 나라를 다시 일으키는 것입니다!"

이것은 물론 용운의 진심은 아니었다. 진궁과 장료를 반드시 얻고 싶어서 한 말이었다.

21세기의 한국인인 그가, 중국 한 황조에 충성심이 있을 리 없었다. 이는《삼국지》를 좋아하는 것과는 엄연히 달랐다. 물론, 이 시대 사람들의 비참한 삶을 일부나마 엿본 데서 온 측은지심도 조금 작용하긴 했다.

'으으, 닭살……. 에라, 어차피 시작한 거. 연기할 거면 제대로 하자!'

그 순간, 언변 특기와 매력 수치가 동시에 작용했다. 덕분에 그의 말이 일으킨 여파는 더욱 커졌다. 지금도, 이후에도. 순간, 용운의 뒤에서 마치 후광이 비치는 듯 보였다. 그가 말을 마친 직후였다.

진궁과 장료가 몸을 숙여 그 자리에 부복했다.

용운은 진심으로 놀라 허둥댔다.

"아니, 왜들 이러십니까?"

고개만 든 진궁이 이글거리는 눈으로 말했다.

"천하는 썩고 의인은 죽었다고 생각했습니다. 낙양에서 소위 반동탁연합군의 지휘관이라는 자들이 벌인 행태를 듣고 그런 마음이 더욱 커졌습니다. 그때 국양(전예) 님의 권유로, 지푸라기라도 잡는 심정으로 탁군에 온 것입니다. 하지만 이곳에서 제가 진정으로 찾아헤매던 주군을 만난 듯합니다. 부디 저를 거두어주십시오!"

진궁은 강렬한 성품답게 표현도 솔직했다.

사천신녀는 처음부터, 아무 이유도 목적도 없이 용운을 주군으로 섬겼다. 마치 원래 그렇게 정해져 있던 것처럼. 용운 또한 그것을 자연스럽게 받아들였다.

그러나 이 세계의 인물은 경우가 달랐다. 용운에게 뭔가 바라는 게 있을 것이고 그것을 충족시켜줘야 한다. 진궁을 얻고 싶었으나, 막상 자신을 주군이라 칭하자 당황한 이유였다. 녹봉은커녕 그들에게 내줄 집 한 채도 없는 형편이었다.

용운은 뭐라 말해야 할지 몰라서 진궁을 바라보고만 있었다.

그러자 고개를 든 장료가 진궁의 말을 이었다.

"동탁이 중앙군을 장악하는 바람에 그자를 따르면서도, 가슴 한구석에 늘 부끄러움이 있었습니다. 용운 공을 따르면 이 수치를 씻을 수 있을 듯합니다."

"장료 님……."

두 사람의 진심은 용운에게 고스란히 전해졌다.

혼란한 시대를 바로잡아줄 의인을 찾아, 자신이 가진 학식으로 그를 도우려는 진궁의 열정.

어쩔 수 없이 동탁의 밑에 있었음을 한탄하며, 이제라도 바른길을 가려는 장료의 우직함.

거기에 맞닥뜨린 용운은 문득 미안해졌다. 더불어 자신에 대해 미약한 혐오가 느껴졌다.

'그래. 이건 적절한 대사만 잘 고르면 캐릭터의 마음을 움직여 아군이 되게 하는, 그런 게임 같은 게 아니었어. 내가 상대하는 이들은 뜨거운 피가 흐르고 생생하게 숨을 쉬는 진짜 사람들이라고.'

이 시대를 치열하게 살아가는 영웅들.

그런 사람들이 용운의 말과 분위기에 감동하여 자기 인생을 바치려는 거였다.

'난 이토록 순수한 마음을 가진 인재들을 속이고 있는 거구나. 이래도 되는 걸까?'

용운이 머뭇거릴 때였다.

말없이 상황을 지켜보던 태사자가 호탕하게 웃었다.

"하하하! 역시, 내가 처음부터 사람을 잘못 보지 않았어. 한낱 군리나 도위로 머무르기에는 아깝다고 생각했지. 뭐 하고 있소, 용운 공? 어서 저 두 사람을 일으켜 받아주지 않고."

"아니, 자의 님까지…… 왜 그러십니까?"

용운은 그저 진궁과 장료를 아군으로 만들고 싶었던 것뿐이었다. 그들의 주군이 될 생각까진 해보지 못했다.

그러나 진궁과 장료는, 대외적으로 용운이 모시는 걸로 알려진 공손찬도, 임시이긴 하나 현재는 용운을 책사로 삼고 있는 유비도, 명망 높은 노식도 아닌, 용운을 선택했다.

이건 이 자리에 있는 이들의 기준으로는 다소 놀랍긴 해도 크게 이상한 일이 아니었다. 관우와 장비 또한, 처음에 아무

것도 없던 유비를 그의 꿈만을 보고 따랐으니까.

장료와 진궁은 부복한 채 일어나지 않을 기세였다.

그들의 마음이 전이된 것일까. 용운도 이상하게 가슴이 뜨거워졌다.

'미치겠네. 뭐지, 이 기분? 어쩌다가 이렇게 진행된 거야? 그냥 대충 여기서 살아남을 정도로만 하면 될 줄 알았는데…….'

어쩐지 점점 더 이 세계에 깊이 발을 담그고 있다는 생각이 들었다.

공손찬에게는 그가 본래 결코 갖지 못했을 큰 것들을 안겨주었다. 원소며 동탁, 여포 등과 골고루 척을 졌다. 본래 원소의 수하로 있다가 조조에게 갔어야 할 장합을 이리 데려와버렸다. 그 결과, 서로 교류가 있었는지조차 불확실한 태사자와 장합을 절친으로 만들었다. 위원회라는 이상한 놈들과는 원수가 됐고…….

고민하던 용운은 갑자기 피식 웃음이 나왔다.

이제 와서 뭘 걱정하고 있는 건가.

'따지자면 맨 처음, 조운 형을 만난 것부터가 역사를 바꾼 시초였지. 공손찬도, 태사자도, 최염도, 진림도 모두. 난 역사적인 사건뿐만이 아니라 그들의 삶과 운명까지 바꿔버린 거야. 그러고선 나만 빠지겠다고?'

돌이켜보니 이미 역사를 바꿀 대로 바꿔놓았다. 아예 아무도 없는 오지에 숨어 살면 모를까. 자신이 이 세계에 온 순간부터 모든 걸 되돌리기에는 늦은 후였다.

결국, 용운은 둘을 잡아 일으키며 고개를 끄덕이고 말았다.

"알겠습니다. 일어나세요."

진궁이 감격해서 외쳤다.

"주공! 저희를 받아주시는 겁니까?"

"아니, 그건 진짜 하지 마세요. 그냥 이름을 불러주세요."

"감히 어찌 이름을……. 그럼 용운 공이라고 하겠습니다."

장료는 깊이 포권을 취했다.

"정식으로 다시 인사드리겠습니다. 장료 문원입니다. 주공께서 절 버리시지 않는 한, 목숨이 다할 때까지 주공의 검이 되겠습니다."

"으으, 네……. 기대에 부응할 수 있을지 모르겠지만, 열심히 하겠습니다."

태사자는 흡족한 기색으로 고개를 끄덕였다.

전예의 얼굴에도 흐뭇한 미소가 가득했다.

당연히 일어나야 할 일이 일어났다는 표정들이었다.

용운의 등 뒤에 서 있던 청몽은 팔에 소름이 돋았다. 뭐라 말로 표현하기 힘든, 기묘한 기분이었다.

'소오름…… . 사내들은 원래 이러는 거야?'

일견 오그라드는 것 같기도 한데, 그보다 큰 어떤 벅찬 감동이 가슴을 가득 채웠다.

'역시 내 남자.'

오늘따라 용운의 뒷모습이 유난히 커 보였…….

'어? 아니, 진짜로 컸어?'

그랬다. 용운은 반년 새 키가 좀 자라 있었다.

'하지만 말 안 해줘야지. 잘난 척할 테니까.'

그녀는 속으로 웃었다.

방 안의 분위기가 여전히 열에 들떠 있을 때, 노식은 유비를 데리고 조용히 방을 나왔다. 관우가 입을 다문 채 그 뒤를 따랐다. 아무도 그들이 나가는 데 신경 쓰지 않았다.

밖으로 나온 유비는 고개를 푹 숙이고 있었다. 마구 일그러진 얼굴을 보이고 싶지 않아서였다.

그가 노식에게 내뱉듯 말했다.

"진궁이라는 자, 이미 용운이를 주공이라 부르더군요. 그를 따르는 여무사들과 마찬가지로 말입니다."

"그래. 그러더구나."

"진궁과 장료, 아니 태사자와 전예까지. 제게는 처음 인사했을 때 외에 눈길조차 주지 않은 걸 아십니까?"

"그래······."

"진 군사는······ 백규 형님이 제게 참모로 붙여주긴 했으나, 엄밀히 말해 제 수하가 아닌 건 맞습니다. 그러나 그것뿐이라 여겼습니다. 그 재주를 제가 품을 수 있으리라 여겼는데······."

유비의 목소리가 점점 커졌다.

"스승님께서 보시기에도 그렇습니까? 저의 그릇이 용운이에게도 미치지 못하는 겁니까?"

멈춰 선 노식은 가만히 눈을 감았다.

그는 유비 또한 범상치 않은 영웅의 자질을 가졌다고 생각해왔다. 솔직히 노식은, 이미 하나의 세력을 가졌고 반동탁 연합군의 총사령관이 되어 명성을 떨치고 있는 공손찬보다 유비를 더 높게 평가해왔다.

공손찬의 움직임 뒤에 용운이 있었음을 알고, 그럼 그렇지 하는 생각이 들었었다. 하지만 그런 얘기를 들었을 때까지만 해도, 용운을 뛰어난 책사 정도로만 생각했다. 설마······.

"그 정도의 그릇을 가졌을 줄이야."

노식이 나직하게 탄식했다.

잘 다듬어지고 값비싼 찻잔 정도로 여겼다. 그리 여긴 소년은, 이대로 가까이 머무른다면 유비를 집어삼키고도 남을 거대한 그릇이었다.

노식의 탄식은 대답이나 마찬가지였다.

유비는 좌절했다. 원소나 손견, 조조를 맞닥뜨렸을 때보다 더.

최소한 그들과 있었을 때는, 자신이 아예 잊히진 않았다.

조금 전, 유비는 마치 태양 앞의 반딧불이 된 기분을 맛봤다. 태어나 처음 겪는 굴욕이었다.

관우가 유비에게 감정 없는 목소리로 말했다.

"차라리 지금 죽일까요, 두목?"

관우에게서 느껴지는 맹목적인 충성심에 노식은 자기도 모르게 몸을 부르르 떨었다.

잠시 고뇌하던 유비가 말했다.

"아니. 그냥 이곳을 떠나자. 나 자신마저 진용운이라는 파도에 휩쓸리기 전에."

"두목⋯⋯."

"관 형, 난 사실 어렴풋이 깨닫고 있었어. 함곡관 전투 전부터. 용운이 백규 형 밑에서 참모나 할 그릇이 아니라는 걸 말이야."

"음⋯⋯."

"그때 동탁이 달아나서 난 오히려 안도했었어. 최소한 진용운이 괴물은 아니구나. 실수도 할 수 있는 사람이구나 하고⋯⋯. 그 비현실적으로 아름다운 외모에, 가끔 앞날을 내다보거나 천리안을 가진 것처럼 느껴질 때가 있었거든."

"이치를 벗어난 그런 괴물이라면, 더더욱 여기서 베어버려야 하지 않겠소?"

"진용운을 죽이는 게 싫어서가 아니야. 청몽 하나만도 벅차는데, 태사자까지 감당할 수 있겠나? 그 장료라는 자도 만만치 않아 보였고."

"우리한테도 두목과 장비가 있지 않소."

"그들 때문에 시간을 끄는 사이, 검후와 사린이까지 오면? 검후 혼자서 관 형을 능히 감당할 수 있지 않나."

"……."

"그냥 떠나는 거야. 내가 더욱 거대한 용이 되어서 날아오르면 된다."

말끝에 유비는 심술궂게 웃었다.

"그리고 내가 떠나면, 최소한 진용운을 곤란하게 만들어 줄 순 있겠지. 장세평과 소쌍이 지원해주려는 사람은 그가 아닌 나니까. 병사들도 내가 데려갈 거고 말이야. 즉 용운이는 지금도, 군대도 없어지는 셈이다."

"두목답소."

"어디, 저 그릇으로 얼마나 많은 것들을 담을지, 또 어디까지 해나갈 수 있는지 보자고."

노식이 가라앉은 목소리로 말했다.

"꼭 그래야 하겠느냐."

"송구합니다, 스승님. 하지만 이 제자는 상황이 여의치 않아 잠시 몸을 굽힐지언정 누군가를 진심으로 섬기며 살진 못합니다."

계속 함께 있다가는 저마저 진용운을 주공이라 부르게 될까 두렵습니다.

유비는 이 말은 속으로 삼켰다.

"그래……. 난…… 여기 남고 싶구나. 미안하다, 현덕. 내 마음이 그리 말하고 있구나."

유비의 눈동자가 또 한 번 흔들렸다. 내심 스승이 자신을 택하리라 여긴 것이었다. 그러나 노식을 설득하려거나 애걸하진 않았다. 그는 노식에게 깊이 포권을 취해 보였다.

"만수무강하십시오, 스승님."

다음에 만날 때는 적이 되어 있을지도 모른다.

그 사실을 유비도, 노식도 알고 있었다.

"너도…… 몸조심 하거라."

인사를 마친 유비는 등을 돌리고 멀어져갔다.

노식의 흰 수염이 바람에 나부꼈다.

최근 유비는 관우, 장비와 함께 장세평이 내준 집에서 머무르고 있었다. 그는 돌아오자마자 간단히 짐을 꾸렸다.

"어디로 가시려오?"

관우의 물음에, 유비가 퉁명스레 대꾸했다.

"나도 몰라. 다시 백규 형한테 가자니, 낙양에서 정신없는 모양이고. 용운이 녀석이 백규 형 밑에 있는 한, 그리고 싶지도 않아. 아예 내가 먼저 한복을 쳐버릴까?"

"그냥 진 군사를 신경 안 쓰면 되지 않겠소? 내가 보기에는 두목이 훨씬 더 사람들을 끌어당기는 뭔가가 있소."

"진심이야? 아까 거기서 그 모습을 보고서도?"

"그건…… 진궁과 장료라는 자들이 군사의 세 치 혀에 현혹된 것일 수도 있지 않소이까."

"스승님은? 말장난에 넘어갈 분이 아니야."

"……."

"다 떠나서, 관 형. 내가, 나 자신이 두렵다고. 이런 말 하는 거 되게 부끄러운데, 진용운 옆에 있다가는 나도 진궁이나 장료처럼 될 것 같아."

"두목!"

어찌 이리 약한 모습을 보이는가. 관우는 화가 나서 버럭 소리를 질렀다.

"지금까지는 내가 진용운 이 녀석을 차지하고 말겠다 하면서 버텨왔거든? 그런데 좀 전에 깨달았어. 그건 내 오만이었다는 걸. 난 지금 오히려, 관 형이나 익덕만이라도 진용운에게 마음이 기울지 않았음을 감사히 여길 판이야."

"그럴 리가 있소."

이미 평생을 섬길 대상을 찾은 자와 그렇지 못한 이들의 차이였다.

"그래서 말이야. 말이 좋아서 떠나는 거지, 사실은 도망치는 거야. 다시 녀석과 대면해도 흔들리지 않을 정도로 내가 더 커질 때까지. 우리 예전에 그랬던 것처럼, 또 어딘가로 가서 신나게 싸우다 보면 나도 좀 더 커져 있지 않을까? 그래야 관 형과 익덕 보기에도 면목이 서겠다고."

유비가 그렇게까지 생각할 줄은 미처 몰랐다.

관우는 말없이 고개를 끄덕였다.

"익덕도 들어오라고 해. 짐은 챙겨야지."

"알겠소. 지금쯤 연무장에 있을 거요."

갑작스러운 결정에 제일 당황한 이는 장비였다.

그는 누상촌에 와서, 매일 성월과 같이 병사들을 훈련하고 술을 마시면서 그녀와 많이 가까워졌다.

이제 다시 제대로 청혼하면 받아주지 않을까. 아니, 꼭 그러지는 못해도 정인(情人) 사이라도 될 수 있지 않을까.

내심 이런 기대를 품고 있었다.

그런데 전령의 부름으로 집에 돌아왔더니, 갑자기 유비가 청천벽력 같은 선언을 했다. 누상촌을 떠나, 용운과 따로 행동할 거라고.

그제는 둘만의 술자리에서 슬그머니 성월의 손을 잡아봤다. 성월은 굳이 손을 빼거나 하지 않았다. 그다음 입을 맞추려 했을 때는 한 대 맞았지만. 그새 정도 많이 들어서, 언제 다시 그녀를 볼 수 있을지 모른다고 생각하니 견딜 수가 없었다.

'형님들 분위기가 너무 심각해서 떠나지 말자고 떼를 쓰지도 못하겠고……. 미치겠네. 대체 무슨 일이 있었던 거야? 아아, 나의 성월…….'

마음을 정리한 듯 입가에 희미한 미소를 띤 유비와 굳은 표정의 관우 그리고 울상을 한 장비가, 병사들을 이끌고 가려고 진영에 다다랐을 때였다.

마침 창술을 가르치던 조운이 그들을 보았다.

정중히 인사한 그가 말했다.

"무슨 일이십니까?"

"응, 병사들 좀 데려가려고."

"어디로……? 전투라도 벌어진 겁니까?"

"그런 건 아니고. 내가 사정이 좀 생겨서, 용운이랑 계속 함께하기 어렵게 됐거든. 그래서 병사들을 데리고 떠나려는 거야. 원래 내 병사들이었으니까."

"아, 그러면 태수님께 돌아가시려는……."

"아니. 그러기도 좀 뭣해서. 일단 나 혼자 독립해서 싸움터를 좀 찾아다녀볼까 해."

유비의 말을 듣던 조운의 표정이 점점 더 굳어졌다.

다 듣고 난 그가 잘라 말했다.

"안 됩니다."

"응?"

유비는 화가 난다기보다 재미있다는 듯 물었다.

"왜 안 돼?"

"이 병사들은 현덕 님의 병사들이 아니기 때문입니다."

"무슨 소리야. 백규 형이 나에게 내준 병사들이라고. 거기에 내가 예전부터 거느렸던 애들도 섞여 있고."

"그 병력은 이곳이 아니라 함곡관에 있지요."

"……뭐?"

"이 병사들은 원래 동탁의 명으로 함곡관을 수비하던 것을, 용운이와 현덕 님이 항복시켜 받아들인 자들입니다. 만약 현덕 님께서 태수님께 복귀하시려는 거라면 내드릴 수도 있습니다만, 사병으로 삼으시겠다는 건 안 됩니다."

"허."

유비는 고개를 들어 허공을 한 번 보고 말했다.

"야, 자룡. 솔직해져. 네가 백규 형을 못마땅하게 여기는 거 다 알거든? 까놓고 말해서, 너도 용운이가 백규 형한테서 떨어져나왔으면 싶잖아? 이 병력을 용운이를 위해 부리고 싶은 거지? 그래서 나한테 안 내주려는 거 아니냐고."

"……좋을 대로 생각하십시오."

"비켜. 나, 널 처음 봤을 때부터 마음에 들었다. 네가 백규 형의 부하이자 용운이의 의형제만 아니었다면 내 사람이 되어달라고 했을 거야. 그런 녀석을 다치게 하고 싶지 않다."

천오백의 병사는, 유비에게도 결코 포기할 수 없는 것이었다. 그는 함곡관의 병사들도 빼낼 셈이었다. 다 합치면 오천에 가까운, 무시 못할 전력이 된다. 그 정도면 어딜 가도 대우받을 수 있었다.

진영 앞에는 십여 명의 백인장들이 도열해 있었다. 유비가 그들을 향해 큰 소리로 외쳤다.

"다들 뭐 하나? 떠날 준비하지 않고!"

멈칫거리는 백인장들에게 조운이 조용히 말했다.

"자리를 지켜라. 누구라도 여길 떠나는 자는 군율에 따라 처형한다."

백인장들은 즉시 부동자세를 취했다.

유비가 분명 더 상급자라는 자각은 있었는데, 지난 몇 주간 진영을 단속하고 자신들을 훈련한 조운의 말에도 무게가 있었다.

"진영을 정리하고 행군 준비를 하라!"

"다시 말한다. 움직이면 죽는다."

유비의 고성과 조운의 차분한 목소리가 겹쳤다. 병사들은 어쩔 줄 모르고 서로 눈치만 보았다.

'씨발. 어쩌라는 거야?'

'그러게. 왜 우리한테 지랄이야.'

웃던 유비의 얼굴이 점차 일그러졌다.

그가 내뱉듯 말했다.

"어쩔 수 없네. 병사들이 움직이질 못하니, 널 쓰러뜨리고 데려갈 수밖에."

조운은 말없이 창을 들고 자세를 취했다. 결코 물러나지 않겠다는 의지를 표명한 것이다.

'이 병사들은 용운이가 날아오를 밑거름. 현덕 님께는 죄송하지만 절대 내줄 수 없다.'

급박한 상황임에도 불구하고 유비는 속으로 감탄했다.

'햐, 저 녀석. 여포한테 깨지고 나서 실력이 더 늘었네. 거의 창신합일(槍身合一. 창과 몸이 하나가 됨)의 경지처럼 보이는데? 용운이 놈…… 정말 복도 많다니까.'

결국, 관우가 은은한 노기를 드러냈다.

"자룡, 기어이 벌주를 마시려는가."

그가 노호와 함께 앞으로 나서려 할 때였다.

유비와 조운의 눈치를 보며 가운데서 안절부절못하던 장

비의 눈꼬리가 사납게 올라갔다. 그는 관우보다 한발 앞서 튀어나왔다. 이어서 평소와 다른 스산한 목소리로 말했다.

"야, 자룡. 너 미쳤냐? 지금 누구한테 창끝을 겨누는 거야? 당장 안 치워?"

"죄송합니다, 익덕 님."

"이게 진짜……. 좋아. 그리고 보니 병사들이 내 창술이 위인지, 네가 위인지 궁금해하더라. 어디 애들 앞에서 한번 결판내보자."

병사들은 두려운 가운데서도 시선을 집중했다.

장비가 사나운 기세로 창을 휘둘렀다. 예전에 쓰던 점강창이 아니라, 창날이 뱀처럼 구불구불 휘어진 창이었다. 그날의 모양 때문에 '장팔사모(丈八蛇矛)'라 불렸다. 《삼국지연의》에서 장비는 이 장팔사모를 쓰는 것으로 묘사되었다.

그러나 사모 형태의 무기가 나타난 것은 명나라 이후이므로, 실제로 사용했을 리는 없었다. 창날을 이렇게 만드는 방법은 용운이 누상촌의 대장장이에게 알려준 것이었다. 그냥 일자로 뻗은 창날보다 상대에게 더 넓은 상처를 입히는 장점이 있었다.

'과연 익덕 님. 여덟 자나 되는 강철 창을 새털처럼 다루시는구나.'

조운은 창대를 등 뒤로 돌리며 자세를 낮췄다.

'그러나 나도 물러설 수 없다.'

머리 위로 사납게 창을 휘두르던 장비의 동작이 순간 멈췄다. 조운은 눈을 가늘게 떴다.

'온다!'

조운과 장비, 두 맹장이 막 격돌하려 한 순간이었다.

3

결별

장비와 조운이 격돌하기 직전이었다. 일촉즉발의 순간, 화살 두 발이 날아들었다. 화살은 두 사람이 각자 발을 내디딜 지점으로 절묘하게 내리꽂히고 있었다.

"엇!"

"으음."

장비와 조운의 균형이 무너졌다. 어떤 공격을 하든 디딤발로 힘을 받아야 했는데, 이대로라면 발등이 사이좋게 화살에 꿰뚫릴 처지였다. 둘은 교차하듯 서로를 스치며, 한 차례 창을 휘두르는 걸로 만족할 수밖에 없었다. 챙! 날카로운 쇳소리가 울려퍼졌다.

장비는 삼형제 중 조운과 제일 친한 편이었다. 나이도 비슷했으며, 그의 차분하고 예의 바른 성품이 마음에 들었기 때문이다. 그랬던 조운이 큰형님 유비에게 창을 겨눴다. 좋아했기에 더 실망하고 분노했다. 화가 머리끝까지 치솟았던 장비는, 화살을 본 직후 열이 급격히 식었다.

두 발의 화살을 동시에 날려, 싸우고 있는 두 사람이 디딜 곳을 정확하게 노린다? 그가 알기로 이런 활 솜씨를 가진 이는 천하에 한 명뿐이었다.

'이런, 망했다.'

아니나 다를까. 성월의 목소리가 들려왔다. 그녀 특유의 끝을 길게 늘이는 말투와 함께. 활을 쏜 후, 어느 틈에 근처까지 다가온 것이다. 그녀는 활 솜씨뿐 아니라 움직임도 신출귀몰했다. 잠깐 한눈팔았다 싶으면 사라지기 일쑤였다.

"지금 뭘하고 계시는 거죠오?"

관우도 순간 움찔했다. 조운의 등 뒤 방향에서, 성월과 나란히 걸어오고 있는 사린을 본 까닭이었다. 진영 바깥쪽에서 오는 걸 보니, 두 여인이 함께 사냥이라도 나갔다 온 모양이었다. 그 증거로 성월의 허리춤에 꿩이 매달려 있었다. 사린의 머리 위에는 죽은 곰이 얹혀 있었다.

사실 여기에는 사정이 있었다. 본래 사냥은 사린이 전담하다시피 했다. 얼마 전, 용운은 무심코 치킨이 먹고 싶다고 중얼거렸다. 그 소리를 들은 사천신녀가 닭을 찾았으나 실패했다. 식량 부족으로 주변 마을에 닭의 씨가 마르다시피 한 탓이었다. 더 멀리 나가자니, 용운에게서 일정 거리 이상 떨어지지 못한다. 이에 꿩 대신 닭이 아니라, 닭 대신 꿩을 위해 성월이 나선 것이었다.

사린의 작은 체구는 곰 사체에 거의 가려졌다. 언뜻 보면 곰이 누운 채 허공을 떠오르는 듯한 기묘한 모습이었다. 이제 사린의 괴력에 익숙해질 때도 됐는데 볼 때마다 놀라웠다.

"어? 수염 아저씨랑 귀 큰 아저씨도 있네?"

사린은 분위기 파악이 안 됐는지 해맑게 말했다.

그게 다가 아니었다. 조운의 시선이 유비의 어깨너머를 향했다. 고개를 틀어 뒤를 돌아본 유비가 혀를 찼다. 누상촌 쪽에서는 검후가 다가오고 있었다. 그녀는 마을 안쪽에서 혼자 검술 수련 중이었다. 그러다 장비가 살기를 내뿜는 순간, 이를 감지하여 확인차 나온 것이다.

유비와 관우가 시선을 교환했다. 관우는 입을 다물고 천천히 고개를 저어 보였다.

궁수인 성월은 그나마 접근전에 약할 듯했지만, 장합과의 비무를 보면 그렇지도 않았다. 검후는 말할 것도 없고 사린 또한 강했다. 거기에 실력이 일취월장하여, 관우도 쉬운 상대로 여길 수 없는 조운까지.

유비, 관우, 장비, 셋 모두가 힘을 합쳐도 그들을 이기기란 불가능에 가까웠다. 일이 글렀음을 깨달은 유비가 푸념했다.

"아아, 자룡, 너무하네. 빈손으로 터덜터덜 함곡관까지 가서 내 병사들을 찾아가라 이건가?"

"죄송합니다, 현덕 님. 하지만 이 병사들은 용운이에게 남겨주셨으면 좋겠습니다. 일단 명목상으로는 탁군에 방어선을 만들 임무를 띠고 있으니, 그 일을 위해서라도 병사는 필요합니다."

"알았어. 알았다고. 내 오늘 일은 잊지 않겠다."

유비가 조운과 대화를 나누는 사이.

장비와 성월, 관우와 사린은 각각 서로를 마주하고 있었다.

성월이 시선을 피하는 장비에게 말했다.

"익덕, 자룡 씨랑 왜 싸워?"

"그게…… 자룡이 큰형님한테 창을 겨눠서요."

"자룡 씨 성격상 괜히 그럴 리가 없잖아. 왜에?"

"큰형님이 병사들을 돌려달라고 했거든요."

"뭘 돌려줘? 주군이랑 함께 행동하는 중인데 네 것, 내 것이 어디 있다고."

"아마 이제부터는 같이 안 움직일 것 같아요."

"어? 설마, 현덕 님이랑 모두 떠나려는 거야?"

"어, 네……."

"왜에?"

"나도 잘 모르겠어요. 그렇게 됐어요."

성월은 고개를 저었다.

"흐응. 그럼 안 되지. 난 자룡 씨 편을 들 수밖에 없어. 이 병사들은 주군 것이거든. 자룡 씨는 주군의 형이고."

"이익……."

발끈해서 성월을 노려보던 장비는 움찔했다. 그녀는 분명 가만히 서 있을 뿐이었다. 하지만 장비는 거대한 불길이 코앞에서 타오르는 듯한 느낌을 받았다. 이대로 덤벼들었다가는…….

'타죽는다.'

장비의 기세가 꺾였다. 꼭 그 위압감 때문이 아니더라도, 도저히 성월과 싸울 마음이 들지 않았다. 그는 고개를 숙이고 풀 죽은 목소리로 말했다.

"성월, 당신한테는 진 군사가 제일 중요하군요?"

"미안. 너도 알고 있었잖아."

"그럼 난 도대체 당신에게 뭐예요?"

잠깐 생각하던 성월이 답했다.

"주군이랑 자매들 다음으로 중요하게 여겨볼까 생각했던 사람."

"쳇, 역시……."

순간 장비가 고개를 번쩍 들었다.

"응? 아니, 뭐라고요? 진짜……?"

"응, 진짜. 너 꽤 귀엽거든. 같이 술 마시는 것도 즐겁고."

"어어……."

성월이 장비에게 한 발짝 다가섰다.

"너도 나 좋아하지?"

"그, 그럼요! 엄청나게!"

"하지만 현덕 님을 따라 떠날 거잖아. 내 옆에 남아 있어달라고 하면 그래줄 거야?"

장비는 말문이 막혔다.

성월이 처음 보는 슬픈 눈으로 웃으며 말을 이었다.

"못하지? 나도 마찬가지야. 내겐 주군이 그래."

"그렇군요. 이해했어요……. 큰형님이 내게 진리이고 빛인 것처럼, 당신에게도 진 군사가……."

그 말은, 만약 용운과 유비가 적이 되면 둘은 생사를 건 혈투를 벌일 수도 있다는 뜻이었다.

장비는 이를 악물고 등을 돌렸다.

"고마워요. 날 좋아한다고 해줘서."

"……잘 가, 익덕. 술 너무 많이 마시지 마."

"누가 누굴 걱정하는 거야……."

몇 걸음 내디뎠던 그는, 참지 못하고 되돌아 달려왔다. 그리고 그 기세 그대로 성월을 힘껏 껴안았다.

"다른 놈하고 눈 맞으면 죽여버릴 거야. 특히, 그 장합인가 뭔가 하는 얍실한 놈."

"걱정 마아. 나보다 술 약한 남자들한테는 관심 없으니까. 너 그런데 은근슬쩍 반말……."

성월은 더 말을 잇지 못했다. 장비의 입술이 그녀의 입술을 덮었기 때문이다. 그녀는 동그래졌던 눈을 살며시 감았다.

'그래, 한번 봐주자. 이제 언제 만날지, 그땐 같은 편일지 적일지도 모르니까…….'

관우는 관우대로, 말똥한 눈으로 자신을 올려다보는 사린 앞에서 진땀을 흘리고 있었다.

"끄앙!"

그녀는 죽은 곰을 옆에 내려놓더니, 유비 일행의 짐이 얹힌 말들을 가리키며 말했다.

"수염 아찌, 왜 다 싸서 나왔쪄요? 이사 가요?"

"음…… 그래. 이사는 아니다만, 떠날 거다."

사린이 울상을 지었다.

"왜에에에에? 다음에 나랑 또 같이 술 마시기로 해놓고!"

"그리되었다. 미안하구나."

관우는 사린의 머리를 쓰다듬었다.

"그리고 대작은 몇 년 후의 일이다."

"칫. 다 들었쪄요. 여기선 열세 살에도 시집간다며? 난 열여섯 살인걸! 아, 이제 열일곱 됐네. 그럼 어른이니까 술 마셔도 되잖아요."

머리를 쓰다듬던 관우의 손이 딱 멈췄다.

"……뭐라고? 열일곱 살? 그게 참말이냐?"

"응. 참말이지, 그럼."

"허어……."

관우의 나이는 올해로 딱 서른이었다. 그는 이미 십 년도 전에 호씨 성을 가진 여자와 결혼했다. 더구나 열두 살 된 아들, 관평(關平)도 있었다. 《삼국지연의》에서는 양자로 묘사되고 있으나, 관평은 본래 관우의 친아들이었다.

두 사람 모두 탁군 안에 거주했지만, 관우는 일부러 찾아가보지 않았다. 좀 더 자신의 상황이 안정되고 나면 데려갈 생각이었다. 지금은 만나봐야 마음만 아플 뿐, 함께 떠돌아다닐 수도 없지 않은가.

'열일곱, 열일곱이라.'

관우가 혼인했을 때의 나이가 열일곱이었다.

'이 녀석이 그때의 나와 나이가 같다고?'

이 시대의 남자는 열다섯이 되면 무기를 잡거나 임관할 수 있었다. 사린의 말대로, 그녀는 어린애가 아닌 처녀였다. 관우는 진심으로 놀랐다. 그는 사린이 잘해야 관평과 같은 또래라고 생각하고 있었다. 어떤 무공을 배웠는지는 몰라도, 그런 어린 소녀가 괴력을 가졌다는 이유로 용운을 호위하며 전장을 누비는 게 안쓰러웠다. 그녀를 볼 때마다 고향에 두고 온 아들이 떠올랐다. 그래서 나름 신경을 쓰고 잘해줬던 것인데…….

'이거, 이 아이의 나이를 아는 이들 눈에는 내가 어떻게 비쳤을지 모르겠구나.'

사린은 관우의 속도 모르고 헤실거렸다.

"아저씨, 눈 튀어나올 거 같아요. 헤헤."

"다 큰 녀석이 왜 그리 어린아이처럼 행동하는 것이냐?"

"웅? 그거 우리 큰언니가 매일 하는 말인데?"

후웅! 별안간 사린의 머리 위로 관우의 언월도가 떨어져 내렸다. 본래는 참마도라 불리는 중병(重兵, 무거운 병기)이었다. 무게만 약 18킬로그램. 거기에 관우가 휘두르는 힘과 긴 자루에서 오는 가속도까지 더해졌다. 실질적인 충격은 수백 킬로그램 이상이었다. 어지간한 장수는 막아도 손목이나 팔꿈치가 골절된다. 무기째 잘라버린 적도 여럿이었다.

쾅! 굉음이 울렸다.

사린은 그런 공격을, 양손으로 금빛 망치를 들어올리는 것만으로 가볍게 막아냈다.

그녀가 감탄했다는 투로 말했다.

"와! 수염 아저씨, 힘세네? 큰언니 말고 이렇게 팔이 찡하고 울린 사람은 처음이에요!"

관우는 쓸쓸하게 웃었다.

"과연, 진짜 어른이구나."

"그렇다니까요, 에헴."

"……다음에 전장에서 적으로 만나면, 그때는 망설임 없이 너를 베겠다."

"뭐요? 왜? 뭐 때문에?"

"네가 훌륭한 장수이기 때문이다."

"아, 그건 그런데. 아니, 저기요!"

관우는 언월도를 거두고 물러났다.

무표정한 유비와 상기된 장비가 조금 앞선 곳에서 그를 기다리고 있었다. 관우는 자신의 말에 올랐다.

"이랴!"

"수염 아저씨!"

관우가 합류하자, 세 사람은 뒤도 돌아보지 않고 말을 몰아 멀어져갔다.

사린은 그들을 보며 울상을 지었다.

"히잉…… 수염 아저씨, 갑자기 왜 그러지."

옆에 와서 선 성월이 조용히 말했다.

"입장의 차이라는 것이지. 사내들이라안…….”

"나도 알아! 귀 큰 아저씨 때문이지? 그냥 그 아저씨가 우리 오빠…… 아니, 주군 부하 하면 되잖아. 그럼 수염 아저씨도 자동으로 우리 편이 되니까.”

"태어날 때부터 다른 사람 아래에 머무를 수 없는 이들이 있어. 유비가 그래.”

"큰언니처럼?”

"큰언니가 왜?”

"키가 짱 크니까.”

성월은 작게 한숨을 내쉬었다.

"……됐다. 넌 몰라도 돼. 한 손으로 막아도 충분할 공격을, 일부러 양손을 써주기에 철 다 든 줄 알았더니. 운장 씨가 자존심 상할까봐 그런 거 아니었어?”

"헤헤, 눈치챘어? 헤헤. 하지만 수염 아찌도, 내가 묶어준 매듭을 아직 안 풀고 있던걸. 이제 다신 못 보는 걸까.”

사린은 서운한 듯 입술을 삐죽였다. 짐짓 아무렇지 않은 척, 어린애처럼 행동하는 그녀였다. 그러나 그녀의 눈가에 살짝 맺힌 눈물은 성월조차 보지 못했다.

조운은 창대를 세우고 안도의 한숨을 내쉬었다.

'다행히 안 싸우고 지나갔구나.'

자신의 실력이 많이 늘었음은 알고 있었다. 그래도 관우와 장비를 한꺼번에 이길 자신은 없었다. 아니, 장비 하나도 감당하기 어렵다고 생각했다. 함곡관 전투 때의 장비는 마치 수라처럼 보였다. 잘 웃고 수줍어하는 그였기에, 그런 면이 있음을 처음 알았다.

조운은 솔직히 죽음을 각오했다. 그때 마침 사천신녀들이 와주어서 잘 넘어갔다.

'마땅히 내가 보호해야 할 분들에게 보호를 받았다는 게 부끄럽지만……. 더욱 정진해야겠다.'

그의 옆에 검후가 조용히 와서 섰다. 평소처럼 가늘게 뜬 눈에, 부드러운 미소를 띤 채였다.

"수고하셨습니다, 자룡 님."

조운은 금세 얼굴이 붉어졌다. 검후에게서 나는 향기가 머리를 어지럽혔다.

"아니, 저는 한 것도 없습니다."

"병사들을 내주지 않으려고 끝까지 맞서지 않았습니까. 훈련된 병사들일수록 지휘관의 명령에 복종하기 마련이라, 만약 당신이 유비에게 병사들을 순순히 내주었다면 저희 자매들은 천오백의 병력을 상대로 싸워야 했을 겁니다. 그때부터는 유비의 명령을 듣는 부대로 바뀌어 있었을 테니까요."

조운은 검후가 거침없이 유비라 칭하는 게 씁쓸했다. 하지만 어쩔 수 없는 일. 막상 대립하는 상황이 되자, 자신도 놀랄 정도로 망설임 없이 용운을 택했지 않았는가.

검후와 조운은 잠시 도란도란 대화를 나눴다.

성월은 가만히 두 사람을 보고 있었다. 그러다 별안간 사린의 손을 잡고 마을 쪽으로 걷기 시작했다.

"자, 이제 우린 그만 들어가자."

"어? 잠깐만, 언니. 내 곰 가져가야지."

"아휴, 그런 건 나중에 와서 가져가아."

"끄앙, 왜…… 누가 먹어치우진 않겠지?"

"그럴 사람은 너 빼곤 세상에 아무도 없어……."

"아아 곰아, 곰고기…… 잘 있어야 해!"

사린의 외침에, 무심코 시선을 준 조운과 성월의 눈이 마주쳤다. 성월이 한쪽 눈을 찡긋하더니 검후를 가리켰다. 상기되어 있던 조운의 얼굴이 더욱 붉어졌다. 성월은 걸음을 빨리하여 멀어져갔다.

헛기침을 한 번 한 조운이 병사들에게 말했다.

"불미스러운 일이 일어날 뻔했지만, 다행히 잘 해결됐다. 동요하지 않고 내 명을 잘 따른 보답으로, 오후에는 훈련을 취소하고 교대로 자유 시간을 부여한다. 또 내 재량으로 술을 내리겠다."

"와아아아!"

병사들은 신이 나서 함성을 질러댔다.

검후는 뭐 하는 건가, 하고 조운을 보았다.

조운은 모른 척, 병사들에게 계속 지시했다.

"조용! 그 전에, 전체 뒤로 돌아."

"……?"

"열을 셀 동안 함성 발사. 가장 큰 소리로 패기를 뿜낸 부대에 술을 제일 많이 주겠다."

천오백의 부대는 크게 다섯 개로 나뉘었다. 그 다섯 개는 또 세분되지만, 보통 이럴 때는 큰 다섯 개를 의미했다. 병사들은 다른 부대에 질세라 고함을 질러댔다.

"우와아아아아!"

병사들의 함성이 시작된 직후였다. 조운의 오른팔이 검후의 허리를 감아 당겼다. 검후는 별 저항 없이 부드럽게 안겼다.

"우와아아아아아아아으아아!"

병사들은 여전히 함성을 질러대고 있었다. 셋을 셀 정도의 시간이 지났을 때. 조운의 입술이 검후의 입술을 부드럽게 덮었다.

'그대 덕에 내 삶을 다시 얻은 순간부터, 난 용운이와 그대를 위해 살겠다고 결심했소, 검후.'

그리고 그 상태로 열까지 멈춰 있었다. 하나 같은 열의 시

간이 순식간에 지나갔다.

잠시 후, 용운은 전예의 보고를 받았다.

노식의 저택에서 진궁과 대화 중이던 용운은 깜짝 놀랐다.

"뭐라고요? 현덕 님과 운장 님, 익덕 님이 떠났다고요?"

"예. 그 과정에서 병사들을 데리고 가려 한 바람에 자룡 님과 충돌이 있을 뻔했으나, 사천신녀님들의 중재로 무사히 넘어갔다고 합니다."

"끙, 이런⋯⋯."

어쩐지 갑자기 말도 없이 나가버리더라니.

용운의 등 뒤에서 청몽이 작게 중얼거렸다.

"아, 붙었으면 좋았을 텐데. 아주 박살을 내버리게. 감히 주군의 부대를 훔쳐가려 하다니!"

그녀의 말에 진궁이 씩 웃었다.

용운은 유비가 왜 떠나버렸는지 짐작이 갔다. 진궁과 장료를 맞아들였을 때의 감격과 흥분. 그게 가라앉고 나니, 당시 자신이 얼마나 위험한 행동을 했는지 깨달을 수 있었다.

'이건 마치, 나 스스로 한 세력의 주인이 되겠다고 공표한 꼴이잖아. 그것도 야심이 누구 못지않은 유비와, 아직은 공손찬의 부하인 태사자며 전예 앞에서.'

게다가 진궁과 장료는, 노식을 향해 존경을 드러냈을지언정 유비에게는 전혀 관심을 보이지 않았다. 유비는 무시당하는 일에 익숙하긴 했다. 실제로 반동탁연합군 내에서도 공손찬의 식객 정도로 취급됐으니까. 그를 의식하는 사람은 조조 정도였다.

그러나 이번에는 경우가 달랐다. 용운을 섬긴다는 건, 곧 당시로서는 자동으로 유비에게 소속되는 셈이었다. 한데 모두가 유비는 안중에도 없었으니. 유비는 안 그런 척해도 자존심이 엄청났다. 긴 유랑생활을, 강한 자존감 덕에 버텨왔다. 그런 그가 얼마나 분노했을까.

옆에 있던 진궁이 말했다.

"차라리 잘됐습니다. 유비는 공손찬과 형제나 다름없는 사이입니다. 그가 여기 있었다면, 주공께서 공손찬으로부터 독립하는 데 방해만 됐을 겁니다. 그런 의미에서 자룡 님이 병사를 지킨 건 백번 칭찬해도 부족합니다."

용운은 작게 고개를 저었다.

'날 강제로 할거시키지 말라고! 그리고 이름으로 부르라니까…….'

이미 그 부분을 몇 번이나 지적했지만 소용없었다. 깜빡했다곤 하는데 일부러 그러는 게 분명했다. 그 증거로, 깜빡했다고 할 때마다 싱글거렸다.

주공이란 호칭이 전부가 아니었다. 진궁은 이미 용운이 공손찬에게서 벗어나는 것을 기본 전제로 깔고 있었다.

'주군을 자신이 원하는 대로 유도해나가는 타입의 책사……인가.'

진궁은 용운과의 대화 중, 낙양에서 공손찬을 한 번 찾아간 적이 있다고 말했다. 그때 공손찬은 특유의 장기를 발휘한 듯했다. 자기 기준에 따라 사람을 대하고 판단하기.

그 결과, 안타깝게도 진궁은 그의 취향이 아니었다. 눈치를 챈 진궁은 미련 없이 물러나왔다. 안 그래도 공손찬이 낙양에서 보인 행보에 실망했던 터였다. 진궁이 보기에, 공손찬은 의를 행하고 대업을 이룰 사람이 아니라고 했다. 그뿐만 아니라, 낙양에 있던 모든 이가 그랬다.

"동탁을 추격하느라 자리를 비워 접하지 못한 조맹덕과, 고향으로 돌아가겠다고 떠나버려 마찬가지로 대할 기회가 없었던 손문대는 제외하고 말입니다."

이미 큰 실망을 맛본 진궁은, 그들이라고 뭐 특별할 게 있겠냐고 생각했단다.

"유유상종이라고 하니까요."

그는 고향으로 돌아가, 적당한 주인을 찾을 때까지 은거하려 했다. 그때 전예가 간곡히 추천한 사람이 용운이었다.

용운은 그의 얘기를 들으며 생각했다.

'아니, 만약 조조나 손견을 만나봤다면 진궁의 마음이 둘 중 하나에 쏠렸을지도. 특히 조조는…… 진궁이 충실하게 섬 겼던 사람이니까. 서주에서 대학살극을 벌이기 전까지는 말 이야.'

용운은 문득 전예가 신경 쓰였다. 물론 그를 믿고 아끼지 만, 소속이 문제였다. 그는 엄연히 공손찬의 사람이었다. 태 사자도 마찬가지였다. 여기 온 건 용운의 수하가 되기 위해서 가 아니라, 그를 지원하려는 목적이었다.

용운이 자기를 보자, 전예는 웃으며 말했다.

"제 의견도 공대(진궁) 님과 같습니다, 주공."

"……어, 국양 님?"

"무슨 생각을 하시는지 압니다. 전 분명 태수님께 임관을 했습니다. 하지만 그게 벌써 삼 년 전. 그 긴 시간 동안 전 어 떤 중임도 맡지 못했고 승진도 하지 못했습니다. 주공께서 오 시기 전까진 말입니다."

주공이라니! 전예는 공손찬을 가리킬 때도 한 번도 그런 표현을 쓴 적이 없었다.

말하던 전예가 깊숙이 허리를 숙여 보였다.

"주공께서는 제가 가장 잘할 수 있는 일을 찾아주시고, 절 믿고 모든 일을 맡겨주셨습니다. 또 주공이 받은 녹봉이며 은 상들을 아낌없이 제게 베푸셨고요. 저 몰래 어머니와 가족들 을 돌봐주신 것도 알고 있습니다."

"어, 그건……."

"출사한 후 처음으로 보람을 느꼈습니다. 만일 제가 저 자신을 태수님의 사람이라 생각했다면, 처음부터 공대(진궁) 님과 문원(장료) 님을 태수님께 모셔갔을 겁니다. 또 공대 님께서 태수님에게 실망하셨을 때도 한 번 더 설득했을 겁니다. 하지만 전 그리하지 않았습니다. 제 마음이 주공께로 가라고 시켰기 때문입니다."

"국양 님……."

전예는 용운에게도 특별한 사람이었다. 공손찬의 진영에 있었을 때는 전령 겸 비서 같은 역할로 불편함이 없게 해주었다. 정보 수집과 첩보 관련하여 어떤 귀찮은 일을 시켜도 웃으며 수행했다. 그런 정보들은 용운에게 엄청난 도움이 됐다. 더구나 이번에는 진궁과 장료라는 두 인재를 데려오기까지 했다. 마음 같아선 끌어안고 뽀뽀라도 해주고 싶었다. 사천신녀를 제외하곤 가까이에 있는 시간이 제일 길다 보니, 정도 많이 들었다. 그런 전예의 진심 어린 말에 용운도 감격하지 않을 수 없었다. 아까 진궁과 장료 때와는 또 다른 감동이었다. 전예가 덧붙인 말에, 용운의 기쁨은 더 커졌다.

"사실 오는 길에 이미 자의(태사자) 님과 이런 얘기를 했습니다. 아마 자의 님과 준예(장합) 님도 저와 같은 마음일 것입니다. 그뿐만 아니라, 곧 도착할 계규(최염) 님도 마찬가집니다."

진궁도 전예와 태사자, 장합의 뛰어남을 잘 알고 있었다. 이에 그는 크게 기꺼워하며 말했다.

　　"이거야말로 주공의 홍복입니다! 오늘 같은 날 어찌 소와 돼지를 잡지 않을 수 있겠습니까?"

　　"그건 본인이 조달하도록 하지요."

　　노식이 들어서며 한 말이었다.

　　용운은 얼떨떨한 기분으로 그를 바라보았다.

　　노식은 용운을 똑바로 응시하면서 말했다.

　　"진 군사, 확실하게 답해주시게."

　　"예? 무엇을……."

　　"아까 말한 포부들. 그게 진심인가? 그리할 자신이 있는가?"

　　"제 능력이 닿는 한 최선을 다할 것입니다."

　　그러자 갑자기 노식의 말투가 바뀌었다.

　　"난 그대를 택하기 위해, 제자라고 둘 있는 것들을 다 버린 셈이 됐소."

　　"네?"

　　"지난 몇 주간 그대의 식견에 깊은 감명을 받았소. 그리고 폐하를 구출하여 모시고, 황실을 부흥시켜 이 나라를 다시 일으킬 거라고 말했을 때 나는 결심했소. 얼마 안 남은 삶이나마 그대를 따르겠노라고. 설령 허언이거나 입에 발린 소리라 해도, 그런 목표를 내세우는 자조차 없어진 지 오래였기 때문이오."

노식이 깊이 포권을 취했다.

"이 늙은이라도 괜찮다면 주공으로 모시고 싶소이다. 용운 님."

"으어어……."

용운은 연달아 벌어지는 일에 정신을 차릴 수가 없었다.

그의 눈앞에, 자신에 대한 전예와 노식의 호감도 수치가 나타났다. 각각 96과 90이었다. 즉 둘의 말은 진심이었다. 참고로 진궁과 장료는 충성을 맹세한 후 호감도가 92, 85로 변했다. 이 사람들이 갑자기 죄다 왜 이러는 걸까. 급변하는 상황이 혼란스러웠다.

여기에는 이유가 있었다.

용운은 알게 모르게 곁에 있던 사람들에게 계속 영향을 끼쳐왔다. 정확히는 그의 높은 매력 지수가 원인이었다. 반응이 더 일찍 오지 않았던 건, 그 매력이 조조나 손견과 같은 카리스마 종류가 아니었기 때문이다. 굳이 구분하자면 용운의 그것은 유비에 가까운, 인간적이고 부드러운 종류의 매력이었다.

모르는 사이에 조금씩 젖어드는 것. 깨달았을 때는 이미 푹 젖어버리는 것.

그러다 용운이 후한 부흥의 포부를 밝히는 순간, 같은 꿈을 품고 있던 이들에게 일제히 반응이 나타난 것이다. 그리된 대표적인 사람이 바로 노식과 전예였다.

진궁과 장료 같은 경우, 용운과 특별히 상성이 좋다고 할 수 있을 것이다. 황실에 대한 충성과 한나라를 다시 일으키고 싶다는 그들의 목표가 일치한 것도 크게 작용했다. 또한 각자 큰 실망과 회한을 안고 온 상태였다. 그 공허함을 용운이 메워준 것이다.

만약 여기 용운이 없었고 유비를 먼저 만났다면. 거기서 유비가 자신이 황손의 후예이며, 앞으로 한 제국을 부흥시키는 게 최종 목표라 밝혔다면.

두 사람은 유비를 섬기게 됐을지도 몰랐다.

운, 흐름, 타이밍, 상성. 여기에 용운의 능력. 이 모든 게 작용하여 한꺼번에 폭발한 것이다.

이렇게 해서 용운은 진궁이라는 책사에, 노장군 노식, 첩보에 뛰어난 전예, 맹장 장료까지 얻게 됐다. 태사자와 장합 또한, 지원 나와 있는 형태이긴 하나 용운에게 힘을 보탤 것이었다. 거기다 곧 최염과 진림도 도착할 터. 누상촌으로 별들이 속속 모여들고 있었다.

조운의 예감이 맞아떨어진 셈이었다. 그리고 탁군에서 한참 떨어진 장안에서는, 또 다른 한 사람이 용운 못지않은 변화의 바람에 휩쓸리고 있었다.

장안, 미오성.

낙양의 황궁에 있던 집무실과 마찬가지로, 주무는 미오성에도 자신의 공간을 만들었다. 비밀스러운 방 주변은 주무의 특기인 진법으로 보호되고 있었다.

주무는 벽에 쓰인 위원회 명단을 바라보았다. 그의 입에서 침음이 새어나왔다.

"미안하오. 형제들이여……."

주무는 용운과 진한성을 제거하기 위해, 위원회의 구성원들을 암살자로 파견했으나 실패했다. 그 결과, 명단에 무수한 붉은 줄이 그어졌다.

용운에게 보낸 양춘, 진달, 항충, 이곤. 진한성에게 보낸 시은, 주통, 마린, 이운까지. 한번에 무려 여덟 명의 멤버가 소멸됐다.

주무는 비통한 심정으로 가슴을 움켜쥐었다. 지금이라면, 영어와 라임이 뒤섞인 시은의 그 괴상망측한 말도 얼마든지 웃으며 들어줄 수 있을 것 같았다. 그가 살아오기만 한다면.

앞서 사망한 왕정륙까지 더해, 지살급 멤버의 수는 예순세 명으로 줄고 말았다.

'진용운은 생각보다 더 강했고 진한성은 알고 있던 것보다

더욱 강해졌다.'

지살 108위, 단경주는 함곡관의 벼랑에서 남아 있던 전투의 흔적을 봤다. 자신의 천기, 적기안을 이용한 것이다. 그로부터 정보를 전해 들은 주무는 경악했다.

용운이 갖춘 능력으로 짐작되는 반천기라는 것. 그 위험성은 짐작 이상이었다.

단경주의 묘사대로라면, 용운이야말로 위원회의 천적이된다. 그러나 당장 용운을 제거하기에는, 그 자신뿐만 아니라 주위에 있는 자들까지도 너무 강했다.

'남은 지살위 멤버들 중 전투에 특화된 이들을 모두 모아한꺼번에 공격하면 어떻게든 되겠지만……. 그럴 수 있는 상황도 아니고 희생이 너무 크다.'

현재 위원회 전력은 크게 두 곳에 집중 투자되고 있었다.

첫 번째는 성혼단의 확장. 두 번째는 천자 프로젝트였다.

주무는 전쟁을 통해 용운의 세력을 몰락시키고 그를 죽이는 수밖에 없다고 결론지었다. 진용운과 그 수하들이 아무리 강해도, 몇만의 군사를 상대로 이기기란 불가능했다.

'공손찬의 밑에서, 유비와 함께 움직인다고 했던가.'

문제는 함곡관 전투 후 용운의 행방이 묘연하다는 것이었다. 그는 함곡관에 남지도 않았고 공손찬에게로 돌아가지도 않았다. 위원회의 위협을 깨닫고 몸을 숨긴 게 분명했다. 타

초경사(打草驚蛇, 풀을 두드려 뱀을 놀라게 하다). 섣불리 건드려 경각심을 일깨우고 희생만 자초한 셈이었다.

'할 말이 없다. 이건 모두 내 부족함에서 비롯된 일. 이후부터는 더욱 철저하고 신중하게 진행하리라.'

주무 자신은 곧 위원회의 머리였다. 언제까지고 자책하고 슬퍼할 수만은 없었다. 머리가 마비되면 모든 육체 활동이 정지된다. 주무는 마음을 가다듬고 앞으로의 계획을 정리했다.

주무를 비롯한 지살위 멤버들은, 여포를 자신들의 두 번째 천자 후보자로 선택했다. 그의 보좌역으로는 '초선'이라는 새로운 이름을 받은 지살 59위 호삼랑과 공간을 왜곡시키는 능력을 가진 43위 천목장 팽기, 그리고 체술의 달인이며 어떤 상대라도 넘어뜨릴 수 있는 98위 몰면목 초정을 붙여주었다. 그들은 여포의 보호와 감시를 동시에 맡았다.

이제 여포에게 위협이 될 것들을 하나씩 제거해나가야 했다. 단, 최대한 그 여파가 적게 미치는 한도 내에서.

여포의 주적은 단연 조조였다. 정사에서 여포를 죽인 장본인이니 당연했다. 그러나 지금이 아닌 미래의 일이었다. 역사적으로 여포의 죽음까지는 아직 팔 년의 세월이 남았다.

문제는 조조가 여러모로 후세에 미치는 영향력이 매우 커서, 함부로 암살하기조차 어렵다는 것이었다. 주무의 연구로 알아낸 바로는, 강력한 '시간의 수호'를 받고 있었다.

시간의 수호란, 용운도 느낀 적 있는 것이었다. 모든 사건이 실제 일어났던 결과를 향해 움직이는 듯한 초자연적 현상. 역사에 큰 자취를 남긴 인물일수록 그런 현상이 더욱 두드러졌다.

'역시, 위험 부담을 무릅쓰고서라도 조조를 천자 후보자로 택했어야 했나.'

주무는 벽의 지도상에 '조조'라 쓰인 글자를 손가락 끝으로 두드렸다. 현재 조조의 이름은 고향인 패국 초현이 있는 위치에 쓰여 있었다. 형양에서 대패한 후, 잠시 몸을 피한 상태였다.

'하지만 그는 우리가 제어하기에는 지나치게 영민하다. 시간의 수호가 미치는 영향도 최상급이고……. 우리 뜻대로 움직여줄지도 미지수야.'

장안으로 천도하는 동탁을 조조군이 추격해왔을 때였다.

주무는 여포와 가후를 움직여 형양에 매복시켰다. 거기서 조조를 제거하려고 시도한 것이다.

그 결과, 조조는 죽기 직전의 위기에 처했다. 하지만 절묘하게 목숨을 건져 달아나버렸다. 역사와 마찬가지로 형양에서 깨부숴놨으니, 당분간 잠잠하리라는 걸로 만족해야 했다.

'하지만 곧 합비로 이동하여 군사와 물자를 모은 다음, 다시 세를 불려나가겠지. 조조는 그 자신의 뛰어난 능력도 강점이지만, 무엇보다 무서울 정도의 행동력을 갖췄다. 조조 세력의 덩치가 더 커지지 못하도록 견제하는 것도 잊어서는 안돼. 무엇보다 결코 연주를 차지하게 해선 안 된다.'

조조를 쳐부순 후, 당면한 가장 큰 적대 세력은 공손찬과 손견이었다. 낙양까지 점령하여 실질적으로 군사적 위협이 되고 있을 뿐만 아니라, 각각 용운과 진한성이 몸담은 걸로 밝혀졌기 때문이다.

'어디, 공손찬과 손견을 우선 압박하고 나아가 멸망시키려 면……'

잠시 감았다 뜬 주무의 눈이 번쩍 빛났다. 세필을 든 그는, 벽에 그려진 중국 지도에 어지러이 뭔가를 쓰고 그렸다.

'왕의 계획을 앞당겨야겠구나. 지원도 더 확실하게 하고.'

그 전에 해야 할 일이 있었다.

이제 모든 기대를 접은 첫 번째 왕 후보자, 바로 동탁의 제 거였다.

4

·

광기의 폭군

시간을 거슬러, 초평 원년 2월 어느 날.

동탁은 황궁의 침상에서 눈을 떴다. 늘 그랬듯 양옆에 미녀들을 하나씩 낀 채였다.

'으음, 오늘따라 머리가 맑구나. 가만…… 내가 뭘 하고 있었지?'

동탁은 긴 꿈에서 깨어나는 듯한 기분이 들었다. 침상에서 일어난 그는 무심코 거울 앞에 섰다. 청동을 갈아 표면에 광택이 나게 한 거울로, 나름 정교하고 화려한 물건이었다. 하지만 대상을 자세히 비쳐주진 못했다. 그럼에도 불구하고 동그란 원판에 비친 자신의 형상을 본 동탁은 화들짝 놀랐다.

'이게…… 나란 말인가?'

얼핏 봐도 몇 배나 비대해진 몸집에 늘어진 살. 자신이 보기에도 혐오스러울 지경이었다.

그는 본래 체격이 크긴 했으나 근육질이었다. 변경에서 이민족을 상대하며 말 위에서 살다시피 했으니 살이 찔 틈이 없었다.

충격을 받자, 두뇌 회전이 좀 더 원활해졌다.

'뭔가 중요한 걸 잊은 것 같은 기분인데.'

동탁은 최근 무슨 일이 있었는지 돌이켜보았다. 바로 어제 일을 생각하는데도 꽤 시간이 걸렸다. 그러다 보니 사수관에서의 패전이 떠올랐다. 심복 중 화웅과 서영 등을 잃었다. 사수관을 내주고 호진과 여포만 돌아왔다던가. 그렇다면 자칭 반동탁연합군이라는 역적 무리가 곧 치고 올라올 터였다.

'그런데 잠이나 쳐자고 있었다니! 아니, 이건 뭔가 이상하다. 내가 그 얘길 듣고도 아무 지시도 내리지 않고 주색잡기에 골몰하고 있었나.'

그런데도 별로 걱정이 되지 않았다. 당신은 천자가 될 사람이라고, 주무가 말했기 때문이다. 오래된 부하인 화웅과 서영의 죽음도 별로 슬프지 않았다. 성혼단이 별의 힘을 빌려주기로 했으니까. 패하고 온 주제에 화를 내고 뛰쳐나가던 호진에게 짜증이 나기만 했다.

가만히 생각하던 동탁은 머리가 지끈거렸다.

'주무! 주무는 어디 갔지······. 아니, 당장 급한 일부터 처리하자.'

그는 일단 긴급회의를 소집하기로 마음먹었다.

그사이 시녀 하나가 잠에서 깨어나, 침상에서 그를 지켜보고 있었다. 그녀는 벗은 몸을 이불로 가리고 벌벌 떨었다.

'어쩌지? 동적이 뭔가 평소와 달라. 지난밤에 미약(迷藥, 홀리는 약, 정신 못 차리게 하는 약)을 먹였어야 했는데······.'

이 사태는 모두 우연에서 비롯되었다.

'신기군사'라 불리는 주무조차 우연까지 계산에 넣진 못했다. 어쩌면 용운과 얽혀 맛본 몇 번의 실패 탓에 초조해져 있었는지도 모른다.

시녀는 초선, 즉 호삼랑의 수하였다. 그녀는 주무와 초선에게 동탁의 일거수일투족을 보고하고, 정해진 시간마다 미약을 먹이는 임무를 맡고 있었다.

주로 자기 전에 마시는 술에다 미약을 탔다. 행여 발각될 것을 대비해, 술과 섞여야 효력을 발휘하게 만들어져 있었기 때문이다.

그런데 지난밤, 그녀는 몸이 몹시 좋지 않았다. 그 탓에 동탁이 주는 술을 한 잔 받아 마시자마자 먼저 잠이 들어버렸다.

동탁은 거나하게 취하긴 했으나 미약 없는 술을 마시고 잠들었다. 게다가 아직 추운 날씨 때문에 켜둔 화로의 불꽃이 유난히 강했다. 동탁은 밤새 땀을 엄청나게 흘렸다. 체내에 남아 있던 약 성분이 땀에 섞여 배출됐다.

이렇게 우연이 만들어낸 요소들이 작용하면서, 동탁은 오랜만에 맑은 정신이 된 것이었다. 어쩌면 시간의 수호가 작용한 것인지도 몰랐다. 그 또한 한 시대를 풍미한 영웅이었기 때문에.

동탁의 명으로 긴급회의가 열렸다.

그가 회의를 단 하루 미루기만 했어도, 다시 미약이 투여되었을 것이다. 하지만 어떤 예감이라도 작용한 것일까. 동탁은 일사천리로 일을 진행했다. 심지어 주무에게 알리지도 않았다. 평소에는 모든 일을 반드시 주무와 의논했었다. 뭔가 본능적인 수상함을 감지했다는 의미였다.

시녀가 초선에게 다급히 달려갔을 때는, 이미 회의가 시작된 후였다.

대신들은 무슨 일인가 하고 웅성거리며 대전으로 모였다. 늘 흐리멍덩해 보이던 동탁의 표정이 심각했다. 그는 이미 현재 상황을 타개하기 위한 결론을 내린 상태였다.

잠시 숙고하는 척하던 그가 입을 열었다.

"이미 다들 들었겠지만 사수관을 역도들에게 빼앗겼소.

그렇다면 낙양까지 쳐들어오는 것도 시간문제요. 아무래도
천도(遷都, 도읍을 옮김)해야 할 것 같소."

순간 대신들은 당황해서 말문이 막혔다.

그나마 동탁의 비위를 잘 맞추는 이유(李儒)가 조심스레
물었다.

"어디로 말씀이십니까?"

이유는 지방의 학자 출신이었다. 황건적의 난 때 고향의
수령에게 추천받아 중앙에 임관했다. 그는 동탁의 명으로,
원래 황제였다가 동탁에 의해 폐위된 소제 홍농왕을 독살했
다. 그 후 총애를 받으며 참모 노릇을 하고 있었다.

"장안으로 옮기려 하네."

이유에게 대꾸한 동탁의 말은 계속 이어졌다.

"공위(公偉), 그대를 태부로 임명하겠소. 날 도와서 천도
준비를 하시오. 그리고 역도의 무리가 낙양을 침범하지 못하
도록 막아내시오."

공위란 거기장군 주준(朱儁)의 자였다.

주준은 황보숭, 노식 등과 함께 황건적의 난을 진압하고
그 공으로 광록대부에 오른 무장이다. 그는 환관에게 뇌물 주
기를 거부했다가 파면당했고, 지금은 다시 복권되어 하남윤
의 자리에 있었다. 세운 공이 클 뿐만 아니라, 사람됨이 강직
하고 의협심이 있어 명성이 높았다. 그는 동탁의 명을 한마디

로 거절했다.

"도읍을 서쪽으로 옮기는 것은 천리를 거스르는 일입니다. 송구하오나 태부 자리는 사양합니다."

이렇게 말한 주준은 뒤도 안 돌아보고 물러가버렸다.

대로한 동탁이 자리에서 일어나며 외쳤다.

"저 무례한 작자를 당장 옥에 가둬라!"

이유가 서둘러 다가와 동탁의 귀에 속삭였다.

"상국, 진정하십시오. 주준은 명망이 높은 인물입니다. 천도를 앞둔 중요한 시기에 그를 하옥했다가는 반발을 살 것입니다."

그 말에 동탁은 겨우 분을 가라앉혔다. 하지만 이후에도 태위 황안, 사도 양표, 사공 순상 등 주요 대신들이 줄줄이 천도를 반대하고 나섰다.

"아니 됩니다. 불가한 일입니다."

"거두어주시옵소서."

상석에 앉은 동탁은 손으로 이마를 짚었다. 대신들의 목소리가 귓가에서 윙윙거렸다.

그는 문득 과거를 회상하고 있었다. 무도한 방법으로 조정의 주인이 됐다. 그 사실은 동탁 자신도 잘 알고 있었다. 기회가 왔을 때 놓치지 않기 위해 강행했었다. 그러나 일단 권력을 잡은 후에는 달라졌다. 국사를 잘 돌보겠다고 결심한 것이다.

동탁은 환관과 온갖 간신들, 그리고 무능한 황제 탓에 반란이 일어나고 나라가 피폐해졌다고 생각했다. 이에 자신이 모든 걸 뒤집어보려 한 것이다.

'허나 이자들은 그때도 지금도, 내게 반대만 하는구나.'

한편, 시녀의 보고를 받은 주무는 대전으로 향했다. 중요한 임무를 망친 시녀를 죽인 뒤였다. 그는 구석진 곳에 서서 동탁을 응시하고 있었다. 그러면서 동탁과 마찬가지로 과거를 회상했다.

'어디서부터 꼬여버린 건가.'

진한성의 농간으로 엉뚱한 시대에 와버렸다. 무려 천 년이 넘는 까마득한 옛날. 게다가 한창 세상이 어지러운 시기였다. 처음에는 모두 당황하고 좌절했다. 가져온 물자와 각자 지닌 특수한 능력이 있어 생존 자체는 어렵지 않았다. 그러나 뭘 어떻게 해야 할지 알 수 없었다. 목표와 사명감이 원대했던 만큼 절망도 컸다. 그러다 일 년 가까운 시간을 허비했다.

제일 먼저 정신을 차린 사람은 주무였다. 이 상태로 모든 걸 포기할 순 없었다. 그러기엔 준비한 시간과 갖춘 능력이 아까웠다. 명대에서 시작했어야 할 과업이 좀 앞당겨진 것뿐이라고, 주무는 자신과 동료들을 추슬렀다. 그리고 거대한 과업의 바탕을 다지기 시작했다.

우선, 이 시대에 맞게 방식을 최대한 수정했다. 최우선 목표는 천하의 안정과 장악이었다. 그러기 위해서는 힘이 있어야 했다. 표면에 나서지 않으면서, 세상을 움직일 힘.

위원회는 황건의 난에서 힌트를 얻어, 성혼단이라는 종교 단체를 만들었다. 이 시대의 사람이면서 자신들의 일을 대신해줄 수하와 직접적인 무력을 얻기 위해서였다. 미래의 발달한 의술과 세뇌 기법을 사용했다. 부적을 태운 재를 탄 물(태평도, 황건적의 수법) 따위로도 넘어가는 것이 이 시대의 민중이었다. 당연히 신도를 모으기는 식은 죽 먹기였다.

다음은 '제국'의 주인이 될 천자가 필요했다. 위원회는 동탁을 첫 번째 천자 후보로 점찍었다.

이유는 간단했다. 우선, 그 시점에서 제일 강대한 권력을 가지고 있었다. 이미 낙양에 들어와 황제를 손에 넣고 있었으니까. 또한 적당히 순진하면서도 학식이 뛰어난 사람의 말을 경청하는 면모도 보였다.

'그 선택 자체는 지금도 잘못되지 않았다고 생각한다. 역사는 승리자들의 기록이라 하더니, 《삼국지》로 배운 동탁과는 사뭇 달랐지. 이에 가진 바 힘에 비해 통제가 수월하다고 보았다. 반면 원소는 우리와 손잡기에는 아쉬울 게 없었으며, 조조는 너무 교활하고 뛰어나 통제 불능이었고, 손견은 자기 자신과 가문에 대한 자부심이 강하여 조종하기가 어려

웠다. 시간의 수호력 또한 동탁보다 훨씬 강력했고…….'

주무는 동탁의 총애를 얻는 데 성공했다. 그런 다음, 역사적 지식을 적절히 이용하여 조언을 아끼지 않았다. 동탁은 주무의 말대로, 과거 환관들에게 무고하게 화를 당한 학자들의 누명을 벗겨주고 중책을 맡겼다. 또한 학식이 깊으며 인망 있는 자들은 예를 갖춰 대했다.

채옹 같은 학자는 한 달 사이 세 번이나 진급했다. 진기, 한복, 유대, 공주, 오경 등 수많은 사람이 동탁에 의해 관직에 올랐다. 그중 상당수는 조정에 실망하여 은거하던 자였다. 그들을 동탁이 발굴한 것이다.

'그러나 돌아온 건 배신이었지.'

동탁은 의협심이 강하고 순진한 면이 있었다. 그는 남에게 도움을 받았으면 반드시 갚아야 한다고 믿었다. 실제로 차고 넘치게 갚았다. 그 원칙에 따라, 자신에게 은혜를 입은 이들도 충절로 보답하리라 생각했다.

그러나 현실은 달랐다. 동탁 자신이 등용했음에도 불구하고 채옹을 제외한 대부분이 그의 적이 되었다.

'옆에서 지켜보던 나도 놀랄 정도였다.'

한복과 공주, 유대 등은 반동탁연합군에 바로 가담했다. 원소는 공공연히 동탁의 권위를 업신여기더니, 그가 분노하자 관직을 버리고 낙향했다.

'하지만 동탁은 도량을 발휘하여, 오히려 원소를 발해태수에 임명해주었다.'

동탁 입장에서 이가 갈리기는 조조도 마찬가지였다. 동탁은 주무의 경고에도 불구하고 조조를 총애했다. 워낙 영리하고 말을 잘했기 때문이다. 급기야 그를 효기교위(驍騎校尉, 근위 기병과 특수부대를 전문으로 관장하는 무관직)에 봉하여, 낙양 전체의 금위군을 통솔하게 했다.

'사위인 우보나 심복 이각 등 최소한 절대 배신은 하지 않을 이에게 맡기라고 했건만.'

아니나 다를까, 조조는 오히려 동탁을 암살하려 했다. 그러다 여포에게 발각되어 달아나버렸다.

믿었던 이들 모두에게 배신당한 것이다. 여포를 제외하면, 동탁의 곁에는 양주 시절부터 따른 부하들만 남았다.

암살을 시도한 사람은 조조뿐만이 아니었다. 동탁은 자신이 백성을 위해 개혁했다고 진심으로 믿었다. 그러나 낙양 도성에서 일어난 몇 번의 암살 시도 중에는 백성들이 행한 것도 있었다. 부유한 호족이 돈으로 암살자를 샀거나, 순수한 개인적 분노에서 저지른 일이었다.

그때부터 동탁은 무너지기 시작했다.

소제 대신 헌제를 제위에 올리고 자신의 벼슬을 상국으로 높였다. 그의 원칙에 따라, 배신은 응징으로 갚았다. 자객 본인의 사지를 찢어 죽이는 건 당연한 일. 그 가족과 친지까지, 삼대를 멸했다. 암살 행위의 배후가 자신에 의해 폐위된 소제와 그 일족들이라 의심하여, 모후인 하태후까지 한꺼번에 독살했다.

여기엔 화근을 남기지 않으려는 의도도 있었다. 앞서 이유가 거들었다던 일이 그것이다. 또 순찰 중 춘절(春節, 음력 1월 1일, 중국의 가장 큰 명절)을 즐기는 주민들을 보자, 그 자리에 있던 남자들은 목을 베고 여자들은 병사들에게 첩으로 주었으며 재산을 몰수했다.

그들이 자신을 비웃는 것처럼 느꼈기 때문이다. 사람은 극한의 상황에 부닥치면 본성이 나오는 법. 주무는 그때 동탁의 한계를 보았다.

'내 경고조차 무시하는 폭주. 어쩔 수 없었다.'

결국, 위원회는 동탁을 포기하기로 했다. 그러나 갑작스러운 제거는 새로운 혼란을 불러올 우려가 있었다. 21세기에서 목격했던 몇몇 아랍 국가의 혁명처럼. 독재자를 밀어냈으나, 오히려 혼란은 더 커지고 전쟁까지 벌어졌다. 권력의 공백에 대한 준비가 되지 않은 탓이었다.

위원회 또한 낯선 세계에서 준비가 덜 되어 있었다. 그리고 되도록 역사대로 진행하여 죽이는 편이, 시간의 수호에 의한 반발력이 최소화됨을 알았다. 이는 곧 돌발사태가 일어날 확률이 줄어든다는 의미였다.

'하지만 여포에게 동탁을 죽여야 한다고 구슬려야 할 왕윤이 움직일 생각을 하지 않았다. 여포와 동탁의 관계도 생각보다 돈독했다. 아직 시기가 일렀기 때문일까. 동탁과 여포의 사이가 벌어진 결정적인 계기는, 여포가 동탁의 시녀와 사통한 사건. 결국, 그 일을 실제보다 앞서 일으키기 위해 가상의 인물 초선을 우리가 만들어내는 수밖에 없었다.'

처음에 주무는 초선 역할을 맡게 된 호삼랑에게 미안했다. 그 과정에서, 여포가 새로운 천자 후보로 급부상했다.

마침 호삼랑은 그에게 묘한 관심이 있는 듯했다. 위원회 중 일원이 천자의 아내, 즉 황후가 된다? 위험 부담은 있으나 나쁘지 않은 상황이었다.

그러던 중 생뚱맞게 공손찬이 반동탁연합군을 일으켰다. 여포가 출전하는 바람에, 새로운 천자 프로젝트도 조금 미뤄졌다.

주무는 여포의 신변을 보호하기 위해 가후를 딸려 보냈다. 역사와 다르게 일이 진행되는 것에 신경이 쓰여서였다.

아직 가후의 진면목은 세상에 알려지지 않았다. 직접 손을 쓰는 게 아니니, 이 정도는 괜찮으리라 여겼다.

'그러나 여포는 가후를 대동하고서도 패배했다.'

어제 동탁은 사수관에서 패배하고 돌아온 여포를 혹독하

게 나무랐다. 부상을 입었음에도 염려의 말 따위는 한 마디도 하지 않았다. 급기야 옆에 있던 창을 던지기까지 했다.

주무는 여포가 입술을 깨무는 것을 보았다. 그날 밤, 왕윤이 은밀하게 여포를 만났다는 정보도 입수했다.

'분명 배신의 때가 무르익었다.'

이제 여포와 상당히 가까워진 호삼랑, 아니 초선이 동탁과 여포 사이에서 이간질만 하면 끝이었다. 그랬는데…….

'갑자기 예전처럼 멀쩡해져서 장안 천도를 선포하다니. 어차피 동탁을 폐기하기로 한 이상, 장안으로 수도를 옮기는 건 아무리 실제 일어났던 일이라 해도 물자와 시간 낭비다. 역사적으로도 실패한 일로 평가되었고. 역시 시간의 흐름을 완전히 거스르기란 어렵다는 건가?'

주무는 나직하게 혀를 찼다. 천자 후보에서 탈락한 동탁이 초를 치는 기분이었다. 그가 지켜보는 사이에도, 대신들은 속속 반대 의사를 표명했다.

동탁이 이마에 짚고 있던 손을 뗐다. 자리에서 일어난 그가 입을 열었다.

"너희다."

"……예?"

"너희가 나를 이렇게 만들었다!"

동탁은 짐승처럼 울부짖었다.

그런 그의 뒤에 어느새 호진이 와서 서 있었다. 그 외침을 신호로 하듯, 검을 빼 든 호진이 뛰쳐나왔다.

"자, 잠깐. 이게 무슨…… 커헉!"

그가 첫 번째로 벤 사람은 장온이라는 노 대신이었다. 원래 역사상으로도 동탁과 마찰을 빚은 끝에 맞아 죽은 인물이다. 이어서 사도 양표와 황완이 차례로 쓰러졌다. 문관인 데다 나이까지 많은 대신들이, 동탁의 무장 중에서도 수위를 다투는 호진의 검을 피하기란 불가능했다.

대전은 순식간에 피바다가 되었다. 살아남은 대신들은 모두 얼어붙었다.

냉정을 되찾은 동탁이 무표정한 얼굴로 말했다.

"아직도 천도를 반대하는 자가 있는가?"

벌벌 떨던 대신들은 앞다퉈 나섰다. 침묵했던 자들과 반대했던 자들이, 침을 튀겨가며 장안 천도의 필요성을 역설했다.

'으음……'

여기까지 보던 주무는 몸을 피했다. 호진이 자신을 베려든다면 못 이길 바는 아니나, 굳이 충돌할 필요는 없었다.

'직접 손을 써서 동탁을 죽이기 전에는 장안 천도를 막을 수 없나.'

그가 이런 생각을 할 때였다. 천장 위에서 작은 목소리가 들려왔다.

"주무 님, 저 백승입니다."

백승은 위원회 지살 106위의 멤버였다. 작은 체구에 피부가 희었는데, 동작이 잽싸서 백일서(白日鼠, 낮에 다니는 흰 쥐)란 별명이 붙었다. 단경주와 더불어 첩보 및 정보 전달이 특기였다. 전투력은 약하지만, 벽과 천장을 뚫고 파고드는 독특한 천기를 가졌다. 정보 전달은 흔적을 눈으로 볼 수 있는 단경주가 우위였다. 그러나 첩보 및 수집력은 어디에나 숨어들 수 있는 백승이 우수했다.

주무는 앞쪽으로 시선을 향한 채 나직이 답했다.

"백승 형제, 특이사항이라도 있습니까?"

"연합군이 진격을 시작했습니다. 빠르면 사흘, 늦어도 일주일 안으로는 낙양에 도착합니다."

"허, 생각보다 빠르군요."

주무는 어이없다는 듯 웃었다.

역사적인 사실보다, 또 그의 예측보다 연합군의 기세가 훨씬 강하고 빨랐다. 이제는 동탁을 죽이기에도 늦었다. 그래 봐야 연합군이 낙양으로 치고 들어온다는 사실에는 변함이 없다.

오히려 동탁 편에 힘을 보태야 할 판이었다. 위원회 인물들의 상당수가 동탁의 세력에 속해 있었다. 또한 새로운 천자 후보인 여포 또한 여전히 동탁의 수하였다. 최소한 연합군이 흩어지기 전까지는, 그래서 동탁이 가졌던 것들을 고스란히 여포에게 넘기기 전까지는 동탁의 세력이 패망해선 안 되었다.

조율. 그것이 현재 위원회가 할 일이었다. 자신들의 뜻대로 역사를 변주(變奏)하기 위해서.

'연합군 쪽의 지휘관 암살, 성혼단 부대 동원, 여포에 대한 지원……'

주무는 연합군을 물리치기 위해 가능한 방도를 다 생각해 보았다. 하지만 기세를 탄 대군을 막을 만한 것이 없었다. 준비하기에 시간이 너무 촉박했다.

'진용운의 존재를 몰랐던 내 잘못이다.'

주무는 새삼 이를 갈았다.

그랬다. 진용운이 얽히면서 모든 일이 꼬였다. 주무가 파악한 연합군의 전력은, 가후라는 걸출한 책사 하나만 보태줘도 충분히 격파할 만했다. 그러나 화웅은 그렇다 치고 아직 죽어선 안 될 서영까지 잃었다. 게다가 여포는 중상을 입고 말았다.

그러나 진짜 놀랄 소식은 그다음이었다.

"그리고 특급 정보가 있습니다. 진한성의 행방을 알아냈습니다."

"뭐라고요!"

주무는 자기도 모르게 언성을 높였다.

마침 맞은편에서 걸어오던 시녀가 그를 이상하게 쳐다봤다. 심호흡한 그가 다시 입을 열었다.

"어딥니까?"

"남쪽이었습니다. 여강군 서현. 손견이 차지하고 있는 지역입니다. 그 지역의 성혼단 신도가 알려주지 않았다면 찾기 어려웠을 겁니다."

"……알겠습니다. 계속 수고해주세요."

곧 백승의 기척이 사라졌다.

주무는 가슴이 떨렸다. 진정시키느라 애를 썼다.

'일단은 동탁의 의사대로 장안 천도를 진행해야겠군. 그리고 진용운과 진한성을 제거한다. 암살자를 보내서라도……. 시은을 불러야겠군. 지금 당장 파견 가능한 형제들이 누가 있더라.'

마음을 정한 주무는 집무실로 걸음을 옮겼다.

그로부터 불과 며칠 후였다.

중독됐던 아편과 술마저 끊은 동탁은 무서운 추진력으로 천도를 단행했다. 낙양은 수백 년간 거대한 제국의 도읍지였던 곳이다. 그런 도시를 단 사나흘 만에 떠나려니, 혼란이 일어나지 않을 수 없었다.

특히, 낙양에 몇 대째 뿌리를 박고 살아온 백성들은 떠나기를 거부했다. 천도는 곧 거대한 규모의 이주 사업이었다. 당연히 자금과 인력은 필수였다. 또 수도를 옮겨봐야 사람이 없다면 허허벌판이나 다름없을 터. 백성들을 강제로 이주시켜야 했다.

"백성들의 동요가 심합니다. 오래된 호족들일수록 저항이 격렬합니다. 게다가 돈과 일꾼도 부족합니다."

이유가 고충을 토로하자, 동탁이 명했다.

"먼저 황제를 장안으로 옮긴 다음, 궁궐과 가택에 불을 지르고 저항하는 자는 죽여라. 그리고 죽은 자의 재산을 빼앗아 자금으로 써라. 황족과 대신들의 무덤을 파헤치면 돈이 될 만한 것들이 꽤 나올 것이다. 그 일은 여포가 맡아서 하도록 하라."

"……예?"

이유는 황제 시해에 동참하여 온갖 욕을 먹었다. 그런 그도 자신의 귀를 의심할 만한 명령이었다.

"내 말 못 들었나, 이유?"

"아, 아닙니다. 즉시 이행하겠습니다."

이유는 뒷걸음질로 물러나오며 생각했다. 동탁이 결국 진짜 괴물이 되었다고.

동탁은 황제를 데리고 장안으로 향했다. 그는 원래 함곡관을 통과하는, 안전하고도 빠른 길을 택하려 했다. 그러나 주무가 전해준 첩보로 마음을 바꿨다.

"천도에 반대하는 주준 장군이, 자신을 따르는 사람들을 모아 함곡관에 매복시켜놓았다고 합니다. 거기서 상국님을 치려는 모양입니다. 어차피 장안에 도달하기만 하면 상국님의 승리나 다름없으니 다른 길로 가시는 게 좋겠습니다."

"허나 내가 그리로 오지 않으면, 딴 길로 샜음을 눈치챌 게 아닌가. 그럼 추격이 붙을 텐데."

"함곡관으로는 따로 정예병을 보내면 됩니다. 그 병사들 틈에 상국님의 가마를 끼워놓는다면 주준은 깜빡 속을 것입니다."

"오! 그거 좋은 계책이로군."

동탁은 무릎을 쳤다.

처음 미약에서 깨어났을 때는, 주무에게서 알 수 없는 경계심을 느꼈다. 하지만 지금은 역시 그가 필요하다고 생각했다. 이유는 시킨 일에 충실했으며 정치 공작에 능숙한 반면, 정보력은 약한 편이었다. 주무가 아니었다면, 누가 이런 정보를 알려주며 해결책을 제시했겠는가.

주무는 동탁의 허락을 받아, 정예병 삼만을 함곡관 쪽으로 보냈다.

이때 동탁이 미처 모르는 일이 있었다.

첫 번째는, 가마 속에 무장한 두 남자, 즉 위원회의 멤버인

항충과 이곤이 타고 있었다는 것.

두 번째는, 동탁에 대한 충성심이 특별히 강한 병사들로 군단을 꾸렸다는 것이었다. 그들은 동탁을 지키기 위해서라고 믿으며 죽어갈 것이다. 그러면서 동탁과 연합군 및 진용운 세력의 힘을 동시에 소모시켜줄 터였다.

한편, 여포는 부상에서 거의 회복한 참이었다. 초선이 전해준 안도전의 응급 키트 덕이었다. 그가 입은 상처를 감안하면 기적적인 치유 속도였다.

여포는 초선이 소개해준, 성혼단이라는 자들이 가진 힘에 이미 익숙해졌다. 투명해지고 공간을 뛰어넘는 술법을 쓰는 자들. 상처를 빨리 낫게 하는 정도야 대수겠는가. 그런 강력한 힘의 소유자들이 왜 자신을 천자로 모시겠다고 나섰는지 모를 일이었다.

'이용해줄 뿐. 그 힘을. 알아서 굽혀오니. 나도 평생 살 생각은 없다. 누군가의 하수인으로.'

몸이 회복되자마자 무덤을 도굴하라는 명이 떨어졌다. 여포는 군말 없이 이를 이행했다. 그는 팔짱을 낀 채 화려한 왕릉을 열심히 파헤치는 수하들을 묵묵히 바라보고 있었다.

뒤에서 다가온 초선이 그의 팔에 손을 얹었다.

"힘들지 않으세요?"

"······왜 그렇게 생각하지?"

"장군은 명예를 아는 분이니까요. 게다가 명색이 집금오인데 도굴 따위를 시키다니······."

"저런 금붙이들. 쓸 수 없다. 죽은 자는. 애초에 나는 이해할 수 없다. 죽은 후의, 저 화려한 무덤들 따위를. 파묻어두느니 쓰는 게 낫다. 대업을 위해서라면."

초선은 궁궐 담장 너머로 피어오르는 연기를 가리켰다. 그 방향에서 백성들의 것으로 짐작되는 절규가 들려왔다.

"저게 대업입니까?"

"······."

"동탁은 제정신이 아닙니다. 처음 저를 강제로 곁에 둘 때부터······."

콱! 여포는 초선의 멱살을 쥐었다가 놓았다.

"말하지 마라. 함부로. 나의 아버지다. 그는."

초선은 가볍게 코웃음을 쳤다.

"장군은 여(呂)씨이고 그는 동(董)씨인데 어찌 아버지가 될 수 있나요?"

"······물러가라. 할 일이 많다."

"그러지요."

초선은 화난 듯 등을 돌려 여포에게서 멀어졌다.

여포는 잠시 그녀의 뒷모습을 바라보았다. 문득, 그녀의 목소리가 귓가에 울려퍼졌다.

—그러고 싶었습니다. 왕을 모시는 전사가 되고 싶었습니다.

—저를 동탁 님에게서 구해주십시오. 그리하면 제 모든 걸 바쳐서 봉선 님을 모시겠습니다.

울며 하소연하던 얼굴도 떠올랐다.

초선이 가는 길 너머로, 불꽃과 연기가 보였다.

여포는 씁쓸한 표정을 지었다. 아무렇지 않은 척 말했으나, 무덤을 파헤치는 일이 좋을 리 없다. 이후에는 곧장 형양으로 가서 매복해야 했다. 자신에 대한 배려라곤 찾아볼 수 없는 명령.

그의 얼굴에 어린 고뇌가 커졌다. 마음속에는 여전히 한 여인이 자리했다.

'청몽. 어찌해야 하는가. 나는. 마음 같아선 당장 너에게 달려가고 싶다. 모든 걸 버리고. 그러나 여기에 나를 의지하는 자들이 있다. 날 왕이라 칭하는 이들이 있다. 나밖에 없다고 말한다. 미쳐가는 아버지를 막을 사람은⋯⋯.'

그런 여포의 모습을 누군가 은밀히 감시하고 있었다. 여포의 수하들과 같은 복장을 한 사내였다. 여포가 거느린 친위대, 일명 흑철기는 사수관 전투에서 유격대로 나섰다가 전멸했다. 현재의 수하들은 낙양에 돌아와 새로 편성한 부대였다. 당연히 그중 상당수는 동탁의 입김이 닿았다.

사내는 슬슬 구석으로 몸을 숨기더니, 도굴 현장을 빠져나가 어디론가 바삐 달려갔다. 장안에 있는 동탁에게 보고하기 위해서였다. 동탁이 총애하는 초선이 여포와 접촉했다고.

그로부터 이틀 뒤였다.

수백의 병사들이 낙양 인근에서 전투 중이었다. 그들은 동탁의 수하인 이각의 부대 중 하나였다. 상대는 세 남자와 한 여자였다.

애초에 병사들은 의욕이 부족하긴 했다. 이미 장안 천도가 시작된 후였다. 낙양의 백성들은 동탁군에 둘러싸인 채, 수십 리 밖에서 고난의 행군을 하고 있었다. 비록 낙양을 지키는 임무를 맡았지만 사기가 높을 리 없었다. 어차피 연합군의 수만 병력이 들이닥치면 항복할 생각이었다. 그렇다 해도 삼남일녀에게 일방적으로 밀리다니. 대략 780대 4의 싸움에서 당하고 있는 것이었다.

병사들의 얼굴에 경악이 어렸다.

불타 폐허가 된 낙양에서 노략질하는 게 병사들의 유일한 낙이었다. 간혹 미처 따라가지 못하고 남겨진 여자들에게 몹쓸 짓도 자행했다. 그러다 한 여인이 병사들의 눈에 띄었다.

세련된 미녀가 많은 낙양에서도 보기 드문 미모를 가진 여인이었다. 까맣고 긴 머리카락에 아담한 체구. 거기다 유난히 하얀 피부가 병사들을 홀렸다.

함께 있는 사내 중 하나의 덩치가 비정상적으로 큰 게 마음에 조금 걸렸으나, 다 해야 넷뿐인 무리였다. 게다가 그중 둘은 애송이였으며, 덩치 큰 사내는 무기도 없는 빈손이었다.

병사들은 입술을 핥으며 다가섰다. 그게 재앙의 시작이었다.

"아쵸오!"

날카로운 기합과 함께, 병사 하나를 발차기로 날려버린 소년이 외쳤다.

"이거 재밌네. 역시 진 선생님을 따라오길 잘했어. 안 그래, 공근?"

공근이라 불린 소년은 긴 머리의 미남자였다. 그는 난전 중에도 머리카락 한 올 흐트러지지 않았다. 달려드는 병사를 짧은 검으로 우아하게 벤 그가 말했다.

"난 아무래도 마음에 걸려, 백부. 어머님을 두고 떠나온 게……."

"아직도 그 걱정이야? 권이가 있잖아!"

"……이봐, 중모(손권 중모. 손견의 차남, 손책의 동생)는 고작 아홉 살이라고."

"뭐, 다른 숙부들도 있고 병사들도 있으니까. 무엇보다 어

머니께서 떠나라고 허락하셨다고."

"당연히 그러시겠지. 장남이 직접 전장을 경험하며 문대님을 돕고 싶다고 그렇게 간절히 말하는데, 어떻게 끝까지 반대하시겠어."

두 소년은 바로 손책 백부와 주유 공근이었다.

손책이 의기양양하게 말했다.

"방금 놈으로 스물여섯 명째. 너는?"

"난 스물둘."

"오호, 분발했는데? 하지만 내가 이겼어."

"저거나 보고 말해."

주유가 턱짓으로 좀 떨어진 곳을 가리켰다. 신장이 2미터는 넘어 보이는 장신의 사내가 싸우고 있었다.

픽! 퍼억! 그가 왼손 주먹을 내지를 때마다, 밀 포대가 찢어지는 듯한 소리가 울려퍼졌다. 사내는 오직 한 손만을 썼다. 더구나 제자리에서 한 발도 움직이지 않았다. 태평스레 주먹질을 하는 듯한데, 주먹 한 방에 병사 서넛이 포개지며 추풍낙엽처럼 날아갔다.

대단한 건 사내뿐만이 아니었다. 그와 등을 맞대고 있는 여인도 대단했다. 아니, 싸움의 방식만으로 보자면 더욱 기이했다.

병사들이 달려든 원인이 된 미녀였다. 그녀는 양손에서 검은 섬광을 연신 뿜어댔다. 섬광에 관통당한 병사는 몸을 부르르 떨다가 풀썩 쓰러졌다.

잠시 두 사람을 바라보던 손책이 중얼거렸다.

"진 선생님과 이랑 누나……."

"둘이 합쳐서 삼백 명 정도 될걸?"

"……아이고 의미 없다."

콰앙!

또 병사 하나를 날려버린 진한성이 말했다.

"망할 아들 녀석. 뭔 짓을 하고 다녔기에, 역사가 죄다 바뀐 거야? 동탁이 벌써 낙양을 떠버렸잖아."

지잉! 특기, 플래시 오브 다크니스를 발동한 이랑이 뒤도 안 돌아보고 대꾸했다.

"꼭 도련님 때문인지는 모르지요. 회의 인간들도 움직였을 테니까."

"그것만이면 괜찮아. 덕분에 여기서 연합군을 기다려야 하는 시간이 길어졌다고! 게다가 애송이 녀석들까지 돌봐야 하고!"

"좀 기다리면 또 어때요."

"이럴 줄 알았으면 네 가속 능력까지 써서 서둘러 올 필요 없었는데. 이제 손책 녀석은 아예 네가 선녀쯤 되는 줄 안다고."

진한성은 계속 투덜거리면서도 입가에 미미한 웃음을 머

금고 있었다.

"그런 것치고는 어째 즐거워 보이시네요."

"티 나? 흐흐. 뭐, 오랜만에 몸을 제대로 푸니까 좋기도 하고. 용운이를 혼자 두고 온 게 계속 마음에 걸렸는데, 이제 함께할 수 있게 돼서 솔직히 기대되긴 해."

"저도 기대됩니다. 마스터의 아들이라니 또 어떤 괴물일지."

"훗. 지난번에도 말했다시피 내 아들은 제 엄마를 닮아서 엄청난 미소년이야. 보면 이랑이 너도 뻑갈걸?"

"네네, 퍽이나요. 마스터의 유전자가 외모에 단 1퍼센트도 안 섞였다는 건 생물학상 말이 안 됩니다."

"안 믿네."

"티 나나요?"

"대놓고 말했잖아! 그리고 나랑 닮았어!"

진한성과 이랑 그리고 손책과 주유가 이각의 병사들을 상대로 한창 싸울 때였다.

한 무리의 인마가 빠르게 접근해왔다. 규모로 보아, 정찰을 위해 나온 부대였다. 정찰부대는 전투가 벌어지고 있음을 알고 좀 떨어진 곳에 멈춰 섰다.

검은 말을 타고 선두에 선, 위풍당당한 풍채의 사내가 중얼거렸다.

"허, 대단한 자들이군. 단 넷이서 수백의 병사들을 상대로 밀리기는커녕 압도하고 있다니. 더구나 저들 중 둘은 아무래도 너와 비슷한 또래로 보이는구나."

사내는 옆에 있던, 백마를 탄 소년에게 말했다.

"맹기야, 흥분되느냐? 과연 네 말대로 천하는 넓구나."

맹기라 불린 소년, 마초가 씩 웃었다.

"그렇습니다. 아버지."

5

벗들의 만남

마초(馬超), 자는 맹기(孟起).

훗날 삼국시대 촉한의 장군이다. 《삼국지연의》에서 '오호 대장군(五虎大將軍)'으로 묘사된 최강의 다섯 장군(관우, 장비, 조운, 황충, 마초)의 일원으로 성장하는 소년이었다. 비틀린 이 세계에서는 어찌 될지 모르지만.

위로 치솟은 눈썹이 유달리 짙었다. 그 눈썹 아래에서 두 눈이 날카롭게 빛났다. 남자다우면서도 성격이 급한 것처럼 보였다. 그런 한편, 잘 손질된 은빛 갑옷과 깨끗한 말(馬)의 상태는 꼼꼼한 일면을 드러냈다. 코는 약간 매부리코였는데 그게 잘 어울렸다. 전체적으로 한 마리의 아름다운 매와 같은

인상. 매는 우아하나 흉포하고 또 집요하다.

마초는 손책이 싸우는 모습을 보자 피가 끓었다. 그가 자신과 비슷한 부류임을 알 수 있었다.

옆에 있던 위풍당당한 풍채의 장년인이 말했다.

"싸워볼 테냐? 어차피 저 병사들은 동탁이 남기고 간 것인 듯하니."

"그래도 되겠습니까."

"적당히 날뛰어보아라."

마초는 길이를 조금 줄인 삭(槊, 기병용 창)을 힘주어 잡았다. 애마, 백호(白虎)의 옆구리를 뒤꿈치로 조였다. 티 없이 흰 털에, 전마(戰馬, 전쟁에 쓰는 말)에 어울리는 용맹한 성격 때문에 붙여준 이름이었다.

주인의 흥분이 말에게도 전해졌는지 콧김이 거칠어졌다.

"하!"

곧 마초는 말과 한 몸이 된 것처럼 달려나갔다.

"저건 또 뭐야. 이제 꼬마는 사절인데."

진한성은 다가오는 마초의 존재를 눈치챘다. 그러다 눈을 살짝 치떴다. 마초가 말에 탄 채 창을 거듭 내찔러, 달려오던 기세 그대로 적병 수 명을 쓰러뜨리는 모습을 본 것이다.

"한 합에 일곱 명을……. 보통 꼬마는 아니네."

진한성이 중얼거렸다.

"막을까요?"

훌쩍 뛰어 옆에 다가온 이랑이 물었다.

진한성은 고개를 저었다.

"아니, 놔둬 봐. 적이 아니라면 굳이 충돌할 필요 없다."

그는 눈을 가늘게 뜨고 마초의 뒤쪽을 보았다. 이쪽을 주시하고 있는 일련의 무리가 보였다. 저들이 누구며 어느 세력인지 알 필요가 있었다.

'저 말 탄 꼬마의 행동을 보면 뭔가 나오겠지.'

손책 또한 마초의 접근을 알았다. 거기에 신경 쓰다가 살짝 집중이 흐트러졌다. 그 바람에 부서진 벽돌 조각을 밟아버렸다.

'아차!'

손책이 비틀거리는 사이, 악에 받친 병사 둘이 한꺼번에 덤벼들었다. 최적의 타이밍에, 최고의 궤적. 병사들에게는 우연히 만들어진 절묘한 기회였다.

"백부!"

놀란 주유가 외칠 때였다.

"크라라라라라라랏!"

마초는 순간적으로 한 줄기 빛이 되어 가속했다. 그리고 먹잇감을 잡아채는 매처럼 두 병사에게 돌진했다. 손책의 코앞으로 백마가 스치고 지나갔다. 그러자 병사 둘이 동시에 가슴에서 피를 뿜으며 쓰러졌다.

　말머리를 돌린 마초와 손책의 눈이 마주쳤다.

　마초가 먼저 입을 열었다.

　"인사는?"

　손책은 어쩐지 울컥했다.

　'도움받은 건 알겠는데…….'

　통성명이고 뭐고 없이 대뜸 생색이라니. 더구나 얼굴과 목소리를 보아하니 또래였다. 그 바람에 자존심도 상했다.

　손책은 자기도 모르게 퉁명스레 대꾸했다.

　"……뭐래, 멍청이. 너 때문에 집중이 흐트러져서 공격받은 거잖아."

　"뭐라고?"

　보기 좋게 솟은 마초의 눈썹 끝이 꿈틀거렸다.

　둘 사이의 분위기가 막 험악해지려 할 때였다. 마초를 주시하던 정찰대가 돌진해왔다. 둘은 상대를 노려보며 흐지부지 물러섰다.

　주유는 은빛 갑옷에 백마를 탄 소년을 유심히 관찰했다.

　'엄청난 창술과 기마술. 아직 완성되진 못했으나 백부에게 크게 뒤지지 않는 실력이다. 누구지?'

　적병은 가뜩이나 진한성에게 질려 있었다. 거기에 일단의 기병까지 돌진해오자 완전히 전의를 상실했다. 달아나는 자,

그 자리에 엎드려 항복하는 자가 속출했다.

그 광경을 보던 진한성이 턱을 긁적였다.

'어라……. 저 기병들의 움직임. 이쪽 동네 것이 아닌데? 북방인가. 그렇다고 동탁이나 여포 쪽인 것 같지도 않고.'

진한성을 처음 본 이들은 일단 체격에 압도당했다. 그냥 키만 큰 게 아니라 근육으로 뭉쳐 있었으니까. 굵은 밧줄이 꼬이다 못해 터질 듯한 근육이었다. 그러니 자연히 머리가 나쁠 거로 생각했다. 이는 체육계열에 대한 한국의 편견 중 하나였다. 서양에서, 금발의 글래머 미녀는 머리가 나쁘다고 여기는 것과 비슷한 맥락이었다.

그러나 용운의 높은 지능과 순간기억능력은 진한성에게서 물려받은 것이었다. 진한성은 세계 최고의 역사고고학자였다. 하고 다니는 짓이 인디아나 존스와 비슷하긴 해도, 머리가 둔해서는 그리되긴 어렵다.

거대한 체격은 친가 쪽 유전이었다. 오지를 돌아다니다 몇 번 험한 일을 겪고 혹독한 단련을 했다. 게다가 유물 하나를 손에 넣으면서 육체의 강인함이 극대화되었다. 정신 차렸을 때는 이미 철인 수준이 된 후였다.

용운이 가진 금강벽옥접이 회복 능력에 특화되었다면, 진한성은 강화 능력에 특화된 유물을 소지하고 있었다. 금강벽옥접은 허약한 아들이 걱정되어 일부러 선물한 것이었다.

아무튼 진한성은 현재 시기와 대상의 외양 등으로 상대를 짐작해보았다.

'낙양에 척후를 보낸 걸로 봐선 반동탁연합군의 세력. 기마 솜씨는 흉노나 강족과 얽힌 쪽인데……. 역사와는 달리, 공손찬이 연합군 총사령관이 됐다고 들었다. 친히 척후로 납실 리는 없고. 이맘때 저 정도 무술 실력을 갖춘, 손책 또래의 소년이라면 마초 정도밖에 안 떠오르네.'

물론 알려지지 않은 무명의 장수일 수도 있었다. 무려 2000년 전의 과거가 아닌가. 모든 사건이 역사에 기록된 것도 아닐뿐더러 기록된 내용이 다 사실이라는 확신도 없다. 그나마도 지금은 본래 역사와 많이 변해 있었다.

그사이, 이각군을 정리한 기병대가 진한성에게 다가왔다.

이랑이 그의 앞을 보호하려는 듯 막아섰다.

검은 말을 타고 선두에 선 장수가 입을 열었다.

"본인은 정동장군인 마등(馬騰) 수성(壽成)이라 하오. 귀공의 존함을 듣고 싶소만."

진한성은 미미하게 고개를 끄덕였다.

'역시 그랬군.'

마등이 직접 척후 임무에 나선 건 의외였지만 예상대로 그였다. 진한성의 머릿속에서 순식간에 거대한 성이 나타났다. 용운은 탑의 형태로 기억을 정리했다. 그와는 달리 진한성은 강철의 성을 이용했다. 그 규모는 용운의 탑보다 훨씬 거대했다. 살아온 시간이 길기에 그만큼 저장된 기억의 양이 방대한 까닭이었다. 진한성은 그 안에서 마등의 정보를 확인했다.

'후한 말의 군벌로 마초의 아버지. 건장한 체격에 성정이 온후하여 주변인들로부터 공경받았다. 양주에서 한수와 더불어 군림하고 있었으며, 반란과 할거를 거듭하며 존재감을 과시했다.'

즉 무력 시위를 벌여 중앙정부를 견제한 것이다. 그가 있던 양주는 워낙 거리가 멀어 정벌하기가 어려웠다. 또한 북서부의 강족이 마등에게 협조적이었다. 그렇다 보니 조정에서도 그를 토벌하기보다는 달래려 했다. 만만히 상대할 자는 결코 아니란 뜻이었다.

'본래 마등은, 동탁이 장안으로 천도하면서 반란죄를 사면해주고 연합군을 제압하는 데 참전시키려 했다. 같은 양주 군벌이라 교감하는 게 있었겠지. 하지만 마등이 장안에 도착했을 때는 이미 동탁이 암살당한 후라 벼슬만 받고 되돌아갔다. 즉 이때는 반동탁연합군이 아니라 동탁군에 협조하고 있을 가능성이 높다.'

정동장군이라는 관직 또한, 장안으로 공격해온 그를 회유하기 위해 이각이 내린 것이었다. 한데 벌써 스스로를 정동장군이라 칭하고 있다.

진한성은 슬며시 기세를 끌어올리며 대꾸했다.

"진한성이라 합니다. 벗인 손견 문대가 연합군에 참전했다기에 함께 동탁을 치러 왔습니다."

그는 일부러 자신의 포지션과 목적을 확실하게 밝혔다. 어느 쪽과 손을 잡고 있는지를. 어차피 본명을 말해봐야 모를 터였다. 딱히 신분을 증명할 방법도 없었다. 그렇다면 손견의 이름을 빌리는 편이 쉬웠다.

마등이 역사대로 동탁의 편이라 해도, 때려눕히고 달아나면 그만이었다. 다만, 손책과 주유를 보호해야 하니, 완전히 싸움을 피하긴 어려우리라. 자신뿐만 아니라 이랑도 있으니 질 리는 없었다.

'뭐, 최악의 경우에는 천기도 있으니까. 이랑이한테 잔소리 좀 듣더라도 누가 다치는 것보단 낫지.'

만약 마등이 연합군 소속이라면 좋은 일이었다. 손쉽게 손견과 용운을 만날 길이 열리는 것이니까.

진한성 못지않게 마등도 그를 경계하고 있었다. 엄청난 싸움 실력을 목격한 까닭이었다. 손견은 크고 작은 전투를 거듭하며 명성을 떨쳐왔다. 그의 이름을 입에 담으며 벗이라 칭했다. 만약 거짓이라면 아주 멍청한 자나 할 짓이다. 하지만 낯선 거구의 사내를 덥석 믿긴 어려웠다.

"그대가 손문대의 벗이라는 거요?"

"예. 여기 문대의 장남이 증인이 되어줄 겁니다. 급한 용무가 있어 저와 동행했습니다."

"손문대의 장남…… 여기 왔단 말이오?"

마등은 이랑의 옆에 와서 선 소년을 보았다. 손견의 흔적이 뚜렷이 보이는 소년이었다.

'과연, 아버지를 빼다 박았군.'

손책과 주유는 마등을 향해 포권을 취해 보였다.

"손책 백부라고 합니다. 아버님을 돕기 위해 진 사부와 함께 낙양으로 왔습니다."

"주유 공근입니다. 여강 출신이며, 백부와 함께 행동하고 있습니다."

비로소 마등의 얼굴에서 경계심이 사라졌다. 손견의 아들이 사부라 칭하는 사내라면 믿을 만할 것이다. 어차피 손견을 대면하는 순간 밝혀질 터. 만에 하나 이것이 치밀한 암살 시도라 해도…….

'내가 거기까지 알 바는 아니지. 동탁을 축출한 후의 경쟁자가 하나 줄어드는 것뿐.'

마등은 손책에게 부드럽게 말했다.

"어쩐지 어린 나이에도 불구하고 솜씨가 빼어나다 했더니. 과연 호부(虎父, 호랑이 같은 아버지) 밑에 견자(犬子, 개 같은 아들, 즉 보잘것없는 자식) 없는 법이로구나."

"과찬이십니다."

마초도 뭔가 알겠다는 듯한 표정을 짓고 있었다.

'흥. 제법 한다 했더니, 손견의 아들이었군.'

마등은 진한성에게 고개를 돌려 말을 이었다.

"나 또한 손문대와 마찬가지로 연합군에 참전했소이다. 거리가 멀어 뒤늦게 도착한 탓에, 이렇게 척후 임무를 자청했소."

"연합군 소속이십니까?"

"그렇소. 하하! 우리는 서로 아군이니 그렇게 경계하지 않아도 된다오. 낙양의 상태도 살폈으니 함께 손문대에게 갑시다."

"그래주시면 고맙겠습니다."

마등이 연합군 소속이 되어 있었다. 역시나 여기도 뭔가 비틀림이 일어난 것이다.

마등은 진한성을 위해 특별히 큰 말 한 필을 내주었다. 이랑은 그의 뒤에 사뿐히 올라탔다. 손책과 주유도 말 한 필에 함께 올랐다.

마등을 따라 본진으로 가면서, 진한성은 그가 어떻게 연합군이 됐는지 들을 수 있었다.

"그대도 봤으리라 생각하지만, 백규 님이 대단한 격문을 뿌렸더구려. 그걸 보고 피가 끓어서 견딜 수가 있어야 말이지. 하지만 나는 중앙과 좀 문제가 있어서 망설이던 차에, 이번에 연합군에 참여하면 없던 일이 되도록 손을 써주겠다는 약조를 받았소. 아들 녀석에게 중원이 어떤 곳인지 보여주고 싶기도 했고 말이오."

진한성도 공손찬이 퍼뜨린 격문을 보았다. 작년 말, 손견과 함께였다. 그 신랄함과 수려함에 손견 또한 놀랐다.

어조와 필체를 본 진한성은 다른 의미로 놀랐다. 글자의 모양 및 문장의 버릇 등, 그가 알기에는 분명 진림의 서체와 문체였다. 진림이 그 시기에 공손찬의 가신일 리가 없었다. 그때부터 뭔가 이상하게 돌아간다고 생각했다.

진한성은 우연한 인연으로 손견에게 의탁했다. 그래도 역사의 비틀림을 만들지 않으려고 나름 최대한 조심해왔다. 그러나 나비효과란, 하다못해 그가 보따리장수에게서 떡 하나를 사먹어도 일어날 수 있는 법. 본래 사고로 죽었어야 할 떡장수가 떡을 파느라 시간을 지체하여 살게 되었다거나, 없어야 할 돈이 생긴 바람에 강도질을 당해 죽게 되었다거나 하는 식이었다.

'애초에 인간의 통찰력으로는 조절 불가능한 현상이니까.'

당시만 해도, 아들이 이 세계에 와 있는 줄은 꿈에도 몰랐다. 처음 그 소식을 들었을 때, 겉으로는 태연한 척했으나 얼마나 놀랐는지 모른다. 영리한 대신 예민하고 허약한 녀석이었다. 손가와의 인연이 아니었다면 당장 아들을 찾으러 움직였을 것이다. 진한성이 기억하는 아들이 생존하기에, 이 세계는 너무도 고달프고 위험했기 때문이다.

그런데 손견의 조카이자 정보통인 손분이 전해주는 소식에 의하면 용운의 행보는 사뭇 기이했다. 어떤 면에서는 오히려 진한성보다 적응이 빠르기까지 했다.

'녀석, 제법이란 말이야. 공손찬의 책사로 들어가서, 그를 반동탁연합군의 중심으로 만들다니. 원래 참여하지도 않았던 공손찬이 사령관씩이나 됐고. 마등이 아군이 된 것도 아마 그래서겠지.'

흐뭇하게 웃던 진한성의 표정이 조금씩 굳었다.

'하지만 개입의 정도가 지나치게 커. 이건 거의 위원회 수준이잖아. 이러다 돌이킬 수 없는 변화가 일어난다. 이미 늦었는지도 모르겠군.'

용운이 《삼국지》 마니아라는 것은 그도 잘 알았다. 최소한 《삼국지》에 대해서만은 진한성 자신보다 더 빠삭할 수도 있었다. 진한성은 어디까지나 학술적으로 접근하니까.

그러나 용운은 소설, 게임, 영화 등 《삼국지》와 연관된 온갖 것들을 빠짐없이 머릿속에 넣었다. 그 결과, 정사의 내용뿐만 아니라 인물들 개개인의 성격, 대략적인 능력치까지 숫자로 구체화할 수 있었다. 비록 재미를 위해 임의대로 만든 것이라 해도.

'그래서 더 위험해.'

용운이 그런 숫자의 형태로, 상대의 '진짜 능력'을 본다는 사실을 진한성은 알지 못했다. 그러나 뭔가 힘을 가졌을지도 모르겠다는 추측은 했다. 일단 이제까지 무사한 것도 그렇고, 진한성 자신이 그랬기 때문이다.

'그러고 보니 용운이 녀석도 이런 능력이 생긴 걸까? 위원회 놈들이 천기라 부르는 초능력. 내가 이제까지 파악한 바로는 성혼마석에 접촉하거나, 유물을 소지한 채 타임슬립을 하면 천기를 갖게 된다. 후자의 케이스는 확실한 게 아닌 데다 지금까지는 나뿐이었지만……'

용운이 유물을 소지했을 가능성은 충분했다. 진한성의 집은 온갖 유물 천지였기 때문이다. 하다못해 책상 위의 문진도 고대 유물이었다.

'알 수 없는 건, 아직 시공회랑의 쿨타임이 끝나지도 않았는데 용운이가 어떻게 과거로, 그것도 정확히 이 시대의 중국으로 왔느냐 하는 건데. 공손찬에게 간 걸 보니 북평군에 떨어졌던 모양이네. 녀석의 체력으로는 한 개 주는커녕 군, 아니 현을 벗어나기도 힘들었겠지. 위험 요소도 많았을 테고. 어쨌거나 용케 무사했구나.'

진한성의 뒤에서 말을 타고 있던 이랑은, 그가 골똘히 생각에 잠겼음을 눈치챘다. 말이 멋대로 다른 방향으로 가려 한 것이다. 그녀는 몸을 가볍게 띄워올려, 진한성 앞에 앉아 말고삐를 잡아챘다.

"제가 몰겠습니다. 이러다가 대열을 이탈하겠군요. 수성 님께도 실례입니다."

"엇, 미안."

둘의 대화를 들은 마등은 껄껄 웃었다.

"하하! 아니외다. 오랜만에 벗을 만나게 되니 만감이 교차하신 모양이오. 그나저나 아름다운 시녀를 두셨구려."

마초가 달려올 때부터, 진한성은 이랑에게 전투를 멈추라고 말했다. 광학병기를 난사하는 그녀의 전투방식은 자칫 오해를 살 우려가 있었다. 덕분에 그녀가 싸우는 모습은 미처 못 본 모양이었다.

진한성은 속으로 생각했다.

아름다운 시녀? 이 여자는 당신 정도는 한 손으로 찜쪄먹는다고.

"뭐, 그렇습니다. 아, 혹시 공손찬…… 아니, 백규 님 휘하의 참모에 대해 아는 바가 있으십니까? 오는 길에 소문을 많이 들어서요."

"음? 백규 님의 참모라……. 난 특별히 들은 건 없소만. 연합군에 합류한 지 며칠 안 되어서, 분위기 파악하기도 바쁘다오. 사수관 전투에는 아예 참여도 못했지. 아! 그러고 보니 재미있는 얘기를 하나 듣긴 했소. 참모에 관련된 건 아니지만."

"재미있는 얘기라면?"

"백규 님이 엄청난 실력의 여자 무사들을 거느리고 있다고 하더이다. 그중 하나는 유난히 키가 크며 두 자루 검을 쓰는 여자인데, 동탁의 맹장인 화웅을 단칼에 참수했다고 하오. 그 화웅에게 연합군 장수가 여럿 죽어나갔다는데 말이오. 그런 여자가 있을 리 없으니, 연합군의 사기를 높이려고 과장한 게 아닐까 싶소."

이랑은 자기도 모르게 고개를 돌렸다. 그녀와 진한성의 눈이 마주쳤다.

믿기 어려울 정도로 강한 여자 무사. 두 사람은 동시에 같은 단어를 떠올렸다.

'신병마용?'

진한성은 일부러 서두르지 않고, 흥미롭다는 투로 물었다.

"오! 여자의 몸으로 그런 무예 솜씨를 지녔다니 대단합니다. 혹시 이름도 아십니까?"

"특이해서 기억하고 있소. 검후라 하더이다."

"검후……!"

분명 기억에 있는 이름이었다. 곧 진한성은 그 이름의 출처를 떠올렸다.

'신병마용의 스물네 번째 전투 인형. 역시나 내가 타임슬립을 하면서 잃어버린 네 개의 인형들 중 하나였어! 그게 공손찬의 진영에 있었다니. 내가 흘린 것을 우연히 손에 넣은 건가……'

진한성은 분실한 인형들이 다 공손찬에게 있다고 가정해 보았다. 거기에 용운이 그의 참모로 있다고 한다. 네 개의 신병마용에다,《삼국지》와 미래에 대한 용운의 지식까지 더해진다면?

'공손찬이야말로 천하의 주인에 제일 가까워진다. 당연히 역사는 엉망으로 변할 테고. 그럴 경우, 내가 인형들을 폐기해야 할 수도 있다.'

진한성의 눈이 순간적으로 스산하게 번쩍였다. 그것을 느낀 이랑의 표정이 굳었다.

잠시 후, 일행은 연합군 진영에 닿았다.

엄청난 규모에 진한성은 혀를 내둘렀다.

마등이 멀리 휘날리는 깃발을 가리켰다.

"저기, 손(孫)이라 쓰인 깃발이 있는 막사가 손문대의 것이오. 본래 대곡에 주둔하고 있었는데 낙양 진입을 앞두고 합류한 지 얼마 안 됐소. 시기가 잘 맞았으니 운이 좋구려."

진한성은 마등에게 포권을 취하며 답례했다.

"친절한 도움에 감사드립니다."

"별말씀을. 그대 같은 강자가 합류하면 동탁군을 치기도 쉬워지지 않겠소? 그럼, 기회가 되면 또 봅시다."

마등은 호쾌한 웃음과 함께 멀어져갔다. 한 지역의 패자답게 묘한 매력이 있는 자였다.

잠시 손책을 바라보던 마초도 아버지를 따랐다.

어쩐지 곧 다시 만나게 되리란 예감이 들었다.

손책도 마찬가지로, 마초의 등을 보고 있었다. 잠시 후, 손책은 진한성에게 말했다.

"진 사부, 저기 아버지가 계신 거군요?"

"그래. 얼른 가자. 나도 아들놈 좀 보러 가게."

"진 사부의 자제분도 사부만큼 강한가요?"

"아니, 걔는 약골이야……."

진한성은 손책과 주유 그리고 이랑과 더불어 손견의 막사로 향했다.

그들이 큰 막사 앞에 다다랐을 때였다.

"멈춰라! 누군데 여길 함부로 오는 거냐?"

경비를 서던 병사들이 접근을 제지했다.

손책이 나서서 설명하려 할 때였다. 마침 막사에서 막 나오던 장수 하나와 눈이 마주쳤다. 일행을 알아본 장수가 놀라서 눈을 치떴다.

"아니, 도련님? 진 선생?"

손책이 반가이 외쳤다.

"덕모 아저씨!"

장수는 손견의 심복인 정보 덕모였다. 3대째 손가를 섬긴 충신이자 명장이었다. 손견이 황건의 난을 진압할 때부터 그를 따랐다. 수하 중 나이가 제일 많았으며, 지혜롭고 온후하여 정 공(程公)이라 불리며 존경을 받았다.

그는 얼마 전 여포에게 당하여 위기에 처했을 때, 조운 덕에 목숨을 구한 바 있었다. 부상에서 어느 정도 회복됐으나 아직 전투는 무리였다. 이에 행정 업무를 처리하고 있었다.

"도련님, 여긴 어찌 오셨습니까?"

"하하, 보시다시피 진 사부와 함께 왔어요."

"……."

정보는 정색한 채 진한성을 응시했다.

"진 공, 제정신이오? 공자를 여기 데려오면 어쩌자는 거요? 오시겠다 해도 말려야 할 판에. 더구나 그대마저 서현을 떠나오면 주모(主母, 주군의 부인을 높여 이르는 말. 여기서는 손견의 부인이자 손책의 모친)와 작은 도련님은 누가 돌본단 말이오?"

진한성은 머쓱한 듯 뒤통수를 긁적였다.

'하필 잔소리 영감님과 마주쳤네.'

손견의 주위에는 유독 충신이 많았다. 정보나 황개에게 한 소리 들을 거란 예상은 했다. 솔직히 말해 진한성은 무책임한 면이 없지 않았다. 아내의 죽음을 잊기 위해, 대신 연구에 미친 듯이 매달렸다. 그리고 아들을 버려두고 오지를 돌아다녔다.

그래도 아무 때나 그런 것은 아니었다. 손견의 부인과 손권이 걱정되어 나름의 대비는 해두고 온 터였다. 얼마 전부터 마당에 그려가며 연구하던 것. 이 시대의 사람은 물론, 위원회의 인간들도 결코 파훼할 수 없는 진법을 펼쳐둔 것이다. 적대적인 자가 침입했을 경우, 불로 태우고 냉기로 얼려버리는 무서운 진법이었다. 진법이란 특정 도형을 규칙대로 그려 효과를 발휘하는, 일종의 도술을 말했다.

"미안하게 됐습니다, 덕모 님. 하지만 어쩔 수 없었습니다. 제가 거기 있으면 더 위험해질 상황이 되어버려서요."

"그게 무슨……."

정보가 진한성을 계속 추궁하려 할 때였다.

"그만. 그 뒤는 내가 직접 듣도록 하지, 덕모."

중후한 음성과 함께, 손견이 막사에서 나왔다.

주군이 나서자, 정보는 묵례를 해 보이고 본래의 용건을 해결하러 갔다. 그는 원소와 원술에게 따지러 가던 참이었다. 자꾸 늦어지는 군량미에 관해서였다.

"한성."

"문대, 잘 있었나?"

픽. 두 사내는 막사 앞에서 주먹을 맞부딪쳤다. 진한성이 알려준 인사법이었다. 둘은 안 지는 오래되지 않았으나, 서로를 마음 깊이 인정했다. 또한 각자에게 큰 은혜를 입었다.

진한성이 이 세계로 이동한 직후였다. 손견은 수상쩍은 그를 쾌히 받아들여주었다. 가장 힘들었던 시기에 안식처를 제공한 것이다.

진한성은 손견이 해적들과 싸울 때, 중상을 입어가면서 목숨을 구해준 바 있었다. 이에 둘 사이에는 십년지기보다 뜨거운 우정이 흘렀다. 손책과 주유가 그랬듯, 단금지교(斷金至交, 금속을 끊을 정도로 지극한 우정)의 사이가 된 것이다. 자신의 처자식을 맡긴 것만 봐도, 손견이 진한성을 얼마나 믿는지 알 수 있었다.

"아버님!"

"책, 몇 달 사이에 많이 컸구나. 공근도 왔느냐?"

"예. 오랜만에 뵙습니다."

"못난 아들 녀석 뒤치다꺼리하느라 수고가 많다. 이랑 낭자도 여전하구려."

이랑은 말없이 살짝 고개만 숙여 보였다.

"그래, 여기서 이럴 게 아니라 다들 들어오지."

막사 내부는 보기보다 따뜻했다. 가운데서 타고 있는 거대한 청동화로 덕이었다. 화로를 중심으로 모두 둘러앉았다.

병사가 질 낮은 술과 비계 붙은 고기를 내왔다. 고기는 척 봐도 요리하고 남은 잡고기였다.

손견이 다소 씁쓸한 어조로 말했다.

"이런 것뿐이라 미안하네. 요즘 보급이 영 신통치 않아. 내게만 이런 건지 전체적인 상황인지는 모르겠네만. 그걸 확인하기 위해 덕모를 보낸 참이네."

진한성은 묵묵히 고개를 끄덕이고 병째 술을 들이켰다. 싸구려 화주가 목을 태우며 넘어갔다.

원씨 형제가 슬슬 손견을 견제할 시기였다.

"그래, 어쩌다 내게 연락도 없이 여기 오게 된 건가? 책이까지 데리고 말일세."

손견이 물었다.

자신의 아내와 차남을 두고 온 데 대한 추궁은 일절 없는 것이 그다웠다. 이 또한 진한성을 믿기 때문이기도 했다. 분명 뭔가 대비를 해놓았으리라고 생각하는 것이다.

진한성은 지난 얘기를 털어놨다. 단, 위원회의 명칭은 성혼단으로 바꿨다. 성혼단은 위원회가 만든 하부 집단이니, 완전한 거짓말은 아니었다.

손견은 진한성이 사교 집단에게 쫓기고 있음을 익히 알고 있었다. 사정을 들은 그는 분노하여 눈을 부라렸다.

"감히…… 놈들이 마을로 쳐들어왔단 말인가! 병력까지

이끌고?"

"이번이 끝이 아닐 거야. 내가 거기 더 머물렀다간 제수씨와 조카들까지 위험해진다는 판단이 섰네. 그때 마침, 내 아들의 소식을 들었지. 해서 자네도 볼 겸 온 거야. 마을에는 내가 특수한 진법을 펼쳐뒀으니, 수만 대군이 쳐들어오지 않는이상 별일 없을 거네. 책 녀석은……."

손책은 옆에서 애타게 눈짓을 했다.

입가에 짓궂은 미소를 띤 진한성이 말을 이었다.

"따라오겠다고 하도 고집을 부리는 바람에 그만 데려오고말았네. 내가 안 데려가면 혼자서라도 떠나겠다니, 차라리나와 동행하는 편이 안전할 듯하여 데려왔다네."

손견은 부라린 눈 그대로 손책을 노려보았다. 찔끔한 손책이 고개를 푹 숙였다. 아버지는 그가 세상에서 유일하게 존경하는 사람이자 두려워하는 대상이기도 했다.

잠시 아들을 노려보던 손견이 한숨을 내쉬었다.

"후, 하긴, 저 녀석도 이제 슬슬 전장을 경험할 때가 되긴했지."

"감사합니다, 아버님. 어머니한테는 허락을 받았습니다."

"그건 잘했구나. 이제 멋대로 굴지 마라, 책. 더는 어린애가 아니지 않느냐."

"명심하겠습니다."

고개를 끄덕인 손견은 방금 들은 흥미로운 얘기를 떠올렸다.

"가만, 한성. 그런데 자네 아들의 소식을 들었다고? 더구나 여기에 있다니, 고향에 있던 아들이 출사(出師, 군대를 싸움터로 내보내는 일)라도 한 건가?"

"뭐, 그런 셈이지. 어쩌면 자네가 이미 만났을 수도 있네."

"자네만큼 덩치가 큰 장수는 본 적이 없는데. 설마 병졸로 출전한 건 아니겠지?"

진한성의 얘기를 듣던 손견의 눈이 점점 커졌다.

"뭐……? 진 군사가…… 자네의 아들이라고?"

성이 같았으나, 진가가 그리 희귀하진 않았다. 더구나 외모와 체격이 너무 달라서, 용운이 친우의 아들이리라곤 상상조차 못했었다. 다행히 용운과는 좋은 관계를 유지하고 있었다. 그에 대한 자신의 인상 또한 꽤 좋았다.

'함부로 대하지 않길 잘했군.'

손견은 너털웃음을 터뜨렸다.

"과연…… 허허! 듣고 보니, 진 군사에게서도 독특한 분위기가 풍기긴 했네. 마치 자네처럼 말이야. 설마 한성, 자네 아들일 줄이야."

잠시 후, 손견의 얘기를 들은 진한성도 놀라긴 마찬가지였다.

"뭐라? 그 녀석이 사수관을 무너뜨리는 데 결정적인 공헌을 했다고?"

"그렇다네. 휘하의 장수들이 활약하긴 했으나, 그것 또한 진 군사의 지시였으니까. 당장 나만 해도 진 군사 덕에 큰 낭패를 면했네. 우리가 예정보다 훨씬 빨리 낙양 코앞에까지 치고 들어온 것도 그 덕이라네."

"게다가 지금은 여기에 없어? 어디에 있는지도 모르고?"

"음. 뭔가 비밀 작전을 수행하러 떠났다고 하는데, 그 후 행방을 알 수가 없네. 아마 백규 님은 알지 않겠나?"

진한성은 눈살을 찌푸렸다. 인연을 맺은 군웅은 손견으로 충분했다. 공손찬과 대면하여, 자기 아들의 얘기를 해야 한다는 게 별로 내키지 않았다. 모르긴 해도, 용운이 그런 활약을 했다면 쉽게 놔주지도 않으려 할 터였다.

듣고 있던 이랑은 고개를 저으며 말했다.

"하나는 확실히 마스터와 닮았네요. 종잡을 수 없다는 거."

진한성이 중얼거렸다.

"이놈 자식…… 진짜로 뭘 하고 다니는 거지?"

만나리라 확신했던 아들의 행방을 놓쳐버렸다. 더구나 용운은 '시간의 뒤틀림'에 대한 걸 전혀 모르는 듯했다. 과거로 왔다는 사실은 분명 자각했으리라. 평소 역사에 대해 배웠기에, 자신의 행동이 미래에 뭔가 영향을 미치리라는 것도 알 것이다.

'똑똑한 녀석이니까, 어쩌면 시간의 수호에 대해서도 깨달 았을지 모르지. 뭔가 하려 했을 때, 원래 일어났던 사건대로 진행되려는 걸 경험했을 테니.'

그러나 시간의 뒤틀림은 그저 본래대로 흘러가려는 시간 의 수호보다 훨씬 위험했다. 그 반작용이 시간을 뒤튼 자 본 인과 주변 사람에게 향하기 때문이었다.

'빨리 찾아서 알려줘야 하는데, 이제 어디로 갔는지조차 모르게 됐으니. 소거법으로 찾다 보면 세 군데 안쪽이겠지만 이놈의 땅덩이가 너무 넓다고.'

진한성의 표정을 본 손견이 웃으며 말했다.

"자네의 그런 얼굴은 처음 보는군. 역시, 무신(武神)에게도 아들은 소중한 모양이지?"

"무신이라니, 그런 낯 뜨거운 소리 말게."

"하하, 사실 아닌가. 너무 걱정하지 말게. 내가 백규 님에 게 물어보도록 하지."

"고맙네."

"그만한 일에 고맙긴. 우리 사이에 말일세. 그때까지 자네 는 여기 머무르도록 하게."

며칠 후, 연합군은 드디어 낙양에 입성했다.

낙양에 발을 들인 공손찬은 망연자실했다. 그뿐만 아니라 모든 제후들의 반응이 비슷했다.

"동탁, 이 죽일 놈."

수백 년의 역사를 가진 제국의 수도, 낙양은 잿더미가 되어 있었다. 가옥뿐만 아니라 황궁까지 불에 타버렸다. 불길이 어찌나 맹렬한지 200리(약 50킬로미터)에 달하는 거리가 폐허가 되다시피 했다. 거리에는 부패해가는 시신이 즐비했다.

조조는 아연한 제후들에게 주장했다.

"불이 타는 기세로 보아, 동적은 아직 장안에 닿지 못했을 것이오. 지금이라면 동탁의 뒤를 쳐서 치명타를 입힐 수 있소. 이런 만행을 저지른 자를 얌전히 놓아 보낼 셈이오?"

옳은 말이었으나 아무도 나서지 않았다. 심지어 조조의 친우인 장막마저 딴청을 부렸다. 모두 자신의 병력이 소모되는 게 싫었던 것이다.

그나마 정의로운 손견도 군량 부족으로 움직이지 못했다. 내심, 낙양을 돌보는 게 먼저라고 생각하기도 했다.

"실망스럽군. 일신의 안위만 생각하는 자들."

결국, 조조는 자신의 부대만으로 추격에 나섰다.

"더 급한 일이 뭔지 모르는 작자로군."

공손찬이 조조를 두고 평한 말이었다. 그는 서둘러 남은 불을 끄도록 하고 민심을 수습했다. 또한 수만의 병사들을 동원하여 낙양 재건에 총력을 기울였다. 그러는 와중에 그의 가

습속에는 조금씩, 어떤 야망이 자라나고 있었다.

'황제는 동탁이 장안으로 끌고 갔다. 그러나 엄밀히 말하면 지금의 천자는 애초에 동탁에 의해 옹립된 허수아비다. 내가 낙양의 주인이나 마찬가지가 된 지금, 성도를 정비하고 민심을 얻으면 어찌 북평태수에 머무르겠는가? 이 기회를 놓치면 다시 변방으로 물러나 오랑캐들과 싸우며 중원 진출을 노려야 한다.'

공손찬이 꿈꾸는 건 제2의 동탁, 그 이상이었다.

안타깝게도 지금 공손찬의 옆에는 그의 생각이 터무니없음을 알려줄 용운도, 목숨 걸고 간언할 최염도, 신랄하게 비난하는 상소를 올릴 진림도 없었다. 용운이야 예전에 떠났지만, 최염과 진림마저 전예와 약속한 대로 탁현으로 출발한 터였다. 하다못해 관정이 있었어도 그를 말렸을 터인데.

그러나 옆에 참모가 없다 해도, 공손찬의 야망은 생각으로 그쳤을지도 몰랐다. 스스로 생각하기에도 자신의 명분과 정통성을 입증할 수 없었기 때문이다. 공손찬은 그것 때문에 두통을 얻을 지경이었다. 황궁에서 시신을 수습하던 중, 유난히 상태가 깨끗한 궁녀의 품 안에서 뭔가를 발견하기 전까지는.

공손찬은 수하가 서둘러 가져온 물건을 찬찬히 살펴보았다. 파르스름한 옥으로 된, 정교한 인장이었다. 손잡이 부분은 순금 용(龍)으로 만들어졌다.

얼마 후, 그는 떨리는 목소리로 중얼거렸다.

"이것은…… 옥새(玉璽)가 아닌가."

전국옥새.

진시황이 사용했다는, 제왕을 상징하는 물건이었다.

전혀 다른 방향에서, 새로운 전란의 불꽃이 피어나는 순간이었다.

6

전초전 발발

용운이 탁현에 자리 잡은 지도 석 달이 지났다.

그는 익숙해진 흙길을 거닐며 생각했다.

'이제 완연한 봄이네.'

전란과 추위에 움츠렸던 사람들이 바삐 움직이고 있었다.
상인들은 상행을 떠나고 점포를 열었다. 뛰어놀던 아이들이
용운을 보고 손을 흔들었다.

"어, 이상한 옷 입은 예쁜 형이다!"

그중 나이 많은 아이가 기겁해서 말렸다.

"바보야, 현령님이라고 해야지."

"그럼 이상한 옷 입은 예쁜 현령님!"

용운은 입맛을 다셨다.

"쩝."

그는 아이들의 말대로 탁현의 현령이 되어 있었다. 뜻하지
않게 받은 관직이었다. 현령은 말 그대로 한 현의 장관이다.
현대로 치자면 시장과 유사한 개념이었다. 본래 도위와 군사
를 겸했으니 엄청난 출세였다.

유비가 떠났음을 안 공손찬이 갑자기 용운을 현령에 임명
한 것이었다. 용운마저 떠날까 걱정이 되었던 걸까. 아니면,
원소와의 전쟁에 대비해 탁군에 방어선을 갖추려면 현령 정
도는 되어야 한다는 생각이 뒤늦게 든 것일까.

'문제는 탁현에 이미 현령이 있다는 거지.'

그럼에도 불구하고 공손찬이 멋대로 관직을 내렸다. 중앙
정부의 통제력이 약해진 이 시기에는 흔한 일이기는 했다. 실
제 역사에서도 공손찬은—그 세력이 절정에 달했을 때—수
하인 엄강을 기주자사로, 전해를 청주자사로, 추단을 병주자
사로 삼아 파견했다. 또한 기주, 병주, 청주 모든 군현의 태수
와 현령을 자기 사람으로 임명했다. 기존 관리들을 힘으로 몰
아내고 점거한 것이다.

'무슨 땅따먹기 하는 것도 아니고⋯⋯. 아니, 땅따먹기 맞
나?'

서로 싸워서 자리를 뺏는 경우도 허다했다. 다행히 원래의

현령이 공격해오진 않았으나, 용운은 현령님 소리를 들을 때마다 영 찜찜했다. 뭔가 남의 자리를 억지로 차지하고 있는 기분이라고나 할까.

떠나간 유비 삼형제도 마음에 걸렸다. 그래도 친하게 지내던 사이였기에 더욱 그랬다. 몇 달이 지났으나 유비의 행방은 묘연했다. 불시에 그가 떠오르는 일이 잦았다. 이러니저러니 해도, 유비에게는 함곡관에서 목숨을 빚졌다. 그게 계속 마음에 걸렸다.

관우의 근엄한 얼굴과 순진한 장비도 보고 싶었다. 서운하기도 하고 그립기도 한 감정이었다.

'좀 더 대화해봤으면 좋았을걸. 쳇, 그랬다고 바로 떠나버리냐? 쪼잔하기는.'

하지만 감상에 빠져 있기에는 해야 할 일이 너무 많았다. 부족한 자금을 끌어모으고 병사도 더 모집해야 했다. 식량과 말의 확보도 필수였다. 용운은 바쁜 하루하루 속에서 차차 그들을 잊어갔다.

잠깐 회상에 빠졌던 용운은 아이들의 웃음소리에 정신을 차렸다.

'녀석들, 내 옷이 꽤 이상해 보이는 모양이군.'

이상한 옷이란, 교복을 의미했다. 날이 따뜻해져서 다시 꺼내 입었다. 그의 행방을 쫓고 있을 위원회 정보원들에게 더

눈에 잘 띌 행동임은 알고 있었다. 그러나 입지 않을 수 없었는데, 여기에는 용운 나름의 이유가 있었다.

진궁과 장료를 맞아들이고 얼마 후였다.

전예의 말대로 최염과 진림이 찾아왔다.

"강녕하셨습니까, 진 군사님. 이제 현령님이라 해야겠군요. 부족하나마 거들러 찾아왔습니다."

늘 그렇듯 공손하고 믿음직한 최염.

"아, 이게 잘하는 짓인지 모르겠네. 괜히 태수님한테 찍힐 수도 있는데……. 계규 이 친구가 하도 꾀어서 오긴 했지만, 돌아가는 상황 봐서 전 다시 낙양으로 갈 수도 있습니다. 아예 북평으로 가거나."

그리고 투덜거리는 진림의 합류가 더없이 기뻤다.

용운은 두 사람의 손을 꼭 잡고 반겼다.

"고마워요. 잘 오셨습니다."

그런데 반가운 한편, 낯선 두려움이 엄습해왔다.

"그럼 계규(최염) 님은 인사 쪽을 맡아주세요. 쓸 만한 사람이면 누구든 추천하셔도 됩니다. 공장(진림) 님은 문서를 총괄해주시고요."

용운은 어느새 자연스럽게 이 시대의 사람들을 맞아들이며 일을 맡기고 있었다. 빨리 적응할수록 좋다는 건 그 또한 알고 있는 사실이었다. 이제 적응하지 않으면 안 된다는 것도. 그러나 자신이 어디서 왔는지도 잊고 싶지 않았다.

'설마 여기서 이대로 늙어 죽진 않겠지. 언젠가는 돌아가야 해……. 어떻게든 방법을 찾아서.'

21세기의 대한민국을 끊임없이 상기하기 위해 다소의 위험을 감수하고 교복을 입은 것이었다. 안 그랬다간 시간에 파묻혀버릴까 두려웠다. 외모와 어우러져, 교복 차림이 신비해 보였다.

용운은 짐짓 무서운 표정으로 외쳤다.

"이 녀석들, 예쁘다니!"

"이상한 현령님이다! 예쁘다고 해도 화낸다!"

아이들은 와 하고 웃으며 흩어져 달아났다.

아이들의 뒷모습을 보며 용운도 피식 웃었다. 거리를 두려 애썼는데도 어느새 정이 들었다. 자리가 사람을 만든다고, 책임감도 생겼다.

"애들이 많이 건강해졌네."

용운의 중얼거림에 청몽이 어디선가 대답했다.

"그럼 식량이랑 약초를 그렇게 싸게 풀었는데 안 건강해지겠어요?"

지난번의 포옹 이후, 둘 사이는 약간 어색했다. 그래도 그녀는 늘 용운의 곁을 지켰다.

용운도 굳이 여포 얘기를 입에 담지 않았다. 여포는 형양에서 조조군을 격파한 후, 동탁을 따라 장안으로 향한 듯했다.

"……저 아이들의 아버지며 삼촌들이 다 우리 부대에 있단 말이야. 애들이 건강해야 근심 없이 싸우지."

"누가 뭐랬어요? 왜 변명해요?"

"어쩐지 싸게 팔았다고 혼내는 것 같아서."

"기분 탓이네요."

"그런데 대체 어디서 말하는 거야? 목소리는 분명 근처에서 들리는데 감을 못 잡겠네."

"맞혀봐요. 호호."

"됐어……."

용운은 사천신녀와 함께 쓰는 저택에 들어섰다. 별관에는 조운을 비롯, 그의 가신들이 머물렀다.

그랬다. 이제 용운은 '가신'을 거느리게 되었다. 의형제인 조운과 속내를 드러낸 전예 및 노식, 또 처음부터 그를 모시겠다고 나선 진궁과 장료는 차치하고, 지원 형식으로 나온 태사자, 장합, 최염, 진림까지 공손찬이 아닌 용운의 사람이 된 것이다.

언젠가 그리 될 일이었으나 예상보다 빨랐다. 결정적인 계기는 공손찬의 돌발 행동이었다. 용운을 현령에 임명하고 두 달쯤 지났을 때였다.

―가짜 황제를 데리고 장안으로 달아난 동탁을 대신해, 도읍인 낙양에서 새 하늘을 열겠노라.

　공손찬은 이리 선포한 것이다.

　예상치 못한 일에 천하가 경악했다. 자신이 황제가 되겠다고 말한 거나 다름없었다. 반동탁연합군 때 격문으로 재미를 본 까닭일까. 공손찬은 이번에도 격문을 돌렸다. 물론, 작성자는 진림이 아닌 다른 관리였다.

　그게 탁현까지 흘러들어왔다. 문제의 격문을 놓고 회의가 열렸다. 이제 현령의 관사가 된 노식의 저택에서였다.

　"헐."

　읽고 어이없어하는 용운에게 전예가 설명했다.

　"낙양을 정비하던 중 전국옥새를 손에 넣은 모양입니다. 그게 하늘이 자신을 택한 증거라는 소문을 퍼뜨리고 있습니다."

　낙양에서는 전예의 정보원들이 활동하고 있었다. 전예의 표정은 착잡했다. 그는 강한 끌림을 못 이겨 용운을 택했다. 그래도 공손찬과 되도록 척을 지지 않길 바랐다. 그런데 뭔가 돌이킬 수 없는 길로 가고 있었다.

　용운은 앞으로의 상황을 짐작해보려 했다.

　'설마 공손찬이 옥새를 입수하고 황제가 되겠다고 나설 줄이야……. 결국 내가 원인인가? 그를 연합군 총사령관으로

만든 게 이런 결과를 낳았단 말인가?'

《삼국지연의》에서는, 손견이 우물 안에 있던 궁녀의 시신에서 옥새를 손에 넣는 걸로 묘사된다. 이와 관련해서는 다양한 해석들이 있었다.

《오서》 등의 문헌에는 손견이 전국옥새를 찾아냈다는 대목이 있다. 《산양공재기》에서는 원술이 손견의 아내를 인질 삼아 옥새를 빼앗았다고 서술하고 있다. 《삼국지》에 주석을 단 것으로 유명한 배송지(裴松之)라는 학자는, 손견의 충성스러운 성품으로 보아 옥새를 빼돌렸을 리 없다고 서술했다.

이것으로 보아, 동탁이 낙양을 파괴했을 때 어떤 형태로든 옥새가 분실됐고 누군가 그걸 입수한 것만은 분명한 사실이었다.

'이러면 원술 대신에 그가 공적이 돼버릴 텐데.'

그때, 전령이 다급히 달려들어와 외쳤다.

"낙양에서 파발이 왔습니다!"

용운의 표정이 무거워졌다. 죽간의 봉인에 찍힌 문양을 보았기 때문이다. 공손찬을 상징하는 백마의 문양이었다.

용운은 전령으로부터 죽간을 받아 읽었다.

내용은 장황했으나 요약하면 다음과 같았다.

하늘의 뜻을 이어받아 전국옥새를 손에 넣었다. 이를 바탕으로 새 하늘을 열려 한다. 그대가 탁현에서 삼천의 병력을 양성했다는 소식을 들었다. 우선 짐에게 공공연히 반기를 든 손견과 원소를 치려 하니, 그대는 즉시 낙양으로 돌아와 합류하라.

'뭐라는 거야. 혼자 손견과 원소를 상대하겠다고? 이 양반이 제정신인가. 아니면 옥새에 자신감 상승 옵션이라도 붙었나?'

갈수록 태산이었다. 그 자리에는 사천신녀를 비롯하여, 조운, 태사자, 장합, 장료 등의 무인들과 노식, 진궁, 전예, 최염, 진림 등 문관들까지 모두 모여 있었다.

서신의 내용을 들은 그들의 반응은 다양했다. 노식은 눈을 감았으며 태사자는 혀를 찼다. 진림은 욕설을 내뱉었고 장합은 무표정했다. 검후는 가늘게 뜬 눈으로 차갑게 웃으며 말했다.

"공손 태수님…… 아니, 이제 뭐라 불러야 할지. 아무튼 그분께서 큰 사고를 치셨군요."

사린이 궁금한 듯 성월에게 속삭였다.

"언니, 공손 아저씨면 주군한테 월급 주는 사람이지? 그 아저씨가 무슨 사고를 친 거야?"

"자기가 황제래."

"헐. 뭐 때문에?"

"황제의 도장을 주웠거든."

"잉? 그것만 있으면 황제 할 수 있는 거야? 왕관도 있어야 하고 자격증도 있어야 하는 거 아니야?"

둘의 대화를 듣던 용운은 헛웃음이 나왔다. 공손찬은 사린 조차 안 된다고 생각하는 일을 행했던 것이다. 물론 전국옥새 가 귀한 보물인 건 사실이었다. 그래도 그것만으로 칭제하기 엔 무리가 있었다.

진궁이 단호한 어조로 덧붙였다.

"이로써 공손찬은 천하의 역적이 되었습니다. 지금 그에 게 돌아가는 것은 침몰하는 배에 일부러 올라타는 꼴입니다. 그의 몰락은 시간문제이니 주공께선 절대 응하셔선 안 됩니 다."

진궁은 애초에 공손찬을 모신 적이 없었다. 더구나 그 공 손찬이 반역을 일으키기까지 했다. 이에 이미 그의 관직이나 자가 아니라 이름을 부르고 있었다.

용운은 공손찬이 칭제한 이유들이 짐작되었다.

첫 번째로, 역시 옥새의 입수였다. 이게 다는 아니더라도 큰 역할은 했을 것이다.

'일종의 방아쇠 구실을 했을 가능성이 높아.'

옥새에는 어떤 마력(魔力)이 있는 게 분명했다. 천하를 통 일한 진시황의 소유였다가, 한나라를 세운 유방의 손에 들어갔다. 또 한나라를 찬탈하고 신나라를 세운 왕망이 옥새를 빼앗았는데, 광무제가 후한을 세우면서 다시 한 왕실 소유가 되었다.《삼국지》에 의하면 지조 있는 손견도 흔들리고, 원술 같은 자는 아예 나라를 세웠다. 모두 옥새를 얻은 후에 벌인 일이었다.

두 번째는 강해진 군사력이었다. 공손찬은 그사이 차근차근 등자를 보급했다. 가뜩이나 오환이며 선비와의 실전 경험이 풍부한 부대였다. 거기에 사수관에서의 경험과 등자까지 더해졌다. 그 결과, 공손찬의 기병대는 여포의 그것과는 또 다른 강함을 보유하게 됐다. 이제 바야흐로 백마의종이란 이름이 부끄럽지 않게 된 것이다.

'그러고 보니, 손견과 원소는 둘 다 이 시기에 군량 부족에 시달리고 있었다. 원소 같은 경우, 아직 세력이 정점에 달하기 전이고. 의외로 공손찬에게 승산이 있을지도 몰라.'

세 번째는 낙양 입성이었다. 변방에만 머무르던 공손찬이 자그마치 도읍을 점령했다. 아무리 동탁이 파괴했다고 해도, 그에게는 특별한 의미로 다가왔을 것이다. 더구나 현재 공손찬은 연합군 사령관이었다. 전시에 총사령관은 간혹 국가의 통수권자가 되기도 한다. 그게 일시적인 일이거나 착각이라 해도.

이 모든 것들이 상승작용을 하여, 결국 공손찬의 야망에 불을 지핀 것이다.

생각을 정리했는지, 눈을 뜬 노식이 말했다.

"허나 낙양으로의 귀환을 거부한다면 백규가 이쪽을 먼저 공격해올 수도 있습니다. 그랬다간 우리뿐만 아니라 탁현의 백성들에게까지 피해가 갈 것입니다."

노식은 용운을 모시기로 한 후 공대를 했다. 그는 아무래도 한때 제자였던 공손찬과의 싸움이 내키지 않는 모양이었다. 물론, 용운의 세력이 아직 그와 싸우기엔 이르기도 했다.

최염이 신중한 어조로 여기에 반론을 제기했다.

"서신의 내용으로 보아, 공손 태수는 손문대 및 원본초와 이미 척을 진 모양입니다. 둘 다 강력한 군사력을 보유한 이들입니다. 그들을 상대하려면 여기까지 신경을 쓸 여력은 없을 겁니다. 일단 평계를 대어 답변을 미루고 방법을 찾아보는 게 좋겠습니다."

그때, 조용하던 조운이 갑자기 끼어들었다.

"그 전에 반드시 해야 할 일이 있습니다."

다들 그게 뭐냐는 표정으로 조운을 바라보았다.

이는 매우 드문 일이었다.

조운은 한마디 한마디 힘주며 천천히 말했다.

"용운…… 아니, 현령님은 이제 공손찬으로부터 떨어져 나와야 합니다. 그래야 한 덩어리로 묶여서 역적 취급을 받지 않을 수 있으며, 한 황실을 부흥시킨다는 도리에도 맞습니다."

사람들은 고개를 끄덕이며 듣고 있었다.

조운의 말은 계속 이어졌다.

"해야 할 일이 있는 건 현령님뿐만이 아닙니다. 이 자리에 있는 분들 모두, 현령님의 가신이 되겠다고 충성 맹세를 해주셔야 합니다. 현령님은 이제부터 공손찬과 등을 돌려야 하기 때문입니다. 만약 자신이 공손찬의 가신이라고 생각하는 분은 이 자리에서 나가주십시오. 그리고 낙양으로 떠나시기 바랍니다. 이후 딴마음을 품는 자는 나, 조운 자룡이 용서치 않을 것입니다."

태사자와 장합, 최염, 진림에게 시선이 쏠렸다. 용운을 주공으로 모시겠다고 확실한 의사표현을 하지 않은 이들이었다.

태사자는 호쾌하게 웃었다.

"으하하! 내 이런 날이 올 줄 알았지. 객잔에서 진 군사를 처음 만났을 때부터 말이야."

이어서 그는 용운 앞에 한쪽 무릎을 꿇었다. 그리고 포권을 취하며 엄숙한 투로 말했다.

"태사 자의, 이제부터 용운 님을 주공으로 모시겠습니다."

무표정하게 서 있던 장합이 입을 열었다.

"저도 그러겠습니다."

최염은 엷은 미소를 머금고 말했다.

"탁현으로 내려올 때부터, 현령님의 아래에서 뜻을 펼쳐 보려 했습니다. 공손 태수가 역심을 품지 않았다면 그게 곧 그를 섬기는 일도 되었겠으나…… 이제 현령님과 공손 태수는 군신 관계가 아니니, 저 또한 마찬가지입니다."

마지막까지 망설이던 진림도 마지못해 말했다.

"공손찬한테 깨지지 않겠다고 약조해주십시오. 그럼 저도 현령님을 따르도록 하지요."

용운은 잠시 눈을 감았다. 모두 자신을 주목하고 있음이 느껴졌다. 동탁이 사수관에서 패퇴하여 장안으로 달아났고, 조조는 힘들게 모은 병력을 형양에서 잃었다. 원소는 주요 전력을 발해에 남겨놨으며, 손견은 동탁과의 연이은 전투 및 군량 부족으로 허덕이고 있다.

이 시점에서 공손찬은 최강의 전력을 보유했다. 꼭 그것 때문이 아니더라도, 이 세계에 와서 처음 따랐던 군웅을 적으로 돌리자니 만감이 교차했다.

사람 일은 알 수 없다더니, 지금 자신이 딱 그랬다. 설마 공손찬이 세 번째 적이 될 줄이야.

'난 과연 공손찬과 싸워서 이길 수 있을까? 지금 내 곁에 있는 이들뿐만 아니라, 이곳 탁현의 사람들까지 지켜낼 수 있을까?'

고뇌하던 그는 등 뒤에서 부드러운 인기척을 느끼고 눈을 떴다. 은신해 있던 청몽의 손길이었다. 사람들이 동요하지 않는 걸로 보아, 모습을 감춘 상태인 듯했다. 공격 행위 전까지 투명화 상태를 유지할 수 있는 그녀의 특기 중 하나였다.

귓가에 청몽의 나직한 목소리가 전해져왔다.

"망설이지 마세요. 우리가 있으니까. 우리가 목숨을 바쳐서라도 주군을 지켜낼 테니까. 주군의 능력을 제대로 발휘한다면, 공손찬 따위에게 질 리가 없잖아요. 이들이 안심하도록 한마디만 해주시면 돼요. 그럼 우리가 이뤄줄게요."

그랬다. 사천신녀뿐만 아니라, 이 자리에 있는 이들 모두 자신의 모든 걸 버리고 용운을 따르기로 결심한 사람들이었다.

용운은 눈을 떴다.

진궁은 자기도 모르게, 호오 하고 탄성을 냈다. 용운의 눈이 신비로운 금안으로 빛나는 걸 본 것이다. 단, 그의 머리 위에 떠오른 '언변'이란 글자는 볼 수 없었다.

용운은 느린 어조로 말했다.

"약조합니다. 어긋난 길을 가기로 한 공손찬을 쳐부수고, 그자 대신 동탁의 손에서 폐하를 구해낼 것입니다. 여러분이 날 따른 걸 후회하지 않도록 할 것입니다. 따라서 낙양으로 오라는 명령은 무시합니다. 이제부터 우리는 독자적으로 활동합니다."

누가 먼저랄 것도 없었다. 좌중은 일제히 깊이 허리를 숙이며 외쳤다.

"존명!"

조운의 가슴이 벅차올랐다. 마침내 용운이 하나의 세력으로 독립하는 순간이었다. 그는 속으로 생각했다.

'이제야 나의 사명을 찾았다. 내 창으로 하늘이 내린 재능을 지키는 것. 그의 의지가 관철되도록 하는 것……. 그게 내가 할 일이다.'

원래의 눈빛으로 돌아온 용운이 말했다.

"휴…… 하지만 공손찬이 어려운 상대임은 다들 아실 겁니다. 우선 우리 상황을 정리해보지요."

기쁜 빛을 감추지 못한 진궁이 재빨리 나섰다.

"제가 보고드리겠습니다."

그사이 용운에게는 많은 일이 있었다.

우선, 처음에는 용운 일행을 경계하던 마을 사람들이 이젠 극진히 대하고 있었다. 꼭 그가 현령이 되어서가 아니었다.

"주공께서 말씀하신 둔전제를 시행한 결과, 농사에 필요한 노동력이 확충되었습니다. 그뿐만 아니라 인심을 크게 얻으셨지요. 겨울 동안 부족한 식량을 시세보다 훨씬 싸게 파셨으니."

용운은 쑥스러운 듯 말했다.

"우리만 배불리 먹을 순 없으니까요. 미안해요, 진궁. 당신의 재산을 다 털어서 사들인 식량인데 저만 좋은 일 했네요."

"주공께 좋은 일이 됐다면 충분합니다."

진궁의 공손한 말에, 용운은 그때 일이 새삼 떠올랐다. 초반에 그를 가장 괴롭힌 문제는 재정난이었다. 장세평을 찾아가 원조를 부탁해보기도 했다.

그러나 그는 용운의 요청을 부드럽게 거절했다.

"죄송합니다만, 거듭된 전란 탓에 저도 여유가 없습니다. 게다가 현덕 님과의 관계도 있는지라……."

떠나기 전이나 그 후에, 유비가 장세평에게 언질을 준 게 분명했다. 결국 그때도 모두 참석한 긴급회의가 열렸었다. 사정을 듣고 은근히 성난 태사자가 말했다.

"다른 것도 아니고, 자기 저택도 있는 탁현을 방어하기 위해서인데 원조를 거절하다니. 더구나 현령의 요청을. 그냥 강제로 징발해버립시다."

용운도 서운하지 않은 건 아니었으나, 태사자의 의견을 단호히 거절했다.

"안 됩니다. 장세평은 이 지역에서 상당한 명사입니다. 그랬다간 현과 군 전체에 무뢰배라는 소문이 퍼질 겁니다."

뭔가 생각하던 진궁이 입을 열었다.

"얼마 안 되지만 제게 재산이 좀 있습니다. 그걸 주공께서 써주십시오. 어차피 제가 모실 분을 위해 쓰려고 한 것입니다. 그 재산이면 봄까지는 버틸 수 있을 겁니다."

노식도 진궁을 거들었다.

"저의 뜻도 공대와 같습니다. 제 재산도 드리지요."

용운은 깜짝 놀라 손사래를 쳤다.

"아니, 두 분께 그렇게까지 폐를 끼칠 순 없어요!"

진궁이 또 사자성어를 써가며 너스레를 떨었다.

"폐라고 생각하지 마십시오. 저희 재산이 곧 주공의 것입니다. 이걸 두고 군신일체(君臣一體)라 하면 되겠군요. 나중에 잘되신 후에 갚아주시면 됩니다. 하하!"

용운은 진궁과 노식에게 새삼 고마웠다. 겪어본 결과, 둘은 전장에서의 참모뿐만 아니라 행정가로서의 능력도 탁월했다. 진궁은 탁현의 상황 전체를 늘 파악했다. 노식은 병사들의 상태를 정확히 알고 있었다.

용운이 잠깐 과거를 회상한 사이, 노식이 진궁의 뒤를 이어 말했다.

"병사들은 받은 녹봉 대부분을 탁현 내에서 소모하고 있습니다. 돈을 쓸 사람이 한꺼번에 수천이나 생겼으니, 자연히 행상들도 꼭 들르게 되었지요. 그 결과, 석 달 사이 누상촌을 중심으로 탁현의 인구와 규모가 상당히 커졌습니다. 병사들의 사기도 높습니다. 여기엔 자룡과 준예의 공이 컸습니다."

조운과 장합은 병사들을 엄하게 단속해왔다. 조운이 교관이라면 장합은 헌병대장 격이었다. 술에 취해 행패를 부린 병사는 곤장을 치고, 도둑질하면 손목을 잘랐다. 마을의 부녀자에게 몹쓸 짓을 한 사건이 딱 한 번 있었는데, 장합은 주저하지 않고 목을 쳐버렸다. 그러면서도 늘 무표정을 유지한 까닭에, 냉혈장군(冷血將軍)이란 별명까지 얻었다. 덕분에 병사들은 마을 사람들에게 일절 해를 끼치지 않았다.

그저 엄하게만 다룬 게 아니었다. 무장들은 병사들에게 무예를 성의껏 전수했다. 수의 적음을 능력으로 보충하고자 한 것이다. 그 결과, 병사들은 석 달 만에 소수정예로 거듭났다.

용운은 진궁의 보고에 고개를 끄덕였다.

"현 상황이 그리 나쁘지 않군요. 앞으로 병력을 더 늘려가면서 방어태세를 갖춘다면……."

그가 가신들과 다른 사안을 얘기할 때였다. 앞에 온 전령의 땀이 채 식지도 않았는데, 새로운 전령 하나가 또 황급히 뛰어들어왔다.

태사자가 황당한 듯 중얼거렸다.

"이거, 오늘 무슨 날인가?"

"송구합니다! 워낙 시급한 일이라 허가 없이 들어온 데 대해 용서를……."

"말씀하세요."

용운의 허락에, 전령이 소리 높여 외쳤다.

"아룁니다! 일단의 병력이 접근해오고 있음을 순찰병이 파악했습니다. 수는 대략 삼만이며, 현재 50리 앞까지 다가왔다고 합니다."

방금 서찰을 받았으니 공손찬의 부대는 아닐 터.

용운의 의문을 풀어주듯, 전령이 말을 이었다.

"확인 결과, 기주목 한복의 가신인 경무(耿武)가 이끄는 부대라고 합니다."

장내가 소란스러워졌다.

"한복?"

"그자가 먼저 손을 썼단 말인가?"

용운은 전령의 말을 들음과 동시에, 반사적으로 기억의 탑을 떠올렸다. '경무'라는 자에 대한 정보를 찾기 위해서였다.

'한복의 가신. 기주를 빼앗으려는 원소의 계략에 속은 한복이 그를 초대하여 주(州)의 일을 함께 다스리려 하자 최후까지 반대한 신하. 원소가 한복과 대면할 때, 곁에서 칼을 들고 지켰다가 그 일로 미움을 사서 훗날 암살당했다.《삼국지연의》에서는 원소를 죽이려고 하다가 오히려 안량한테 죽은 것으로 묘사되지. 한복의 곁에 끝까지 남은 몇 안 되는 충신

중 하나로군…….'

한복은 신의가 없어 여러 제후의 증오를 샀다. 사람 보는
눈이 모자라 장합, 저수, 전풍, 심배 등 뛰어난 인재들을 중
용하지 않았다. 능력이 부족하여 원소에게 기주를 빼앗겼다.
그럼에도 불구하고 마지막까지 그를 섬긴 사람도 있었는데,
경무가 그중 하나였다.

전예가 부끄러운 표정으로 말했다.

"송구합니다, 주공. 제 능력이 부족하여 병력의 움직임을
너무 늦게 알아챘습니다."

"아니, 그대는 잘해주고 있어요."

용운이 잘라 말했다.

그의 말은 사실이었다. 정보부를 맡은 전예는, 얼마 안 되
는 인원과 물자로 엄청난 능력을 발휘하고 있었다. 낙양의 동
태는 물론, 용운이 부탁한 성혼단의 움직임까지 조사하는 중
이었다. 그나마 50리 앞에서 발견한 것도, 전예가 상시 활동
하는 순찰대를 운용한 덕이었다.

"좋은 뜻으로 오는 건 아닌 게 분명합니다."

노식의 말에 용운은 동의를 표했다. 그리고 대비할 시간이
얼마나 있는지 계산해보았다.

'50리 앞이면, 기병대가 전력으로 달렸을 경우 한 시간이
면 도착할 거리로군. 물론 삼만 전체가 기병일 리는 없고 보

병이며 수송대도 있을 테니 그 몇 배는 걸리겠지만……. 상대가 하후연 같은 장수가 아닌 걸 감사해야 하나. 그렇다면 대략 반나절.'

잠시 생각하던 진궁이 용운에게 말했다.

"탁현은 유주에 속하니, 굳이 따지자면 유주자사 유우의 관할입니다. 다만, 현재 유우는 장순의 반란을 진압한 지 얼마 안 되었고 오환족을 다독이는 데 힘쓰는 중이라, 북평군과 탁군에 신경을 쓸 여력이 없을 겁니다. 그런 와중에, 공손찬의 칭제를 접한 한복이 선수를 친 것 같습니다. 아직 주공을 공손찬의 가신으로 인식하고 있을 테니까요."

"그러니까 반역자 공손찬의 부하인 제가 현령으로 있는 곳이니, 쳐서 빼앗을 명분이 생겼다, 이거죠?"

"직설적으로 말하자면 그렇습니다."

"제가 아는 한복답지 않은 과감함이네요."

"아마 옆에서 누군가 부추긴 것 같습니다."

"흐음."

용운은 그럴 만한 인물을 떠올렸다.

'심배나 저수, 혹은 전풍인가? 아니면 한복을 나와 상잔시켜서 그 틈에 기주를 빼앗으려는 외부세력이 있나?'

노식은 한복의 밑에 있었던 장합에게 물었다.

"경무란 자는 어떤 인물인가?"

"검술을 조금 익혔지만, 선봉장 감은 아니며 책략에도 능하지 못합니다. 분명 누군가를 이끌고 왔을 겁니다."

용운은 장합의 말에 대꾸했다.

"50리 밖이라면 대응을 서둘러야겠군요."

사실, 태연한 척했으나 그의 가슴은 격하게 뛰고 있었다. 현재 보유한 병력은 불과 오천. 그나마 그중 이천은 탁현에서 새로 징발했다. 그 병력으로 무려 여섯 배의 적을 맞아 싸워야 할지도 몰랐다.

그때, 용운은 문득 깨달았다. 이 자리에 있는 이들 중 누구 하나 두려워하는 기색을 보이는 사람이 없다는 것을. 모두 당당히 가슴을 편 채 눈을 빛내고 있었다. 오히려 다가올 전투에 대한 기대감이 엿보였다.

'그래, 허저는 불과 오백의 병사로 마초의 수만 병력으로부터 조조를 구해냈다. 장료는 팔백 명의 병사로 손권의 십만 대군을 패퇴시켰고. 더구나 이 자리에는 《삼국지》를 통틀어도 손꼽히는 맹장들이 다 있잖아!'

마음을 다스린 용운이 명령을 내렸다.

"자의(태사자), 일천의 병사로 선봉을 맡아주세요. 자룡 형님과 준예(장합)는 각각 일천의 병사로 좌익과 우익을, 장문원(장료)은 일천의 병사로 중진을 맡습니다."

"존명!"

태사자, 조운, 장합, 장료가 동시에 외쳤다.

용운은 물 흐르듯 계속해서 지시했다.

"검후는 자룡 형님을 보좌해. 사린이는 자의를, 성월은 준예를 엄호한다. 자간(노식) 님은 장문원과 함께 중진에서 전체를 살펴주시다가 적절히 대응해주십시오."

"알겠습니다."

"난 나머지 일천의 병력으로 후방을 맡습니다."

용운의 말에 진궁이 펄쩍 뛰었다.

"안 됩니다! 주공께서 친히 나서시다니요."

"앞에서 싸우겠다는 게 아니에요. 뒤를 지키면서 동시에 지시를 내릴 거니까. 내가 공손찬 군의 군사였다는 거, 잊으셨어요?"

여기엔 다른 이유도 있었다.

사천신녀는 용운에게서 일정 거리 이상 멀어졌을 때부터 약해지기 시작한다. 그녀들이 최고의 상태로 싸울 수 있게 해주기 위해선 용운이 참전해야만 했다.

'그리고 모두가 나가 싸우는데 나만 안전한 곳에 틀어박혀 있을 수는 없지.'

이런 사정을 모르는 진궁은 못내 불만스러웠다.

"하지만 행여 위험해지시기라도 하면……."

그때, 거짓말처럼 청몽이 모습을 드러냈다. 그녀가 근처에 있으리란 걸 알면서도, 사천신녀와 용운을 제외한 모두는 깜짝 놀랐다. 전혀 그녀의 기척을 느끼지 못했기 때문이다.

용운은 침착하게 말했다.

"보시다시피 청몽이 옆에서 나를 지켜줄 겁니다. 공대(진궁), 나와 함께 후군에서 작전 보좌를 해주세요."

"아, 알겠습니다!"

"마지막으로, 계규(최염), 국양(전예)과 더불어 성을 지켜주세요. 백성들이 동요하지 않게 다독여주시고요."

"그리하지요."

최염은 포권을 취하며 생각했다.

'주군께서 처음으로 우리에게 존칭을 붙이지 않으셨다. 말투는 아직 존대지만. 이 전투, 어쩌면 오히려 잘된 일인지도 모르겠구나. 어차피 첫 번째 목표는 한복이었는데 알아서 빌미를 주고 있으니. 더구나 적의 선제공격이 주군 안에 있는 군웅으로서의 뭔가를 일깨운 것 같다.'

선봉 태사자. 좌군 조운. 우군 장합. 중군 장료. 마지막으로 후방에는 용운 자신과 진궁. 이렇게 편제가 구성되었다. 혹시나 해서 각각 사천신녀도 붙여주었다. 최악의 경우라도 장수들은 살아남을 것이다.

마지막으로 용운이 말했다.

"적의 위치를 안 이상, 그걸 이점으로 바꿀 수 있습니다.

전예의 정보망으로도 50리 앞에서야 감지했을 정도라면, 적은 분명 쉬지 않고 행군해왔을 겁니다. 우리 병력은 비록 수는 적지만, 말을 계속 사들여 기병의 비율이 매우 높습니다. 적이 지쳐 있을 때 치고 빠지면 효과가 크리라 생각합니다."

또한 탁현의 기병대에도 그것이 갖춰져 있었다. 등자. 심지어 더욱 개량된 형태였다. 이미 공손찬에게 알려준 바 있고, 그걸 본떠 일부에서 퍼지기 시작했다. 용운이 자신의 부대에 적용하지 않을 리 없었다. 그는 기병대가 갖춰지자마자 등자를 착용시켜 훈련을 해왔다.

"그럼, 서둘러 준비하겠습니다."

장수들이 분분히 방을 나갔다. 곧 밖에서 고함과 말 울음소리, 쇠 부딪치는 소리 등이 들렸다.

용운은 서서히 자신감이 솟아났다. 비록 딸린 병력은 천 명씩에 불과했으나, 상대가 삼만 아니라 십만이라 해도 지지 않을 것 같았다. 물론, 상대 지휘관이 조조나 손견 같은 인물이 아니라는 전제하에. 그리고 경무는 확실히 그런 인물은 아닌 듯했다.

'어디 보자.'

용운은 누상촌 반경 10여 킬로미터 이내의 지형을 떠올리기 시작했다. 그는 한 번 본 것은 사진처럼 찍어 저장했다. 그것이 사람 외모든, 문헌이든, 땅의 모양이든.

눈앞에 탁현의 지형이 홀로그램처럼 펼쳐졌다. 물론, 용운의 눈에만 보이는 상상이었다.

탁현은 제대로 된 성이나 성벽이라 할 만한 것이 없었다. 야트막한 성벽이 현 바깥쪽으로 빙 둘러 있는데, 그나마 보수를 게을리해서 반은 무너졌다. 방어시설도 취약하고 이제 한창 농사를 짓고 있는 백성들에게 피해를 주지 않으려면 야전이 필수였다. 그런데 야전은 수가 적은 쪽이 절대적으로 불리했다.

'우리에겐 유리하고 적에겐 불리한 장소에서 전투를 이끌어내야 한다.'

몇 초 후, 그는 기억 속에서 전투에 가장 적합한 지형을 찾아냈다.

"주공? 괜찮으십니까?"

약간 긴장한 듯 묻는 진궁에게 용운이 말했다.

"괜찮습니다. 잠깐 뭘 좀 생각했어요. 우리도 갑시다. 이 전투가 한복을 치기 전의 전초전이 되어줄 겁니다."

바야흐로 용운 자신이 주체가 된, 첫 번째 전투가 시작되려는 순간이었다.

7

탁현 전투

경무(耿武)는 올해 마흔 살로 기주 태생이었다. 현재는 한복 밑에서 별가종사로 있었는데, 별가종사는 주목이나 주자사가 군현을 순찰할 때 수행하는 직책이었다. 현대로 치면 도지사의 수행비서 격이라 할 수 있다.

그는 공손찬의 참모 출신으로 알려진 탁현령을 죽이고 그 자리를 맡기 위해 행군 중이었다. 그 탁현령은 바로 용운이었다.

경무는 말을 탄 채 선두에 선 자신이 낯설었다. 나름 전장을 경험해봤고 말이나 마차를 탈 일도 많았다. 그러나 선봉장을 맡긴 태어나 처음이었다. 이런 명령을 내린 주군, 한복도 낯설긴 매한가지였다. 그는 우울한 심정으로 생각했다.

'예전의 주공이 아니야.'

얼마 전, 한복이 치중종사(治中從事)인 유자혜를 죽이려 한 사건이 있었다. 공손찬이 반동탁연합의 격문을 돌렸을 때였다. 한복은 관리들을 모아놓고 의견을 물었다.

"내가 어느 쪽에 서야 하겠소?"

그는 동탁에 의해 기주목에 임명됐기에, 대적하기가 부담스러웠던 것이다. 그러나 관리들은 동탁의 앞날이 길지 않다고 보았다. 설령 이번 연합군이 패배하더라도 고삐가 풀린 미친 말처럼 질주하는 동탁은 그 자체로 위태로워 보였다.

"반동탁연합군에 가담할 것을 주청드립니다. 동탁은 아마 오래가지 못할 것입니다."

한복은 그 의견을 받아들였다. 문제는 연합군에 원소도 속해 있다는 것이었다. 한복은 원래 원소와 사이가 몹시 나빴다.

'그 망할 놈이 총사령관이 못 된 건 다행이지만, 내가 그자를 돋보이게 하는 역할만 할까 걱정이구나.'

그는 원소의 신망이 높아질까 노심초사했다. 그러자 가신인 유자혜가 한 가지 꾀를 내놓았다.

"우리 기주가 상대적으로 풍족한 덕에, 주공께선 마침 군량 보급 임무를 맡으셨습니다. 원소에게 갈 군량을 끊어서 곤란하게 하는 게 어떻겠습니까?"

"그것 참 좋은 계책이로다."

경무가 생각하기에도 치졸한 계책이긴 했다. 그러나 한복은 손뼉을 치며 웃었고 바로 이행했다. 그 탓에, 원소는 제대로 된 군사 활동을 하지 못했다. 이는 연합군의 전체적인 전력 저하를 불러왔다. 사수관 전투에서는 승리했으나, 낙양을 점령한 뒤 분열이 일어났다. 결국, 옥새를 입수한 공손찬이 야심을 드러내자, 연합군은 뿔뿔이 해체되었다.

한복 또한 낙양을 떠나 기주로 돌아와 있었다. 그때 연주자사 유대(劉岱)가 격문을 돌렸다.

─동탁을 토벌하지 못했으나 대신 역적 한복은 반드시 쳐야 한다. 그자는 연합군 내에서 이간질을 일삼아 결국 이번 거사를 수포로 만들었다.

격문을 본 한복은 두려움에 떨었다. 당장에라도 연합군의 칼끝이 자신을 향할 듯했다.

"이게 다 유자혜가 허튼 계책을 내놓은 탓이 아닌가! 당장 포박하여 끌고 오라!"

한복은 그 자리에서 유자혜의 목을 치려 했다.

그때 친분이 있던 경무가 필사적으로 만류했다.

"유 종사의 의견이 경솔한 데가 있긴 했으나, 결과적으로 원소의 손발을 묶지 않았습니까. 비록 유대가 괴이한 격문을 돌렸지만, 제후들의 이목은 공손찬에게 쏠려 있습니다. 이때 주공을 적대하려는 자는 없을 겁니다. 지금까지의 충성을 봐서라도 유 종사를 너그러이 용서해주십시오."

잠시 생각하던 한복이 말했다.

"그대의 말이 옳다. 하지만 하마터면 날 파멸로 몰아넣을 뻔한 것은 용서할 수 없다. 유 종사의 관직을 파하고 문지기로 임명할 터이니, 당장 청소부터 시작하도록 하라."

경무는 결박당한 채 꿇어앉아 있던 유자혜의 얼굴에 희비가 교차하는 걸 봤다. 목숨을 건진 건 다행이었지만, 관청 문 앞에서 비질이나 하게 된 건 치욕스럽기 짝이 없었다.

'불행 중 다행이라고 생각하게. 이 사람아.'

경무는 씁쓸한 심정으로 생각했다.

그로부터 며칠 후, 별안간 자신에게 출진하라는 명이 떨어진 것이다.

'설마 그 일의 보복은 아니겠지.'

명목은 역적 공손찬을 친다는 것이었지만, 속내는 탁군을 차지하여 그곳을 발판으로 유주까지 진출하려는 것인 듯했다.

'주공은 본래 나아가 싸우기보다 웅크려 지키기를 좋아하는 성격이다. 공손찬이 낙양에서 손견과 원소를 상대로 싸우느라 경황이 없음은 사실이나, 그 틈에 탁군을 점령하는 건 주공에게서 나올 만한 전략이 아니다.'

그는 옆에서 나란히 말을 모는 이를 흘깃 쳐다보았다.

'역시, 저자의 생각인가?'

기도위(騎都尉) 저수(沮授). 서른 중반의 장한으로 평범한 외모였다. 그러나 평범함 속에 천재적인 판단력을 가졌다, 라고 전풍이 말한 적이 있는데, 경무가 보기에는 그 말을 한 전풍 역시 천재였다. 어쨌든 남의 칭찬에는 인색한 전풍에겐 드문 일이었다.

'전풍, 저수, 심배…… 주공께서 이들을 제대로 쓰시기만 해도 원소와 자웅을 겨뤄볼 만할 것을. 아니, 어쩌면 이 전투는 그 시초가 아닐까?'

그때, 경무의 시선을 느낀 저수가 불쑥 말했다.

"미안합니다, 문위 공. 눈속임 역을 맡게 해서."

"아니, 아닙니다. 저는 괜찮습니다."

본래 경무와 저수는 같은 품계의 별가였다. 그러나 얼마 전, 저수가 기도위를 겸하게 되어 상관이 됐다. 비슷한 품계라면 받는 녹봉의 양으로 상하가 정해졌기 때문이다. 즉 2천석을 받는 태수와 3천 석을 받는 태수가 있다고 가정할 때, 같은 태수라 해도 3천 석을 받는 쪽이 위라고 보았다.

요즘으로 치면, 월급 많이 받는 사람이 상사가 되는 다소 이상한 관습이 있었던 것이다. 이는 훗날 구품중정제로 정리될 때까지 유지되었다.

저수는 담백한 성품이었기에, 그 후에도 경무에게 함부로 대하지 않았다. 자연히 경무도 그에 대해 반감은 없었다. 다만, 왜 자신을 대장으로 삼았는지 궁금하긴 했다.

"한데 군이 제게 부대장을 맡기신 이유가 있습니까? 기도위의 솜씨라면 직접 통솔하시는 편이 백배 나을 텐데요."

"적의 방심을 유도하기 위해서입니다."

"방심······이요?"

경무는 조금 어리둥절해졌다. 방심을 유도한다는 건, 보통 더 약한 쪽이 강한 쪽을 상대할 때나 적합한 말이었다. 기주는 풍요로운 물적 자원에 힘입어 꽤 강한 군사력을 보유하고 있었다.

저수는 핵심부터 툭 내뱉는 특유의 어조로 말을 이었다.

"탁현을 공격하기로 한 건, 탁현령이 반역을 일으킨 공손찬의 수하여서가 아닙니다. 애초에 그런 자들은 널렸습니다. 불과 몇 해 전 장순만 해도 그랬고."

장순(張純)은 중산 지역의 상(相)이었는데, 군 편제에 불만을 품고 오환족 수령 구력거(丘力居) 등과 함께 반란을 일으켰다. 그는 스스로 안정왕(安定王)이라 칭하고 유주의 수도인 계(薊)를 함락시키는 등 위세를 떨쳤다. 그러나 새로 부임한 유주목 유우가 오환, 선비, 흉노에 대해 회유책을 펼치자 힘을 잃게 되었다. 결국, 189년 3월에 왕정(王政)이란 빈객(누군가의 문하에 있는 식객)에게 살해되어 수급이 유우에게 보내졌다.

저수는 그 일을 말한 것이었다.

그가 말을 이었다.

"그리 따지면 엄밀히 말해 주공도 자유로울 수 없습니다. 기주목이란 관직을 동탁이란 역적으로부터 받았으니까 말입니다. 현재의 탁현령과 다를 게 무엇입니까?"

경무는 저수의 말에 기겁했다. 남의 눈치를 안 보고 직설적으로 말하는 성격이란 건 들었으나, 이 정도일 줄은 몰랐다.

"그런 말씀을……."

"딱히 틀린 말은 아니지 않습니까."

경무는 헛기침하며 화제를 돌렸다.

"으흠, 아무튼 왜 방심을 유도해야 한다는 것입니까?"

"위험해서입니다. 원호(전풍) 님과 본인이 입수한 정보에 따르면, 더 가만히 놔뒀다간 탁현령 진용운이라는 자는 반드시 업(기주의 중심 도시)성으로 쳐들어올 것입니다."

저수는 단호하게 말했다.

훗날 손성이란 역사가는 "전풍과 저수의 지모는 옛 한나라의 건국공신 장량, 진평에 필적한다"라고 극찬한 바 있었다.

용운이 첫 번째 정벌대상으로 한복을 떠올렸듯, 한복의 모사인 전풍과 저수 또한, 탁현의 움직임을 예의주시하며 경계해온 것이다. 그들도 한 시대를 풍미한 모사들이었으니까.

경무는 믿기 어렵다는 투로 대꾸했다.

"저 또한 들은 바가 있는데, 탁현의 병력은 오천도 채 못
된다고 합니다. 그에 비해 우리 군은 삼만입니다. 진용운이
라는 자가 사수관에서 이름을 얻었다 해도, 여섯 배의 병력
차이를 메울 정도로 뛰어난 인물입니까? 또 업성을 공략하려
면 최소 오만 이상의 군사가 필요한데, 무슨 수로 그만한 병
력을 모으겠습니까?"

"정확히는 그의 밑에 모인 인물들이 뛰어나다고 봐야 할
것입니다. 중랑장이었던 노식은 말할 것도 없고, 본인이 판
단하기로 우리 진영에서 가장 뛰어난 장군으로 성장할 가능
성이 보였던 장합이 그를 섬기고 있습니다. 기주에서 인재로
이름났던 최염도 최근에 탁현으로 들어왔습니다. 사수관에
서 서영의 목을 벤 태사자와 화웅을 참수한 검후라는 무사도
전부 진용운의 수하입니다."

"아……."

경무는 말을 잃었다. 노식, 장합, 최염, 태사자, 검후. 모두
한 번쯤 들어본 이름이었다.

"그런 인물들이 진용운을 보고 모여드는 것이니, 그 또한 범
상치 않은 인물이라는 거지요. 아, 이제 도착한 것 같습니다."

저수는 너르게 펼쳐진 황무지를 바라보았다. 듣던 대로,
탁군은 기주와 비교할 수 없을 정도로 황량했다. 일단 제대로

비가 안 와 건조하기 짝이 없었다. 황무지 맞은편에는 크게 높지 않은 산들이 줄지어 있었다. 그 산 너머에 탁현령이 성 대신 지내고 있다는 누상촌이 있었다.

곧장 그리로 쳐들어갈까 싶었는데, 좁은 협곡이 마음에 걸렸다. 설마 벌써 매복해 있을 리는 없겠지만, 조심해서 나쁠 것은 없었다.

"수적 우위를 살리기엔 이곳이 적당한가. 적이 알아서 나와줄지 모르겠군."

저수는 일단 병력을 멈추고 진영을 만들게 했다. 업성을 출발한 후, 쉬지 않고 진군해온 까닭이었다. 병사들은 허기지고 지친 상태였다.

저수가 협곡으로 정찰병을 보냈을 무렵이었다. 태사자가 이끄는 선봉은 이미 도착하여 협곡 사이에 숨어 있었다.

"쉿. 말에 재갈을 물려라. 먼지 안 나게 하고."

태사자는 용운의 무장 중 제일 먼저 등자를 경험했고 제일 오래 사용해왔다. 덕분에 고삐를 놓고도 자유자재로 말을 탈 정도로 뛰어난 기마술을 자랑했다. 게다가 기병 운용술까지 일취월장해 있었다. 그는 일천의 병력 중 삼백을 기병으로 편성했다. 그 삼백이 제일 먼저 도착한 것이다.

사린은 태사자가 탄 말 뒤에 함께 타고 있었다. 잠시 후, 코를 킁킁대던 그녀가 말했다.

"어! 밥하는 냄새다. 배고파……."

태사자는 사린 덕에, 적군이 막 진영을 차리고 취사 준비를 하고 있음을 알았다. 즉 가장 방심하게 되는 때인 것이다. 서두른 보람이 있어 늦지 않고 도착했다.

태사자가 사린의 머리를 쓰다듬으며 히죽 웃었다.

"꼬맹이, 잘했다."

"꼬맹이 아니야……. 그리고 쓰담은 주군만 하는 거야!"

"그래그래, 미안. 자, 전군 돌격 준비. 한 방 먹이자꾸나. 놈들의 솥을 걷어차고 진영을 뚫고 나간다. 절대 말(馬)을 멈추지 말고 뒤섞여 싸우지도 마라."

그때, 사린이 다시 쿵쿵 소리를 냈다.

"어? 누가 오고 있쪄. 우리 편 냄새 아니야."

"네 코가 보배로구나."

경무군의 척후병들이 조심스레 다가올 때였다. 태사자는 번개처럼 튀어나가며 척후병 하나를 찔러 쓰러뜨렸다.

"으, 으아아! 매복……."

놀라 달아나려던 다른 척후병들도 순식간에 베여 목숨을 잃었다.

태사자는 선두에 서서 말을 달렸다. 와아아아아! 양손에 쌍단극을 쥔 태사자를 필두로, 삼백의 기병이 성난 파도처럼 돌진했다.

삼만 병력에 덤벼드는 삼백은 언뜻 무모해 보였다. 그러나 삼만의 경무군은 넓게 퍼진 형태의 진영을 이루고 있었다. 취사할 공간을 확보하고 기습에 대비하기 위해서였다.

그게 오히려 독이 되었다. 태사자는 그중 가장 얇은 지점을 정확히 파고들었다. 삼백의 기병은 송곳 같은 대열을 이뤄 경무군의 진영을 찔렀다.

"다, 당황하지 마라! 양쪽에서 공격해라! 둘러싸란 말이다!"

경무가 명했다.

소수의 유격대가 난입해왔을 때의 일반적인 반응이었다. 하지만 거기 따르기엔 무리가 있었다. 우선, 태사자 부대의 속도가 워낙 빨랐다. 게다가 병사들은 솥을 걸고 밥을 짓던 중이었다. 무거운 갑옷을 벗어던진 자도 부지기수였다. 포위는커녕 대응하기도 쉽지 않았다. 솥에 걸려 넘어지는 병사, 갑옷과 검을 찾느라 허둥대는 병사들로 진영에는 대혼란이 일어났다.

"하하하, 감히 여기가 어디라고 발을 들였느냐!"

태사자는 양팔을 휘둘러 닥치는 대로 적병을 베었다. 가끔 날아드는 반격은 사린이 알아서 쳐냈다.

"배고파, 끙…… 얼른 이기고 밥 먹어야지."

태사자가 가는 방향으로 길이 쭉쭉 뚫렸다. 그의 뒤를, 삼백의 기병이 열심히 따라붙었다.

그 모습을 보던 저수가 경무에게 뭐라고 귓속말했다. 경무는 즉시 기를 흔들며 큰 소리로 외쳤다.

"물러나! 솥이고 무기고 다 팽개치고 양옆으로 물러나서 빠져나가게 두어라!"

병사들은 잘됐다는 듯 등까지 보이고 달아났다. 포위하긴 어려웠으나, 뒤로 빠지긴 쉬웠다.

태사자 부대를 중심으로 넓은 공간이 생겼다. 자연히 공격할 대상이 없어져버렸다.

"어라?"

태사자는 당황스러웠다. 이런 경우는 미처 생각하지 못했다. 결국, 하릴없이 빈 공간을 지나갈 수밖에 없었다. 설불리 방향을 틀었다가 포위당할까 두려웠다.

"쳇. 전속력으로 빠져나간다!"

태사자와 기마 부대는 속도를 올렸다.

저수의 지시를 받은 경무가 연이어 명했다.

"적이 되돌아오려면 시간이 걸린다. 장창병과 궁수부터 제일 먼저 나서라! 그사이 다른 자들은 대열을 정비하라!"

말이 달리는 속도가 빠를수록, 멈춘 후 방향을 전환하여 다시 되돌아오는 시간이 길어진다. 진영 뒤쪽에 장창병이 2열로 늘어섰다. 그 뒤로 활을 든 병사들이 자리했다. 태사자의 부대가 되돌아올 경우, 정면으로 맞닥뜨릴 위치였다. 막 기수를 돌린 태사자는 뭐 씹은 표정이 됐다.

"뭐야, 준예(장합), 이 친구야. 말해준 거랑 다르잖아? 이 대웅은 야전사령관 수준인데?"

퓨풋! 화살들이 날아와 귓가를 스쳤다.

"윽!"

"으악!"

몇몇 기병들이 화살에 맞아, 구슬픈 비명과 함께 낙마했다.

태사자는 서둘러 명령을 내렸다.

"물러나! 더 뒤로 물러나라."

이대로 재차 돌진하는 건 자살행위였다.

화살은 어찌 뚫고 간다 쳐도, 긴 창들이 아래에서부터 찔러올 게 뻔했다.

'가던 방향으로 쭉 달려, 우회하는 수밖에 없나.'

태사자가 잠시 고민에 빠졌을 때였다. 별안간 적 진영의 왼쪽과 오른쪽 끝에서 소란이 일었다. 그의 등 뒤에서 사린이 말했다.

"헤헤, 언니들 왔다."

그 말을 들은 태사자의 얼굴에 희색이 떠올랐다.

"왔구나!"

용운은 적의 도착을 노린 진격전을 명했다.

좌군을 맡은 조운과 우군을 맡은 장합, 둘 다 그 정도 역량은 갖춘 장수들이었다. 둘은 태사자와 마찬가지로, 소수의 기병대를 먼저 꾸려 막 도착한 참이었다. 그러다 태사자가 곤란한 상황에 처했음을 보자, 양쪽으로 부랴부랴 물러나느라 흐트러진 적진의 왼쪽과 오른쪽 끝을 치고 들어온 것이다.

좌군과 우군 기병대의 수도 삼백 남짓. 하지만 등자와 안장을 착용하고, 각각 조운과 장합이라는 맹장이 선두에서 지휘하는 삼백이었다. 말과 무기의 질도 좋았다. 옆에 붙은 검후와 성월도 일천 병사에 필적했다. 그 부대가 추행진(선두가 뾰족한 삼각형의 돌격 진형)을 이뤄 돌진해오는 위력은 엄청났다.

조운은 검후와 말머리를 나란히 하여 돌진하며 생각했다.

'행복하다.'

누군가의 목숨을 빼앗고, 반대로 자칫 자신이 죽을 수도 있는 전장에서 행복을 느끼다니. 자신이 조금 이상하게 느껴지기도 했다. 하지만 조운은 진심으로 행복했다. 비로소 공손찬에게서 벗어나 용운을 위해 싸울 수 있게 되었고, 옆에선 자신이 누구보다 연모하는 여인이 우아하게 검을 휘두르고 있는 것이다. 이 순간이야말로 조운에게는 완벽한 때였다.

'용운, 네 앞날을 축복하는 의미로 이 전투에서 반드시 이기고 적장의 머리를 바치마!'

그의 창이 어느 때보다 빠르게 춤추었다. 검후의 쌍검이 거기 맞춰 허공을 갈랐다. 두 연인이 함께 싸우는 모습은 아름답기까지 했다.

장합은 장합대로, 야릇한 기분을 맛보고 있었다.

"음……."

바로, 뒤에 태운 성월이라는 여자 때문이었다. 그녀는 활의 명수였다. 아니, 명수라는 말로는 부족했다. 그저 쏴서 맞히는 게 아니라, 활과 화살 자체를 수족처럼 다뤘다. 비무에서 활과 화살만 가지고 장합 자신을 이겼을 정도였으니까.

이번 전투에도 역시나 활을 들고 나왔다. 문제는 양손을 다써야 했기에, 말을 못 탄다는 것이었다. 이에 그녀는 긴 두 다리로 장합의 허리를 휘감은, 묘한 자세로 활을 쏘는 중이었다.

"으음……."

비무 때 불의의 사고로 봤던 뭔가가 자꾸 떠올랐다. 전투 중에 이런 잡념이라니!

그런 그의 귓가에, 성월의 입김이 와닿았다.

"저기요오. 자꾸 멈칫거리지 말고, 제대로 좀 싸워줄래요? 실력 좋은 분이 왜 이러실까아."

"으으음……."

장합의 얼굴이 붉어졌다. 그는 번뇌를 잊기 위해 삭을 열심히 찌르고 휘둘러댔다. 그 사이로 성월의 화살이 날았다.

화살은 마치 눈이라도 달린 것처럼 정확히 적의 조장만을 쓰러뜨렸다.

조운과 검후, 장합과 성월의 조합은 엄청났다. 원래 실력의 몇 배나 되는 상승작용이 일어났다.

경무군의 병사들은 마치 일만의 기병대를 상대하는 듯한 착각에 빠졌다. 순식간에 좌우의 진열이 허물어졌다.

"이, 이런! 또 다른 부대가……."

겨우 안심하던 경무는 또 허둥대기 시작했다.

비로소 저수가 전면에 나섰다.

"후방의 장창병과 궁수 부대는 자리를 이탈하지 마라! 적병의 수는 얼마 되지 않는다!"

그는 즉시 병력을 둘로 나눠, 왼쪽과 오른쪽의 기병 부대에 대항케 했다. 다수의 이점을 살려 소수를 막게 한 것이었다.

여전히 기세는 높았으나 수가 워낙 많았다.

조운과 장합의 기병대가 다소 주춤할 때였다. 후방에서 또 새로운 부대가 나타났다. 바로 장료가 이끄는 중군이었다. 중군은 기병대가 없는 대신, 오천 병력 중 최강의 정예들로 이뤄졌다. 단, 장료만은 말을 타고 있었다.

눈을 가늘게 뜨고 전황을 보던 노식이 말했다.

"적장이 누구인지는 몰라도 제법 솜씨 있는 자로구나. 허나 부대를 둘로 나누면서 가운데가 비었다. 지휘 체계도 미묘하게 느리고."

옆에 있던 장료가 그의 말에 정중히 답했다.

"제 눈에도 그리 보입니다."

장료는 군인 출신답게 꼿꼿이 앉아 정면을 응시했다. 그는 기본적으로 지략을 갖춘 장수였다. 또한 젊어서부터 군에 종사하며 용병술이 몸에 익었다. 하지만 본성은 자신의 무(武)를 바탕으로 적진을 마음껏 휘젓기를 즐겼다. 그게 여지없이 나타난 전투가, 정사에서 말하는 합비에서의 싸움이다.

마침, 용운이 지휘하는 후군이 전장에 도착했다.

"주군도 오셨군. 문원, 한바탕 날뛰고 오게."

"바라던 바입니다."

노식은 드디어 장료의 출진을 명했다.

장료는 양손에 삼첨도를 든 채, 눈을 부릅뜨고 말을 박찼다. 오백의 정예부대가 그의 뒤를 따랐다. 용운을 따르기로 결심한 이래 첫 전투였다. 그는 새 주인이 보는 앞에서 자신의 진가를 드러내기로 마음먹었다. 한때나마 동탁을 따랐다는 오명을 씻기 위해서라도.

"이럇!"

문득 여포가 떠올랐다. 동탁의 밑에 있을 때, 유일하게 호감 가던 장수. 인격을 떠나 실력에 반했던 것이다. 저 정도의 무인이 왜 동탁을 따르는지 의아했다. 장료는 언젠가부터 여포의 싸움방식을 따라 하고 있었다. 절대의 무력으로 선두에 서서 적진을 붕괴하는 것.

'계속 낙양에 머물렀다면, 여포 밑에서 싸우게 됐을지도 모르겠다. 그랬다면 주군은 적이 되었을 테지.'

그러다 우연히 교분이 있던 진궁을 만나 동행하게 됐다. 탁현으로 내려올 때까지만 해도 이리 될 줄은 예상치 못했다. 사람의 운명이란 기이하다고 장료는 생각했다.

'그저 내가 서 있는 자리에서 전력을 다할 뿐.'

경무군은 새로운 적의 출현에 당황했다. 이미 부대가 셋으로 나뉜 상태였다. 저수의 병력 운용은 세밀했으나, 노식이 간파한 대로 병사들이 거기에 제대로 따르지를 못했다. 정확히 말하면 지휘를 전달할 장수의 문제였다. 역량도, 수도 부족했다. 그러다 보니 전열이 흐트러졌다. 그 부작용이 제대로 드러나고 있었다.

조운과 장합의 기병대를 막느라 가운데는 상대적으로 더욱 허술했다. 장료는 그 지점으로 정확하게 뛰어들었다. 적의 진영이 수박 쪼개듯 쩍 갈라졌다.

태사자가 거기에 호응했다. 그는 정면 돌파 대신, 병력을 둘로 나눠 좌우를 지원했다. 옆과 뒤에서 동시에 적을 맞이한 경무군은 급격히 흔들리기 시작했다.

노식이 중얼거렸다.

"바로 거기다."

늙은 몸에 걸친 갑옷이 무거웠다. 하지만 조금도 힘들게 느껴지지 않았다. 피가 끓어오르고 신경은 팽팽하게 긴장되었다.

"바로 거기다, 문원."

돌진해오는 장료를 본 적병들이 허둥거렸다.

픽! 퍼픽! 순간, 서너 명의 병사들이 한꺼번에 피떡이 되어 튕겨나갔다.

장료는 지옥에서 나온 짐승처럼 으르렁댔다.

"기억해라."

촥! 촤아악! 피보라가 일었다. 피보라 속에서 맹호의 울음소리가 울려퍼졌다.

"내가 바로, 장료 문원이다!"

"⋯⋯!"

노식은 그 외침을 듣는 순간, 전율했다. 적진은 이제 힘없이 무너지고 있었다. 저기 뒤섞여 싸우고 싶다. 아니, 그래야 했다. 조운, 장합, 장료, 태사자. 젊은 무장들의 싸움을 보며, 세대교체의 때가 왔음을 절감했다. 그래도 아직, 싸우고 싶었다.

"여기에 중랑장 노식도 있다!"

정확히 말하면 전(前) 중랑장이지만, 뭐, 상관없다. 노식은 나머지 오백의 병력을 이끌고 장료의 뒤로 들이닥쳤다.

조금 늦게 도착한 용운이 그 광경을 보았다. 그는 진궁과 함께 두 마리 말이 끄는 수레에 앉아 있었다. 앉아서 타는 안거(安車)라는 수레로, 병사 하나가 마부 노릇을 했다. 수레 주변은 십여 명의 장정이 철통같이 지켰다.

용운은 걱정스럽게 중얼거렸다.

"자간 님…… 괜찮을까?"

옆에 있던 진궁이 안심시키려는 듯 말했다.

"괜찮으실 겁니다. 여전히 정정하시니까요."

"으음……."

그는 검을 휘두르며 싸우는 노식을 바라보았다. 실제 역사에서, 노식이 이맘때쯤 병사한다는 사실을 알고 있었다. 원소의 부름으로 거주지를 옮기는 일이 일어나지 않아서일까. 이제까지 병의 징후는 나타나지 않았다.

평소에 용운은 노식에게 늘 잔소리를 했다. 매일 운동해라, 틈날 때마다 씻어라, 몸에 좋다는 약재들을 먹어라 등등. 오죽하면 노식이, 주군을 모신 지난 두 달간 먹은 약이, 자신이 평생 먹어온 약보다 더 많다고 할 정도였다. 그래도 그 작용, 역사가 본래 흐름대로 진행되려는 특유의 현상이 나타날까봐 용운은 못내 불안했다.

장료 부대의 난입 후였다.

침착하게 경무에게 지시하던 저수가, 처음으로 당황한 기색을 드러냈다. 그는 입술을 깨물며 생각했다.

'역시나 장수가 부족한 게 치명적이다. 병력의 우위와 내 지휘로 어떻게든 메울 수 있으리라 생각했는데…….'

거기에 한 가지 변수가 더 추가됐다. 적장의 실력이 예상 이상으로 뛰어나다는 것. 맨 처음에 돌진해온 태사자는, 동탁의 장수 중에도 일류에 속하는 서영을 벤 자였다. 이에 일부러 정면으로 부딪치지 않게 했다.

그런데 좌군과 우군을 이끄는, 젊은 장수들의 실력도 녹록지 않았다. 여포에게 단기로 맞서 손견을 구했다는 조운. 대장군의 자질이 엿보이는 자로, 전풍이 점찍었던 장합. 이 둘이니 그럴 만도 했다. 거기에 소문의 여무사들도 얼핏 보였다.

그래도 저수는 어떻게든 공세를 막아냈다. 그런데 마지막에 나타난 젊은 장수.

"장료 문원이라 했던가."

그의 등장이 치명타였다. 저수는 일찍이 저런 무예를 가진 자를 전장에서 본 적이 없었다. 그가 삼첨도를 한 번 휘두를 때마다, 십여 명의 아군 병사가 피를 쏟으며 쓰러졌다. 어찌 오천 병력 중에 저런 장수들이 일곱이나 있단 말인가.

저수는 미지의 상대를 향해 내뱉었다.

"진용운, 용케 저런 자들을 영입했구나."

진용운은 아마 관록 있는 모사일 것이라고 저수는 생각했다. 대충 30대 중반 정도가 아닐까. 자신이나 전풍 등과 마찬가지로. 모사가 한창 기량을 발휘할 때인 것이다.

그때, 다소 위태롭게 싸우고 있는 적장 하나가 저수의 눈에 띄었다. 은빛 갑옷을 입고 허연 수염을 휘날리며 검을 휘두르는 모양새가, 젊었을 때는 한가락 했을 듯했다. 그러나 이제 난전을 벌이기엔 나이가 많아 보였다. 저수는 그가 누군지 바로 눈치챘다.

'중랑장 노식. 관직을 내놓고 낙향했다곤 하나, 지위로 보나 연배로 보나 저자가 총지휘관일 것이다.'

순간, 눈앞이 확 밝아졌다.

'잘하면 이 전투를 뒤집을 수도 있겠구나!'

몇 배의 병력을 가진 적이라도 총지휘관을 쓰러뜨리는 것만으로 일발 역전이 가능한 시대였다.

장료가 무서운 기세로 속속 다가오고 있었다. 더 접근을 허용하면 반대로 아군 지휘부, 그러니까 자신과 경무가 퇴각할 수밖에 없었다. 그것은 이 전투의 패배를 의미했다.

모처럼 한복을 움직였는데, 지고 끝낼 순 없었다. 그랬다간 기주는 다른 누군가의 손에 들어가고 말 것이다.

'노식을 죽인다.'

저수는 옆에 있던 병사에게 손을 내밀었다.

"활과 화살을."

"예, 옛!"

활을 받아든 그는 신중히 노식을 겨냥했다.

저수는 보통 문관 출신으로 알려졌다. 그러나 사서에 기록된 활약상을 보면 야전 지휘관에 가까웠다. 이는 검과 활도 기본적으로 능숙하게 다룸을 의미했다.

용운은 후방에서 전투를 주시하고 있었다. 누가 봐도 확연히 아군에게 승기가 기울고 있었다. 그런데도 이상하게 불안한 마음이 들었다. 바로, 벌써부터 지쳐 보이는 노식 때문이었다. 노식은 애제자인 유비와 결별하면서까지 용운을 따랐다. 그 노장군의 자존심을 고려하지 않을 수 없었다. 이에, 일부러 전체를 지휘하는 중군을 맡겼던 것이다. 병력이 순차적으로 도착하는 바람에 막상 지휘할 일이 없어지긴 했지만.

'역시 노식에게 본진을 방어하는 임무를 맡기는 편이 나았을까. 이만 퇴각하라고 해야 하나?'

하지만 퇴각하기에는 중군이 너무 깊이 들어갔다. 잔뜩 기세까지 올린 채. 장료의 투기가 병사들에게도 전염된 것이다.

'부디 조심해요, 노식. 여기서 당신을 잃고 싶지 않으니까.'

그때였다.

"앗!"

용운은 자기도 모르게, 앉아 있던 마차에서 벌떡 일어났다. 노식이 말 위에서 몸을 뒤집으며 떨어졌기 때문이다. 눈앞이 하얘지고 갑자기 한기가 들었다.

진궁이 떨리는 목소리로 말했다.

"자간 님이 화살을 맞은 것 같습니다!"

8

인내와 관용으로 비상(飛翔)하다

진궁은 용운이 벌떡 일어나자 기함했다.

"안 됩니다, 주군!"

이어서 반사적으로 양팔을 벌려 용운을 안으려 했다. 다음 순간, 그는 어리둥절해졌다.

"어?"

분명 코앞에 있었던 용운이 사라진 것이다. 정확히 말하면, 순간적으로 움직임을 놓쳤다.

"저, 저기!"

수레를 호위하던 병사들이 놀라서 외쳤다. 진궁은 그쪽으로 고개를 돌렸다. 어느새 용운이 저만치 앞으로 달려가고 있었다. 정예병들의 울타리까지 뚫고. 진궁은 그 뒷모습을 멍하니 보며 생각했다.

'난 분명 주군에게서 성군(聖君)의 자질을 보았다. 그 순간의 내 판단을 확신했기에, 전 재산과 평생을 바칠 각오를 했다. 하지만 주군은 인덕과 책략은 가졌을지언정 일신의 무력은 약하다고 여겼는데……. 내 착각이었단 말인가?'

그는 자기도 모르게 주먹을 힘껏 움켜쥐었다. 이상하게 자꾸만 몸이 떨려왔다.

같은 시각, 낙양에서는 우연히도 진한성이 아들 얘기를 하는 중이었다. 날아온 투석기의 바위 하나를 양손으로 잡아채던진 직후였다.

"웃차!"

지름 약 50센티미터, 무게 20킬로그램 정도의 바위였다. 그런 바위가 300여 미터 밖에서 날아왔다. 직선으로 날아온게 아니라, 투석기로 쏘아져 크게 반원을 그리며 낙하했다. 거기에 직격당했을 때의 충격은 수 톤에 달할 터였다. 그것을 제자리에 서서 양손으로 받아낸 것이다.

그의 뒤에서 엄호하던 이랑이 어이없다는 듯 말했다.

"가끔 마스터가 인간인지 신병마용인지 헷갈립니다. 그 신병마용 중에서도 상위의 세 넘버, 절대삼천(絶對三天) 중 하나가 아닌가 하는 의심이 듭니다."

진한성은 짐짓 억울하다는 듯 대꾸했다.

"날 그런 괴물들하고 비교하지 말라고!"

"마스터도 충분히 괴물입니다만. 아니, 괴물 잡는 괴물이라고나 할까요."

"넌 레이저 같은 것도 뻥뻥 쏘잖아!"

"안 맞으면 말짱 헛일이지요. 마스터가 그렇듯이. 이런 아버지를 뒀는데, 아들은 꽃미남에다가 허약하다니. 아무리 생각해도 믿기지 않네요."

퍼석! 진한성은 또 다른 바위 하나를 주먹으로 쳐서 깨뜨리며 말했다.

"나도 태어날 때부터 강했던 건 아니야. 지금 이 정도까지 된 데는 내가 가진 유물 덕이 크지."

이랑은 진한성의 오른손 검지에서 둔탁한 빛을 뿜어내고 있는 백색 반지를 힐끗 보았다.

"태을환(太乙環) 말이군요. 끼고 있는 것만으로도 소유자의 육체를 매시간 강건하게 만들어주는 반지형 유물. 태상노군(太上老君, 중국 도가의 창시자이자 노자라는 이름으로 널리 알려짐)이 사용했다는 전설이 있으며 4대 기물 중의 하나⋯⋯. 하긴, 그 미친 천기를 그렇게 써댔지만 여태 멀쩡한 것도 다 태을환 덕이죠."

"또 잔소리 시작이야? 이제 안 쓰겠다고 했잖아. 그런데 어째 누구한테 태을환에 관해 설명해주는 것 같은데?"

"그냥 그렇다고요. 기분 탓이겠죠."

"뭐, 넘어가지. 아무튼 난 원래 연약하고 가냘픈 소년이었어."

"네?"

지잉! 순간, 이랑은 특기를 발동하여 전방으로 흑광(黑光)을 쏘았다. 검은 빛줄기는 진한성의 귓가를 아슬아슬하게 스치고 지나가, 날아오던 바위 하나를 부쉈다.

"누가 어쨌다고요?"

"방금 일부러 그렇게 쏜 거지?"

"기분 탓이겠죠."

"후, 진짜야, 이 사람아. 이거 우리 집안 내력이라고. 열여덟 살 때까지는 공부는 곧잘 하는데 비실비실하고 온갖 잔병치레에 시달려. 이놈의 순간기억능력에 적응하느라 뇌가 늘 지쳐 있으니까 몸도 덩달아 파김치가 되거든. 하지만 보통 사춘기가 지나면서 그 고비를 넘기고, 그때부터 변화가 와. 난 태을환에 더해 좀 무식하게 단련까지 했으니까 극단적인 경우이긴 하지만, 나처럼 안 해도 일단 한 가지는 확실하게 달라져."

"뭐가요?"

"속도와 순발력."

"좀 더 구체적으로 말해주시죠."

"고2 때까지 100미터를 19초에 겨우 끊던 내가, 고3 되면서 갑자기 12초대에 육박하게 됐거든. 반사신경도 엄청나게 발달하고 말이야. 키도 쑥쑥 컸고. 고3만 아니었다면 진로를 체육계로 바꿨을지도 모른다고. 재미있는 건, 우리 아버지도, 할아버지도 그랬었다는 거지."

"그럼 아드님도……?"

"음, 그럴 가능성이 높아. 제 엄마의 피가 또 어떻게 작용할진 모르겠지만. 아 참, 저번에도 말했다시피 녀석의 외모는 엄마를 많이 닮았어. 그래서 체구는 나처럼 안 될지도 몰라. 일단 그 나이였을 때의 나보다 키는 훨씬 작으니까. 제 엄마도 여자치고 절대 작은 키는 아니긴 한데……."

"아, 외모가 돌아가신 사모님을 닮았다고 했었죠. 어쩐지. 그럼 그렇죠. 안심되네요."

"……그나저나 공손찬, 이 미친놈은 언제까지 투석기를 쏴댈 생각이야? 졸지에 적이 돼버렸으니 용운이의 행방을 물어볼 수도 없게 됐잖아!"

진한성은 애꿎은 공손찬에게 욕을 했다.

그의 뒤로, 어느새 병사들이 모여들고 있었다. 담장과 초옥을 방패 삼아 유격전을 펼치던 손견군의 병사들이었다. 건

물이 방해가 되자, 공손찬은 사수관을 공격할 때 썼던 투석기를 조립해 마구잡이로 쏘기 시작한 것이다.

낙양이 파괴된 까닭에, 탄환인 돌은 사방에 널려 있었다. 병사들은 자신들의 앞에 선 거대한 투신의 등을 경이에 찬 눈으로 바라보았다.

진한성은 한숨을 내쉬었다. 표정이 무거워졌다.

'손견, 이 친구야. 공손찬이 칭제(稱帝, 스스로 황제를 칭함)하든 말든, 일단 본거지로 돌아가라고 내 충고했건만……. 이미 끝난 거나 마찬가지인 한 왕조에 대한 충성이 뭐라고, 수하들까지 죽을 지경에 내몬단 말인가.'

역사상으로 손견의 사망까지는 단 일 년이 남았다.

그걸 두고 진한성은 심각하게 고민했다. 미래를 아는 그는, 마음만 먹으면 손견을 살릴 수 있었다. 또 내심 그러길 원했다. 그러나 그랬다가는 그 여파가 돌아올 것도 잘 알았다. 바로 진한성 자신과 이랑에게. 더 나아가, 어쩌면 용운에게까지. 용운이 이미 이 세계에 와 있었기 때문이다.

역사에는 없던 이 전투가 손견의 최후를 앞당기지나 않을지, 또 그를 위해 싸우고 있는 자신의 행동이 아들을 위험에 빠뜨리지나 않을지, 진한성은 불안했다.

노식이 화살에 맞아 낙마한 후, 정신없이 달려나가던 용운은 누군가에게 붙잡혔다.

그는 숨을 헐떡이며 말했다.

"이거 봐."

"놓긴 뭘 놔. 미쳤어요?"

그를 붙잡은 사람은 바로 청몽이었다. 그녀는 엄청나게 놀라고 당황한 상태였다. 짧은 시간이긴 했으나, 용운을 따라잡지 못했다. 그가 갑자기 수레에서 뛰어내려 돌진할 때, 순간적으로 반응이 늦은 것이었다.

"놓으라고."

용운은 입술을 깨물었다.

그의 눈앞에서, 몇 번이고 재생되고 있었다. 노식이 말 위에서 떨어지던 순간이. 또 그가 했던 말들이.

—난 그대를 택하기 위해 제자라고 둘 있는 것들을 다 버린 셈이 됐소.

—이 늙은이라도 괜찮다면 주공으로 모시고 싶소이다, 용운 님.

그가 떨어지는 모습을 보자, 머리에 확 열이 올랐다. 순간, 용운은 이미 알고 있던 것 한 가지를 새롭게 '기억해'냈다. 바로 자신의 몸에 대한 내용이었다. 십구 년 동안 이 몸을 계속

보고 사용해왔다. 어디까지 힘을 발휘하고 움직일 수 있는지. 어느 정도가 한계이며, 어떻게 움직여야 최고의 효율을 낼 수 있는지. 그런 정보들을 기억 속에서 끄집어냈다. 거기에 따라 움직이자 세상이 느리게 보였다.

그러나 갑작스러운 각성은 오래가지 못했다. 아직 육체의 단련 정도가 부족한 탓이었다. 청몽이 용운을 붙잡은 때는, 노식이 이끄는 병사들과 경무군이 뒤얽혀 싸우는 곳에 발을 들이기 직전이었다.

"아오, 안 된다고요. 정신 차려요, 좀."

청몽이 격앙된 목소리로 말했다.

그녀가 말할 때마다 달콤한 냄새가 났다. 분명 맡아본 적이 있는 향기였다.

'바닐라.'

그러고 보니 그녀의 말투도 뭔가 익숙했다.

'이건……'

왜 이제야 눈치챘을까? 아니면 의식적으로 외면한 걸까? 그 모든 것들을 우연으로 치부해왔었나?

용운이 기시감의 정체를 떠올리기 직전이었다. 힘겹게 일어나는 노식의 모습이 눈에 들어왔다.

'노식! 무사했군요!'

낙마하는 그를 다행히도 호위병들이 받아냈다. 중군에 최정예들을 배치해둔 덕이었다.

장수가 말에서 떨어지면, 보통 세 가지 이유로 죽음을 맞는다. 첫 번째는 장수 자신과 갑옷의 무게를 못 이겨, 목뼈가 부러졌을 경우. 두 번째는 놀라 날뛰는 말에게 밟혔을 경우. 세 번째는 떨어지자마자 몰려든 적병들에게 난도질을 당했을 경우였다.

노식은 운 좋게 세 가지를 다 모면한 것이다. 그러나 안색이 창백한 것이 위태로워 보였다. 호위병들이 그를 둘러싸고 필사적으로 창과 검을 휘둘러댔다. 그러나 노식을 죽이면 흐름이 바뀔 것임을 본능적으로 깨달은 적병들의 공격도 만만치 않았다.

어딘가를 응시하던 용운은 이를 악물고 말했다.

"청몽, 부탁이 있어."

"원래 자리로 돌아간다고 약속하면 들어줄게요. 뭔진 몰라도."

"알았어. 부탁이란 바로……."

용운의 말을 들은 청몽이 눈살을 찌푸렸다.

"응? 진짜요?"

한편, 노식의 위기를 목격한 이는 용운뿐만이 아니었다. 적진 중앙을 뚫고 진격하던 장료도 그 모습을 봤다. 정확히 말하면, 적 지휘관인 경무의 깃발을 향해 돌진할 때였다. 별 안간 이상한 예감과 함께 살기가 느껴져 고개를 돌렸는데, 좀 떨어진 곳에서 수수한 갑옷 차림의 적장이 활을 쏘려는 모습이 눈에 들어왔다.

'누굴 겨냥한 거지?'

장료는 화살의 경로를 눈으로 좇았다. 그 끝에서, 어느새 뒤따라오던 노식이 쓰러졌다. 장료의 눈에서 불꽃이 튀었다.

'자간 님! 감히……'

분노한 맹호는 방향을 바꿔, 활을 쏜 적장, 저수를 향해 돌 진했다. 저수는 그런 줄도 모르고, 노식이 낙마하는 모습에 안도의 한숨을 내쉬었다.

'내 활 솜씨가 아직 완전히 녹슬지 않았구나. 이제 전투의 양상이 달라질 것이다.'

달라지긴 달라졌다.

용운군, 특히 중군과 후군의 기세가 흐트러지기는커녕 오 히려 더욱 강맹해진 것이다. 용운 자신은 몰랐으나, 노식의 위기에 그가 직접 뛰어들려는 모습을 본 병사들이 격앙된 게 원인이었다.

현대에서 온 용운은 상하의 개념이 약했다. 일반 병사들이 라 해도, 절대 함부로 대하지 않았다. 또한 꼬박꼬박 존댓말 을 했다. 이는 자칫, 권위를 잃는 원인이 될 수 있었다.

그러나 그의 이런 면들은, 병사들로 하여금 그를 얕보게 하는 대신 기이한 애정을 품게 했다. 가끔 신비롭게 느껴지기까지 하는 아름다운 외모도 한몫했다. 어느새 숭배의 대상이 된 것이다. 병사들 사이에서 용운은, 그에게 충성을 맹세한 장수들보다도 한참 앞서 이미 자연스럽게 주인으로 인식된 후였다.

'주군이 몸소 나서려고 하셨다.'

'노식 장군에게 무슨 일이 생긴다면⋯⋯. 그로 인해 중군이 밀리면, 주군까지 위험해진다.'

병사들은 누가 먼저랄 것도 없이 분전했다. 다들 평소 역량의 몇 배를 쏟아냈다. 덕분에 노식의 호위병들은 그를 안전하게 후방으로 옮길 수 있었다.

진궁은 수레에서 이런 과정을 지켜보았다. 조금 전부터 계속된 전율을 멈출 수가 없었다.

'오, 오오⋯⋯!'

노식이 쓰러지면서, 순간적으로 지휘에 공백이 생겼다. 그런데 중군 병사들이 스스로 진격하고 있었다. 다름 아닌, 용운을 보호하기 위해서였다.

다행히 위험해지기 전에 청몽이 용운을 잡았다.

진궁은 정신을 차리고 재빨리 외쳤다.

"후군은 전진하여 주공을 보호하라!"

곧 용운은 후군에 둘러싸였다.

진궁은 되돌아오는 용운을 새삼스러운 시선으로 바라보았다. 용운이 머쓱한 투로 말했다.

"미안해요. 그만 흥분해버렸어요."

"아니, 아닙니다. 어서 올라오시죠."

진궁은 용운의 손을 잡아 수레 위로 끌어올렸다. 마치 여자처럼 부드럽고 가냘픈 손이었다. 어떻게 그런 힘을 냈는지 신기할 정도였다.

'그만큼 수하의 위기에 분노하셨다는 거겠지.'

진궁은 속으로 다짐했다. 절대 이 손을 놓지 않겠다고.

그로부터 수십 장 바깥, 경무군 중심.

저수는 특유의 통찰력으로, 전장의 흐름이 아군에게 더욱 불리하게 바뀌었음을 파악했다.

'틀렸나. 이제 더는 방도가 없다.'

그가 막 퇴각을 명하려 할 때였다. 별안간 온몸이 서늘해지고 머리끝이 쭈뼛 섰다. 병사들이 뭐라고 외치는 소리가 들렸다. 얼굴에 뭔가 뜨뜻미지근한 게 뿌려졌다. 저수를 지키던 호위병들의 피였다.

그림자가 져서 고개를 든 순간, 장료가 보였다. 굳게 다문 입에 부릅뜬 눈이, 야차를 연상케 했다.

'어느 틈에……'

최후를 직감한 저수는 눈을 질끈 감았다. 장료의 삼첨도가 그의 목에 떨어지기 직전이었다.

챙! 날카로운 소리와 함께 허공에서 도가 멈췄다.

장료는 공격을 막은 청몽에게 날카롭게 말했다.

"무슨 짓이오?"

"주군이 죽이지 말고 잡아오래. 난 분명 말했다."

청몽은 말을 마치자마자 순식간에 사라졌다. 용운에게서 잠시라도 떨어지기가 싫었기 때문이다. 함곡관에서 있었던 위원회의 피습 사건 이후, 청몽은 한시도 쉬지 않고 용운을 철통 경호해왔다.

"쯧."

장료는 가볍게 혀를 찼다. 얼마 전에는 저 여자의 공격을 자신이 막았었다. 어쩐지 사사건건 부딪치게 되는 여자였다. 아무튼 주군의 명이라니 별수 없다.

그 틈에 저수가 등을 돌려 달아나고 있었다. 장료는 단숨에 말을 몰아, 삼첨도 자루로 저수의 뒤통수를 후려쳤다. 저수는 앞으로 고꾸라지며 정신을 잃었다. 장료가 기절한 저수를 생포할 때쯤이었다.

태사자가 누군가의 수급을 들고 외쳤다.

"적의 총대장을 나, 태사자가 죽였다!"

머리의 주인은 바로 경무였다. 경무군이 사방의 공격에 허둥대는 사이, 태사자는 단기로 돌격하여 단숨에 경무를 베었다. 특유의 돌파력과 집중력을 발휘한 결과였다. 또 뒤에 탄사린이 그에게 쏟아지는 모든 공격을 막아준 덕이기도 했다.

본래 문관에 가까운 경무는 변변히 저항도 못해보고 순식간에 목이 달아났다.

장료는 아쉬움에 입맛을 다셨다.

'내가 다 잡은 거였는데.'

이 시대에는 적장을 죽였을 경우, 소리 높여 알리는 게 통상적인 관례였다. 이는 소수의 병사로 다수의 적을 상대했을 때, 적장을 죽이는 것만으로도 승리할 수 있기 때문이었다. 또한 불필요한 희생을 줄이는 측면도 있었다.

과연, 여전히 병력에선 절대적으로 우위였음에도 불구하고 경무군은 급격히 무너졌다. 적병들이 속속 무기를 버리고 항복했다. 명목상의 총사령관인 경무와 실질적 지휘관 저수가 둘 다 죽거나 붙잡혔으니 당연한 결과였다.

"와아!"

"이겼다!"

용운군의 병사들이 일제히 함성을 질렀다.

조운과 검후도 전투를 멈추고 숨을 골랐다. 두 사람은 눈을 맞추고 가볍게 미소를 띠었다.

"이겼습니다."

"네. 이겼네요."

장합은 싸움이 끝나자 무표정하게 말했다.

"아쉽군."

그의 뒤에 타고 있던 성월이 물었다.

"응? 뭐가요오?"

"……아무것도 아닙니다."

탁현 전투에서 용운이 승리하는 순간이었다.

얼마나 시간이 흘렀을까. 사방이 캄캄해져 있었다.

저수는 정신을 차림과 동시에 패배를 깨달았다. 온몸이 오랏줄로 꽁꽁 묶여, 옥에 갇힌 채였다. 그는 씁쓸하고 허탈한 기분으로 생각했다.

'나름 만반의 대비를 했음에도 불구하고 이리도 허무하게 패하다니……. 아니, 어쩌면 나도 무의식중에 탁현군을 얕보고 있었던 것인가?'

이미 알려진 적장들은 명성대로 강했다. 하지만 처음 보는 무명의 적장들은 더욱 강했다. 더 철저히 조사하고 대비했어야 했다.

초여름이 다가오는 때라 춥진 않았으나 떨렸다. 어찌 될지 모르는 자신의 운명 때문이었다.

잠시 후, 얼음 같은 기세를 풍기는 장수 하나가 와서 저수를 끌어냈다. 저수도 익히 아는 자, 바로 장합이었다. 저수는 마지막 호기를 부려보았다.

"준예, 그대는 문절(文節. 한복의 자) 님을 모셨으면서 이제 역적 공손찬의 수하인 진용운을 섬기다니, 부끄럽지도 않은가?"

"닥치시오. 주군은 공손찬과 이미 결별했소."

그 말을 끝으로, 장합은 대꾸조차 하지 않았다.

포박당해 끌려가는 순간, 저수는 삶을 반쯤 포기했다.

'안일했다. 저수여, 저수여.'

상대가 조만간 공격해올 거라고 예견하긴 했다. 하지만 분명 자신들 쪽에서 선제공격을 가했다. 더구나 진용운이 이미 공손찬과 결별했다니. 한복의 통치구역이 아닌 곳을 침공하면서, 명분마저 잃은 셈이었다. 아무리 약육강식의 난세가 됐다 해도, 최소한의 명분은 필요한 법이었다. 그렇기에 원소는 헌제가 정통 황가의 핏줄이 아니라고 주장하고, 공손찬은 옥새를 얻었음을 천명하지 않았는가.

'이왕 이렇게 된 것, 진용운이라는 자가 대체 어떤 인물인지나 살펴보고 비웃어주도록 하지. 황천길 가는 마지막 선물로 말이야.'

저수는 마음을 굳게 먹으려 애썼다.

장합은 저수를 이상하리만치 거칠게 끌고 갔다. 피도 제대로 안 통할 정도로 꽉 묶은 데다, 자칫 넘어질 지경으로 마구 당겨댔다.

'한편이었을 때 야박하게 대하지 않았는데, 어찌 이리 모질게 구는가.'

죽음을 각오했음에도 불구하고 서운하게 느껴질 정도였다. 저수와 전풍 등 현명한 이들은, 교위에 불과했던 장합과 나름의 교분을 유지했다. 쓸 만한 무장이 절대적으로 부족했던 한복의 진영에서 그의 가치를 알아본 까닭이었다.

'허나 저 사람, 장준예를 중용하라는 진언이 받아들여지지 않아 결국 이런 결과를 낳았지. 저 사람을 아군의 장수로 쓰기만 했어도 이렇게 어이없이 패배하진 않았을 텐데. 하긴, 결국 능력을 몰라보고 떠나게 만들었으니, 나에 대한 감정도 별로 좋을 턱이 없다.'

탄식해봐야 이미 지난 일이었다.

잠시 후, 저수는 임시 막사에 끌려 들어왔다. 전투를 위해 만든 일종의 야전 사령부였다.

그는 재빨리 내부를 둘러보았다. 제일 먼저 눈에 들어온 건, 양옆으로 늘어선 장수들이었다. 호롱불에 비친 얼굴들이 자못 스산했다. 그중 선봉에 서서 맹렬히 돌격해오던 기마 부대의 지휘관이 보였다.

'저 사람이 바로 태사자라 했던가. 서영을 벤.'

창을 귀신처럼 쓰던 젊은 장수와, 이번 전투로 인해 그 이름이 확실히 각인된 장료라는 무장도 있었다.

저수는 장료를 보는 순간, 자기도 모르게 몸을 부르르 떨었다. 그의 삼첨도에 목이 떨어질 뻔했던 기억이 떠올라서였다. 그리고 가운데에 그가 있었다.

'저자가 탁현령 진용운!'

저수는 우선 용운의 외모에 놀랐다. 원숙한 책사 타입일 거라는 예상과는 달리, 정말로 젊고 아름다운 용모를 가졌기 때문이다. 처음에는 착각인가 했으나 곧 그 생각을 버렸다.

그의 양옆으로 각각 둘씩, 소문의 여자 무사 셋과 번득이는 안광을 내뿜는 참모 하나가 서 있었다. 용운을 중심으로 한 극진한 태도가 도저히 연기로는 볼 수 없는 모양새였다.

뒤쪽으로는 노식이 누워 있는 침상이 보였다. 그 옆에는 의원으로 보이는 중년인이 서 있었다. 보통, 부상당한 장수는 따로 병동으로 보내기 마련이기에, 이 광경은 상당히 이색적이었다.

'혹시, 부상당한 노식을 직접 돌보고 있었나?'

순간, 저수는 부럽다는 생각을 하고 말았다. 노식이 이름 높은 명사임을 감안해도…….

'나의 주군은 오래 충성한 유자혜 같은 신하를 모두가 보는

앞에서 베어 죽이려 들었지. 자신의 잘못을 전가하기 위해서.'

신하의 도리가 아님을 알면서도 비교하지 않을 수가 없었다. 생각은 길었으나 흐른 시간은 짧았다. 막사 안을 한 바퀴 둘러보는 사이, 저수의 머릿속을 스쳐간 상념 같은 것이었다.

용운과 저수의 눈이 마주친 것은 그때였다. 순간, 저수는 또 한 번 놀랐다. 상석에서 다급히 내려온 용운이 장합을 엄히 꾸짖는 게 아닌가.

"이게 무슨 짓이오, 준예! 내 정중히 모셔오라고 분명 당부했거늘!"

장합은 무뚝뚝하게 한마디 대꾸하고 물러났다.

"송구합니다."

용운은 얼떨떨해진 저수에게 다가와, 직접 오랏줄을 풀었다. 그러면서 사과까지 했다.

"미리 수하에게 말해두었는데, 공을 미처 알아보지 못한 모양입니다. 큰 실례를 범했습니다."

날카로운 직관력을 바탕으로, 전장 전체를 꿰뚫어보는 데는 둘째가라면 서러울 모사가 저수다. 그러나 이때는 이제 꼼짝없이 죽었다고 생각한 데다, 생각지도 못한 용운의 정체와 반응 등에 놀랍고 당황하여 미처 깨닫지 못했다. 장합을 꾸짖던 용운의 목소리가 미묘하게 어색하고 은은하게 떨리는 것을. 또 어찌 보면 억울하게 질책당한 장합이 오히려 입가에

옅은 미소를 머금은 것과, 용운의 오른쪽 옆에 자리했던 진궁이 미미하게 고개를 끄덕이는 것을.

아니, 정신을 바짝 차리고 있었어도 몰랐을 것이다. 저수는 이미 용운의 매력 수치에 영향을 받는 범위에 있었을뿐더러 그 모든 일이 그야말로 찰나에 벌어졌으니.

앞서 전투에서 용운은 노식을 쏜 장본인이 저수임을 알게 됐다. 뛰쳐나가려던 자신을 붙잡은 청몽에게 말한 것. 그것은 저수를 꼭 살려서 데려오라는 거였다.

저수가 그리 훌륭하지 못한 활 솜씨로도 노식의 어깨에나마 명중시킬 수 있었던 이유는, 그만큼 둘 사이의 거리가 가까워졌기 때문이었다.

노식에게 활을 쏜 자를 향해 용운은 대인통찰을 사용했고, 그의 정체가 저수임을 알았다.

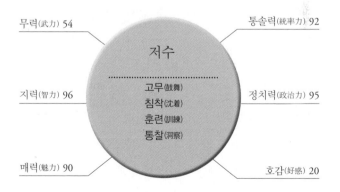

무력(武力) 54

통솔력(統率力) 92

저수

지력(智力) 96

고무(鼓舞)
침착(沈着)
훈련(訓練)
통찰(洞察)

정치력(政治力) 95

매력(魅力) 90

호감(好感) 20

그때 용운은 엄청난 분노에 휩싸여 있었다. 스스로 자신에게 충성을 맹세한 수하 중 하나요, 늙은 몸은 물론, 아끼던 제자와의 절연마저 무릅쓰고 남은 생을 바치기로 한 노식에게, 용운은 깊은 감사와 애착을 느꼈다. 그런 노식이 죽을지도 모를 상처를 입었다.

'반드시 죽인다. 죽여서 노식의 복수를 할 테다.'

이런 증오의 감정과 함께 또 이런 생각이 들었다.

'저수라면 훗날 원소가 거느렸던 모사진 중에서도 특급. 게다가 충성심도 강한 편이다. 그를 이렇게 허무하게 죽이는 것보다 항복시켜서 아군으로 만들 수 있다면 그게 백번 이익이다.'

이처럼 증오와 냉철한 이성이 짧은 순간 용운의 머릿속에서 격렬히 충돌했다. 결과는 능력치를 검토한 후자의 승리였다.

용운은 당시 상황을 떠올리며 생각했다.

'지금 벌이는 쇼도 장합과 다 미리 말을 맞춰둔 것. 만약 여기에 넘어오지 않고 끝까지 날 적대한다면 그때는 당신을 죽일 수밖에.'

용운은 이런 감정이 드러날까봐 걱정이 되었다. 이에, 고개를 숙인 채 열심히 저수의 결박을 풀어주었다.

저수는 그 모습을, 진심으로 미안해하는 걸로 오해했다. 그의 가슴으로 알 수 없는 감정이 휘몰아쳤다. 행군해오던 중, 자신이 경무에게 했던 말이 문득 뇌리를 스쳤다.

'그리 따지면 엄밀히 말해 주공도 자유로울 수 없습니다. 기주목이란 관직을 동탁이란 역적으로부터 받았으니까 말입니다. 현재의 탁현령과 다를 게 무엇입니까?'

풀려난 저수는 떨리는 목소리로 말했다.

"……내게 왜 이러시오?"

"아무 뜻도 없습니다. 그저 저수 공과 같은 천하의 기재를, 이런 싸움에서 무의미하게 잃는 게 싫을 뿐입니다."

이때만 해도 저수는 일말의 의심을 품었다. 이게 다 자신을 누그러뜨리려는 연극이 아닌가 하는.

모사란 태생적으로 의심이 많은 인종이었다. 만약 용운이 투항을 권유했다면 그 의심은 확신으로 변했을 터였다. 그러나 다음에 그가 한 말이 결정타였다.

"풀어드리겠습니다. 원하는 대로 가십시오. 제대로 준비를 해서 다시 공격해오셔도 좋습니다. 전 그때도 공을 이겨서 붙잡은 다음, 다시 놔드릴 것입니다."

"……."

잠시 침묵을 지키던 저수가 힘겹게 물었다.

"한 가지만 여쭙겠습니다. 진 공이 싸우는 이유는 무엇입니까?"

용운은 진중하면서도 힘 있는 어조로 답했다.

"포악한 역적의 손아귀에서 고통받고 계신 천자를 구하고,

나아가 이 나라와 백성 전체를 평안하게 하기 위해서입니다."

그는 말하면서 입이 썼다. 처음 진궁이나 장료를 받아들일 때와는 달리, 별 죄책감이 느껴지지 않았던 것이다.

'후자만 진짜라고 생각하자, 후자만.'

거짓말도 자꾸 하면 느는 걸까. 아니면…….

'나는 정말 그런 것을 위해 싸우려는 건가?'

저수는 저수대로 생각해보았다. 과연 자신의 주군 한복이 같은 질문을 받았을 때, 뭐라고 답할지. 아니, 어떤 대답이든 저렇게 당당히 말할 수나 있을지. 답은 이미 나와 있었다.

'제대로 된 주군을 고르는 것 또한 천하를 종횡하려는 재사의 능력일 터. 난 시작부터 틀렸었구나.'

자신도, 전풍도, 심배도 언젠가부터 깨닫고 있었다. 모두 천재라 불리는 위인들이 아닌가. 다만, 스스로 택한 주군이 어리석다는 이유로 함부로 저버리는 게 도리가 아닌 듯해 망설였을 뿐. 또 그 뛰어난 식견으로 고작 그런 주군을 고른 것이냐는 세상의 비웃음이 두려웠을 따름이었다.

"아아, 그래서 나는, 우리는 증명하려 했었구나. 그런 주군이라도 우리의 능력으로 보필할 수 있다고. 원호(전풍) 님, 정남(심배) 님. 우린 이 싸움에 이미 패했소."

하늘을 우러러 탄식한 저수가 포권을 취했다.

"살려주신 은혜에 감사드립니다. 만약 진 공께서 이 사람을 믿으신다면, 이 자리에서는 그냥 풀어주십시오. 제가 직접 업성에 있는 전풍과 심배를 설득하여, 불필요한 피를 흘리지 않고 기주를 차지할 수 있도록 해드리겠습니다. 그뿐만 아니라 국의나 정환 같은 장수도 죽이기에는 아까운 인물들입니다. 대신, 주군이셨던 문절(한복) 님도 살려주십시오. 비록 나아가 싸우기를 꺼리고 반동탁연합군 때도 큰 실수를 하셨으나, 최소한 기주를 다스림에 있어 백성들에게 해악은 끼치지 않았습니다."

용운은 일말의 망설임도 없이 말했다.

"그리하십시오. 풀어드릴 거라 이미 말하지 않았습니까. 만약 공의 계획이 성공한다면, 기주 백성들이 고통받을 일은 앞으로도 없을 겁니다."

"……늦어도 사흘 뒤까지는 돌아오겠습니다."

저수는 한 번 더 허리를 깊이 숙여 보이고 막사를 나가려 했다.

그때, 용운은 가장 신임하는 조운에게 명했다.

"병사들이 저수 공을 막거나 해칠지도 모릅니다. 형님께서 안전한 곳까지 동행해주세요."

"명을 받들겠습니다. 이리 오시지요, 저수 님."

"감사합니다."

두 사람이 나가자, 마지막 배려까지 마친 용운이 자리에 앉았다.

태사자는 영 미심쩍다는 투로 말했다.

"주공, 과연 저수가 돌아오겠습니까?"

"하하……."

용운은 어쩐지 웃음이 나왔다.

원래 역사에서 태사자는 유요라는 군웅의 수하였다가, 그를 치러 온 손책과 싸움이 붙었다. 둘은 그 싸움에서 승부를 내지 못했다. 그 후 손책은 은근히 태사자를 욕심내게 됐다. 197년경 유요가 손책에게 패배한 후에도 태사자는 저항을 계속했지만, 마침내 붙잡혀 포박되고 말았다.

그때, 손책은 친히 태사자를 풀어주며 아군이 되기를 청했다. 손책의 대장부 기질에 감복한 태사자는, 자신의 수하들을 데리고 다시 돌아오겠다고 청했다. 손책은 그것을 흔쾌히 허락했다. 손책의 가신들은 입을 모아 태사자는 돌아오지 않을 것이라 했으나, 손책은 그를 끝까지 믿었다.

태사자 또한, 약속한 날짜에 부하들과 함께 돌아와 그 믿음에 보답했다. 이후 태사자는 죽는 날까지 활약하며 손씨 가문에 충성했다.

그런 일화의 장본인인 태사자가 정작 저수의 귀환을 의심하자 웃음이 나온 것이다.

'사실 저수에게 보인 행동도 당신에게서 힌트를 얻은 거라고요, 태사자.'

태사자는 용운이 웃자 영문을 몰라 어색하게 같이 웃었다.

그런 그에게 용운은 힘주어 말했다.

"저수는 반드시 돌아옵니다."

용운에게는 인간적 믿음 외에도, 눈에 보이는 증거 한 가지가 있었다. 자신과 약속하는 순간 저수의 머리 위로 떠올랐던 호감 90이라는 붉은색 숫자. 그게 무엇보다 확실한 증거였다.

노식이 침상에 누운 채 가냘픈 목소리로 말했다.

"주군, 참으로 잘하셨습니다."

그가 화살을 맞은 부위는 어깨였다. 급소는 아니었으나, 워낙 나이 든 몸에다 출혈이 심해 병세가 위중했다.

용운은 몸을 돌려 노식의 가슴에 손을 얹었다.

"말하지 마세요, 자간. 그대가 무사한 덕에 저수도 목숨을 건진 겁니다. 만약 자간이 화살을 맞고 변을 당했다면, 저수의 재주가 아무리 뛰어나다 해도 나는 그를 절대 용서치 않았을 거예요."

그 말에, 노식은 희미하게 웃었다.

"이 늙은이를 그토록 아껴주시니 송구할 따름입니다."

이번 용운의 말은 연기가 아닌 진심이었다. 거기에 그의 매력 수치가 작용하자, 그야말로 듣는 이들의 심금을 울렸다. 노식뿐만 아니라 그 자리에 있던 모든 이들이 용운의 말에 감동했다. 격정적인 진궁은 눈물까지 글썽거릴 정도였다.

검후는 다른 의미에서, 붉어진 눈으로 용운을 가만히 바라보고 있었다.

'하루가 다르게 훌륭히 성장하고 계시는군요. 나의……'

상념에 빠졌던 그녀가 세차게 고개를 저었다.

'아니! 내가 지금 무슨 생각을 한 거지? 이런 몸뚱이를 갖게 된 순간부터, 나는 검후로……. 주군을 호위하는 전투 인형으로서 살기로 운명 지어졌다. 새로이 연정을 품은 사람이 생기고, 용…… 아니, 주군의 곁에 있게 됐다 해서 착각하는 거야? 검후, 정신 차려. 너는 예전의 그 인간이 아니야.'

누군가 그런 그녀의 한 손을 가만히 잡았다. 어느새 옆에 다가온 성월이었다. 그녀는 슬프고도 깊은 눈으로 고개를 끄덕여 보였다. 검후의 마음을 다 안다는 듯이.

'그래, 성월. 너도 나와 마찬가지로 돌아갈 곳이 없는 처지……. 여기서 주군이 무사히 돌아갈 때까지, 새로 얻은 삶을 바쳐 지켜드릴 뿐. 우리가 함께할 수 있는 것도 그때까지……'

검후는 눈물을 속으로 삼키며 웃었다. 늘 그렇듯 눈을 감다시피 한 표정으로. 아무도 정확한 표정을 알아보지 못하도록. 그래야만 용운이 놀라고 가슴 아파할 일이 없을 테니까.

　저수가 소규모의 부대를 이끌고 돌아온 것은 그로부터 정확히 사흘 후였다.

　소규모라 해도 그것은 기주 전체의 병력에 대비해 그렇다는 것일 뿐, 그 수는 용운군 전체 숫자인 오천과 맞먹었다. 희대의 천재라는 전풍과 불굴의 모사 심배, 그리고 예전에 관우와의 일기토에서 패한 적이 있던 국의라는 장수가 포함되어 있었다.

　용운은 이제 일만의 병사와 무쌍의 장수들, 또 초일류 모사들까지 거느린, 결코 무시할 수 없는 세력으로 거듭나게 되었다.

9

큰 별 떨어지다

용운이 탁현에서 서전을 치르기 얼마 전, 낙양에서는 격렬한 전투가 한창이었다. 바로 공손찬 대 손견 세력의 전투였다.

물론, 진한성은 손견 진영에 몸담고 있었다. 단, 아직 직접 전투에 나서지는 않고 있었다. 손견군이 너무 밀린다 싶으면, 한 번씩 나서서 방어해주는 정도였다. 그래도 손견 진영에는 큰 도움이 됐다.

진한성은 막사 안에서 머리를 부여잡았다.

"제길, 며칠 사이에 갑자기 왜 이렇게 된 거야?"

옆에 있던 이랑이 그를 다독이듯 말했다.

"진정하고 상황 정리를 좀 해보세요."

"상황은 다 안다고! 그냥 푸념한 거라고! 혹시 또 지난번처럼 누군가 들으라고 그러는 거야?"

"기분 탓입니다. 다 아는 사항이라도 상황 정리를 하다 보면 답이 나오는 때가 있으니까요."

"끙, 그래. 내가 처음 와서 마초를 구경했을 때부터 생각해 보자."

진한성이 낙양에 도착했을 즈음이었다.

연합군은 정체성을 잃고 사분오열(四分五裂)하고 있었다. 동탁이 장안 미오성으로 퇴각하여, 그를 처단하는 데 실패했기 때문이다. 대신 낙양 탈환에는 성공했다. 절반의 성공인 셈이었다. 비록 불타 폐허가 된 낙양이긴 했지만.

다른 이들에게 실망했거나, 이제 더 얻을 게 없다고 느낀 다수의 제후가 연합군을 떠났다. 용운과 분쟁 중인 기주목 한복도 그중 하나였다. 그는 부대 전체를 이끌고 기주로 돌아갔다. 단, 마등은 무슨 꿍꿍이인지 여전히 낙양 근교에 진을 치고 있었다. 마초는 가끔 손책과 만나 투닥거리는 듯했다. 의외로 둘이 죽이 잘 맞는지도 몰랐다.

"조조가 홀로 동탁을 추격하다 대패, 고향으로 내려가버렸지. 그러자 제후들은 목적을 잃고 하나둘 이탈하기 시작했고."

"거기까지는 역사와 같은 것 아닌가요?"

"아냐. 원래 조조를 격파한 장수는 서영이었어. 그런데 그 서영이 사수관 전투에서 이미 죽었다지? 그것도 태사자의 손에. 그래서 조조는 형양에서 여포, 가후 콤비와 마주쳤고 결과적으로 더 큰 피해를 봤다고 하는군. 살아서 도망친 게 신기할 정도로."

시간의 수호 작용 때문일까. 큰 흐름은 같은데, 세부적인 부분이 달랐다. 손견은 그 후에도 낙양에 남아 한동안 정비에 힘썼다.

"하여간 손견 님은 왜 고생을 자초하신 거죠? 근거지인 남쪽으로 내려가도 아무도 뭐라 할 사람 없지 않습니까. 진작 그랬으면 이렇게 싸움이 날 일도 없었을 텐데."

이랑의 말에, 진한성이 답했다.

"동탁이 백성들을 엄청나게 끌고 가긴 했지만, 전원을 데려간다는 건 애초에 불가능하지. 당연히 남은 백성들이 있었을 테고, 중간에 이탈해서 돌아온 사람들도 있었을 거야."

"왜요?"

"왜냐니. 동탁의 폭정도 두려운 데다 인간은 기본적으로 근거지를 떠나길 꺼리기 때문 아니겠어."

"아하, 마스터는 그 부분에서도 보통 사람과 다르네요."

"……날 최대한 인간과 거리가 먼 뭔가로 낙인찍고 싶은 모양이군."

"기분 탓입니다."

"어쨌든 그런 사람들은 낙양이 폐허가 되는 바람에 비를 피할 지붕도 없었잖아. 거기다 이각(동탁의 수하 장수 중 하나) 같은 놈의 병사들이 분탕질을 치니 고통은 배가 되고. 문대(손견) 성격에 모른 척 떠나버리지 못했겠지. 황실에 대한 충성심까지 깊은 친구이니 무너진 황궁을 두고 볼 수도 없었을 테고."

"자처해서 피곤하게 사시는 분이네요."

"그게 그 친구의 장점이자 단점이지."

손견은 병사들을 부려 황궁과 민가의 복구를 시작했다. 그나마 다행인 건, 총사령관인 공손찬도 열정적으로 낙양 복원에 힘썼다는 사실이었다. 이에 손견은 그를 꽤 괜찮은 인물이라 여기고 있었다.

"그때까지만 해도 나도 그런가 보다 했어."

"두 분이 칭찬도 많이 하셨죠."

그러던 어느 날부터 공손찬이 두문불출했다. 아들의 행방을 물어봐달라는 친우 진한성의 부탁도 들어줄 겸, 손견은 앞으로의 행보를 의논하기 위해 공손찬을 찾았다. 그러나 입구에서 번번이 가로막히기 일쑤였다. 그러기를 수차례나 반복했다. 손견의 상관인 원술을 통해봐도 마찬가지였다.

처음에는 공손찬이 중병이라도 얻었나 했다. 한데 어느 날부터 이상한 소문이 돌았다. 그가 전국옥새를 얻었다는 것이다.

진한성은 씁쓸하게 중얼거렸다.

"문대의 방문을 계속 피한 것부터 조짐이 이상했어. 그 친구 성격을 아니까 그랬겠지. 제 발 저린 것도 있었을 테고."

옥새의 주인은 당연히 황제여야 할 터. 그것을 쥐고 내놓지 않는다면, 딴마음을 먹었다는 뜻이나 매한가지였다.

손견은 진위를 확인하기 위해 정보를 수집했다.

공손찬의 포고문이 나붙은 건 그때였다.

진한성은 헛웃음을 지었다.

"지금 생각해도 황당한 내용. 허허. 내 기분이 그랬으니 문대 그 친구는 꼭지가 돌 만해."

포고문의 내용은 대략 다음과 같았다.

나 공손백규는 하늘의 뜻으로 옥새를 얻었다. 이제 가짜 황제를 끌고 장안으로 달아난 동탁을 대신해, 낙양에 새로운 세상을 열려 한다.

그것을 본 손견은 찢어서 바닥에 팽개치고 짓밟았다.

진한성은 그가 그렇게 화내는 모습을 처음 봤다.

손견은 눈에서 불을 뿜고 이를 갈며 내뱉었다.

"내 이 역적을 그냥 두고 보지 않으리라!"

진한성의 만류도 소용이 없었다.

손견은 즉시 공격을 시작했고 공손찬은 기다렸다는 듯 맞받았다.

그렇게 전투가 시작되었다.

손견군은 대체로 용맹하고 충성심이 높았다. 하지만 강력한 공손찬의 기병을 상대하기엔 역부족이었다. 백마의종 하면 원래도 북방민족들에게 공포의 대상이었는데, 그새 한층 업그레이드 되어 있었다.

진한성은 한눈에 그 이유를 알아보았다.

'용운이 녀석, 공손찬에게 등자에 대한 지식을 알려주다니. 더구나 무기도 미묘하게 시대를 앞서 있어.'

이 정도면 괜찮겠지, 라고 생각한 용운이 개량해준 무기들.

그러나 활의 사정거리가 몇 걸음 늘어난 것이, 또 창과 검이 조금 더 예리하고 갑옷의 방호력이 약간 더 높은 게, 실전에서는 엄청난 차이로 나타났다. 더구나 거느린 병력 대부분을 끌고 온 공손찬에 비하면 손견군은 수적으로도 열세였다.

손견의 상관인 원술은 공손찬의 세력이 생각보다 강대하자 눈치만 보고 있었다. 손견에게 군량을 대주는 정도만 간신히 하는 정도였다.

"이러다 진짜 전멸하겠어요. 이 세계에 와서 처음으로 만난 사람이자, 믿을 수 있는 벗인데 구경만 하실 겁니까?"

이랑의 말에 진한성은 괴로운 투로 대꾸했다.

"나도 이러고 싶어서 이러는 게 아니야. 마음 같아선 당장 공손찬 쪽을 박살내고 싶어."

"역사에 개입하는 것 때문에 그러십니까? 이미 꼬일 대로 꼬였잖아요."

"솔직히 그게 아예 안 걸리는 건 아니지만, 자네 말대로 돌이킬 수 없을 지경까지 바뀌었어. 하지만 그래서 개입이 의미 없어진다고 해도, 역사 문제가 다가 아니야. 내 아들 녀석이 엄연히 공손찬의 세력에 속해 있다고."

진한성은 앉아 있던 자리에서 벌떡 일어섰다. 머리가 막사 천장에 닿았다. 그는 아랑곳하지 않고 이랑을 내려다보며 말했다.

"용운이의 행방을 정확히 알 수 없는 상태에서 내가 나섰다가 만에 하나 공손찬이 용운이를 불러들여 참모로서 출전시킨다면? 아들과 친우의 싸움에서 난 누구의 편을 들어야 하나? 또 나의 개입은 필연적으로 '뒤틀림'을 불러일으켜. 그 반작용이 용운이나 자네에게 간다면?"

"……그런 문제가 있었군요. 죄송합니다. 제 생각이 짧았습니다."

"아니, 내가 우유부단하게 굴고 있는 것도 사실이야. 위원회 놈들이야 가차 없이 처단하지만, 이 시대 사람들에게 손을 쓰는 건 영 걸리거든. 젠장, 뭐가 옳은 건지 정말 모르겠군."

진한성은 큰 손으로 이랑의 머리를 쓰다듬었다.

"화내서 미안하다."

"……아닙니다."

그녀의 얼굴이 엷은 장밋빛으로 물들었다. 늘 마음속에 품고 있는 질문 하나를, 이 순간 하고 싶었다.

'그릇에 담을 혼으로 왜, 그분이 아니라 절 고르셨어요? 그렇게 사랑하셨으면서?'

그때, 막사 바깥쪽에서 절박한 외침이 들려왔다. 둘 사이의 미묘하던 공기가 흩어졌다.

"물러나라! 뒤로 물러나!"

누구의 목소리인지 알아들은 진한성이 중얼거렸다.

"잔소리 아저씨가 저 정도로 허둥거릴 정도라면, 상황이 정말 좋지 않은데? 잠깐 나가봐야겠어."

이랑은 아쉬움을 속으로 삼켰다.

진한성은 그녀와 함께 막사를 나왔다.

목이 터져라 외치는 이는 과연 손견군의 장수, 정보였다.

그의 지시에, 손견군이 허둥대며 퇴각을 시작했다.

그 광경을 보던 공손찬의 부장, 전해가 말했다.

"놈들이 달아난다. 모두 쓸어버려라!"

와아아아아!

일단의 기병들이 손견군의 후미로 들이닥쳤다. 적 기병을 앞에 두고 등을 돌리는 건 최악의 수. 정보는 그 정도도 모를 장수는 아니었다. 그는 달아나는 병사들을 보며 생각했다.

'하지만 어쩔 수가 없다. 이대로는 개죽음을 당할 뿐이다.'

공손찬군의 기병들은 좀 전까지 손견군 진영의 삼면을 돌며 활을 쏴대고 있었다. 손견군이 접근하면 물러나고 물러나면 다가가서 화살을 날렸다. 단궁이었는데 이상할 정도로 적중률이 높았다. 게다가 위력도 강해, 맞았다 하면 치명상이었다. 그 화살에 손견군 병사들이 무수히 쓰러졌다.

손견군 또한 궁병으로 맞대응해보기도 했다. 그러나 궁병들의 표적은 말을 탄 채 빠르게 움직이는 상대였다. 열 중 다섯은 빗나가는 데다, 그중 둘은 철갑에 맞아 튕겨나갔다. 이에 견디다 못한 정보가 퇴각을 명한 것이다.

그러자 공손찬군 기병들은 단궁을 집어넣었다. 그리고 대신 삭(기마용의 긴 창)을 든 채 돌진해오기 시작했다.

"흩어져라!"

정보는 피해를 조금이라도 줄이기 위해 산개(散開, 밀집된 병력을 적당한 간격으로 벌림)를 명했다. 그 사이를 기병들이 가차없이 헤집었다.

'제길, 어쩌다 이렇게……'

그가 쓰러지는 병사들을 보며 침음을 삼킬 때였다.

"죽어라!"

어느 틈에 다가온 적장 하나가 다짜고짜 대도를 휘둘렀다.

공손찬군의 장수, 엄강(嚴綱)이었다. 원래 역사대로 흘러갔다면, 훗날 공손찬이 기주자사(冀州刺史)에 임명하는 자였다. 그런 만큼, 어느 정도 실력은 있는 무인이었다.

"윽!"

정보는 다급히 몸을 비틀었으나 허리를 베였다. 아직 부상에서 완전히 회복 못한 탓이었다. 휘청거리는 그의 목덜미로 대도가 떨어져내렸다.

'언젠가 전장에서 죽을 거라는 생각은 했으나, 이리도 허망하게 가는가. 주공, 죄송합니다!'

정보가 눈을 질끈 감은 순간이었다. 쨍그랑! 날카로운 소리와 함께, 감은 눈꺼풀 위로 그늘이 지는 게 느껴졌다. 눈을 떠보니, 넓고 든든한 등이 앞에 서 있었다.

"……진 공!"

정보는 반갑게 외쳤다.

반면, 엄강은 혼비백산했다. 갑자기 나타나 맨손으로 대도를 부러뜨린 상대. 그는 매우 현명한 선택을 했다. 등을 돌려 뒤도 안 돌아보고 도망친 것이다. 적장을 못 잡은 게 아쉽긴 하지만, 전투는 다 이긴 거나 마찬가지였다. 무리할 필요 없었다.

진한성은 속으로 안도했다.

'휴, 저질러버렸다고 생각했는데 다행이다. 어차피 잔소

리 아저씨는 앞으로 한참 더 살 운명이니까, 이 정도 개입은 괜찮겠지?'

그는 정보를 부축하며 말했다.

"적 기병대의 기세가 만만치 않으니, 기병이 제 위력을 발휘하지 못하는 장소에서 전열을 가다듬는 게 좋을 것 같습니다."

그 말에 정보는 문득 깨달았다.

'보병을 거느리고 적의 기병을 상대하여 싸울 때는, 반드시 산과 구릉같이 험준한 요지를 이용하고, 그러지 못할 때는 장애물을 설치하라 했거늘. 내가 마음이 많이 조급했구나.'

그는 진한성에게 정중한 어조로 말했다.

"구명지은(求命之恩, 목숨을 구해준 은혜)에 더해, 좋은 조언까지. 잊지 않겠소."

"잔소리만 좀 줄여주시면 됩니다."

"허허!"

이후 정보는 흩어진 병사들을 모아 낙양 시가지 내부에서 농성을 시작했다. 일종의 시가전을 펼친 것이다. 황개, 한당 등 손견의 다른 수하들도 이를 따랐다.

낙양이 불타 폐허가 됐다곤 하나, 건물의 잔해들은 대부분 남아 있었다. 무너진 가옥이며 담장이 대로에 쌓여, 말이나 수레가 다니기에는 최악의 상태였다. 어쩔 수 없이 보병을 투입하자, 공손찬군의 피해도 점차 커졌다. 정보, 황개, 한당 등 전장에서 잔뼈가 굵은 장수들의 분전으로, 손견군은 수적 열세를 조금씩 극복해나가는 듯했다.

투석기가 투입된 건 그 시점이었다.

퍼억! 진한성은 어른 남자의 머리만 한 돌 하나를 쳐냈다. 그의 기억에 의하면 벌써 서른여덟 개째였다.

"내 손이 저릴 정도니 일반 병사들은 막을 엄두를 못 내겠어."

"확실히, 기병으로부터 막아주던 돌무더기나 흙담 정도는 가볍게 부숴버리고 뒤에 숨은 사람에게까지 타격을 주니까요."

이랑은 뒤를 힐긋 돌아보았다.

"점점 마스터 뒤의 줄이 길어지고 있습니다. 지금 시점에서는 가장 안전한 장소인지라."

"후…… 뭔가 타개책이 필요한데."

진한성은 깊은 한숨을 내쉬었다.

원소는 전력상 열세임을 알자, 재빨리 발해로 돌아가버렸다. 원술은 안전한 지역에서 군량만 찔끔찔끔 보내주고 있었다. 차라리 아예 보급이 끊기면 손견도 싸움을 포기할 텐데, 그 탓에 소모적인 전투가 이어졌다.

한편 진한성의 마음에 걸리는 게 있었다. 공손찬군의 전술과 기민한 대책. 그게 그에게 이상한 위화감을 주었다. 예를 들면, 시가전이 시작되자 곧 투석기를 투입한 것도 그랬다. 보병의 손해는 줄이며, 적의 밀집지역에 투석 공격만을 무식하게 퍼붓는다. 이는 마치 미국이 육군을 상륙시키기 전에 적대 세력에 정밀 포격을 가하는 현대전의 개념과 흡사하지 않은가.

'공손찬 본인이 지모가 뛰어나다는 인상은 문헌에도, 실제로도 없었다. 그에게 이 정도의 참모가 있었나? 설마, 용운이가……? 녀석은 분명히 낙양을 떠났다고 했는데. 그사이 불러들인 건가?'

꼭 용운이 아니더라도 공손찬이 낙양에 머무른 지도 꽤 됐다. 누군가를 건졌을지도 모르는 일이다.

'정보를 입수할 루트가 없으니 답답하군. 아무튼 현재 전세를 뒤집을 방법은 하나뿐이다. 바로 마등을 움직이는 것.'

마등은 외곽에 진을 친 채 여전히 움직이지 않고 있었다.

공손찬도 마등의 움직임을 예의 주시했다.

오만의 양주군은 전투의 무게추를 한쪽으로 확 쏠리게 하기에 충분한 전력이었다.

'과연 마등이 어느 쪽 편을 들 것인가? 음, 최악의 경우는…….'

한편, 마등 부자는 말 머리를 나란히 한 채 전황을 살피고 있었다. 강족들과 부대껴 지내며, 승마에 익숙한 둘은 하루 중 긴 시간을 말 등 위에서 보냈다.

"최고의 선택은 둘의 싸움이 끝날 때까지 기다리는 것. 그 즈음에는 승자라 해도 약해져 있을 터. 그쪽을 쳐 단숨에 부수고 옥새를 차지하는 거다, 아들아."

마등의 말에, 마초는 입술을 삐죽였다.

"그것은 문약 님의 계책입니까?"

"그래, 사실은 그렇다."

문약(文約)은 한수(韓遂)의 자로, 그는 마등보다 앞서 서량에서 봉기한 군벌이었다.

184년, 후한에 반란을 일으킨 강족이 한수와 손잡자, 조정에서는 사공 장온을 파견해 진압하게 했다. 그때 장온의 부장으로 참전한 장수가 동탁이었다. 동탁은 반란군을 상대로 대승을 거뒀고 한수는 유중(楡中, 지역명)으로 달아났다. 이에 장온은 탕구장군(盪寇將軍) 주신(周愼)에게 그를 추격하게 했었다.

'당시, 주신의 부장이었던 손견이 한수군의 보급로를 차단하자고 건의했는데 주신은 듣지 않고 유중성을 공격하는 무리수를 뒀지. 그러자 한수가 거꾸로 주신군의 보급로를 차단하는 바람에, 원정군인 주신은 물러날 수밖에 없었고.'

서량에 있었던 마등은 내막을 잘 알고 있었다.

'그때의 혜안에서도 알 수 있듯, 손견은 만만치 않은 사내야. 아무리 공손찬이라도 큰 피해를 입을 것이다.'

주신을 퇴각시킨 한수는 함께 난을 일으켰던 자들을 모두 죽이고 십만의 군세를 독점했다. 그런 뒤 파죽지세로 세력을 확장했다.

마등이 한수와 처음 손잡은 것도 그때였다.

마초는 거듭 못마땅한 투로 말을 이었다.

"문약 님은 아군이었던 자도 필요 없어지면 망설임 없이 죽이고, 계책도 음험하여 마음에 들지 않습니다."

"어쩔 수 없다. 지금은 난세다. 공손찬과 손견도 한때 아군이지 않았느냐. 문약의 그런 음험함도 배워야 한다, 맹기."

"아버님도 문약 님이 음험하다고 생각하시긴 하는군요?"

"……허허."

허를 찔린 마등은 웃기만 했다.

잠시 말이 없던 마초가 입을 열었다.

"손견군이 패하겠지요?"

"이변이 없다면 그렇겠지."

"그럼 그 녀석…… 손책도 죽을까요?"

"몸을 빼내 달아나지 못한다면, 아마도."

"음……."

"마음에 걸리느냐?"

공손찬과 손견의 싸움이 시작되기 전, 마초는 손책을 찾아가 종종 대련을 벌이곤 했다. 비무는 번번이 무승부로 끝났다. 처음에는 투닥거리기도 했으나, 몸을 부딪치는 싸움이 거듭

될수록 둘 사이에는 우정 비슷한 감정이 자라나고 있었다.

그 손책이 이런 전투에서 죽을 수도 있다. 마초는 그게 어쩐지 마음에 들지 않았다.

'공손찬은 역적이 아닙니까. 손견군과 힘을 합쳐서 그를 치면 안 될까요?'

마초는 이 말이 목구멍까지 올라오는 걸 참았다. 아버지 마등과 한수는, 한나라를 상대로 이미 반란을 일으킨 전례가 있었다. 공손찬을 역적이라 칭하면, 아버지마저 부정하게 되어버리는 것이다. 딱히 조정에 대한 충성심은 없지만, 반역자라는 굴레는 탐탁지 않았다.

이번 기회를 놓치면 언제까지고 변방에 머무를 수밖에 없다는 사실을 알고 있었다. 그래서 아버지가 무리하여 연합군에 참여했다는 것도.

'살아남아라, 손책. 내가 널 비무에서 이겨줄 때까지.'

마초는 마음속으로 당부했다.

인간들의 분쟁과 무관하게 천지의 이치는 변함없이 행해졌다. 격렬한 전투가 벌어지는 사이에 또 해가 졌다. 휘영청 떠오른 달이, 사방에 널린 시신과 잔해들로 더욱 처참해진 낙양을 비쳤다.

밤이 깊었는데도 공손찬군의 투석 공격은 계속됐다. 주변에 탄알로 쓸 바위가 무궁무진했기 때문이다.

"망할 놈들. 애들 잠도 못 자게 하는군."

여전히 방어 위주로 싸우던 진한성은 문득 이상함을 느꼈다. 그 또한 순간기억능력의 소유자. 언젠가부터 전투에는 참여치 않고 전장을 유심히 살피기만 하는 자들이 눈에 띈 것이다.

처음에는 무심코 넘어갔지만 반복되자 신경이 쓰였다. 그런 무리가 손견군뿐만 아니라 공손찬군에도 있어서 더더욱 그랬다.

'뭐지, 저것들은?'

그가 수상한 자 중 하나를 붙잡아 정체를 캐볼까 하고 생각할 때였다.

"진 선생님!"

손책이 전속력으로 허겁지겁 달려왔다. 그 뒤를 주유가 그림자처럼 따르고 있었다. 손책은 혈기왕성했지만, 좀체 허둥대는 법이 없는 아이였다.

진한성은 문득 불길한 예감이 들었다.

"무슨 일이냐, 백부?"

"아버지, 아버지께서……."

"문대가 왜?"

숨이 턱에 닿은 손책을 대신해 주유가 답했다.

"친히 결사대를 이끌고 가셨답니다."

"그게 언제냐?"

"대략 한 시진(약 두 시간) 전쯤 되는 것 같습니다. 죄송합니다. 전투 중이라 소식을 너무 늦게 들어서……. 저희끼리 따라갈 수도 없고 어찌해야 할지 몰라 선생님께 달려왔습니다."

그의 설명을 듣던 진한성은 가슴이 덜컥 내려앉았다. 손견군의 병사들은 투석 공격 탓에 제대로 휴식조차 취하지 못하는 상태였다. 반면, 공손찬군은 투석기를 조작하는 병사만 교대하면 되었다. 나머지 병사들은 진영을 꾸리고 여유롭게 취사와 휴식에 들어갔다.

접근하려 해도 시가지 외곽으로 나가면 기병이 버티고 있었다. 이대로라면 다음 날, 그다음 날까지 이어질 전투에서의 패배는 불을 보듯 뻔했다. 이런 전황을 타개하기 위해, 손견이 직접 나섰다는 것이다.

"결사대를 조직하여, 야음을 틈타 투석기를 파괴할 것이라 하셨답니다. 장군님들이 말렸다고 하는데도……."

"들을 친구가 아니지. 수하들의 희생이 큰 상황에서는 더더욱."

두 시간 전이라. 진한성은 혀를 찼다. 이래서 손견을 좋아했고, 이래서 염려했다.

'아무리 생각해봐도 손견을 편들어 공손찬군을 궤멸시키

진 못한다. 허나 그 친구를 구하는 것 정도는 해야겠다. 이랑의 말마따나 진짜 괴물이 되지 않기 위해서라도.'

그는 마음속으로 지금 어디 있는지 모를 아들에게 말했다.

'미안하구나, 용운. 하지만 이렇게 꼬인 데는 네 녀석 책임도 있다. 그러니 그 정도는 잘 감수해야 할 것이다. 아무래도 너 또한 천기를 가진 것 같으니.'

친우의 위기 앞에, 결국 나서기로 마음을 굳힌 것이다.

"이랑, 가자꾸나. 아 참, 문대의 생체 패턴은 알고 있지? 최대 반경으로 넓혀서 스캔 부탁한다."

"예, 마스터."

막 움직이려는 진한성의 앞을 손책과 주유가 가로막았다.

"뭐지?"

"저희도 데려가주십시오."

"방해만 돼. 한시가 급하다."

"절대 방해되지 않게 하겠습니다."

"글쎄, 안 된다니까."

"제 아버지입니다!"

손책은 이글거리는 눈동자로 외쳤다. 그 모습에, 진한성은 문득 한 가지 기억을 떠올렸다.

9년 2개월 11일 전, 오후 5시쯤이었다.

티베트 쪽으로 탐사 여행을 다녀오던 길이었다. 3개월째 집을 떠나 있었기에 걸음이 급했다. 그뿐만 아니라 몰골도 꾀죄죄하고 볼품없었다. 워낙 거구에다 추레하기까지 하니, 마주 오던 사람들이 흠칫 놀라 옆으로 비켜설 정도였다. 그러거나 말거나, 진한성은 오랜만에 아내와 아들을 볼 생각에 설렜다.

'둘 다 엄청 반가워하겠지. 후후.'

서둘러 걷던 진한성이 문득 멈춰 섰다. 익숙한 아들의 목소리를 들었기 때문이다. 집으로 향하는 골목길 어귀에서였다. 그런데 그 목소리가 몹시 격앙되어 있었다.

"아니야!"

용운의 외침에, 또래인 듯한 소년들의 목소리가 이어졌다.

"뭐가 아니야. 우리 엄마가 그랬어. 네 아빠는 직업도 없는 노숙자라고. 그래서 너랑 너희 엄마를 매일 버려두고 떠돌아다닌다고."

"맞아, 나도 들었어. 그래서 넌 한 번도 아빠가 학교에 안 왔잖아."

용운의 목소리에 울음이 섞여들었다.

"아니야, 우리 아빠는……."

진한성은 자기도 모르게 한 발을 내디뎠다. 그때, 들려온 말을 그는 평생 잊지 못하게 됐다.

"우리 아빠는 세계 최고의 고고학자야. 너희가 고고학자가 뭔지나 알아? 세상의 비밀을 다 밝혀내는 사람이야. 그런 사람이 우리 아빠야!"

먼발치에서 본, 순수한 믿음과 걱정으로 불타는 눈동자. 그리고 싸우는 소리를 들었는지, 그런 아들을 달래러 나오던 큰 키의……

'쳇. 떠올라버렸네.'

진한성은 고개를 저었다. 생전의 모습이 너무도 생생하여 오히려 고통스러웠다. 그때 본 용운의 모습에 손책이 겹쳐 보였다.

그는 고개를 끄덕이고 빠르게 말했다.

"알았다. 대신, 네 몸은 최대한 네가 챙겨라. 그리고 공근, 넌 본진 병사들을 추슬러다오. 문대가 혼자 갔다는 말로 봐선, 다른 쪽에서 부대를 지휘하고 있는 황개, 정보 등과는 동행하지 않은 모양이니. 그들과 보조를 맞춰줄 지휘관이 필요하다."

"알겠습니다."

주유는 침착하게 고개를 끄덕였다. 제가 어찌……, 라는 말 따위는 입에 담지 않았다.

마주 고개를 끄덕인 진한성이 달리기 시작했다.

손견은 하늘을 보며 생각했다.

'달이 참 밝구나.'

입에서 뜨거운 피가 흘러나왔다. 그는 가슴에 무수히 꽂힌 화살로 시선을 옮겼다.

'죽기 나쁘지 않은 밤이다.'

손견은 어쩌다 이 지경이 됐나 돌이켜봤다. 그는 좀 초조해진 상태이긴 했어도 어리석진 않았다. 당연히 투석기를 보호하는 병력이 있을 거란 생각은 했다. 하지만 기병 부대의 뒤쪽으로 돌아가는, 진영과 상당히 떨어진 작은 협곡에까지 복병이 있을 줄은 몰랐다. 앞에서 정보와 황개 등의 부대가 기병 부대의 시선을 끌 때, 결사대를 운용하여 투석기만 빠르게 파괴하려 했던 것이다.

그러나 손견이 이끄는 결사대가 협곡에 닿자마자, 미리 숨어 있던 궁병 부대가 화살을 쐈다. 그 첫 번째 공격에 결사대원이 반 이상 죽었고, 손견 자신도 치명적인 상처를 입고 말았다.

흐려지는 손견의 눈앞으로, 세 사람이 모습을 드러냈다. 가운데는 공손찬이었고 다른 둘은 낯설었다. 몇 안 남은 결사대원들이 손견 앞을 막아섰다. 이미 복병들에게 포위당한 상태였으나, 마지막까지 주인을 지키려는 의지의 표현이었다.

그러자 낯선 사내 둘 중 하나가 나섰다. 유난히 얼굴빛이 누른 사내였다. 소매 없는 무도복 같은 차림에, 오른쪽 팔뚝에 넓은 금속 팔찌 같은 물건을 찼다. 키는 그리 크지 않았으나 체구가 탄탄했다.

"주공, 피하십시오!"

결사대원들은 손견에게 외치며 누른 얼굴의 사내에게 달려들었다.

"천기, 금속변형(金屬變形)."

사내가 팔을 휘두르자, 팔찌가 길게 펴지며 허공을 갈랐다. 그는 폭이 좁고 매우 얇은 금속판을 팔찌처럼 말아서 차고 있었던 것이다. 철편이란 무기였다.

촤악! 단 한 수에 결사대원 셋의 목이 날아갔다.

공손찬은 여유로운 모습으로 다른 한 사내에게 말했다.

"그대의 말대로군, 악화. 손견이 직접 여기까지 나섰으니. 솔직히 기대하지 않았는데 거물을 낚았네그려."

"운이 좋았습니다."

"아니, 손립 저 친구도 그렇고, 그대들을 얻은 건 내 복이야. 내 밑에 원래 있던 참모 하나가 감히 항명하기에 당혹스러웠는데, 그대들을 만나려고 그랬나 보네."

여러 문헌에도 남았듯, 공손찬은 사람을 쓰는 데 있어 매우 이상한 사고방식을 가졌다. 《영웅기》에서는 다음과 같이 기록되어 있다.

공손찬이 안팎을 통수하게 되자, 의관(衣冠) 자제 중 빼어난 재주를 갖춘 자는 반드시 억눌러 궁고(窮苦. 곤궁)한 지경에 처하게 했다. 어떤 이가 그 까닭을 물으니 공손찬이 대답했다. "지금 의관(衣冠) 집안의 자제들과 선사(善士)들을 취해 그들을 부귀하게 하면 이들은 모두 당연히 얻을 바를 얻었다 생각하며 남의 은덕(恩)에 감사하지 않을 것이오."

방자한 자들을 총애하고 대우하여 그 부류가 대다수 용렬한 아이(庸兒)들이라, 예전 복수사(卜數師, 점쟁이)였던 유위대(劉緯臺), 비단을 팔던 이이자(李移子), 고인(賈人. 상인)인 악하당(樂何當) 등 세 명과 같았으니, 그들과 더불어 형제의 맹세를 정하고는 공손찬 자신을 백(伯)이라 칭하고 세 사람을 중(仲), 숙(叔), 계(季)라 일컬었으며…… (후략)

즉 이름이 알려진 재사나 선비를 의도적으로 배척하고 점쟁이, 상인 등을 더 총애한 것이다. 덕분에 그의 주변에서 참모라 할 수 있는 이는 관정 정도가 다였다. 지금 거느린 두 사람에게서도 그런 공손찬의 취향이 여지없이 드러났다.

'악화(樂和)'라 불린 자는 긴 녹색 도포 차림에, 두건을 쓰고 쇠로 된 피리 한 자루를 들었다. 그 모습과 언변이 공손찬의 구미에 딱 맞은 듯했다. 과연, 그는 손견이 이 방향으로 야습해올 것임을 정확히 예측하여 공손찬을 흐뭇하게 했다.

공손찬은 측은하다는 듯 손견을 보며 말했다.

"자, 문대, 이제 이 싸움을 끝낼 때가 된 것 같구먼."

손견은 피 섞인 침을 뱉으며 대꾸했다.

"역적 놈. 하늘이 두렵지 않느냐!"

"……내 너의 명성을 보아, 그대로 죽게 해주려 했더니 안 되겠군. 직접 목을 쳐야겠다."

얼굴이 험악해진 공손찬이 검을 뽑아들었다.

그때, 음산하고 낮은 목소리가 들려왔다.

"그 검을 휘두르면 너는 죽는다."

"……? 누, 누구냐!"

퍼버버버버벅! 누군가가 움직였다. 그가 지나갈 때마다, 손견을 둘러싸고 있던 복병들이 추풍낙엽처럼 나가떨어졌다.

사람이 그렇게 날아가는 걸 처음 본 공손찬은 자기도 모르게 입을 딱 벌렸다. 그러나 두 사람, 손립과 악화는 그런 광경을 예전에 본 적이 있었다. 정확히 말하면 자신들이 저렇게 당했던 것이었다.

녹포를 입고 쇠 피리를 든 악화가 내뱉었다.

"나타났나, 몬스터."

그 말을 누른 얼굴에 철편을 든 남자, 손립이 받았다.

"진 사부……."

어느 틈에, 진한성이 공손찬 일행과 손견 사이에 버티고

서 있었다.

두 사람을 본 그가 말했다.

"어라? 둘 다 낯익은 얼굴이네? 어쩐지 공손찬 쪽의 대응이 묘하게 유연하고 전술도 이 시대에 맞지 않는다 했더니."

사람 좋던 진한성의 얼굴이 귀신처럼 변했다. 달빛을 받은 머리카락이 올올이 일어서는 듯했다.

"너희 수작이었어? 이제 이 시대의 군웅들에게 붙어서 전투에 참여하기까지 하는 거냐?"

손립과 악화는 감히 함부로 움직이지 못했다.

이랑이 무너져내리는 손견을 얼른 부축했다. 손견의 몸을 스캔한 그녀의 표정이 어두워졌다.

'과다 출혈. 화살촉 두 개가 심장을 파손시켰다. 간과 위장에도 심각한 손상. 회생은 거의 불가능…….'

한발 늦게 손책이 도착했을 때, 이미 복병들은 전멸한 후였다. 덕분에 그는 별다른 장애 없이 협곡에 들어섰다. 쓰러져 있는 손견을 본 그의 눈이 커졌다.

"아버님!"

손책은 한달음에 달려왔다.

이랑의 무릎을 베고 누웠던 손견이 눈을 떴다.

"책…….."

"아버님, 이게 어찌…….."

"책, 시간이 많지 않으니, 지금부터 내가 하는 말을 잘 들어라. 여기 온 널 꾸짖고 싶다만, 만약 이 자리에서 살아 나가게 된다면…… 한성을 나 대신 아버지처럼 모시고 따르거라. 그리고 네 어미와 권이, 갓 태어난 향이를 끝까지 돌봐야 한다."

"아버님……."

"어허, 어서 대답해라!"

"예, 그러겠습니다. 하지만 아버님께선 분명 무사하실 겁니다."

손책은 이를 악물고 눈물을 참았다.

아들의 대답에, 비로소 편안한 표정이 된 손견이 나직하게 말했다.

"한성, 부디 내 아들을…… 손가를 부탁하네."

"……."

진한성은 등 뒤에서 들려오는 이야기 소리에 이를 악물었다. 한발 늦고 말았다. 이제 눈을 감기 직전인 친우가 넘겨주려는 것은, 그에게는 너무도 무거운 짐이었다.

'빌어먹을. 차라리…….'

그가 자신의 천기, '시공역천'을 막 쓰려고 할 때였다. 손책에게 손견을 맡긴 이랑이 다급히 그의 손목을 잡았다.

"이랑."

"안 됩니다."

그녀는 애원하는 표정을 한 채 필사적으로 고개를 저었다. 위원회의 인물이 분명해 보이는 자들이 있었기에, 그의 천기에 대해 입 밖에 내진 못했다. 대신 최선을 다해 온몸으로 만류했다.

진한성의 천기, 시공역천은 시간을 되돌리는 것. 그야말로 무적의 천기라 할 만했다. 하지만 그 정도의 힘을 사용하는 데 아무 대가도 치르지 않을 순 없는 법. 시공역천을 발동하면, 되돌린 시간의 백배에 해당하는 시간이 진한성에게만 적용되었다. 즉 5분 전으로 시간을 되돌렸다면 그는 500분만큼 늙는 것이다. 게다가 이는, 그의 근처에 사람이 많을수록, 또 그 사람이 인간의 시간, 곧 '역사'에 큰 궤적을 남긴 이일수록, 그런 사람의 운명을 크게 바꾸게 될수록 기하급수적으로 늘어났다.

지난번 암살 부대가 쳐들어왔을 때의 경우, 최소한 손책과 주유는 앞으로 수명이 한참 남아 있는 상태였다. 그때 죽을 운명이 아니었다는 뜻이다. 덕분에 진한성이 받은 반동도 적었다. 그러나 손견은 역사적으로 192년 1월에 사망한다. 그때까지는 아직 일 년 반 남짓 남은 것이다. 원래 죽음의 시간에서 가까운 만큼, 지금 그를 살린다면 192년에 예정된 죽음의 운명은 사라질 가능성이 높았다.

'오백 배? 천 배? 알 수 없어. 아무튼 분명한 사실은 지금 여기서 마스터가 천기를 쓰면 육체에 엄청난 부담이 가해진다는 것. 그것만은 절대로 싫어.'

진한성은 워낙 강인하게 타고난 육체와, 그 몸을 더 강하게 만들어주는 유물 덕에 무사했다. 그럼에도 불구하고 천기를 한 번 쓸 때마다 주름살과 흰머리가 눈에 띄게 늘어났다.

'겨우 이 사람 옆에 있게 됐는데. 시간을 거슬러, 다른 세상으로 와서야 겨우.'

이랑에겐 천 년이 넘는 고대의, 그것도 아무 접점이라곤 없는 중국인보다는 진한성이 훨씬 더 중요했다. 그 중국인이 아무리 대단한 영웅이라 해도.

"이거 봐, 이랑."

"마스터, 아드님은요? 아드님 걱정은 안 해요?"

"……봐."

"교수님, 제발."

진한성의 표정이 흔들렸다.

그사이, 손견은 한 차례 탄식하더니 숨이 멎었다.

"뜻을 다…… 펼치지 못하고 가니, 아쉽구나…….."

"아버님……?"

손책이 떨리는 목소리로 손견을 불렀으나, 그의 눈은 뜨이지 않았다. 훗날 소패왕이라 불리게 될 소년이 절규했다.

"으아아…… 아버지!!!"

진한성은 입술을 깨물었다. 피가 주룩 흘러내렸다.

'미안하네, 문대. 이기적인 날 용서하게. 대신, 자네 아들을 비롯한 가족들은 내가 돌아가기 전까지 책임지고 돌보겠네. 그리고 위원회 놈들이 개입하여 자네를 죽게 했으니, 그 반작용을 이용하면…… 나의 개입으로 책이 녀석의 수명을 제법 늘릴 수 있을 걸세. 복수도 반드시 해주겠네. 그걸로 용서하게나…….'

그는 고개를 들어 하늘을 보았다.

'자네를 살릴 힘이 있으면서도 쓰지 못한 나를.'

유난히 밝은 달이 더 슬펐다.

큰 별이 낙양에서 지고 말았다.

10

.

급변하는 정세

진한성의 붉어진 눈이 손립과 악화를 향했다. 친우에게 약속한 복수를 시작할 때였다. 우선, 눈앞에 있는 둘부터.

"야, 너희. 무슨 속셈인지는 모르겠는데."

겁에 질린 공손찬은 이미 달아나는 중이었다. 진한성도, 손립과 악화도 그를 신경 쓰지 않았다. 아니, 차라리 그가 피해주는 게 서로 편했다.

"이런 짓을 했을 때는 말이다."

"헛!"

손립이 바람 빠진 소리를 냈다. 말 그대로 눈을 깜빡인 사이, 저만치 뒤에 있던 진한성이 코앞에 다가와 있었다.

"나름 각오를 한 거겠지?"

퍼억! 진한성의 오른쪽 주먹이 손립의 턱밑에서부터 치솟았다. 평범한 어퍼컷이었지만, 여파는 엄청났다. 마치 턱 아래쪽에서 고목이 한순간에 자라나는 것 같은 감각이라고나 할까.

손립은 양팔을 십자로 교차하여 턱에 댔다. 더 좋은 방어나 회피법이 있겠지만, 이것밖에 떠오르지 않았다. 그나마도 거의 무의식중에 한 행동이었다.

아슬아슬하게 막았다고 생각한 것도 한순간.

꽈르릉!

"……!"

손립은 양팔이 팔꿈치 아래로 절단됐다는 착각에 빠졌다. 일순 감각이 사라졌기 때문이다. 뒤이어 번갯불이 아래턱을 관통하여 정수리를 뚫고 튀어나가는 것 같았다.

잠깐 기절했었나 보다. 정신이 들었을 땐, 수직으로 한없이 떠오른 몸이 추락하는 중이었다. 앞니도 싹 사라진 후였다. 손립은 입에서 피를 흩뿌리며 떨어져내렸다.

그의 몸이 땅에 닿기도 전에, 진한성은 이미 악화 앞에 가 있었다.

"그거 알아? 너희 《수호지》 코스프레 친목회 버러지들은 내가 죽여 없애도 아무 뒤탈이 없다고. 원래 여기 있어선 안 될 놈들이니까."

"으으······!"

악화는 다급히 천기를 사용했다. 쇠 피리를 입에 물고 분 것이다.

천기, 음파공명(音波共鳴)

지살 77위, 지락성(地樂星) 철규자(鐵叫子) 악화.

그는 얼마 전, 주무의 명으로 공손찬 진영에 합류했다. 임무는 공손찬을 부추겨 원소, 원술, 손견 등 다른 제후들과 충돌케 하는 것. 궁극적으로 그들 모두의 전력을 깎는 것이었다. 왕의 순조로운 진격을 위해서.

그의 천기는 물리 조작 계열이었다. 진한성을 암살하려다 죽은 마린과 흡사한 종류의, 음파를 이용한 천기였다. 마린의 그것보다 위력이 약한 대신, 부작용과 제약이 적고 발동 속도가 빨랐다.

그가 든 피리 '풍마오적(風磨烏金)'은 '유물'의 하나였다. 용운이 가진 나비상, '금강벽옥접'이나, 진한성이 소유한 '태을환'처럼 특수한 힘을 가진 유물이었다.

풍마오적은 연주된 소리를 수천 배로 증폭시키는 효과가 있었다. 단, 아무렇게나 불면 되는 게 아니라 특정 가락을 연주해야 했다. 비록 금강벽옥접과 태을환에 비하면 하급 유물이지만 효과는 강력했다.

진혼곡(鎭魂哭)

피리를 분 즉시, 초음파가 주변을 울리며 진동시켰다. 집중된 음파는 진한성을 직격했다.

콰앙! 폭음과 동시에 진한성이 뒤로 쏜살같이 튕겨나갔다.

아버지의 죽음 앞에 망연자실하던 손책은 양손으로 귀를 감쌌다.

"컥!"

신음하는 그의 손가락 사이로 피가 흘렀다.

진한성이 뒤로 날아가며 외쳤다.

"이랑!"

"네!"

이랑은 길게 말 안 해도 뭘 할지 알았다. 손책 옆에 있었는데도, 그녀의 귀는 멀쩡했다. 이는 신체가 보통 사람과 다르다는 의미였다. 그녀는 손책의 허리를 감고 특기를 발동했다.

섀도 오브 다크니스

우웅! 이랑은 검은 궤적만 남기고 사라졌다. 그 자리에 있던 손책도 함께.

"음……."

10여 미터 뒤에 착지한 진한성은 머리를 가볍게 흔들었다.

그가 음파공명에 적중당하기 직전, 추락하던 손립도 천기를 사용했다.

금속변형(金屬變形)

바닥에 갑자기 거대한 금속 덩어리가 나타났다. 미리 뿌려둔 금속조각이 커진 것이다.

손립은 그 위에 착지하여 지면과 추락을 면했다. 이어서 곧장, 금속 덩어리를 다시 조각으로 되돌려 땅 위에 섰다. 이과정이 매우 빠르게 이뤄졌다.

손립은 착잡한 심정으로 진한성 쪽을 응시했다. 심각하게 다친 몸보다 마음이 더 아팠다.

'진 사부, 난 당신을 진심으로 존경했소. 지혜와 힘 그리고 덕망까지 겸비한 초인이여.'

손립(孫立)은 지살 제39위로, '지용성(地勇星)'이란 별의 힘을 받았다. 별의 이름에서 드러나듯 용감하고 과감한 기질 또한 갖게 됐다. 반면, 별명은 병위지(病尉遲)였는데, 어딘가 아픈 것처럼 누렇게 뜬 얼굴빛 때문에 붙은 것이었다.

그는 실제로 현대에서 간암 말기의 환자였다. 그러나 성혼마석에 선택돼 힘을 받은 순간, 기적적으로 암이 완치되었다. 이는 전신이 재구성되면서 그 과정에서 암 덩어리와 세포가 사멸된 덕이었다.

그러자 자신은 위원회를 위해 새로 태어났다 믿으며 가장 충성스러운 위원 중 하나가 됐다. 진한성이 회를 배신했다고 알려졌을 때, 누구보다 큰 충격을 받은 사람도 그였다.

'당신이 단순한 개인적 탐욕으로 회의 보물을 가지고 달아났다고 생각하진 않소. 그런 재능을 갖고서도 정녕 회의 위대한 과업을 이해하지 못한 것이오? 한국이라는 작은 나라에 대한 애착 때문에? 어차피 미래에는 우리 대중화제국의 일부로 편입될 그 나라 때문에?'

손립은 지살위 중 최고인 주무의 바로 아래아래 서열로, 상당한 강자였다. 공손찬의 참모 역할을 할 악화를 보호함과 동시에, 그의 전력에도 보탬이 되도록 하려고 주무가 특별히 파견했다.

설마 여기서 진한성과 맞닥뜨리리라곤 미처 예상치 못한 일이었다. 이들도, 주무도. 자연재해는 예기치 못하게 발생하곤 하니까.

진한성은 음파 공격에 당해 일시적으로 균형감이 깨졌다. 태을환이 아니었다면 고막이 파열됐을지도 몰랐다. 그는 몸을 추스르려 애쓰며 손립을 마주 봤다.

'뭐야, 저거. 방금 분명 발밑에 뭐가 생겨났다가 사라졌지? 물질 생성 계열 천기인가? 지살급이 그런 고급 천기를 가졌을 것 같진 않은데.'

물질 생성 계열은 무에서 유를 창조한다. 당연히 강력한 위력을 가진 것이 많았다.

진한성이 준엄한 어조로 말했다.

"너, 기억나는군. 손립이던가? 무술에 대한 재능만 놓고 보면 천강급으로 올라갈 만했는데. 너희의 전(前) 무술교관으로서 말하자면, 유물에 의존하여 실력은 오히려 퇴보한 것 같구나."

손립은 진한성의 어퍼컷에 양 손목과 턱이 으스러진 상태였다. 그는 팔을 축 늘어뜨린 채 입에서 피를 철철 흘리며 진한성을 노려봤다.

"진 사부, 당신이 그런 말을 할 자격이 있소? 우릴 배신하고 떠난 주제에?"

"배신이라······. 하하. 그게 너희 입장에서는 그렇게 되나?"

"지금이라도 훔쳐간 유물과 신병마용을 가지고 돌아오시오. 그럼 분명히 주무 형제가 참작을······."

손립은 힘겹게 말을 이어갔다. 구강 내 출혈과 턱 파열로

숨쉬기도 힘들었다.

진한성이 차갑게 대꾸했다.

"착각하지 마라, 손립. 예전에 너희에게 놀아나던 내가 아니야. 실력도 성격도. 원래도 지랄 맞았지만, 너희 덕분에 더 심해졌다. 참고로 지금은, 내 눈앞에 위원회 놈들이 있다면 깡그리 발라버리고 싶거든? 그런데 뭘 돌아오라 마라야?"

"……"

"나한테는 특기가 세 개 있는데 말이야, 너흰 어떤 특기인지 하나도 모르지? 왜 그런지 알아?"

"……각오하시오."

슈웅! 손립이 금속조각 하나를 튕겨냈다. 금속조각은 순식간에 거대해져서, 진한성의 머리 위로 떨어져내렸다.

"별로 안 궁금한가 보네. 대화 끝."

진한성은 처음으로 양팔을 썼다. 그는 두 주먹을 휘둘러 금속 덩어리를 쳐냈다. 드러난 그의 몸에, 악화가 천기를 발했다.

사망곡(死亡哭)

진동파로 변환된 음파가 복부를 관통했다.

"우욱! 토 나오겠네."

진한성이 구역질을 하며 비틀거렸다. 그러나 악화의 표정은 그리 좋지 않았다.

'내장이 다 터져서 피를 쏟으며 죽어야 정상인데…….뭐? 토 나오겠네?'

비틀거리던 진한성의 거구가 허공으로 붕 떠올랐다. 손립이, 그가 밟고 있던 금속조각을 확대한 까닭이었다. 쉴 틈을 주지 않는 연환공격. 하지만 진한성은 별로 당황하지 않았다. 그사이, 이미 상대의 천기에 대해 파악한 것이다.

'아마도 일정 범위 내에 있는 금속 물질의 형태와 크기, 질량을 변화시키는 것. 한 번에 한 개만 가능하고 변화 범위에도 제약 있음.'

진한성은 거대해진 금속 덩어리를 박차고, 오히려 한 차례 더 뛰어올랐다.

그의 가슴이 크게 부풀었다. 그때였다.

천기, 사자후(獅子吼, 사자의 울음소리)

크허어어어엉! 맹수의 울부짖음과 같은 굉음이 터져나왔다.

그 실체는 무자비한 부채꼴의 진공파(振空波, 공기를 진동시켜 일으킨 파동)! 지표면이 지진이 난 것처럼 요동쳤다.

진한성의 전방으로 무형의 부채꼴 내에 있던 바위와 시신들이 가루가 되다시피 터져나갔다. 떠올랐다 떨어지는 진한성을 향해 돌진해오던 손립은 사자후를 정통으로 맞았다. 그의 뒤에서 재차 천기를 사용한 악화도 함께.

"크헉!"

"컥!"

짧은 신음에 이어, 둘의 눈, 코, 귀에서 한꺼번에 피가 쏟아졌다. 사자후 한 방에 내부가 진탕된 결과였다.

악화의 천기는 음파를 이용한 것. 음파 또한 파동의 하나였다. 사자후에 휩쓸리자 속절없이 흩어져버렸다.

진한성은 그것까지 노리고 사자후를 썼다. 강하기만 한 게 아니라 교활하기까지 한 사자, 그것이 진한성이었다.

악화는 그대로 쓰러져 죽었다. 뇌와 장기가 곤죽이 됐으니 버틸 도리가 없었다. 그가 진한성을 죽이려던 방식 그대로 당한 것이다. 강도는 훨씬 세게.

상대적으로 더 강인한 손립은 조금 달랐다.

"금…… 속……."

그는 쓰러지면서도 마지막 공격을 시도했다. 사자후에 맞아 금이 간 금속 팔찌가 부서졌다. 손립이 안간힘을 다해 팔을 휘둘렀다.

파편이 날아와 진한성의 왼쪽 어깨에 꽂혔다.

"변형……."

퍼억! 피가 튀었다. 파편이 일시에 커지며, 진한성의 어깨를 파열시켰다. 너덜너덜해진 어깨 근육 사이로 뼈가 보였다. 진한성은 가볍게 눈살을 찌푸렸다.

"음……."

거기까지 본 손립은 만족스러운 미소를 머금고 죽었다.

'나의 목숨과 진 사부의 한 팔을 바꿨으니…… 싸게 먹힌……. 뒷일을 부탁하오, 형제들이여.'

곧 손립과 악화의 시신은 풍화돼 사라졌다. 시간을 거스른 자들의 공통적인 최후였다.

진한성은 둘의 시신이 있던 자리로 가서, 바닥에 덩그러니 놓인 쇠 피리와 부서진 금속 팔찌를 집어들었다.

"좀 아프네. 대신 이건 전리품."

좀 아픈 정도가 아니라, 왼쪽 어깨의 부상은 심각했다. 금속 파편이 수십 배로 커지면서, 내부에서부터 그의 어깨를 찢어발기고 뼈까지 긁어냈다. 이대로라면 왼팔을 못 쓰게 될 위험마저 있었다. 그러나 진한성은 이상하리만치 태연했다.

"마스터! 다치신 데는 없습니까?"

오른손으로 턱을 긁으며 서 있던 그에게 이랑이 다가왔다. 손책을 안전한 곳에 옮긴 다음, 진한성이 걱정되어 돌아온 것이다. 어차피 진한성에게서 일정 거리 이상 떨어질 수도 없었다.

진한성은 이랑이 왼쪽 어깨를 보지 못하도록 재빨리 몸을 돌렸다. 그 순간 그가 천기를 발동했다.

시공역천(時空逆天)

"어?"

이랑은 어리둥절한 표정으로 눈을 깜빡였다. 그러다 곧 매서운 얼굴이 되어 말했다.

"지금 혹시 시공역천을 쓰신 겁니까?"

"응, 썼다."

너무 당당하게 나오니, 이랑은 오히려 말문이 막혔다.

어느새 진한성의 왼쪽 어깨는 멀쩡해져 있었다. 이랑을 매개체로 지정하여, 어깨를 다치기 직전의 시간으로 되돌린 것이다.

이랑은 역사에 궤적을 남긴 일도 없고 정해진 운명도 없다. 따라서 그녀를 매개체로 하는 것이, 실은 가장 페널티를 적게 받는다. 순수하게 백배의 시간, 즉 이번 같은 경우는 300분 정도의 노화만 감수하면 되었다. 과거로 회귀해 부상을 없던 일로 만든 후, 대가가 돌아와 노화의 과정을 거치는 구조다.

과거로 돌아와도, 이 시간과 공간에서 존재 자체가 '소멸'되어버린 손립과 악화는 되살아나지 못했다. 현대에서 삼국시대로 오면서 이미 한 번의 시간 여행을 거친 부작용이었다.

이 시점에서 진한성 자신과 이랑을 제외한 모든 이의 시간이 3분 전에서부터 다시 흐르고 있을 것이다. 그러나 사람들은 과거로 돌아왔다는 것 자체를 깨닫지 못하기에, 이미 했던 일을 똑같이 반복한다. 극히 드물게 그걸 느낀 이만이 기회를 잡게 되는데, 묘한 불안함을 느끼고 사고가 일어날 자리를 피하거나 하는 식이었다.

이번엔 그러기에도 너무 짧은 시간이었지만. 잘해야 약간의 기시감 정도를 느끼는 게 전부일 터였다.

이랑은 얼른 진한성의 몸을 살피며 투덜댔다.

"아, 진짜…… 함부로 쓰지 말라고 했잖아요. 대체 무슨 짓을 했기에 그걸……."

"네가 여기 돌아왔을 때 반가워서 키스했더니 되게 싫어하더라고. 그래서 시간을 되돌렸어."

"……뭐라고요?"

진한성은 일부러 실없는 소리를 했다. 이랑의 잔소리가 싫어서가 아니라, 친우의 죽음으로 일그러진 자신의 얼굴을 보이고 싶지 않아서.

살리는 일이 불가능하지 않았음에도 포기했다는 사실이 그를 더 괴롭게 만들었다. 또 그런 주제에 그의 죽음에 분노하여 태평하게 살육을 저질러버린 자신을, 이랑이 괴물로 보는 게 두려워서였다.

'아니, 어쩌면 이미 그렇게 생각할지도. 그러니 자꾸 날 인간이 아니라는 식으로 말하지. 쩝.'

진한성은 손견의 시신을 조심스레 안아들었다.

"이만 가자. 이 친구를 고향에 데려다줘야지."

이랑은 그때까지도 굳은 채로 서 있었다.

'뭐야, 키스했다고? 진짜야 농담이야?'

그녀는 아직 진한성의 천기에 대해 완벽하게 알지 못했다. 그녀가 아는 내용은 시간을 되돌린다는 것과, 되돌린 시간에 비례하여 진한성에게는 백 배 이상의 시간이 흐른다는 것 정도.

그가 지정한 대상도 함께 과거의 시공으로 이동한다는 것까진 미처 몰랐다. 그도 그럴 것이, 시공역천의 사용자인 진한성 자신과 지정 대상 이외에는 이동 사실 자체를 인지하지 못하기 때문이다. 또 지금까지 그 대상이 된 존재는 다 죽었기 때문이기도 했다.

그녀가 시공역천의 지정 대상이 된 건 이번이 처음이었다.

이랑은 생각할수록 아리송했다.

분명 아무 일도 일어나지 않은 것 같은데, 과거로 왔다고?

'아니, 과거로 왔으면 내가 기억을 못하는 게 정상 맞나? 나한테는 그 일이 일어나기 전인 거잖아.'

그녀는 가만히 자기 입술을 만져보았다. 아무 느낌도 없었

다. 조금 억울했다.

'저 사람이 그렇다면 그런 거겠지.'

돌아서서 걷는 그의 등을 향해, 이랑이 작게 중얼거렸다.

"제가 싫어했다고요? 그럴 리가."

손견의 급사는 큰 파장을 불러일으켰다.

정보, 황개, 한당 등 손가의 충신들은 주인의 시신 앞에서 피눈물을 흘렸다.

"공손찬 이놈, 반드시 주공의 복수를 하겠다."

그들은 시신을 수습해온 진한성에게 감사를 표했다. 그리고 손책을 임시 가주로 추대했다. 또 손견의 유언에 따라 진한성을 손책의 후견인이자 고문으로 모셨다.

임시 가주가 된 손책의 첫 명령은 안타깝게도 퇴각이었다.

"이 전투는 우리의 패배입니다. 일단 여강으로 돌아가겠습니다. 가서 힘을 모아, 반드시 공손찬에게 복수하고 손가를 부흥시키겠습니다."

손책은 더 이상 울지 않았다. 그는 아버지의 시신이 실린 수레를 직접 끌고서, 주유와 함께 여강으로 돌아갔다.

묵묵히 지켜보던 진한성도 그들과 동행했다. 어차피 공손찬을 통해 아들의 행방을 찾긴 글러버렸다.

'당분간 손책이 자리 잡을 수 있게 도와주면서, 주유에게

부탁해서 녀석을 찾아보는 수밖에.'

공손찬군은 흩어진 손견군 병력 상당수를 흡수해버렸다. 손가에는 처참한 결과였다.

손견군의 패퇴 후, 마등은 전격적으로 공손찬을 공격하기 시작했다. 공교롭게도 이때는 한복이 용운에게 쳐들어간 시점이었다. 마등은 자신이 최적의 시기를 잡았음을 확신했다.

"옥새 찬탈부터 칭제, 같은 연합군이었던 손견 살해까지. 이제 공손찬을 칠 명분은 차고 넘친다."

눈치만 보던 원술은 승산이 높다고 여겨지자 슬며시 마등과 손을 잡았다. 원술 외에 원소, 원유, 공융, 도겸 등의 제후가 거기 합세했다.

한때 연합군 총사령관이었던 공손찬은, 근거지로 돌아간 이들을 제외한 제후들로부터 공격받는 신세가 됐다.

그 복잡한 싸움판에 거대한 돌 하나가 던져졌다. 여포가 낙양으로 출진한 것이다.

열흘 전, 여포는 마침내 자유의 몸이 됐다. 왕윤으로 대표되는 조정 신하들과 주무 등의 도움으로 동탁을 죽인 결과였다.

황제의 부름을 받은 동탁이 입궁할 때를 노렸다. 그것은 주무와 신하들의 계략이었다. 대신들이 보낸 자객이 동탁을 공격하자, 그는 다급히 여포를 찾았다.

"아들아, 어디 있느냐? 날 구해다오!"

그러나 오히려 치명상을 입힌 것은 여포였다.

"처단하겠다. 폐하의 명으로. 역적 동탁을."

주무의 설계도에 따라 새로 제작한 방천화극이 동탁의 가슴을 길게 쪼갰다. 엄청난 양의 피가 뿜어져나와 대전 바닥에 웅덩이를 만들었다.

"……짐승 같은 놈. 네놈이 감히 내게…….."

동탁은 여포를 노려보다 쓰러져 숨을 거뒀다. 마지막까지 왕의 꿈을 꾼 자의 말로였다.

여포는 그로부터 단 오 일 만에 장안을 평정했다. 동탁의 수하들은 모조리 죽이거나 복속시켰다. 세간에서는 여포가 초선이란 여자의 이간질로 동탁과의 사이가 틀어져 그를 죽인 거라고 수군댔다. 그 와중에, 수도 탈환이란 명목으로 낙양 정벌을 제안한 사람은 바로 주무였다.

장안은 역적 동탁이 폐하와 백성들을 강제로 핍박하여 터를 잡은 곳이니, 어찌 마음이 편하시겠습니까? 지금 낙양에서는 공손찬이 스스로 왕이 되겠노라 선포했고, 그가 가진 옥새를 탐낸 제후들과 싸움을 벌이는 중입니다. 그들을 모두 토벌하여 옥새를 되찾은 후, 다시 낙양으로 돌아가신다면 천하가 평온해질 것입니다.

그 상소문이 왕윤을 통해 황제에게 올라갔다. 늘 낙양을 그리워하던 황제는 크게 기뻐했다.

이로써 주무는 장차 여포에게 위협이 될 제후들을 대의명분 아래 처리할 기회를 얻었다. 이게 여포가 칙명으로 출진한 배경이었다.

여포는 흑색 갑옷을 입고 적토마에 올랐다.

그 옆에서 두건을 눌러쓴 가후가 보고했다.

"마등을 중심으로, 원소, 원술, 원유 등 원씨 가문과 공융, 도겸 등이 공손찬을 협공 중이라고 합니다. 조조도 슬슬 움직일 기미를 보이고 있고요."

여포가 무뚝뚝하게 말했다.

"별것 아니다. 공손찬은. 그나마 진용운이라는 참모마저 내쳤다고 한다."

"예. 그런 것치곤 잘 버티고 있습니다."

"흥."

여포는 그 내막을 알고 있었다. 위원회 쪽에서 은밀하게 돕고 있기 때문이었다. 공손찬이 너무 쉽게 무너지지 않도록. 그래야 여포가 낙양에 닿을 때쯤에는 일이 더 쉬워질 테니까. 공손찬뿐만 아니라, 현재 그와 싸우고 있는 모든 제후들을 쳐부수고 낙양을 탈환한다.

"이게 제가 폐하를 위해 준비한, 진정한 왕으로서의 화려한 첫 무대입니다."

주무는 여포에게 이렇게 말했다.

'폐하라고 불렀다. 나를.'

여포는 폐하란 단어를 입안으로 곱씹어보았다. 어색하여 와닿지 않으면서도 흥분되는 말이었다.

'이대로 이들이 차려주는 밥상을 먹어치우면 되는 건가. 나는.'

그러기에는 일말의 불안감이 있었다. 위원회라는 자들의 정확한 속내를 알기 어려웠다. 그들에 대해 누구라도 좋으니 얘기해보고 싶었다.

그러나 주무는 함부로 발설하지 말 것을 당부했다.

여포는 가후를 보며 생각했다.

'가후. 어떤 답을 줄 것이냐. 너라면.'

가후는 아직 위원회의 존재를 알지 못했다. 아니, 어쩌면 모르는 척하는 것일 수도 있었다. 처세에 능한 사내이니까.

"동탁의 남은 병사 삼만에, 장군의 친위대 오천. 폐하께서 내주신 금위군 이만. 거기 온후 님의 무력까지 더해졌으니, 낙양을 평정하기는 크게 어렵지 않을 것입니다."

"빼먹었다. 한 가지를."

"예?"

"너의 머리."

"……하하. 책략을 쓸 일조차 없을 것입니다. 단, 마등은 좀 주의할 필요가 있습니다. 그가 거느린 강족과 서량병은 상당히 용맹하다더군요."

"우리에게 있다. 천의(天意)는."

여포는 자신의 처지를 슬쩍 암시해보았다.

가후는 아무렇지 않게 그 말을 받았다.

"예. 엄연히 칙서를 받은 출진이니까요."

그 무렵 주무와 초선은 뻔질나게 여포의 처소를 드나들었다. 또 부장으로 꾸미고는 있으나, 팽기와 초정, 즉 초선이 붙여준 두 사내가 지금도 여포의 곁에 있었다. 가후는 정말 모르는 걸까.

'알 수 없는 사내다.'

여러 생각이 교차하는 가운데 여포와 가후는 육만에 가까운 군세를 거느린 채, 보무도 당당히 낙양으로 진격했다.

탁군 탁현, 누상촌의 현령 관사.

용운이 저수의 침공을 격퇴하고, 기주를 압박하기 시작한 지 한 달 정도가 지난 때였다. 준전시 상황이었으나 탁현은 평온했다. 행정 업무가 제대로 돌아가는 덕이었다.

관사에서 회의 중이던 용운은 깜짝 놀라 자리에서 벌떡 일어났다.

"네? 손견이 낙양에서 사망했다고요? 그것도 공손찬의 공격으로?"

보고한 전예가 답했다.

"예. 손견의 세력은 그 길로 풍비박산 났고, 그 사건을 빌미로 원술과 마등이 공손찬을 맹렬히 공격 중이랍니다."

놀랄 일은 또 있었다. 여포가 마침내 동탁을 죽였다는 거였다. 그리고 천자를 옹립, 칙명을 받아 낙양으로 출진했다고 했다.

그야말로 난세란 말이 어울리는 상황이었다.

낙양과 탁현 사이의 거리는 제법 멀었다. 거기다 암호문으로 온 정보를 전예가 분류하고 해석하는 데도 시간이 걸렸다. 그런 까닭에 용운이 낙양 전투에 대하여 보고받은 건 여포 참전 후 닷새 정도가 지난 후였다.

새 가신들도 놀란 표정을 감추지 못했다. 새 가신이란, 저수 및 그가 데려온 전풍을 말함이었다.

전풍(田豊), 자는 원호(元皓).

올해로 스물아홉 살인데 나이에 비해 엄청난 노안이었다. 진림보다 더한 사람은 처음 봤다며, 최염이 놀랐을 정도였다. 어렸을 때부터 박학다식하여 명성이 자자했다. 조정에서 시어사(侍御史, 벼슬 이름으로 감찰을 맡아보던 관직)까지 승진했으나, 환관이 득세하는 것을 보고 혐오감을 느껴 관직을 버리고 낙향했다. 그 뒤에는 심배와 더불어 기주목 한복을 섬겼다. 그러나 강직한 성품 때문에 소외되고 있었다.

원래대로라면, 191년에 한복의 세력을 흡수한 원소가 전풍을 초빙하여 그의 가신이 된다. 전풍은 곤란에 처한 황실을 일으키고 난세를 구제하려는 원대한 뜻을 가진 인물로, 이에 원소가 그 일을 행하는 데 제일 유력한 사람이라 보고 그를 택한 것이었다.

하지만 이제 그렇게 될 가능성은 희박해졌다. 저수의 설득으로 용운에게 왔기 때문이다.

용운은 전풍을 볼 때마다, 그가 자기 가신이라는 게 믿기지 않았다. 대인통찰로 그의 능력을 처음 봤을 때의 경악을 아직도 잊을 수가 없다.

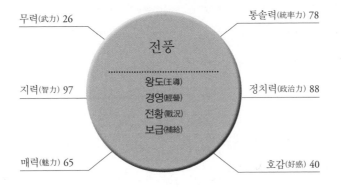

무력(武力) 26

통솔력(統率力) 78

전풍

지력(智力) 97

왕도(王導)
경영(經營)
전황(戰況)
보급(補給)

정치력(政治力) 88

매력(魅力) 65

호감(好感) 40

지능은 높았지만, 능력치만 봐선 저수와 비슷하거나 오히려 못했다. 중요한 건 특기였다.

'특기 네 개 중에 무려 세 개가 유니크!'

유니크는 흔치 않은 특기를 의미했다. 이는 용운이 그간 봐온 사람들을 대상으로 하여, 나름대로 정한 기준에 따른 분류였다.

제일 희귀한 특기는 고유 특기라 칭했다. 이름 그대로, 오직 해당 인물만이 가졌다. 예를 들면 조운의 '조가창법' 같은 것이다. 만약 장합이 조운으로부터 조가창법을 배운다면 생겨날지도 모르겠지만, 확인해보진 못했다.

그다음이 바로 유니크 특기다. 고유 특기는 아니지만, 가진 자를 지극히 찾기 어려운.

전풍의 왕도(王導), 경영(經營), 전황(戰況)은 셋 다 그를 통해 본 게 처음이자 유일했다. 가후의 반계(反計), 진림의 시상(時相), 여포와 장료의 인마일체(人馬一體) 등처럼.

그중에서도 세 개나 소지한 사람은 전풍뿐이었다. 40이던 호감이 아직도 50이라는 게 문제였지만. 아니다 싶으면 언제든 떠날 수 있다는 뜻이었다.

아무튼 전풍은, 전예의 보고를 듣고 골똘히 생각에 잠겨 있었다. 용운에 대한 평가는 둘째 치고 몸담은 이상 최선을 다하는 타입이었다.

'저런 성격인 게 나한테는 다행이지. 이제 전풍의 마음이 완전히 돌아서도록 내가 잘하면 돼. 호감도 60만 되어도 덜 불안하겠는데…….'

옆에 앉은 저수도 심각한 표정이었다.

노식은 팔짱을 낀 채 눈을 감고 있었다.

최염은 전예에게 뭔가 나직하게 질문을 했다.

장군들도 저마다 소리 죽여 의견을 교환했다.

용운과 주요 가신들은 커다란 목제 원탁에서 회의 중이었다. 용운이 앉은 자리를 중심으로 왼쪽에는 장수들이, 오른쪽에는 모사들이 자리했다.

이 원탁은 물론 용운이 제안해 만든 것이었다. 탁자뿐만 아니라 등받이가 있는 의자도 함께. 둥근 형태의 탁자에 앉자, 모든 사람이 말하는 이에게 시선을 주기가 쉬워졌다. 또한 등 쪽에 푹신한 천을 댄 '의자'라는 물건은 회의가 길어져도 피로를 덜어주었다.

7세기 이전까지 한족은 바닥에 그냥 앉거나, 잘해야 삿자리나 방석을 까는 정도였다. 등받이가 달린 제대로 된 형태의 의자가 퍼지기 시작한 것은 당나라 이후다. 시대를 한참 앞서 나간 가구류에, 가신들은 눈이 휘둥그레졌다.

그런 가운데 용운바라기가 된 진궁은 신이 났다.

'주공의 재능은 미치지 않는 분야가 없구나!'

아무튼 전예가 가져온 엄청난 소식에 좌중은 술렁였다. 용운도 덩달아 심각한 표정이 됐다.

'여포가 움직였다. 움직였는데…….'

아직도 입에 올릴 때마다 전율이 이는 이름이다. 그 여포의 행보가 사뭇 달랐다.

'예측할 수가 없다.'

본래는 동탁을 죽인 뒤, 그 공으로 분무장군에 임명되고 온후(溫侯)에 봉해진다. '여온후'라 불리기 시작한 게 그때부터였다. 그러나 한 달도 채 지나지 않아, 동탁의 수하였던 이각과 곽사 등에게 패하여 장안에서 쫓겨나게 된다. 여포의 방랑이 시작되는 시점이었다.

'그런데 오히려 칙명을 받아 낙양으로 쳐들어갔다니. 이건 엄청난 한 수인데. 설마, 아직도 가후와 행동을 함께하고 있나? 그래, 그랬다면 설명이 돼.'

용운의 짐작대로 이는 가후가 큰 원인이었다. 이각과 곽사 등은 동탁이 살해되자 동요하여, 군대를 버리고 달아나려 했다.

원래 역사에서 그들을 설득하고 단결시켜, 여포를 습격하게 한 장본인이 바로 가후다. 그런데 그 가후가 현재 여포의 참모로 있었다. 그 탓에 그들을 묶어줄 구심점이 없어져버렸다.

이각과 곽사는 단숨에 패하여 붙잡혔고 왕윤의 강력한 주장으로 처형당했다. 그 밖에 동탁의 사위 우보(牛輔), 수하 장제

(張濟), 참모 노릇을 했던 이유 등도 함께 죽었다. 동탁의 식솔들은 갓난아기부터 여자, 노인 할 것 없이 삼대가 멸족당했다.

장안에 한바탕 피바람이 분 것이었다.

여포는 이제 역적 동탁을 죽이고 황제를 직속으로 받드는, 유일무이한 대장군이 되었다.

그는 낙양 근처에 주둔하고 있던 주준, 옥에 갇혀 죽을 날만 기다리다 구출된 순유 등에게 장안의 수비를 맡기고 낙양으로 출진했다. 그때도 가후를 대동했음은 물론이다. 사수관, 형양, 장안에서까지. 여러 전투를 함께 겪으며, 둘 사이에 어느덧 강한 유대감이 생긴 것이다.

용운은 전예에게 말했다.

"국양, 낙양 쪽 정보원을 강화해서 전황을 좀 더 자세히 알아봐줘요."

"예, 주공."

"특히, 여포의 움직임을……."

그때, 용운은 등 뒤에서 청몽이 가볍게 동요하는 것을 느꼈다. 그녀의 특기는 모습과 기척마저 숨기는 것. 지금도 여전히 모습을 감춘 상태였다. 그 동요마저 찰나의 순간에 불과했다. 그런데도 어쩐지, 용운은 알 수 있었다. 갑자기 기분이 급격히 나빠졌다.

'쳇. 아직도 여포를 신경 쓰는 거야? 그래?'

용운은 언짢은 기색을 드러내지 않으려고 애쓰며 가신들에게 말했다.

"이 상황에서 우리가 어떻게 대처해야겠습니까? 좋은 의견이 있는 분은 기탄없이 말씀해주세요."

무장들은 생각하는 데 상대적으로 시간이 좀 걸렸다.

진궁과 노식이 한꺼번에 입을 열려고 했다. 그때, 최염이 조용히 손을 들었다. 이 거수 방식도 용운이 만든 것이다.

"네, 계규. 말씀하세요."

노식은 무안한 듯 턱수염을 쓰다듬었다.

"어흠."

그는 얼마 전 겨우 중상에서 회복되었다. 이것이 몸이 좋아지자 참석한 첫 회의였다. 용운은 적지 않게 안심이 되었다. 노식은 역사상 본래 죽는 시기에서 매우 가까운 때에 일어난 죽음의 위기를 극복했다. 어쩌면 그가 장수할지도 모르겠다고 생각했다. 운명이 바뀐 것이다.

진궁은 입맛을 쩝 다셨다. 둘 다 아직 거수가 습관이 안 되어 늦어버렸다.

발언권을 얻은 최염이 침착하게 말했다.

"드디어 한복을 칠 때가 온 것 같습니다."

11

군사를 일으키다

"이제 업을 칠 때가 된 것 같습니다."

최염의 말에 참모진이 일제히 고개를 끄덕였다.

그는 특유의 차분한 음성으로 말을 이었다.

"손문대는 사망했고 많은 제후가 낙양 전투에 휘말려 있습니다. 그중에는 공손찬도 포함되어 있지요. 즉 현재 우리가 당면한 적은 한복뿐이라는 겁니다. 또한 한복을 도울 만한 마땅한 세력도 없고 말입니다."

저수는 최염의 말을 유심히 듣고 있었다.

그가 전풍을 데리고 투항해온 것이 대략 한 달 전. 이제 서서히 용운의 세력에 녹아들고 있었다. 그는 용운 진영의 자유롭고 친밀한 분위기에 놀랐다. 이 회의만 해도 아무 말이나 다 할 수 있었다.

'정남(심배) 공도 함께 왔다면 좋았을 것을.'

안타깝게도 심배는 데려오지 못했다.

그는 이렇게 말하며 동행을 거절했다.

"아무리 못난 주군이라도 나 하나쯤은 남아 있어야 하지 않겠나."

원래 역사에서 심배는 원소가 조조에게 패배한 후에도 아들 원상을 모시고 끝까지 저항한 자였다. 또한 의협심이 강해 불의를 참지 못했다. 어쩌면 그 선택이 파멸임을 알면서도 남았을지도 몰랐다. 자신의 능력을 펼치는 쪽보다 대의를 택한 것이다.

그 밖에 국의와 정환 등 제법 뛰어난 장수들도 여전히 한복의 곁에 건재했다. 그들이 높고 탄탄한 업성에서 저항한다면, 매우 어려운 전투가 될 터였다.

그때부터 용운은 진궁과 저수 등의 조언에 따라 병력과 물자를 비축하는 데 힘써왔다. 한편으로는 기주의 지형을 면밀히 살폈다. 다행히 두 가지 호재가 있어 큰 도움이 되었는데, 첫 번째는 저수가 휘하에 있던 오천가량의 병력을 데려온 것이고, 두 번째는 지원을 거절했던 장세평과 소쌍이 마음을 바꿔 물자를 제공해온 것이다.

왜 생각이 달라졌느냐는 용운의 물음에 장세평은 웃으며
답했다.

"한복의 군대가 쳐들어왔을 때, 이곳을 지켜주신 분은 현
덕 님이 아니라 현령님이셨지요. 거기에 따라 행동한 것뿐입
니다."

그러나 용운은 알고 있었다.

경무군과 싸울 당시, 그리 멀지 않은 곳에서 전투를 유심
히 관찰하는 이들이 있었다는 걸. 그리고 그들이 장세평의 정
보원들이었다는 것을.

그 일로 책망할 생각은 없었다. 힘없는 상인들이 난세에서
살아남기 위해서는 강자와 가까이하는 게 필수였다. 정보 수
집 활동은 그런 강자를 판별하는 수단. 적을 도운 것도 아니
지 않은가.

얼마 전, 장세평은 유비가 용운에 의해 퇴출당한 것 같다
는 정보를 입수했다. 동시에, 공손찬의 반역 소식도 들었다.
이 두 가지 사건은 그를 매우 난처하게 했다. 그가 믿었던 두
군웅이 모두 뭔가 어그러진 것이다.

장세평에게 딸린 사람만도 수백을 헤아렸다. 그들의 생계
까지 책임져야 했으니, 의리를 지키는 데도 한계가 있었다.

그런데 용운을 따르자니, 그의 세력이 너무 약해 보였다.

유비가 처음에 유협으로 활동할 때와는 상황이 달라진 것이다. 지금은 그 정도 세력으로는 할거는커녕 세상에 나가기도 쉽지 않았다.

'진용운. 과거에 대해 알려진 게 없고 무엇보다 너무 어리다.'

그때까지만 해도 장세평은 여전히 망설이고 있었다. 그런 와중에, 경무군이 탁현을 침공해왔다. 장세평은 그 전투를 보고 최종적으로 판단하기로 결심했다. 그 결과, 크게 감복하여 용운을 택한 것이다.

'오천의 병력으로 삼만 대군을 상대하면서, 피해는 백 명도 채 안 되는 사망자가 전부. 거기다 적장을 베고 저수를 가신으로 삼다니. 그건 새로이 얻은 참모들의 역량이라 쳐도, 그들을 영입하고 부린 건 어디까지나 진용운 본인의 능력이 아닌가. 내 인생 마지막으로 투자를 해보자.'

장세평은 이제까지 선을 그은 데 대한 사죄라도 하듯 아낌없이 물자를 퍼부었다. 돈과 말은 물론이고 무기를 만들기 위한 철, 심지어 자신의 사병 일부까지 제공했다. 장세평이 베풀어준 지원 덕에 한 달 만에 몇 배의 세력을 형성할 수 있었다.

용운은 최염의 말을 들으며 머리를 굴렸다.

'업을 치는 건 좋은데, 현재 아군 병력은 삼만 남짓. 처음보다 여섯 배나 많아졌지만, 저수 및 전풍의 증언과 첩보에

의하면 기주의 병력은 육만을 상회한다. 여전히 우리의 두 배가 넘어. 즉 공성전은 필패다.'

애초에 적은 병력으로 많은 수의 적군을 막기 위해 만들어진 구조물이 성이다. 그런데 주둔한 병력보다 더 적은 수로 성을 공격하는 건 자살행위였다. 더구나 업성과 기주성은 둘 다 높고 탄탄하게 잘 지어졌다.

'좀 오버 테크놀로지가 되더라도 맘먹고 공성 병기를 만들어봐? 아냐……. 내 설계가 제대로 됐다 해도, 그걸 구현하는 데는 또 어느 정도의 시간이 걸릴지 모른다. 생각하는 것과 직접 만드는 건 다르니까. 그러다가 이 시기를 놓치면 말짱 헛일이야.'

생각할수록 제법 까다로운 전투가 될 듯했다.

한복이 아무리 우둔한 자라 해도, 그 밑에 여전히 심배라는 뛰어난 참모가 있었다. 또 전장에서 충분히 활약할 수 있는 국의와 정환이란 무장도 있었다. 만약 저수와 전풍, 장합까지 여전히 한복의 밑에 있었다면? 공성전은 고사하고 쳐들어갈 엄두도 못 냈을 것이다.

어떻게 따져봐도 성을 공격하는 건 불가했다. 수하를 끔찍이 아끼는 용운에겐 더욱 그랬다.

'결국 성 밖으로 끌어내야 한다는 소린데……. 이미 한 번 패배를 겪었으니 잔뜩 몸을 사릴 것 같단 말이지. 아니, 그 인

간은 진짜 그 풍부한 물자와 이런 인재들을 두고 뭘 한 거야?'

용운은 괜히 한복을 욕했다. 아직까지 그를 직접 본 적은 없었지만, 용운은 애써 그를 폄하하려 했다. 그래야 조금이나마 마음 편하게 공격할 수 있을 것 같아서였다.

'그렇게 낭비할 거라면 내가 가져주겠어.'

돌이켜보면 용운은 늘 쳐들어온 적에 맞서 싸우는 쪽이었다. 먼저 군사를 일으켜 쳐들어간 적은 없었다. 이런 대군을 이끈 경험도.

'이번에도 분명히 저쪽에서 먼저 쳐들어왔어. 이미 심배는 우리에게 발톱을 세우고 있다. 가만히 있으면 또 공격해올 거야. 그게 아니더라도 원소가 낙양에서 돌아와 기주를 차지하면 그야말로 최악. 어차피 남의 손에 넘어갈 땅이니, 그럴 바엔 내가 차지하는 게 나아.'

열심히 합리화를 하는 용운에게, 진궁이 말했다.

"주공, 제가 계책 한 가지를 말씀드리겠습니다."

"손."

"아, 예. 손."

어색하게 손을 들었다 내린 진궁이 말을 이었다.

"다들 아시다시피 우리 군이 강성해지고 용맹한 장수들이 많다곤 하나, 업성은 손꼽힐 정도로 잘 지어진 요새입니다. 거길 직접 공격해 들어가는 행위가 무리임은 삼척동자도 알

겁니다. 그렇다면 적군을 끌어내는 방법뿐인데, 한 번 뜨거운 맛을 본 터라 그것도 여의치 않을 것입니다."

진궁은 마치 용운의 마음을 읽은 듯했다. 이에 용운은 자기도 모르게 집중하여 그의 발언을 들었다.

"그렇다면 나오지 않고는 배길 수 없게 만들어야 합니다. 그러기 위해서는 저수 님과 원호 님의 도움이 필요합니다."

두 사람은 이미 예상했다는 듯 고개를 끄덕였다. 다소 무거운 기색이었다. 한복은 바로 얼마 전까지만 해도 그들이 모시던 주군이었다. 그를 치기 위한 책략을 내야 하니, 마음이 편치만은 않을 것이다.

먼저 저수가 입을 열었다.

"혹시 장하(漳河)와 관계된 계책이오?"

장하는 황하의 지류로, 업성 주변을 타고 흐르는 큰 강줄기였다.

진궁은 씩 웃으며 고개를 끄덕였다.

듣고 있던 노식이 말했다.

"장하를 이용한 계책이라니? 좀 더 자세히 말해보게나."

노식뿐만 아니라, 다른 장수들도 궁금한 기색이었다. 장합만이 미미하게 고개를 끄덕일 뿐.

그는 한복의 수하였던 만큼 업성의 구조와 근처 지리에 대해서도 잘 알 터였다. 따라서 어떤 계책인지 짐작한 것이다.

용운은 그를 보며 생각했다.

'장합의 지력이 무장치고는 상당히 높은 까닭도 있지. 특히 전장 주변의 환경과 지형을 잘 이용했다고 하고.'

진궁은 기다렸다는 듯 발언을 계속했다.

"장하는 본래 깊고 넓은 강이어서 건너려면 반드시 배가 필요합니다. 업성이 천혜의 요새라 불리는 데는 이 장하도 한몫하고 있습니다. 배를 준비해야 하며, 도하 시 공격받을 것을 감수해야 하고 퇴각도 여의치 않다는 세 가지 난관을 극복해야 하기 때문이지요. 하지만 무려 반년 가까이 이어진 극심한 가뭄으로 인해 장하의 수량이 많이 줄었다고 합니다."

태사자가 슬쩍 손을 들고 물었다.

"하면 그 장하를 건너 공격하자는 것입니까?"

"아닙니다, 장군. 그래도 성을 공략해야 한다는 사실에는 변함이 없지요."

진궁은 뭔가 기대하는 눈빛으로 용운을 보았다.

용운은 속으로 씁쓸하게 웃었다.

'너무 과대평가 받는 것도 피곤하다니까.'

사실, 몇 가지 떠오르는 것이 있었다.

조조가 하비성의 여포를 공격했을 때 썼던 수공. 관우가 번성을 공격할 때, 한수(漢水)가 범람하여 7군이 모두 물에 잠기자 우금이 항복한 일 등이었다.

'뭐, 어차피 전풍한테 강한 인상도 계속 줘야 하니까.'

가볍게 손을 들었다 내린 용운이 말했다.

"공대, 혹시 장하의 물길로 업성을 침수시키려는 겁니까?"

진궁은 눈을 크게 떴다.

"아니! 저는 성을 포위한 뒤, 장하 상류를 막아서 식수를 고갈시킬 생각이었는데……. 듣고 보니 그쪽이 더……?"

듣기만 하던 전풍이 처음으로 입을 열었다.

"업성 내에는 큰 우물이 여러 개 있소. 가뭄 때문에 몇 개가 말랐다 하더라도, 여전히 물이 나오는 것도 있을 것이오. 또 갑자기 비가 오기라도 하면 모두 수포가 되니."

잠시 어물거리던 그가 용운을 보며 말을 이었다.

"주공의 계책이 여러모로 낫겠습니다. 거기에 공대의 제안도 병행하면 되겠지요."

"고마워요, 원호."

"으음…… 그리고 저희에게 존대하지 마십시오. 한 세력을 일으키기로 결심하셨다면, 주인 된 위엄을 보이셔야 합니다."

진궁이 싱글벙글 웃으며 끼어들었다.

"거기에는 저도 동의합니다."

"……노력해보겠습니다. 그럼 두 분의 제안을 채택하도

록 하지요."

전풍이 다시 이의를 표했다.

"아니, 주공께서 내신 계략입니다."

용운은 그에게 싱긋 미소를 지었다.

"누구면 어떻습니까. 다 함께 회의한 결과인데요. 그럼 바로 움직이겠습니다. 국양(전예)은 잠깐 남아서 따로 보고해줘요."

용운과 전예를 제외한 모두가 회의실을 나갔다.

문밖으로 나온 저수가 전풍에게 물었다.

"어떻소? 진 현령의 그릇이."

"……아랫사람에게까지 지나치게 공손하여 위엄이 부족하고 가끔 속을 모르겠소. 가문이나 출신을 정확히 알 수 없는 것도 이상하고."

"또?"

"다 함께 회의한 결과인데, 누가 낸 계책이면 어떠냐니. 상벌이 명확하지 않을 수도 있다는 우려가 있소. 그러고 보니 아직 모두의 관직도 명확하지 않군. 주공이 현령이다 보니, 자간(노식) 님 같은 경우 오히려 품계에서 앞서게 되어 곤란할 수도 있겠지만……."

애매하던 전풍의 표정이 진중해졌다.

"그 문제를 해결하기 위해서라도 주공이 기주를 차지하여 기주목의 자리에 오르셔야 하오. 일단 나, 원호가 그것부터 시행하도록 하겠소."

전풍을 가만히 보던 저수가 웃었다.

"크크. 원호 님도 주공의 주술에 빠지셨구려."

"주술이라니?"

"그분한테는 이상한 매력이 있소. 가까이 있다 보면 자꾸 봐도 좋고, 더 보고 싶어지고, 이상하게 생각이 나는……. 잠깐, 원호 님, 왜 뒷걸음질 치시오?"

"어흠. 난 그런 건 모르겠고, 그분에게서 내가 품었던 이상을 실현할 가능성을 어렴풋이나마 봤을 뿐이오. 기주의 주인이 된 다음 반드시 폐하를 모셔오게 할 거요. 세상에, 그 무도한 여포 놈의 손아귀에 잡혀 계시다니. 범 소굴에서 벗어나자 이리한테 붙잡힌 격이 아니오?"

"그러니까 말씀하시면서 왜 자꾸 뒷걸음질을……. 원호님! 농이었소!"

저수는 빠른 걸음으로 멀어져가는 전풍에게 외쳤다.

사실, 완전히 농담은 아니었다.

한편 회의실에 남은 용운이 전예에게 말했다.

"국양 님, 정말 아버지의 소식이 있었나요?"

"예."

묻는 용운의 목소리가 떨렸다.

전예는 소매에서 따로 준비한 죽간 하나를 꺼내 읽었다.

"어느 시점부터 손견과 행동을 같이하는 호걸을 포착했습니다. 머리는 엷은 갈색에, 키가 7척에 달하며 매우 건장합니다. 손견이 그를 부르길, 한성이라 칭한 적이 있다고 합니다."

"아!"

용운은 의자에 털썩 주저앉았다.

안도감, 놀라움, 불안감, 그리움. 형용하기 어려운 감정들이 일시에 몰려왔다. 7척이라면 약 2미터. 어딜 가도 눈에 띄는 키다. 물론 이 시대에 유난히 키가 큰 장수들이 많이 나오긴 했다. 기본적으로 장대한 신체는 무력의 필요조건 중 하나인 까닭이다. 그러나 거기다 한성이란 이름까지 붙었다면 다른 사람일 가능성은 거의 없었다.

'아버지는 손견에게 가 있었던 건가? 하지만 그 손견은 공손찬에게 죽었는데……. 지금은 어디로 가신 거지? 설마 무슨 일이라도…….'

전예는 나머지 부분을 계속 읽었다.

"손견의 사후, 한성이라는 자는 그의 장남 손책과 함께 시신을 수습해 여강으로 향한 걸로 보입니다. 이후의 행적은 포착하는 대로 보고하겠습니다, 라고 하는군요."

"여강……."

용운이 울 듯한 목소리로 중얼거렸다. 아니, 실제로 눈물이 핑 돌았다.

당장 가기엔 너무도 먼 곳이었다. 여러 신하가 받들어주어 진짜 군주라도 된 느낌이었는데, 갑자기 예전의 소년으로 돌아간 것 같았다.

돌이켜보면 아직 군대도 안 다녀왔다. 군대는커녕 고등학교도 졸업하지 못했는데 전쟁이 다 뭔가. 전부 때려치우고 아버지에게 달려가고 싶은 마음이 간절했다. 갑자기 잊고 살던 현대와 접점이 생긴 기분이었다.

용운의 기색을 살피던 전예가 조심스레 말했다.

"용운 님이 여기 계시다는 서신을 여강으로 보내도록 하겠습니다."

"네, 그렇게 해주세요."

용운은 억지로 기운을 냈다. 일단, 당면한 일을 해치워야 했다. 문득 몸이 천근만근 무거운 것 같은 착각이 들었다. 그를 짓누르는 책임의 무게였다. 이미 그를 믿고, 그에게 의지하기 시작한 사람이 무수했다. 이제는 함부로 떠나거나 움직이지도 못하는 처지가 된 것이다.

'이제 와서 모든 걸 팽개치고 달아날 순 없어. 자룡 형, 노식 할아버지, 진궁 등……. 이곳의 사람들도 내겐 소중해졌으니까. 편지를 받으면 아버지가 꼭 이리로 와줄 거야. 지금은 이 전투에서 이기는 일만 생각하자. 그리고 아버지가 무사

해서 다행이라고······.'

모습을 드러낸 청몽이, 걱정스러운 듯 가만히 용운의 손을
잡아주었다.

"꼭 만날 수 있을 거예요."

그녀의 존재를 익히 아는 전예는 놀라지 않았다.

그 차갑고 부드러운 손의 감촉에 용운은 애써 마음을 가라
앉혔다.

"응, 고마워. 그래, 그럴 거야."

그래도 아버지가 못 견디게 보고 싶었다. 묻고 싶은 것도
너무 많았다.

회의실에서 나온 조운은 하늘을 올려다보았다. 눈부시게
높고 푸른 하늘이었다. 태양은 너무 눈이 부셔서 똑바로 보기
어려웠다. 어쩐지 용운이, 점점 더 저 태양에 가까워지는 기
분이었다.

계책이니 뭐니 하는 건 크게 관심이 없었다. 그래도 조운
은 결정된 전술을 완벽히 이해할 정도로 영리했다. 더 영리한
재사들이 많기에, 말없이 장기 말이 되어 움직일 뿐.

'나도 서둘러 준비해야겠구나.'

처소로 가려는데, 조용히 다가오는 누군가의 모습이 보였
다. 조운의 입가에 절로 미소가 떠오르게 하는 사람. 바로 검

후였다. 오랜만에 봐서 그런지 더욱 반가웠다.

"회의는 끝났습니까?"

검후의 물음에 조운이 답했다.

"네. 출전(出戰)이 결정됐습니다. 이달 안으로 군사를 일으킬 모양입니다."

"그렇군요. 당연히 자룡 님도 참전하시겠지요?"

"물론입니다."

"늦지 않게 완성해서 다행이네요."

"네? 무엇을⋯⋯."

"저의 새로운 절기를요."

"아!"

요즘 검후와의 만남이 뜸했던 이유가 바로 이것이었다. 그녀는 여포를 베지 못한 일로 내심 자책했다. 이에 더욱 수련에 매진하던 중 실마리를 잡았다. 그 성과가 마침내 나온 듯했다.

조운은 눈을 빛내며 말했다.

"보여주실 수 있겠습니까?"

정인(情人)이기 이전에 무인으로서의 그녀에게 먼저 감복했던 조운이었다. 가뜩이나 강한 그녀가, 스스로 절기라 칭할 정도면 어느 정도의 기술일지 기대가 됐다.

검후는 고개를 끄덕였다.

"안 그래도 제일 먼저 보여드리고 싶었습니다. 따라오세요."

검후는 조운을 좀 떨어진 공터로 이끌었다. 텅 빈 공간에, 바윗덩어리와 쇳덩어리 등이 아무렇게나 놓여 있었다.

검후는 그중 허리 높이의 큰 바위 앞에 섰다. 이어서 길고 가느다란 그녀의 검을 뽑아들었다.

"뭘 하시려는……."

조운이 미처 말리기도 전에 그녀는 검을 수직으로 내리쳤다. 서걱. 쇳소리 대신 차가운 절삭음이 조운의 등골을 서늘하게 했다.

바위는 아무 저항 없이 둘로 갈라졌다.

멍하니 서 있는 조운에게 검후가 말했다.

"사실, 이건 제가 원래 할 수 있는 일이었습니다. 반쯤은 이 보검의 힘을 빌려서 말입니다."

그 말에, 조운은 새삼 그녀가 든 검을 응시했다. 필단검(必斷劍). 검후라는 그녀의 이름만큼이나 오만한 명칭을 가진 검이었다. 그래도 이 정도일 줄은 몰랐다.

"이제부터 보여드리는 게 바로, 새로 익힌 절기입니다."

검후의 말에, 조운은 퍼뜩 정신이 들었다.

그녀는 품에서 주먹만 한 돌을 꺼냈다. 햇빛을 반사하며 기이한 빛을 발하는 돌이었다.

"금강석(金剛石)이란 것입니다. 세상에 존재하는 어떤 것보

다도 단단하다는 돌입니다. 훗날 귀한 보물이 되지만, 아직까진 그냥 단단한 돌 취급을 받더군요. 제게는 다행스럽게도."

"금강석……."

검후는 금강석을 갈라진 바위 한쪽 위에 올려놓았다. 그리고 뒤로 몇 걸음을 더 물러섰다.

"이제 저 금강석을 베어 보이겠습니다."

"하지만 검후 님, 검이."

닿지 않는다고 말하려던 조운은 입을 다물었다.

슈웅! 검후는 우아한 궤적을 그리며 팔을 휘둘렀다.

그때, 조운은 분명히 보았다. 한순간이지만 허공에 검은 선이 나타난 것을.

이어서 세상 무엇보다 단단하다던 금강석이 쩍 갈라졌다. 필단검의 길이를 감안하더라도, 공격 자체가 닿지 않을 거리였다. 어떻게?

"공간참(空間斬)이라는 것입니다."

검후가 조용히 말했다.

그녀의 콧등에 땀방울이 작게 맺혀 있었다. 기술의 이름은, 그녀가 생각해 지은 것이 아니었다. 성공하는 순간 자연스레 떠올랐다. 이것도 '이 몸'의 효과일까?

기술을 완벽하게 체득했음을 깨달은 순간, 검후는 어쩐지 이 남자에게 제일 먼저 보여주고 싶었다.

보여주면서도 한편으론 걱정스러웠다. 남자들, 특히 이 시대의 남자 중에는 자신의 영역에서 여자에게 뒤처지는 걸 못 견뎌하는 이들이 흔했기 때문이다. 더구나 그것이 남성의 전유물이라 할 수 있는 무예라면.

검후는 어느새 자기도 모르게 조운의 눈치를 살피고 있었다.

그때였다. 성큼성큼 다가온 조운이 검후를 꽉 끌어안았다. 그는 벅찬 목소리로 말했다.

"당신은 정말 대단합니다."

"자룡……."

"멋집니다. 누구보다 강하고 또……."

몸을 조금 뗀 조운은 검후의 콧등에 입 맞추며 말했다.

"누구보다 아름다운 여인이 내 사람이라니."

"……."

검후는 뺨이 달아오름을 깨닫고 놀랐다. 다신 이런 감정을 느낄 일이 없을 줄 알았다. 그녀가 조운의 가슴에 얼굴을 파묻었다. 그의 심장이 힘차게 뛰는 소리가 들렸다. 검후는 그 소리를 들으며 진심으로 생각했다.

'조금만 더, 최소한 용운을 무사히 돌려보낼 때까지만이라도 이 행복을 누릴 수 있게 해달라면 욕심일까.'

좀 떨어진 나무 위에 앉아 있던 성월이 중얼거렸다.

"좋을 때다아."

사린은 옆에서 열심히 고기를 뜯다가 눈을 반짝였다.

"뭐! 지금 뭐 하고 있어?"

"자룡 씨가 큰언니를 안았어."

"끄아…… 자룡찡…… 끄아앙! 셋째 언니는 눈이 밝아서 좋겠다! 여기서 두 사람이 뭐 하는지 다 보이다니, 대단해."

"대신 넌 힘이 세잖아. 설마 멧돼지를 한 손으로 들고 나무를 탈 줄은 몰랐어."

"별로 안 무거운걸."

"응, 그래……."

성월은 훔쳐보길 관두고 나무에 몸을 기댔다.

"아아, 나도 우리 장비 생각나네에. 지금 어디에 있는지 통 알 수가 없으니. 곧 한복인지 양복인지 하는 사람이랑 붙을 것 같던데에. 설마, 거기서 적군으로 떡하니 나타나는 건 아니겠지?"

그 말에 사린은 문득 관우가 자신에게 언월도를 내리쳤던 일이 떠올랐다. 훌륭한 장수라며, 다음에 적으로 만나면 봐주지 않겠다고. 그 생각을 하자 갑자기 고기 맛이 떨어졌다.

'쳇. 수염 아찌…… 잘해주다가 갑자기 왜 화를 낸 거람. 분명 내가 열일곱 살이라고 하니까 표정이 안 좋아졌어.'

쩝쩝대며 잠시 고민하던 사린이 말했다.

"언니야."

"우웅?"

"어떤 사람이, 그러니까 남자 사람이 있어."

"뭔데? 연애 상담이야아?"

"아니, 그냥 궁금해서 그래. 들어봐. 그 남자 사람이 언니한테 되게 잘해줬어. 얼핏 무서운 것 같으면서 자상한? 그런데 언니가 엄청 연하라고 하니까 화내면서 가버렸쪄. 그건 왜 그런 거야?"

"내가 엄청 연하일 정도면 완전 노땅인데? 난 노땅은 별론데. 몇 살이나 많은 설정이야?"

"서, 설정? 우웅…… 한 띠동갑 정도?"

"뭐야, 그 정도면 별거 아닌데 왜 화를 내. 혹시 다른 이유가 있는 거 아니야?"

"다른 이유?"

"딴 여자가 생겨서 핑계거리가 필요했다거나."

"……우웅? 헐?"

사린은 더 큰 혼란에 빠졌다.

190년 7월, 용운은 대대적으로 군사를 일으켰다.

총 네 개 부대로 된 삼만의 병력이 업으로 진군을 시작한 것이다.

용운은 이번에는 군의 구성을 달리했다. 좌군과 우군을 없애고 전, 중, 후군을 두었다. 특히, 선봉에 태사자와 장료를 나란히 세웠다.

　"특별히 그렇게 하신 까닭이 무엇입니까?"

　그 이유를 묻는 진궁에게 용운이 말했다.

　"적과 대전할 때는 반드시 용장과 정예병을 선봉으로 삼아야 해요. 적의 예봉을 꺾고 기세를 누르기 위해서지요. 더구나 우린 지금 다른 곳에서 제법 긴 시간 동안 작전을 수행해야 하니, 적의 시선을 붙잡아둘 필요가 있어요."

　"그건 옳은 말씀입니다."

　"태사자와 장료는 입장은 조금 다르지만, 둘 다 비교적 늦게 우리 진영에 들어온 장수들이지요. 태사자는 저와 일찍 알고 지냈으나 공손찬 밑에 오래 있었고, 장료는 동탁을 섬긴 전력이 있어요. 선봉이 되면 서로 경쟁하듯 앞다퉈 싸울 거예요. 그렇다고 공에 눈이 어두워 일을 그르칠 성격들도 아니고요."

　용운의 대답에 진궁은 새삼 크게 감탄했다.

　"주공께서는 정말 대단하십니다. 전술뿐만 아니라 심리적인 부분까지……. 그런 것들은 대체 언제 공부하신 겁니까?"

　"하하, 어쩌다 보니……."

　진궁의 말에 용운은 쑥스러워졌다. 사실, 아버지의 책 중 《손자병법》 등의 병법서를 읽고 기억해둔 것들이었다. 《삼국지》에서 언급됐기에, 호기심에 읽어본 것이었다.

'그걸 이렇게 써먹을 날이 올 줄은 몰랐지.'

물론 단순히 지식으로 아는 것과 실제 적용하는 것은 천지 차이였다. 단, 용운에게는 그 지식을 행동으로 옮겨줄 우수한 장수들 및 보완해줄 참모들이 있었다.

두 개의 전군은 태사자와 장료가 각 오천씩, 중군에는 조운과 장합이 각 오천씩, 후군은 용운 자신과 노식이 오천씩을 거느렸다.

또 전군에는 사린이, 중군에는 검후가, 후군에는 성월이 부장으로서 합류했다.

보급은 최염이, 첩보는 전예가 맡았다.

마지막으로, 이 본대보다 앞서 은밀히 출발한 삼천 정도의 별동대가 있었다. 바로 저수와 전풍이 이끄는 부대였다. 별동대는 부지런히 이동하여, 이미 장하의 물길에 가까워져 있었다.

기주는 탁현과 토지의 질부터가 달랐다. 곱고 흰 흙은 오랜 가뭄에도 불구하고 아직 미미한 습기와 영양분을 머금고 있었다.

"주공께선 우릴 진심으로 믿으시는 건지, 아니면 너무 허술하신 건지, 혹은 우리의 충성심을 시험하시려는 건지 모르겠구려."

말을 몰던 전풍이 입을 열었다.

다른 장수를 붙이지도 않고, 두 사람에게만 삼천의 병력을 줘 보낸 데 대한 얘기였다. 이들은 우회하여 장하 상류에 도달, 강을 막는 한편 물길을 내는 임무를 맡았다. 어찌 보면 이번 전투의 가장 중요한 임무였다.

저수가 그의 말에 답했다.

"이제 와 우릴 시험해서 무엇하겠소? 우린 주공에게 귀순할 때 오천의 병력을 이끌고 왔소. 하지만 지금 받은 병사는 삼천이오. 배신해봐야 우리만 손해가 아니겠소? 또 기주의 지리를 우리가 제일 잘 아니, 타당한 인선이오."

말하던 저수는 용운과의 대화를 떠올리며 미소 지었다.

―상류에서 최대한 은밀하게 둑을 쌓되, 적당히 진행하셔야 합니다. 수량이 갑자기 줄어들면 이상하게 생각할 테니까요.

―예, 알겠습니다.

―물길은 업성 방향으로만 여러 개의 수로를 내주세요. 결국, 둑을 터뜨렸을 때 범람한 물이 반대쪽으로 흘러넘치는 것만 줄이면 됩니다.

―외람되나 그 부분은 저희가 더 잘 압니다. 안심하고 맡겨주십시오.

―예. 그리고 마지막으로…… 혹 한복군에게 들키더라도

절대 싸우지 마세요. 바로 퇴각하시는 겁니다.

　─무슨……?

　─두 분이 이끄는 부대는 겨우 삼천인 데다, 대부분 공병대입니다. 싸우면 분명 큰 피해를 당할 거예요. 그 작전이 들통나도 새로운 작전을 세우면 그만입니다. 하지만 저수 님과 원호 님을 잃기라도 했다간 그걸로 끝이니까요. 전 기주를 차지하지 못하는 한이 있어도, 두 분을 잃는 건 원치 않습니다. 혹 다치기라도 하면 큰 벌을 내릴 겁니다!

　당부하는 용운의 표정이 절실했다. 듣기 좋으라고 하는 말이 아닌, 진심이 느껴졌다. 저수는 새삼 흐뭇한 심정이 되었다. 한복이 자신과 전풍을 이토록 염려해준 적이 있었나. 염려는커녕 말을 들어주기라도 하면 다행이었다. 그래서 저수는 언젠가부터 직설적으로 조언을 쏟아낸 다음, 아니면 말고라는 태도가 되었다.

　'최소한 한 가지는 확실해. 수하를 진심으로 아끼는 주군이라는 것.'

　그러다 저수는 문득 이상한 기분에 고개를 들었다. 전풍이 저만치 앞서서 말을 몰아가고 있었다.

　저수가 그에게 따라붙으며 말했다.

　"원호 님, 왜 혼자 앞서 가시는 게요?"

"가까이 오지 마시오. 그대가 방금, 또 주공 얘기를 하다가 이상한 표정을 지었소. 아무래도 주공에게 고해야 할 것 같소."

"원호 님……."

저수는 난처하면서도 기분이 나쁘지만은 않았다. 예전의 전풍은 절대 이런 장난을 치는 성격이 아니었다. 지나치게 강직하여, 오히려 대하기 어려운 면이 있었다. 게다가 기주의 앞날이 암울함을 알자 점점 더 강퍅해졌다. 할 수 있는 일이 없었기 때문이다.

그랬던 그가, 용운에게 온 후 조금씩 달라지고 있었다. 앞날을 얘기하고, 무엇보다 밝아졌다. 이렇게 실감 나는 장난을 칠 정도로.

그런 전풍이 저수에게 정색을 하고 말했다.

"어허, 가까이 오지 마시라니까요."

'장난이 아니야……?'

190년 7월.

탁현령 진용운이 마침내 기주목 한복을 상대로 군사를 일으켰다.

체구는 왜소하나, 유난히 눈동자가 맑고 귀티 나는 청년이 기주에 발을 들인 것도 그때였다.

"자, 낙양 전투에 휘말리기 싫어서 한복 님의 초빙을 받아 피해 오기는 했는데……."

순욱(荀彧)이란 이름의 청년이 중얼거렸다.

"어째, 여기도 오자마자 전투의 냄새가 나는구나. 난 왜 이렇게 운이 없을까?"

12

·

왕좌의 봉황

업(鄴)은 춘추시대에 처음 개발되었다.

그 후 동위(東魏), 북제(北齊) 등 여러 나라의 수도를 거친 유서 깊은 도시였다. 무수한 국가가 수도로 정한 데는 이유가 있었다. 우선, 장하의 물길이 지나 관개사업이 쉬웠다. 거기에 기후가 적당하여 토질도 우수했다. 또 상업적 · 군사적으로도 중요한 위치였다.

업성은 그 과정에서 여러 차례 증축되거나 보수되었지만, 원형 대부분을 유지하고 있었다. 북쪽을 기준으로 가로 약 3킬로미터, 세로 2킬로미터의 장방형 성벽으로 이뤄졌다. 성벽 안, 북부에는 관청과 정원 등이 있었고, 남부는 일반 백성들의 거주지였다.

그 업성의 내궁 대전을, 한 장년 사내가 서성대고 있었다. 손에 큰 종이 한 장을 말아쥔 채였다.

현재 업성의 주인이자, 기주목(冀州牧, 기주 지역을 관할하는 장관) 자리에 있는 한복(韓馥)이었다. 그의 걸음걸이에 초조함과 불안함이 드러났다.

대전 양쪽으로 늘어서 있던 가신 중 하나가 조심스레 말했다.

"주공, 너무 심려치 마십시오."

그 가신은 바로 심배였다. 자는 정남(正南)이며 기주 위군 출신으로, 의협심이 강해 불의를 참지 못하는 성격이었다.

전풍, 저수 등과 함께 한복의 핵심 가신 중 하나였으나, 중용되지 않기는 마찬가지였다. 때문에 두 사람이 함께 떠나기를 권유하러 찾아왔을 때, 응하지 않았지만 둘을 잡지도 못했다. 그들의 심정을 누구보다 잘 알았기 때문이다.

난세였으되 아직은 의협이 중시되던 시대였다. 관우와 전위(典韋, 조조의 경호대장으로 유명한 무장) 같은 장수들이 그랬듯, 친구나 스승의 원수를 살해해도 의인으로 칭송받았다. 협객 혹은 유협이라 불리는 무리가 넘쳐났다.

장차 적이 될 심배를 두 사람이 죽이지 않은 것.

강직한 성격에도 불구하고, 또 자기 처지가 난처해질 것을 알면서도 떠나는 두 사람을 위에 보고하여 치지 않은 심배.

이는 서로의 처지를 이해한 마지막 의리였다.

"내가 지금 걱정 안 하게 됐는가?"

심배의 말에, 한복은 버럭 소리를 질렀다. 관복 틈으로 드러난 살찐 목덜미에 땀이 번들거렸다. 그는 《삼국지》를 논할 때, 유비에게 촉을 빼앗긴 유장, 유비의 아들 유선과 더불어 가장 무능력한 군주의 하나로 꼽히곤 했다.

그나마 유장과 유선은 다른 설도 있었다. 유장이 유비를 너무 믿었다거나, 유선이 일부러 아둔한 척했다거나 하는 것들이다.

하지만 한복은 의심의 여지가 없었는데, 풍요로운 기주 땅과 탄탄한 업성, 전풍, 저수, 심배 등의 일류 모사와 장합, 국의, 정환, 조부 등 뛰어난 무장들, 그리고 경무, 이력 등의 충신들까지. 이 모든 걸 갖고서도 기주 땅을 원소에게 빼앗겼기 때문이다.

한복은 본래 그렇게 무능한 인물은 아니었다.

동탁에 의해 기주목으로 임명되기 전, '어사중승(御史中丞)'을 지낸 것만 봐도 그렇다. 어사중승은 모든 관리의 감찰을 담당하는 어사대의 장관으로, 법에 어긋난 일을 고발하고 위법 행위를 한 백관의 탄핵을 맡았다. 후한 말의 정치 부패를 고려해도, 아둔하고 탐욕스럽기만 해선 오르기 어려운 자리였다.

동탁은 정권 초반 나름대로 인선에 신경을 썼다.

자신의 심복들, 다시 말해 이각, 곽사, 우보, 장제 등을 제쳐두고 능력과 명망 있는 인물들 위주로 관직에 임명했다. 그런 이들 중 하나가 한복이었다.

그가 단순히 운이나 아첨으로 기주목이 된 건 아니라는 사실을 짐작할 수 있었다. 뛰어난 인재들이 여럿 그를 섬기기도 했다.

문제는, 급변하는 난세에 대처할 만한 결단력과 판단력이 부족했다는 것이다. 이제까지는 자신의 능력과 운으로 용케 버텨왔으나, 점차 한계에 부딪혔다. 특히 천성적으로 소심한 성격과, 같은 기주 내에 자리 잡은 원소에 대한 열등감 및 질시는 더욱 그를 좀먹었다.

후한 말의 주요 임관 수단은 천거였는데, 천거된 인재를 고리(古吏)라 했다. 한복은 원소의 대표적인 고리였다. 말하자면 공직생활을 원소의 추천으로 시작한 셈이었다. 그 일에 대해 한복은 자격지심이 있었다.

'제깟 놈이 나를 천거했다고 해서, 언제까지고 날 마음대로 휘두르려고 하는가. 그래봐야 첩의 자식 주제에……. 나도 이제 기주목이라고.'

이런 비뚤어진 마음으로 원소를 대하자, 원소도 기분이 좋을 리 없었다. 이 갈등은 반동탁연합군 때 결국 폭발하고 말았다. 한복이 원소를 견제하여 제대로 된 지원을 하지 않았고, 원소는 자신의 가문 덕에 출세했다 여긴 한복의 배신행위로 격노했다.

다른 제후들도 한복의 행동을 곱게 보지 않았다. 급기야 앞서 언급한 대로, 연주자사(兗州刺史) 유대(劉岱) 같은 이는 한복을 치자는 격문을 돌리기까지 했다.

겁을 먹은 한복은 부랴부랴 업으로 돌아왔다.

그런데 공손찬과 원소 등이 마침 낙양에서 싸움을 벌인다는 소식이 들려왔다. 그에게 제일 껄끄러운 두 사람이 아닌가.

한복은 이 틈에 세력을 넓히려는 마음을 먹었다. 원소도 견제할 겸, 아직 자신의 힘이 약해서 제후들이 얕본다고 여긴 것이다.

'원래 원소 놈을 치고 싶었는데, 공손찬이 옥새를 주워서 반역을 선포하는 바람에…… 제길.'

저수와 전풍은 명망 있는 원소보다, 반역을 일으킨 공손찬을 공격하는 편이 낫다고 주장했다.

그 주장이 그럴듯하여 한복도 마음을 바꿨다.

'그래서 공손찬의 수하이자 의제라는 유비를 쳤더니 오히려 그걸 제안했던 놈들이 그쪽으로 넘어가?'

한복 측은 유비가 용운과 결별한 사실을 알지 못했다. 수하인 용운에게 탁현령의 자리를 주어 맡기고, 공손찬을 지원하러 갔겠거니 여겼다. 또 용운이 공손찬에게서 독립한 것도 몰랐다. 그저 인재를 모으고 병사와 물자를 비축하는 모양새가 심상치 않다고 느낀 정도였다.

궁극적인 목표는 탁현이 아니라, 거길 통해 공손찬의 근거지를 치려는 제법 원대한 계획이었다. 큰 그림 그리길 좋아하는 전풍의 책략이다.

탁현을 지나면 곧장 동북평이 나온다. 탁현에는 번번한 성곽도 없으며, 병력도 적다. 또 관우와 장비라는 장수들이 자리를 비운 틈에 공격한다면, 공략은 확실하다는 판단이었다.

'그렇게 해서 장차 동북평을 차지하면, 원소 정도는 눌러버릴 수 있었다. 그랬는데…… 경무는 죽고, 붙잡혔던 저수는 배신하여 전풍까지 데리고 달아나다니!'

한복은 마치 동북평을 손에 넣었다 뺏기기라도 한 것처럼 분했다.

그를 이토록 격동시킨 것은 비단 가신들의 배신뿐만은 아니었다. 바로, 그가 손에 든 문제의 종이. 진림이 솜씨를 발휘해 쓴 격문을 떼어온 것이다.

한복의 무능함을 비웃고, 선전포고도 없이 먼저 공격해온데 대한 무도함을 준엄하게 꾸짖는 내용이었다. 또 동탁 정벌당시, 원소를 곤란하게 하여 결과적으로 연합군을 분열시켰으니, 한복이야말로 역적이라고 비난했다. 마지막으로, 한복을 기주목에 임명한 동탁이 죽었으므로, 자리에 앉아 있을 명분이 없음을 역설했다.

이는 업성을 공략하기 전, 용운이 백성들의 저항감을 낮추고 적의 사기를 꺾기 위해 지시한 일이었다.

한 구절 한 구절이 한복의 속을 긁어놓았다. 결국, 한복은 격문을 구겨 내던지고 말았다.

"에이! 씹어먹을 놈들."

날아간 종이뭉치는 마침 대전에 들어온 누군가의 발치에 부딪혔다. 그는 조용히 종이뭉치를 들고 펴보았다. 그의 입에서 작은 감탄사가 나왔다.

한복은 누가 들어온 것도 모르고 신경질적으로 심배를 책망했다.

"탁현령이라는 놈이 우리 군을 패퇴시킨 걸로도 모자라, 이제 오히려 군사를 일으켜 쳐들어온다니 어쩔 건가? 심배! 그대 또한 저수며 전풍과 같이 탁현을 치라고 부추겼으니, 이 사태에 대해 책임을 지게. 아니, 혹시 그 두 놈과 내통하려고 남은 건 아닌가?"

홧김에 한 말이 아니었다. 한복은 실제 의심이 가득한 눈길로 심배를 노려보았다. 이전에도 '원소에게 군량을 공급하지 마라'는 제안을 했던 유자혜를 베려고 한 전력이 있었다. 그는 이 상황에 대해 책임질 사람이 필요했다.

"주공, 그건!"

심배가 억울하기 짝이 없는 표정으로 항변하려 할 때였다. 맑은 목소리가 대전에 울려퍼졌다.

"그건 지나친 억측이신 듯합니다, 문절 님."

목소리의 주인은 체구는 왜소했지만 하얗고 귀티 나는 얼굴에 눈빛이 영롱한 청년이었다.

몇몇 가신들은 청년이 들어온 순간부터 의아한 기색으로 주시했다. 그러나 한복의 분위기가 워낙 험악해 눈치만 보던 차였다.

그들 중 하나가 청년에게 물었다.

"그대는 누구요? 누군데 함부로 여길 들어온 거요? 문 앞에 병사들이 있었을 텐데."

"아, 근위병을 책망하지 마십시오. 초청장을 보여주고 들어온 겁니다."

"초청장……?"

그때, 초청장이란 말에 누군가가 떠오른 심배가 말했다.

"오, 혹시 문약 공이 아니시오?"

"처음 뵙겠습니다, 정남 님."

뭔가를 떠올린 심배의 얼굴이 달아올랐다. 청년이 자신을 알아보는 걸로 보아, 한복이 책망하는 모습까지 본 게 분명했다. 한복은 자기 말을 막은 청년이 못마땅해 외쳤다.

"누군지는 몰라도 나가서 대기하라. 지금 중요한 회의 중

인 게 안 보이는가? 그리고 지나친 억측이라니. 감히 건방진
소리를……."

청년은 별로 당황하지도 않고 말했다.

"하하, 기껏 초빙해주셔서 왔는데 이렇게 나가라고 하시
니…… 어쩔 수 없군요."

"뭐?"

어깨를 으쓱한 청년이 돌아서 나가려 했다.

한복은 비로소, 낙양에서 봤던 한 인물을 기억해냈다.

순욱(荀彧) 문약(文若). 당시 수궁령(궁중의 지필묵과 상서대의
각종 집기 등을 관리하는 관직)이라는 크게 높지 않은 관직에 있었
으나, 한복에게 깊은 인상을 주었다. 한복 자신이 청년의 재
능을 알아봤다기보다 주위의 평판이 높았던 까닭이다.

낙양에 하옹(何顒)이란 명사가 있었다. 그는 젊은 시절부
터 탁월한 식견으로 이름을 떨쳤다. 환관들에 의해 억울하게
투옥되거나 낙양에서 달아나는 사람들을 원소와 함께 도와
주기도 했다. 이때 둘의 도움으로 목숨을 부지한 사람이 많아
칭송이 자자했다.

그런 그가 순욱을 두고 칭찬하길, "왕을 보좌할 수 있는 재
주를 가졌다" 하고 평하였다. 단순히 왕의 곁에서 돕는 신하
라는 뜻이 아니었다. 그 말에는, 옆에서 자신이 섬기는 사람
을 왕처럼 위대하게 만든다는 의미가 숨어 있었다.

또한 원소가 순욱을 탐내는 눈치를 보인 것도 한복을 자극했다. 이에 기주로 돌아오자마자 앞질러 그를 초빙했던 것이다.

'하필 이때 순욱이 도착했을 줄이야. 이놈들은 미리 안 알려주고 뭘 한 거냐?'

붙잡자니 자존심이 상하고 놔두자니 큰 인재를 놓칠 것 같은 기분이 들었다. 한복이 당황해서 엉거주춤할 때였다. 심배 앞으로 순욱이 스쳐 지나갔다.

그의 눈에 감도는 실망의 빛을 본 심배는 가슴이 철렁 내려앉았다. 심배는 얼른 순욱의 옷깃을 잡고 간곡히 말했다.

"어찌 이리 그냥 가시오? 지금 여러 가지 일이 한꺼번에 닥쳐, 주공의 마음이 몹시 어지러워 순간적으로 한 말씀이니 부디 노여움을 푸시구려."

정신이 번쩍 든 한복도 순욱을 쫓아가 잡았다.

"문약, 미안하게 됐네. 내 그대의 이름을 흠모해온 지 오래일세. 진림이란 놈이 날 음해하여 쓴 격문을 읽고 너무 화가 난 나머지 제정신이 아니었네."

"후······."

한 차례 심호흡을 한 순욱이 몸을 돌렸다.

'안 잡았으면 당황스러울 뻔했네. 당장 갈 곳도 없는데.'

그는 옅은 미소를 띠고 말했다.

"자, 그럼 현재 상황을 한번 들어볼까요?"

얼마 후, 한복이 마련해준 거처로 온 순욱은 침상에 쓰러지듯 몸을 누였다.

"괜히 들었어……. 괜히 왔어……. 아, 난 왜 이렇게 불운할까?"

한복의 최측근은 아니라지만, 순욱도 이름을 들어봤을 정도로 뛰어난 모사인 전풍.

무관이면서 학식과 전략적인 시야를 동시에 갖춘, 보기 드문 인재인 저수.

그 둘이 한 달 전, 사병 오천을 데리고 떠났다. 정확히 말하자면 배신했다. 현재 적대 상태인 탁현령에게로 갔다니까.

'그 순간 사실상 전력의 3분의 1, 아니 반은 줄었다고 봐야지. 병사 수의 문제가 아니라.'

당연히 한복 진영의 사정과 정보들이 낱낱이 전해졌을 터. 이쪽은 전풍과 저수가 수집한 정보 이후로 새로이 갱신된 것이 없었다.

'일단 첩보를 담당하던 전풍이 넘어가버렸으니, 기존 비선 조직을 해체해야 했던 건 이해하는데. 그 후 탁현에 새로 잠입시킨 첩자들까지 죄다 발각됐다? 이건 전풍의 실력인가, 아니면 다른 누군가가 한 일인가?'

그것은 용운의 적극적인 지원을 받아, '흑영(黑影)'이란 정보조직을 운영하는 전예의 솜씨였다. 전예는 모든 전쟁의 시작은 간전(間戰, 간첩을 이용한 전투)이라 확신했다. 이에 한복 진영에는 첩자를 귀신같이 잠입시키고 탁현, 특히 누상촌에는 한복 쪽의 첩자가 발도 못 붙이게 만들었다. 자연 정보 수집력에서 차이가 날 수밖에 없었다.

'게다가 불안해진 한복이 장수 정환과 조부를 성내로 불러들이는 바람에, 외부에서의 군사 협력이 어려워졌다. 두 사람이 거느린 일만 병력이 그대로 맹진항에 주둔하고 있었다면, 여러 가지로 활용할 수 있고 그 자체로도 위협이 됐을 것을.'

순욱은 누워서 눈을 감은 채 상황을 정리했다.

'주요 제후들이 죄다 낙양 전투에 휘말려버려 지원을 요청할 곳도 마땅치 않다. 경무와 저수가 서전에서 패배한 탓에 사기도 바닥이다. 반면, 저쪽은 차근차근 원정을 준비한 게 분명해.'

물론, 한복에게 불리한 조건만 있진 않았다. 일단 업성 자체가 최고의 강점이었다.

'직접 보니 과연 명불허전. 내가 이 성에 의지하여 지키면, 최소 몇 개월은 버틸 자신이 있다.'

병력 규모 면에서도 수적으로 우위에 있었다. 식량과 기타 물자도 충분했다. 그런데도……

'왜 이렇게 불안하지?'

불길한 예감에도 불구하고 그가 떠나지 않으려는 이유는

두 가지였다.

첫 번째는 칭제한 공손찬에 대한 분노였다. 순욱은 천하 백성들을 구하기 위해서는, 한이라는 울타리가 반드시 유지되어야 한다고 믿었다. 울타리 안팎에서 지키는 자야 누가 되어도 좋았다. 그러나 그 울타리 자체를 부수려는 자는, 그에게는 결코 함께할 수 없는 적이었다. 모든 근간을 파괴하려는 존재나 마찬가지였다. 예를 들면 그에게는 동탁이 그랬다. 그런데 공손찬이 그와 같은 짓을 행한 것이다.

'하물며 반동탁연합군의 수장이었던 자가!'

그 공손찬의 수하인 탁현령이 곧 기주를 침공할 모양이었다. 거기 맞서 업성을 방어해낸다면 공손찬의 계획에도 차질이 생길 터였다. 최선의 경우, 전풍이 입안했다던 동북평 침공 작전까지 이어질 수도 있었다.

'그런 원대한 계획을 세웠던 사람이, 어째서 탁현령에게 넘어갔는가?'

이게 바로 두 번째 이유였다. 진용운이라는 자에 대한 궁금증과 호승심. 탁현령 진용운. 정확한 나이도, 자도 모른다. 출생지는 물론 과거도 베일에 싸여 있다. 어느 날 갑자기 공손찬에게 임관하여, 사수관 전투에서 동탁군의 맹공을 막아냈다. 또 적장 서영과 화웅 등을 쓰러뜨리는 계기를 만들었으며, 여포의 유격전을 패퇴시키는 등 두각을 드러냈다. 그것들은 결국, 연합군이 사수관을 함락시키는 계기가 됐다. 듣기로는 반동탁연합군의 결성 자체를 최초 제안하고 진림을 영입하여 격문을 돌리게 한 장본인이 바로 진용운이라고 했다.

'설마 전투형 참모이면서, 동시에……..'

탁현으로 와서는 초야에 묻혀 있던 전 중랑장 노식을 기용하고 최염과 진림 등 공손찬에게 천거했던 뛰어난 선비들을 불러들였다. 불과 한 달 사이에 병력을 여섯 배로 불렸다. 과감히 둔전제를 도입하여 군량을 확보했다. 탁군의 거상들을 구슬려 물자 지원도 받아냈다.

'동시에 경영형 참모이기도 한 자. 마치 나와 곽가(郭嘉), 그 친구를 합쳐놓은 것 같은. 역시 세상은 넓구나.'

생각하던 순욱은 피식 웃었다.

그가 아는 최고, 최강의 전투형 참모. 자존심이 엄청난 곽가가 들었다면 노발대발했을 것이다. 어쩌면 당장 진용운이 어떤 자인지 자기 눈으로 확인하겠다고 찾아갈지도 모른다.

곽가는 일종의 괴짜 천재였다. 그는 스무 살 때부터 본명과 경력을 숨기고, 영걸이라 이름난 자들과 교류하며 지냈다. 그중 한 사람이 바로 순욱 자신이었다.

'그 친구가 세상에 나온다면 분명 파란을 일으킬 거야. 자기 몸을 좀 더 돌본다면 좋겠는데……..'

곽가의 무절제한 생활을 염려하던 순욱은 문득 고개를 저

었다.

'이럴 때가 아니지! 당장 발등에 떨어진 불을 끄는 게 급하다.'

그는 오는 길에 봤던 뭔가를 떠올렸다. 이상하게 거슬리던 그것.

'장하의 수량이 비정상적으로 적었어.'

그는 침상에서 일어섰다. 한복에게 방어전의 작전을 제안하기 위해서였다.

왕좌(王佐. 왕을 보좌하다)의 자질을 가진 봉황이 마침내 날개를 폈다.

용운이 출병한 지 사흘이 지났다.

야영한 탁현군은 아침 일찍 출발했다. 날이 무더워 새벽이나 저녁 무렵에 움직이지 않으면 병사들이 탈진할 우려가 있었다. 그 탓에 행군 속도는 그리 빠르지 않았다.

게다가 용운은 가뭄임에도 불구하고 틈날 때마다 씻기를 강조했다. 중간 중간 씻는 것은 물론, 씻지 않으면 잠을 재우지 말라는 공문을 내릴 정도였다. 이는 현대의 위생에 대한 개념 때문이었다.

'전염병이라도 퍼지면 끝장이다. 조조가 적벽에서 패한 것도 사실은 전염병이 원인이란 설도 있고. 병으로 죽는 운명을 가진 노식이나 태사자가 덜컥 아프기라도 하면……. 으으!'

씻는 것뿐만이 아니라, 물도 반드시 끓여 먹고 음식도 제대로 익혀 먹도록 했다. 그래서 용운군의 병사들은, 이 시대의 기준으로 보면 이상할 정도로 청결하고 몸 상태가 좋았다.

선봉을 맡은 장료와 태사자는 느리지도, 빠르지도 않은 속도로 진군하고 있었다.

태사자는 출발 직후부터 입을 꾹 다문 채였다.

"태 아저씨, 삐졌어? 배고파?"

뒤에 탄 사린이 말을 걸어도 대꾸하지 않았다.

'태 아저씨가 아니고 태사 아저씨다.'

속으로만 이리 생각했을 뿐이었다. 사실 그는 용운에게 내내 서운한 상태였다. 태사자는 오래전, 용운이 공손찬에게 갓 임관했던 시절부터 인연이 있었다.

용운의 추천으로 공손찬 밑에 들어간 후로는, 선비족을 토벌하고 적장 서영을 베는 등 전공을 쌓아왔다. 이에 스스로 나름 개국공신처럼 생각하는 부분이 있었다. 의형인 조운 정도는 아니더라도.

그런데 용운은 신참인 장료를 대뜸 그와 더불어 선봉장으로 임명했다. 용운은 장료의 역사적인 활약과 그의 자질을 이미 알기에, 의심 없이 행한 일이었다. 용운이 장료가 다른 수하들에게는 검증되지 않았다는 사실을 미처 고려하지 못한 것이었다. 혼자 미래를 아는 자의 실수였다.

'저 사내에게서 무엇을 본 것입니까, 주공?'

낙양에서 군관으로 일했던 경력은 인정했다. 또 이름이 널리 알려지지 않은 용운을 먼저 찾아와준 부분도 고마웠다. 그러나 태사자도 사람인지라 섭섭한 마음이 드는 건 어쩔 수가 없었다.

'저는 아직 잘 모르겠습니다.'

장료도 그리 말이 많은 성격은 아니었다. 또한 이 인선에 태사자가 불만이 있음을 모를 정도로 눈치가 없지도 않았다.

둘은 각자의 부대를 이끈 채 묵묵히 움직였다. 그 분위기가 병사들에게도 전염된 것일까. 더구나 조금 전부터 적의 영토에 들어온 참이었다.

부대는 묘한 긴장감이 감도는 가운데 행군하고 있었다. 그때 전령 깃발을 든 병사가 태사자에게 다급히 달려왔다. 장료가 보낸 자였다.

"무슨 일인가?"

태사자의 물음에 전령이 답했다.

"숲 가운데로 난 길을 지나야 해서 복병의 우려가 있답니다. 부디 주의해서 행군하시라는 당부였습니다."

"음…… 알았다."

태사자는 전혀 복병의 낌새를 채지 못했다. 그러나 아무리 마음이 불편하다고 해도, 아군의 조언을 무시할 정도로 속이

좁진 않았다.

'주의해서 나쁠 것은 없지. 군관 출신이라더니 기본은 아는 친구인 모양이군.'

태사자는 행군 속도를 줄이도록 지시하고 앞으로 나섰다. 장료는 자연스레 태사자군에 선두를 양보했다.

태사자의 부대가 숲에 발을 들인 얼마 후였다.

피융! 팟!

"아악!"

바람을 가르며 화살 수십 대가 날아왔다. 갑자기 날아온 화살에 병사 몇 명이 쓰러졌다.

복병이 나타났다고 여긴 태사자가 외쳤다.

"당황하지 마라! 방어 태세를 취하라!"

그러나 그게 전부였다. 더는 화살 공격이 이어지지 않았다. 명령을 내린 태사자가 머쓱해질 정도로.

잠시 멈췄던 태사자의 부대는 다시 진군했다. 그러자 얼마 후, 또 화살이 날아왔다.

태사자의 부대는 기병의 비중이 높았다. 아니, 그뿐만 아니라 용운군 전체가 그랬다. 화살 수는 비교적 적었으나, 좁은 숲길이라 기병이 피할 곳이 마땅치 않았다. 어쩔 수 없이 그때마다 행군을 멈추고 말에서 내리거나 나무 뒤로 숨었다. 멈춰 서면 끊기고 움직이면 날아오고. 신경을 긁는 화살 공격에 태사자는 점차 분이 쌓였다.

"이익⋯⋯."

옆에 있던 부장이 그에게 말했다.

"장군, 차라리 전속력으로 숲을 빠져나가는 게 어떻습니까? 화살은 화살대로 맞고 시간만 지체되는 것 같습니다."

평소라면 좀 더 신중했을 태사자였다. 방어를 굳힌 채 나아간다면 거의 피해 없이 벗어날 수도 있었다. 그러나 장료를 의식한 그는 마음이 급해졌다. 신참이 보는 앞에서 이 무슨 꼴사나운 짓인가.

"음⋯⋯ 그대의 말이 옳은 듯하다."

마음을 정한 태사자가 한 손을 높이 들었다.

"지금부터 속도를 올린다!"

태사자의 부대는 즉시 진군 속도를 높였다. 기병부터 시작하여 일시에 숲을 돌파하려는 것이었다.

우두두두두! 말발굽 소리가 주변을 진동시켰다. 저만치 뒤에서 따라오던 장료에게도 느껴지는 움직임이었다.

그가 중얼거렸다.

"안 됩니다, 자의 님."

성월은 후군에서 용운과 함께 있었다. 말 등 위에 서서 전방을 살피던 그녀가 말했다.

"어? 태사자 장군이 내달리는데요오?"

"응? 갑자기 왜?"

"화살 때문에 몇 번 멈춰 서더니, 그냥 돌파하기로 했나 봐요. 그렇게 위험한 정도는 아니었는데?"

"으음……."

용운은 청몽이 곁에 있는데도 성월 또한 부장으로서 후군에 두었다. 지금처럼 그녀의 시야를 활용하여 전장을 살피기 위해서였다.

대신 장군 두 사람당 사천신녀 하나씩을 배치, 만일의 경우에 대비했다.

잠시 생각하던 용운이 성월에게 물었다.

"혹시 복병의 수가 어느 정도인지 보여?"

"네. 많지는 않아요. 한 백여 명? 그 정도가 화살만 쏘고 도망쳤다가, 추격을 멈추면 다시 쏘길 반복하고 있네요."

"응? 고작 백 명으로 기습했다고?"

"네에. 숲에 숨은 채로 멀찍이서 화살을 쏜 뒤 달아날 뿐인걸요. 그래서 태사자 씨의 척후병도 미리 발견하기가 쉽지 않았나 봐요오."

그렇다면 목적은 둘 중 하나였다. 진군을 늦춰 시간을 끌거나, 혹은…….

"아무래도 선봉을 유인해내려는 것 같습니다."

진궁이 굳은 얼굴로 말했다.

노식이 동조했다.

"제 생각도 공대와 같습니다."

현재 용운의 군사가 지나는 장소는, 업성 북쪽에 있는 한 단현 외곽이었다. 업성을 기준으로 동쪽은 넓은 평야고 서쪽으로는 산맥으로 이어지는 숲이 우거져 있었다.

용운은 둘 중 일부러 서쪽 경로를 택했다. 장하의 상류인 동쪽으로, 전풍과 저수가 이끄는 공병대가 미리 움직인 까닭이었다.

거록 지역을 지나면서, 용운군의 진군 사실은 한복에게도 알려졌을 터. 어차피 노출됐다면 자신들에게로 시선을 끌어야 했다. 공병대가 최대한 안전하게 작업할 수 있도록.

'유인하려 한다는 건 함정을 준비했다는 뜻. 내 진군 방향을 예측하고 서쪽 숲에 뭔가 준비를 했다고? 복병 외에도?'

뭔가 이상했다. 묘한 위화감이 들었다. 용운의 머릿속에 거대한 기억의 탑이 나타났다. 거기서 심배에 대한 정보를 찾아 다시 종합했다. 이미 출병 전에 거친 과정이었지만, 재차 확인하려는 것이었다.

'공융은 심배를 원소의 충신이라 평했고 순욱은 고집이 세고 무계획적인 인물이라고 말했다. 진수의 《삼국지》에 주석을 단 역사가였던 배송지는 심배를 한 시대의 열사(烈士)라

했고 《자치통감》에 주석을 단 호삼성은 원소의 막료 가운데 끝까지 충성한, 유일한 인물이라고 평했다.'

그에 대해 전풍과 저수가 했던 말들도 잊지 않고 떠올렸다.

—의협심이 강하고 정의로운 인물입니다.

—그는 한복을 떠나지 않을 것 같았습니다.

생각을 마친 용운은 즉시 노식과 성월에게 명했다.

"자간 님, 진궁과 함께 저 대신 후군을 지휘해주세요. 성월, 말을 몰아줘. 최대한 빨리 선봉대 쪽으로 간다."

진궁과 노식은 깜짝 놀라 용운을 만류했다.

"주공, 위험합니다!"

"제가 대신 가겠습니다."

"아뇨, 제가 직접 가야 합니다. 아무래도 뭔가 빠뜨린 것 같습니다. 원정에서 식량 보급은 무엇보다 중요하니, 자간 님께서 후군을 단속해주셔야 합니다. 저한테는 성월이뿐만 아니라 청몽이도 있으니 염려 마시고요. 성월, 어서!"

"네엥. 이랴!"

성월은 기세 좋게 말을 몰았다. 용운은 그녀의 허리를 안고 매달린 채 앞을 보려고 애썼다. 그 옆을, 희미한 그림자가 따랐다. 청몽이었다. 맨땅에서 달리는데도 말이 달리는 속도에 조금도 뒤처지지 않았다.

"비키세요! 주공께서 지나가십니다!"

성월의 외침에, 병사들이 양옆으로 분분히 물러섰다.

용운은 중군 뒤편에서부터 빠른 속도로 가운데를 관통하여, 장합 근처에서 잠깐 멈췄다. 성월의 동체 시력을 이용해 장합을 찾은 것이었다.

놀란 장합이 용운을 맞이했다.

"주공, 무슨 일이십니까?"

"장 장군, 서둘러 이리로 가주셔야겠습니다. 자룡 장군에게 전령을 보내주시고요."

전령을 보내 명령해도 되었지만, 용운 자신이 직접 온다면 장합도 심각성을 인지하고 순순히 따르리라. 용운은 빠른 말투로 장합에게 뭔가 지시한 다음, 다시 전방으로 말을 내달렸다.

'내 생각이 맞는다면…… 늦으면 안 되는데!'

태사자는 전속력으로 돌진하고 있었다.

이상을 감지한 장료가 속도를 늦추라는 전령을 보냈다. 그러나 태사자 부대를 따라잡지 못했다.

태사자가 길고 넓게 펼쳐진 숲을 빠져나가기 직전이었다. 말이 기우뚱하더니 갑자기 앞으로 고꾸라졌다.

"으헛?"

태사자의 몸도 덩달아 앞으로 휙 쏠렸다. 등자가 아니었다면 앞쪽으로 날아갔을 것이다. 그 증거로, 뒤에 탔던 사린이 그의 머리 너머로 힘차게 날아가고 있었다.

"끄아아아아앙! 날아간다아아아!"

"제길!"

사린을 붙잡아줄 처지가 아니었다. 순식간에 땅바닥에 처박힐 뻔한 태사자는 이를 악물고 고삐를 당겼다. 마지막 순간, 몸부림치던 말이 옆으로 넘어졌다. 그 바람에 태사자의 왼쪽 다리가 말 아래에 깔리고 말았다.

등자에서 미처 발을 빼내기 전이었다. 넘어진 것은 태사자뿐만이 아니었다. 그의 바로 뒤, 혹은 옆에서 나란히 달리던 기병들이 일제히 고꾸라지거나 나가떨어지고 있었다.

'이게 무슨…….'

태사자는 비로소 숲 입구의 나무 밑동에 묶인 밧줄을 봤다. 제일 바깥쪽에 있는 나무들 아래에, 넓은 범위에 걸쳐 어지러이 줄이 묶여 있었다.

'유인한 거였나!'

얕은 수지만 효과는 확실했다. 앞 대열이 일제히 넘어지는 바람에, 뒤에서 달려오던 인원들도 넘어지거나 멈출 수밖에 없었다. 순간적으로 선두와 가운데의 연결이 끊기며 혼란이 벌어졌다.

숲 밖에는 장하가 흘러드는 거대한 호수가 있었다. 그 호수 주변의 구릉에서 일단의 기병대가 나타났다. 한복이 자랑하는 장수, 국의가 지휘하는 부대였다. 진짜 복병은 궁병이 아니라 이 기병대였다.

"알겠느냐. 넘어진 놈들의 목만 치고 달아나는 거다!"

참마도를 든 기병대가, 뒤얽혀 넘어진 태사자의 부대를 향해 일제히 달려왔다.

그들은 바닥에 쓰러진 채 일어나지 못하고 있는 부장과 병사들을 가차 없이 베고 내리찍었다. 병사들의 목과 팔다리가 피와 함께 어지러이 튀었다. 여기저기서 처절한 비명이 울려 퍼졌다.

'이런!'

놀란 태사자가 몸을 일으키려 했다. 그러나 도무지 다리를 빼낼 수가 없었다.

'사린이는?'

사린의 괴력을 잘 아는 그는 주위를 둘러보았다. 저만치 앞쪽에, 적에게 둘러싸인 그녀가 보였다. 앞으로 날아가 뒹구는 사이, 튀어나온 복병에게 포위된 듯했다.

사린은 용운의 호위병이자 사매. 그녀가 변이라도 당한다면 용운을 볼 낯이 없어진다. 이제 주군이 된 그에게 큰 불충을 저지르는 셈이 된다.

'안 돼!'

그때, 태사자를 향해 적의 부장이 달려왔다. 그가 입은 지휘관용의 화려한 갑옷이 눈에 띈 듯했다.

"으하하. 적장의 목은 내 것이다!"

국의군 부장은 말을 몰아오던 기세를 실어 참마도를 내리쳤다. 쩌엉! 태사자는 몸을 비틀며 단극을 교차하여 힘겹게 공격을 막아냈다. 그러나 무기의 중량과 자세 등 모든 면에서 불리했다. 누운 채로 참마도를 막은 것도 태사자 정도이기에 가능한 일이었다.

"흥, 제법 하는 놈이로구나. 어디 이것도……."

적 부장의 공격이 재차 떨어지려는 찰나였다. 비호처럼 달려온 누군가가 놈을 찔러 말에서 떨어뜨려버렸다.

"자의 님, 무사하십니까?"

"문원!"

태사자는 반갑게 외쳤다. 그는 바로 장료였다.

"어떻게 여기?"

"주공께서 서둘러 가보라 하셨습니다."

장료는 선봉이 뒤얽히기 전에, 용운의 지시로 이미 출발했던 것이다. 덕분에 제때 닿을 수 있었다.

그는 말에서 내려, 손수 태사자를 끌어냈다.

"고맙소."

"별말씀을. 몸은 괜찮으십니까?"

일어선 태사자는 재빨리 몸 상태를 확인했다. 말 아래에 깔렸던 다리가 좀 뻐근했으나, 다행히 부러지진 않은 듯했다. 다리가 닿은 자리에 약간 파인 구덩이가 있었던 게 천운이었다.

"음. 다친 데는 없소."

마침 용운이 탄 말이 도착했다. 용운은 태사자를 보자마자 촌각도 주저하지 않고 말에서 뛰어내려 달려왔다.

"자의! 괜찮아요?"

"헉, 주, 주공! 여기 계시면 위험합니다!"

태사자는 깜짝 놀라 외쳤다. 그런 한편으로는 자신이 부끄러워 견딜 수가 없었다.

'후군에 계시던 주공이, 분명 뭔가 위험을 감지하고 여기까지 오셨다. 더구나 적 복병의 코앞에서 내 무사함을 확인하러 직접……. 이런 분을 서운하게 여기다니!'

그랬다. 누가 선봉을 맡고 누구의 관직이 높은 게 무슨 상관인가. 애초에 관직이나 녹봉을 보고 용운을 따른 게 아니지 않은가. 태사자는 뭔가 후련해졌다.

그사이, 장료는 다시 말 위에 올랐다.

"주공께서는 염려 마십시오. 제가 놈들을 흩어버리겠습니다."

"부탁해요, 장료."

그때, 태사자가 다급히 말했다.

"문원, 잠깐!"

"예?"

"잠깐만 기다리시오. 주공, 송구합니다만 그 말을 빌려주실 수 있겠습니까?"

그의 부탁에, 용운은 고개를 끄덕였다. 얼굴에 드러난 절실함을 본 까닭이었다.

"감사합니다."

말에 오른 태사자는 장료와 나란히 달려나갔다.

"신세를 졌소. 이 은혜는 꼭 갚겠소이다."

"아닙니다. 마음에 두지 마십시오."

장료는 실제로 전혀 개의치 않는 기색이었다. 태사자가 유인에 걸린 것을 책망하지도, 자신이 목숨을 구해준 것을 과시하지도 않았다. 그뿐만 아니라, 조금 전 적을 단숨에 동강 낸 솜씨에 전광석화 같은 기마술. 용운이 지시했다곤 해도, 거기에 즉각 대응한 순발력까지.

태사자는 장료의 실력과 인품, 그리고 용운의 안목을 인정할 수밖에 없었다. 자신이 못 본 뭔가를, 용운은 이미 본 것이었다.

"이놈들, 감히 얕은수로 날 망신 줬겠다?"

태사자는 용운에 대한 서운함과 장료에게 가졌던 의구심을, 적군에 대한 분노로 털어버렸다.

기세 좋게 달려가던 두 무장이 움찔했다. 폭음과 함께 적병들이 마구 날아가고 있었다.

"끼야아아아앙! 오구오구(擊毆擊毆, 때리고 또 때림)!"

가운데서 망치를 들고 회전하는 사린이 보였다.

"저거……."

"우리가 도착하기도 전에 끝나는 거 아닐까요?"

두 선봉장은 눈을 마주치고 씁쓸하게 웃었다.

더욱 속도를 올린 태사자와 장료는 적군 사이에 뛰어들어 성난 호랑이처럼 날뛰기 시작했다.

13

업성 공략전

　용운군은 생각지 못한 함정에 주춤했으나, 곧 전열을 회복했다. 여기에는 지휘관인 태사자의 무사(無事)와, 용운이 직접 전방까지 달려온 영향이 컸다. 아니, 오히려 처음보다 더욱 사기가 높아졌다. 용운을 본 병사들은 두려움이 사라지고 그에 대한 충성심이 솟아남을 느꼈다.

　애초에 이삼천가량의 복병은 사린 한 사람의 상대도 못 되었다. 거기다 분노한 태사자와 장료까지 더해졌으니 도저히 버티지 못했다.

　국의는 넘어진 태사자군 수십 명의 수급을 벤 걸로 만족하고 달아날 수밖에 없었다. 사린과 태사자, 장료의 손에 죽은 자가 순식간에 백이 넘었으니 오히려 손해를 본 셈이었다.

'빌어먹을. 뭐 저런 괴물들이……. 어쨌든 그자의 말대로 시간을 끄는 데는 성공했으니…….'

그는 남은 병사들과 함께 꽁지가 빠져라 달아났다. 태사자와 장료도 깊숙이 뒤쫓지 않았다.

용운은 전군 가운데서 병사들에게 둘러싸여 있었다.

옆에 있던 성월이 궁금한 듯 물었다.

"주군, 그런데 태사자 씨가 위험해질 줄 어떻게 알고 달려온 거예요?"

"태사자가 위험할 걸 예상했다기보다 적의 대응이 내가 생각한 심배의 수준과 달라서야."

"네?"

성월은 고개를 갸웃거렸다.

용운이 심배에 대해 내린 결론은, 한 마디로 '충성스럽지만, 능력이 부족하다'였다. 사서 어디에도 그의 능력을 칭찬한 부분이 없었다. 오직 충성과 절개만을 강조했을 뿐.

전풍과 저수는 달랐다. 《삼국지》 정사 〈위서-원소전〉의 주석에 따르면 '전풍, 저수의 지모는 옛 전한의 건국공신 장량, 진평에 필적할 만하다'라고 역사가 손성이 극찬하고 있다.

반면, 심배는 '한 시대의 열사', '원소의 충신', '무계획적이고 고집이 센 인물' 정도가 다였다.

원소의 막하가 된 후에도, 최후의 업성 방어전 전까지는 딱히 두각을 드러낸 적이 없었다. 따로 전공에 대한 기록도 없다. 심지어 아군으로 전향한 전풍과 저수도, 심배를 두고 온 것을 아쉬워할지언정 경계하지 않았다.

원정 전부터 그 사실을 알았지만, 혹시나 해서 한 번 더 확인한 결과도 마찬가지였다. 이에 용운은 곧바로 업성에서 공성전을 하게 되리라 예상했다. 그런 심배가, 용운군의 이동 경로를 예측하여 선봉을 유인해낸다?

용운은 바닥에 뒹구는 태사자와 숲 입구에 쳐진 밧줄을 보는 순간, 그리고 정확히 그때를 노려 튀어나온 적 복병을 보는 순간 확신했다.

'한복 쪽에 내가 모르는, 새로운 모사가 있다. 전풍과 저수가 위험해!'

그러나 당장 더는 할 수 있는 일이 없었다.

'이제 남은 건 장합에게 달렸다.'

용운은 원래대로라면 훗날 위의 거기장군(車騎將軍)까지 지내며, 제갈량이 제일 껄끄러워한 장수라는 장합의 능력을 믿어보기로 했다.

장하 상류, 모처.

부지런히 병사들을 지휘하던 저수가 말했다.

"이제 조금만 더 하면 되겠소."

전풍이 고개를 끄덕였다.

두 사람은 장하의 상류 쪽에서 수로를 파고 있었다. 그제 도착해서 더운 오후 동안 병사들을 쉬게 한 후, 밤새 꼬박 수로를 팠다.

장하는 황하의 지류로, 업성을 휘돌아가 거대한 호수로 이어졌다. 평소에는 농사에 큰 도움이 되는 젖줄이나, 종종 범람하여 피해를 주기도 했다. 말하자면, 그 범람을 인공적으로 일으키려는 것이었다.

이미 둑을 쌓아 물길을 막은 후였다. 바닥이 드러나다시피한 강으로 얼마 안 되는 물줄기가 졸졸 흘렀다.

이제 업성 근처에 구덩이를 판 다음, 둑을 터뜨리면 성은 수몰된다. 아무리 여름이라 하나, 성내에 들어찬 물은 사기를 바닥까지 떨어뜨릴 터였다. 또 젖은 식량은 여름이라 금세 썩을 것이다.

"그리 되면 성안에서 방어하는 데도 한계가 있겠지. 주공은 어찌 이런 방법을 생각해내셨는지……."

말하던 저수가 입을 다물었다. 전풍이 또 자신을 슬슬 피해서가 아니었다. 말발굽 소리와 쇠 부딪치는 소리를 들은 까닭이었다.

"이런, 발각됐군."

저수는 재빨리 병사들에게 지시했다.

"서둘러 흙더미 뒤로 피해라!"

주변에는 수로를 만드느라 파낸 흙이 무더기로 쌓여 있었다.

저수는 한복 아래에서 기도위(騎徒尉, 기병 지휘관)로 있었던 것에서도 볼 수 있듯, 모사라기보다 무관에 가까웠다. 굳이 정의하자면 지략형 무관이라고나 할까.

다만, 이 시대에는 장군 개인의 무력이 통솔력으로 직결되는 경우가 많았다. 저수는 무력이 약한 편이라, 전면에 나서서 싸우기보다 군사 지휘관에 적합했다. 그런 까닭에 모사적인 부분이 부각되어 있었다.

그가 명령을 내린 직후, 화살이 날아왔다.

"으악!"

"아악!"

미처 숨지 못한 병사들이 화살에 맞아 쓰러졌다.

저수와 전풍도 얼른 흙더미 뒤에 숨었다.

잠시 후, 잘 무장한 기병 한 부대가 나타났다. 어림잡아 오천은 족히 되어 보였다.

선두에 선 장수를 본 저수가 신음했다.

"정환……"

정환(程奐)은 한복의 도독종사(都督從事)였다.

'종사'는 주목이나 주자사가 각종 직무를 맡기기 위해 자기 아래에 임명하는 벼슬이었다. '도독'은 군영의 잡무를 처리하는 관직. 이때의 도독은 훗날 오나라가 전투 총지휘관(주유)에게 이름 붙인 것과 글자도, 의미도 달랐다. 음만 같을 뿐이었다. 즉 도독종사는 주목 밑에서 군영의 일을 보는 무관 정도로 해석된다.

그러나 이는 한복 특유의, 인재를 보고 활용하는 눈이 부족한 데서 비롯되었다. 한복은 정환에게 하양(河陽)의 맹진(孟津)을 수비하는 임무를 맡겼다. 이는 사냥개에게 집 지키는 일을 시킨 것과 비슷했다. 정환은 한복에 대한 충성심뿐만 아니라, 일신의 무력도 강한 장수였다. 특히, 제법 나이가 많았음에도 불구하고 한 자루의 대부(大斧, 큰 도끼)를 잘 썼다.

또 한복의 가신들은 그 안에서도 파벌이 나뉘었는데, 전풍과 저수가 기주 출신 파벌의 대표라면 정환은 그 반대였다. 정환이 대부분 성 밖에 있다 보니 교류할 기회도 얻지 못했다. 친분도, 타협의 여지도 없었다.

현재 상황에서 최악의 상대가 나타난 셈이었다.

정환이 허연 수염을 바람에 휘날리며, 우렁찬 목소리로 외쳤다.

"주인을 배신한 쥐새끼들이 여기서 굴을 파고 있었느냐?"

그의 한 손에는 애병인 도끼가 들려 있었다.

저수는 혀를 찼다.

'하다못해 제대로 된 전투였다면 책략이라도 써보겠는데, 전면전 외에는 선택의 여지가 없다. 이대로 앉아서 몰살당할 수는 없으니.'

거느린 병사 대부분은 공병이며, 수도 삼천에 불과했다. 게다가 밤새 토목 작업을 하느라 잔뜩 지쳐 있었다.

저수와 전풍은 흙무더기들을 사이에 두고 뒤로는 평야지대, 앞으로는 정환군을 두게 되었다. 보병으로 이뤄진 공병대로서는 기병을 피해 달아나기 어려웠다. 행여 발각되면 절대 싸우지 말고 달아나라던 용운도, 설마 적이 오천이나 되는 기병을 보낼 줄은 몰랐으리라.

솔직히 발각되리라 생각하지도 않았다. 용운이 자신들을 염려해주는 마음 정도로만 치부했다. 그들이 아는 한복이라면 업성에 웅크린 채 버티고 있을 게 분명했기 때문이다. 하물며 한참 떨어진 강 상류로 왜 병사를 보내본단 말인가. 좋은 게 좋다고, 호위병과 동행하면 밑질 게 없다는 사실은 저수와 전풍도 알았다. 문제는 용운군의 부족한 병력이었다. 어차피 위험할 일도 없을 터인데, 공병대의 호위병까지 빼내어 본진의 부담을 늘리기 싫었다.

'그렇다고 출병 시기를 미루다가 자칫 낙양의 상황이 정리되어버리면, 변수가 너무 많아질 테니 어쩔 수 없는 선택이었다.'

이 상황을 어찌 벗어날지 고민하던 저수는 문득 이상하다는 생각이 들었다. 장하에서의 공작을 눈치챈 것도 그렇고.

"행여 들킬 것을 대비해, 분명 강 중간 중간에 척후를 심어 뒀는데……. 설마 그것까지 염두에 두고 움직였단 말인가? 내가 정남(심배), 그 사람을 과소평가한 것인가?"

저수의 말에 전풍이 가라앉은 목소리로 답했다.

"아니오."

"뭐가 말이오?"

"이건 심배의 솜씨가 아니오. 그는 지키고 방어하는 데는 제법 능하나, 냉정하게 말해 지략이 부족하오."

"나도 그리 생각해왔소만……."

"지금쯤 주공이 이끄는 군사가 업성 북서쪽에서부터 쳐들어가고 있을 터. 거기 대응하는 한편, 이곳까지 병력을 보낼 만한 통찰력은 심배에겐 없소. 사람이 하루아침에 변할 리도 없거니와."

"그럼 누가?"

저수는 다른 인물들을 떠올려보았다. 국의, 이력, 조부, 그리고 여기 있는 정환. 아무리 후하게 평가해도, 누구 하나 제대로 된 모사라 할 만한 이는 없었다.

저수가 생각하는 사이, 전풍이 말을 이었다.

"아무래도 한복이 새로운 지낭(智囊, 지혜의 주머니, 즉 꾀가 많은 사람을 비유함)을 얻은 듯하오. 그것도 상당히 만만치 않은 자를."

정환이 마침내 돌격을 명했다.

"쥐새끼들을 모조리 죽여라."

와아아아아! 기병들이 일제히 돌진해왔다. 정환 자신도 대부를 휘두르며 살육에 동참했다.

용운군 병사들은 흙더미에 의지하여 맞섰다. 하지만 전투력의 차이가 너무 컸다.

저수가 자조적으로 말했다.

"새 주인을 섬긴 지 얼마 되지도 않았는데, 옛 주인의 손에 죽게 생겼구려."

병사들이 무수히 죽어나가고, 마침내 전풍과 저수가 숨어 있던 흙더미를 기병들이 포위했다.

정환이 포위망 사이로 말을 몰고 나왔다. 그는 저수와 전풍을 보며 엄하게 꾸짖었다.

"지혜로운 자들이라 생각했거늘, 어찌 이런 배은망덕을 저질렀소?"

검을 뽑아들고 전풍의 앞을 막아선 저수가 대꾸했다.

"지혜로웠기에 이런 선택을 한 것이오."

"……입은 여전히 살았구나."

그때, 정환의 기병대 뒤쪽에서 동요가 일어났다.

팍! 촤악!

누군가 기병들을 닥치는 대로 찔러 말 아래로 떨어뜨리며 다가오고 있었다. 그가 거느린 철기 또한 빠르고 강했다.

뒤를 돌아본 정환이 눈을 크게 떴다.

"저자는……."

전풍은 어찌나 기뻤는지, 평소의 근엄한 태도도 잊고 큰 소리로 외쳤다.

"준예 장군!"

그랬다. 철기를 끌고 온 무장은 장합이었다.

보통의 철기보다 무장이 간소하여, 어느 정도 방어력을 갖추면서 속도는 더 빠른 부대였다.

용운의 지시는 바로 이것이었다. 최대한 빨리 장하 상류로 가서, 전풍과 저수를 보호하라는.

처음 명을 받았을 때, 장합은 속으로 기우라 여겼다. 그보다 가뜩이나 병력이 적은데, 허리 역할인 중군의 수가 더 줄어들 것이 염려됐다. 하지만 지금은 감탄을 금할 수가 없었다.

'심배가 여기까지 눈치챘을 줄이야. 그보다 주공의 말을 듣길 잘했군.'

이해가 되지 않아도 명령은 명령이었다. 장합은 전속력으로 여기까지 달려왔다. 용운의 지시가 일각만 늦었어도, 혹은 장합이 자의적 판단으로 조금만 지체했어도 저수와 전풍은 목숨을 잃었을 것이었다.

정환이 도끼를 휘두르며 장합에게 달려들었다.

"배신자 놈이 여기에도 있었구나!"

"……감정은 없소."

두 무장이 교차했다.

푸확! 촤악!

정환의 도끼가 장합의 앞머리를 약간 베었다. 장합은 고개를 숙이며, 즐겨 쓰는 삭(槊, 긴 창)으로 단 한 수에 정환의 가슴을 꿰뚫었다.

'자의(태사자)보다 약하고 조자룡보다 느리다.'

정환은 말에서 붕 떴다가 땅에 추락해 절명했다.

장합이 혼비백산한 적군 사이를 누비며 외쳤다.

"항복하라! 항복한 자는 해치지 않는다."

상황은 순식간에 정리되었다. 지휘관을 잃은 상태에서, 장합과 조운에게 철저하게 조련된 용운군을 정환의 군사가 감당하기란 어려웠다.

아슬아슬한 순간 목숨을 구한 저수와 전풍은 안도의 한숨을 내쉬었다. 두 사람은 장합에게 포권을 취하며 감사했다.

"고맙소, 장 장군."

"덕분에 횡액을 면했소이다."

장합은 여느 때와 마찬가지로 짧게 답했다.

"주공의 지시를 따랐을 뿐입니다."

그 말에, 전풍이 놀란 얼굴로 물었다.

"주공의 지시라니요?"

"갑자기 중군까지 오셔서, 아무래도 이쪽이 위험할 듯하니 최대한 빨리 가보라 하시더군요."

"허어."

전풍은 용운의 잠재력을 또 하나 본 기분이었다. 전풍이 비록 한복에게 홀대받았다 하나, 그리 쉽게 주군을 바꿀 성품은 아니었다. 역사에서 원소 막하로 간 것도, 모시던 한복이 몰락한 데다 원소가 극진히 초빙한 까닭이었다.

거기에 결정적인 한 가지 이유가 더 있었다.

전풍은 유교적 가치를 받드는 정치가로서, 후한 부흥의 꿈을 품고 있었다. 원소가 그 꿈에 가장 가까운 인물이라 판단했기에 제안을 수용했다. 그 증거로, 전풍은 원소에게 헌제를 맞이할 것을 두 번에 걸쳐 강력히 진언했다. 하지만 두 번 다 받아들여지지 않았다. 물론 이는 아직 일어나지 않았고 이제 일어나지도 않을 일이었다.

저수는 전풍을 설득할 때 그 부분을 건드렸다. 한복은 희망이 없으나, 용운이라면 가능하리라고. 또한 그는 한 왕실 중흥 자체를 뚜렷한 목표로 삼고 있다고. 그런데 거기에 더해, 진심으로 수하를 아끼는 데다 그 자신이 뛰어난 전략가라면?

'그렇다고 자기 의견만 중시하여, 가신들의 말을 무시하지도 않는다. 그 원탁이라는 특이한 회의만 봐도 그렇지 않은가. 이 전풍, 어쩌면 이제야말로 진정한 주군을 찾은 건지도 모르겠구나.'

그러고 보니 이 자리에 있는 전풍, 저수, 장합, 세 사람은 모두 한복의 밑에 있다가 용운에게로 왔다는 공통점을 가졌다.

"여기 일을 서둘러 마무리합시다. 아무래도 적이 눈치챈 듯하니. 아까 원호 님이 말한, 새로운 참모의 가능성도 마음에 걸리오."

저수가 말했다. 그는 자연스럽게 한복을 적이라 칭하고 있었다.

잠시 말이 없던 전풍이 입을 열었다.

"생각났소. 한복에게 합류한 새로운 모사가 누군지 알 것 같소. 낙양으로 초청장을 보낸 적이 있었는데, 그가 받아들였다면 이맘때쯤 도착할 때요."

그 말에, 저수도 비로소 잊고 있던 이름이 기억났다.

"순욱 문약?"

처음의 기습 이후로는 특별한 일이 없었다.

용운군은 업성을 향해 차근차근 진군했다.

아무래도 한복군은 소개 작전을 택한 듯했다.

성으로 가는 도중의 모든 마을이 텅 비어 있었다. 사람은 물론 식량과 물자도 전혀 없었다. 그러나 최염을 통해 보급선을 탄탄히 해놨기 때문에 별문제는 되지 않았다.

'대부분 반강제로 징병했는데, 굶주리게까지 하면 사람이 할 짓이냐. 또 배가 든든해야 생존 확률도 커진다.'

이게 용운의 확고한 지론이었다.

그나마 용운의 부대는 먹을 것을 잘 주고 장비가 좋다는 소문이 퍼져, 자원율이 높은 편이었다. 그는 장수들이 걱정할 정도로, 병사들에게 보급을 넉넉히 했다. 또 후군에서 운반 중인 군량 외에도, 신도현에 중간 보급 기지를 만들었다.

용운은 후군으로 돌아가 진궁 및 노식과 대화 중이었다.

"장 장군에게서 전령이 왔는데, 과연 주공의 말씀대로 적이 수공을 눈치챈 듯하답니다. 그쪽은 잘 처리했고 원호 님과 저수 님도 무사하답니다. 그 과정에서 장 장군이 적장 하나를 베었다고 합니다."

"역시…… 정말 다행이네요."

용운은 안도의 한숨을 내쉬었다.

보고한 진궁이 궁금한 듯 물었다.

"그쪽으로 적군이 갈 거라는 사실을 어떻게 아신 겁니까? 그저 불안해서라면 굳이 장 장군이 지휘하는 철기를 보내시진 않았을 텐데."

"음…… 아군 선봉을 유인해서 복병으로 기습하는 걸 보고, 우리 생각보다 대비를 철저히 하고 있다는 생각이 들었거든요. 예감도 안 좋았고."

"아하. 그럼 공성전으로 들어갈 경우 피해가 더 클 터이니, 방도가 필요할 듯합니다. 이제 적도 수공의 존재를 알았고."

"수공이 성공하는 게 물론 이익이지만, 실패해도 그건 그것대로 좋습니다. 곧 우리 영토가 될 곳이니, 상태가 온전한 편이 나으니까요. 단, 실패했을 경우는 그 원인이, 수공이 미리 알려져서가 아니라 적군이 성 밖으로 나왔기 때문이어야 하겠지요."

이번에는 경험 많은 노식이 우려를 표했다.

"적군을 끌어내겠단 말씀이신데, 적이 수공은 수공대로 대비하고, 그 상태에서 공성전으로 들어가진 않겠습니까?"

용운이 그의 말에 답했다.

"삼각벙커라는 전술이 있는데 말입니다."

"삼각…… 벙춰? 그게 무엇입니까?"

"이렇게……."

용운은 손가락으로 허공에 그림을 그려 보였다.

"세모꼴로 거점을 둡니다. 거점 한 곳을 공격하면, 가까운 거리에 있는 다른 두 거점으로부터 공격을 받게 됩니다. 그렇다고 보고만 있으면?"

용운은 세모꼴의 꼭짓점 위로 점 두 개를 더 그려, 새로운 삼각형을 만들었다.

"뒤의 거점을 기반으로 더 전진한 새로운 거점이 생깁니다. 제일 앞의 거점은, 뒤의 두 거점으로부터 엄호를 받으면서 계속 땅굴을 팔 겁니다. 장하의 둑이 터졌을 때, 일시에 물을 끌어들이기 위한 구덩이지요."

이것은 아주 오래전 한국에서 폭발적인 인기를 끌었던 전략 게임 '스타크래프트'에서, '임요환'이라는 프로게이머가 썼던 유명한 전술이었다. 초등학생이었던 용운도 한때 스타크래프트에 푹 빠졌던 적이 있었다.

용운은 말하면서 속으로 생각했다.

'미안, 요환이 형. 내가 생각한 전술인 척해서.'

노식과 진궁은 신기하다는 듯 설명을 들었다.

"이 전술의 특징은 가만히 보고만 있을 수가 없다는 겁니다. 차츰 목을 조여오는 기분이 들거든요. 더구나 이미 수공이라는 단어가 머리를 가득 채운 상태에서 보고만 있을 사람은 없을 겁니다. 뭐, 안 나오면 실제로 수공을 가할 거고요."

"그렇다면 더 많은 병력으로 세 거점을 한꺼번에 공격하면 되지 않⋯⋯."

말하던 노식이 스스로 깨달은 듯 중얼거렸다.

"나올 수밖에 없겠군요."

용운은 싱긋 웃으며 말했다.

"혹시나 해서 양념도 좀 쳤습니다. 미끼가 더 먹음직스러워 보이게 말입니다."

슬슬 업성이 가까워지고 있었다.

다음 날 오후였다.

대전에서 회의 중이던 순욱이 중얼거렸다.

"되는 일이 없네."

그는 어제 두 가지 소식을 한꺼번에 들었다. 한 가지는 국의 부대가 적 선봉을 유인하여 기습하는 데까지는 성공했으나, 오히려 큰 피해를 보고 퇴각했다는 것.

'대승을 기대한 건 아니지만, 예봉이라도 꺾어주길 바랐는데. 오히려 사기가 더 높아졌다니.'

다른 한 가지는 적군의 상황에 대한 정보였다.

"적의 원정군은 여름에 먼 길을 오느라 지쳤고 병도 돌고 있다고 합니다. 이에 정면대결로는 승산이 없다 보고, 문약공의 말대로 장하 상류를 막아서 업성을 침수시키려는 듯합니다."

심배의 보고에 한복은 깜짝 놀랐다.

"정말로 그런 짓을 꾸미고 있었단 말인가?"

그 말은, 마침 장하 상류로 병사를 보낸 순욱의 행동과도 일치했다. 순욱은 업성으로 오는 길에 바닥을 드러내다시피

한 장하를 보았다. 그는 아무리 가뭄임을 감안하더라도 수량이 지나치게 줄어든 것에 의심을 품었다. 수공의 가능성이 있음을 직감한 것이다. 이에 한복을 설득하여 정환이 이끄는 별동대를 보낸 것인데……

'아직도 돌아오지 않는구나. 아무래도 전멸한 모양이다.'

순욱은 여름인데도 오한이 들었다. 분명 병력 숫자는 저쪽이 적은데, 철저하게 휘둘리고 있었다.

그때, 전령이 다급히 뛰어들어왔다.

"보고드립니다! 적군이 진영을 만들기 시작했습니다. 방향은 북서쪽. 아직 화살이 닿지 않는 거리입니다."

진용운군의 출현 자체는 이미 두 시진 전부터 연락을 받고 있었다. 그러나 진채를 만드는 행위는 어느 정도 시일이 걸리는 전투를 각오했다는 것. 어떤 식으로 만드는지 봐둘 필요가 있었다.

"가보도록 하지."

어울리지 않게 한복이 직접 나섰다. 그만큼 위기감을 느낀다는 뜻이리라. 심배와 순욱, 국의 등이 뒤를 따랐다.

잠시 후, 북쪽 성벽의 망루에 올라 한동안 전방을 바라보던 한복이 중얼거렸다.

"저게 대체 뭐하는 짓인가?"

진영 대부분은 막사를 장방형으로 배치하고 앞에 적 기병의 난입을 막기 위한 장애물을 설치하는 형태였다. 뒤쪽에는 군량고와 예비 병기고 등을 두고 가운데 총지휘관의 막사를 만든다. 그런데 진용운군은 적당히 떨어진 세 개의 거점을 만드는 중이었다.

그 거리가 매우 절묘해서 무시하자니 너무 가깝고 동시에 공격하기에는 멀어 보였다. 세 거점은 세모꼴을 이뤘는데, 꼭짓점에 해당하는 한 개가 업성에 제일 가까웠다. 뒤의 두 개 거점에서는 무장한 철기들이 주변을 배회하고 있었다.

"아니, 저놈들이?"

지켜보던 심배가 놀란 소리를 냈다. 맨 앞의 거점에서 우르르 쏟아져나온 병사들이 토목작업을 시작한 것이었다.

"보란 듯이 수공을 시도하는군요."

순욱이 어이없다는 투로 말했다.

심배의 명으로 궁병들이 올라와 화살을 쐈다. 그러나 그때뿐, 용운군은 곧 방패병의 보호를 받아가며 공사를 계속했다.

장하가 그냥 범람하는 것만으로도 북쪽과 서쪽 일대가 수몰되어 백성들이 피난하는 소동을 종종 벌였다. 한데 구덩이를 파서 그 물길을 인도하여, 고스란히 성안으로 흘러들도록 한다면? 업성 전체가 무릎까지 차는 물에 잠겨버릴 것이다.

'그렇다 해도 너무 대놓고 일을 벌이는데? 아니, 설마 수공도 수공이지만······.'

한 가지 가능성을 생각하던 순욱의 귓가에, 그 생각이 맞음을 증명하는 목소리가 들렸다.

"놈들이 수공을 가해오기 전에 나가 싸워야 합니다! 주공, 제가 이끌고 간 복병의 수가 너무 적었고 적장이 제법 용맹하여 실패했으나, 병력이 두 배나 되는 아군이 굳이 공성전을 펼 이유가 없습니다. 제게 병사를 주신다면 조부(趙浮)와 함께 적을 깨뜨려 보이겠습니다."

그는 바로 태사자군을 기습했던 국의였다. 자신의 실패를 만회하기 위해 나아가 싸우길 주장하는 듯했다.

"으음……."

한복은 마음이 크게 흔들렸다. 눈앞에서 수로를 파는 적군을 보니 더 그랬다.

무엇보다 업성이 침수되면 복구에 엄청난 시간과 노력이 필요할 것은 당연했다. 그 가능성을 확인한 이상, 안마당 앞에서 적을 저지하고 싶어진 것이다.

순욱이 급히 손을 들었다.

"잠깐만요! 굳이 유리한 곳을 놔두고 야전을 할 필요가 없습니다. 지금이라도 성 주변의 경계를 강화하고 서호 쪽에 둑을 쌓으며, 모래주머니를 준비하여 침수를 대비한다면……."

한복이 그의 말에 부드럽게 답했다.

"유리한 병력을 가지고 굳이 공성전을 할 필요도 없지 않 겠소?"

"하지만 문절 님……."

"곧 수확기외다. 문약의 말대로 한다면 결국 백성들에게 피해를 주는 셈이오. 적의 수공을 미리 간파한 데 대해서는 고맙게 생각하오."

순욱은 눈을 질끈 감았다.

'역시 처음부터 이쪽을 끌어내는 게 목적이었어. 외통수 다. 이렇게 된 이상, 성 밖에서 싸울 가능성이 구 할이다. 이 토록 든든한 성을 두고……. 상황을 이렇게 몰아온 그자, 진 용운이라면 야전에도 분명 대비했겠지. 봉효(곽가), 자네라면 어떻게 했겠나?'

용운군은 방해 없이 순조롭게 땅을 파고 있었다. 두 시진 정도가 지나자, 상당히 깊은 구덩이가 생겼다.

그러던 중 북쪽 성문이 열렸다. 작업하던 병사들 사이에서 한 남자가 눈을 빛냈다.

"움직였다."

그는 바로 병사로 변장한 조운이었다. 선봉에 있던 태사자 와 장료는 이미 적장인 국의에게 얼굴이 알려졌다. 이에 용운 은 두 사람 대신, 가장 믿는 조운에게 이 일을 맡겼다.

땅을 파던 병사 오천은, 조운이 직접 창술을 가르친 직속

정예병들이었다.

"이놈들, 감히 무슨 수작을 부리느냐!"

국의는 삼만의 기병을 거느리고 기세 좋게 밀어닥쳤다. 순간, 그의 눈에 이상한 게 보였다.

'응?'

땅을 파는 작업 중이던 병사들이 전원 옆에 창 한두 자루씩을 두고 있는 게 아닌가. 뭔가 수상쩍다는 생각이 들었으나 이미 되돌리기엔 늦었다. 기병이 들이닥치는 순간, 용운군 병사들은 삽과 곡괭이를 내던지고 일제히 창을 들었다. 콰콰콱!

"으악!"

"아아악!"

병사들은 자신들이 파던 구덩이에 뛰어들어 창을 비스듬히 위로 내찔렀다. 표적은 다름 아닌 말의 몸통. 말 등 위에서 아래로 창을 내리치거나 찔러서 공격하는 상대보다 목표가 훨씬 크고 분명했다.

첫 충돌로 수백의 한복군 기병이 말과 함께 나뒹굴었다. 배가 찢어진 말들이 비명을 지르며 날뛰었다. 개중에는 구덩이에 빠져 낙마하는 자도 있었다.

국의는 이를 갈았다.

"젠장! 다들 말에서 내려라! 내려서 놈들을 상대하라!"

그래도 한복군이 무려 여섯 배나 수가 많았다. 오천의 창병만으로 상대하기엔 무리였다.

그때, 다른 두 곳의 거점에 있던 병력이 움직이기 시작했다.

적의 움직임을 눈치챈 국의가 명했다.

"조부! 왼쪽의 적을 맡아주시오. 이력! 그대는 오른쪽의 적을 맡으시오."

조부와 이력이 각각 일만씩의 기병을 데리고 좌우로 흩어졌다.

왼쪽 거점을 맡은 장수는 태사자, 오른쪽 거점을 맡은 장수는 장료였다. 이제 서로를 신뢰하게 된 두 장수는, 눈앞의 적에만 집중하여 쇄도했다.

순간, 망루 위에서 지켜보던 순욱이 탄식했다.

"저런…… 왜 군이 흩어져서."

다른 두 거점에 있던 적병이 응원해오리란 것은 어차피 뻔한 사실이었다. 거기에 대비하여, 국의는 조부, 이력으로 하여금 일만씩의 기병을 나눠 맡게 했다. 그러나 그럴 바엔 가장 앞에 있던 적병을 최대한 빨리 깨부수고, 다른 두 무리를 맞아 싸우는 편이 나았으리라. 삼면으로 포위될지 모른다는 염려가 판단을 그르친 것이다.

'하긴, 자신들이 파던 구덩이에 뛰어들어서 기병을 상대할 줄 누가 알았겠는가. 다른 두 거점의 적병이 도착하기 전에 물리친다는 보장이 없다. 결국, 적은 아군 기병의 이점을 빼

앗는 데 성공했다. 이게 진짜 전투라는 것인가.'

순욱은 오히려 담담한 마음이 되어 전장을 주시했다.

전투는 점점 더 치열해졌다. 국의는 예상외로 강한 저항에 당황했다. 그러나 그도 시시한 무장은 아니었다. 국경지대에 오래 주둔한 전력이 있어서 기마술에 능했으며, 정사에서는 공손찬의 정예부대를 패퇴시키기도 했다. 그는 말에서 내려, 적병을 차근차근 죽여나갔다.

'제길, 공병부대가 뭐 이리 사나워!'

오만하고 자존심이 강한 그는, 정예병이 땅굴이나 파고 있으리라는 생각을 미처 못했다. 그 정예병의 지휘관이 병사로 변장하고 있으리라는 생각도.

팟! 국의는 갑자기 날카로운 창격이 날아오는 바람에 기겁하여 몸을 비틀다가 구덩이에 빠질 뻔했다. 그의 앞을, 창을 든 한 병사가 막아섰다.

잠시 상대를 노려보던 국의가 말했다.

"일개 병사가 아니구나. 너는 누구냐?"

조운이 침착한 음성으로 답했다.

"진용운군 교위, 조자룡."

말을 마친 조운이 매섭게 창을 내찔렀다.

국의는 대도를 휘둘러 간신히 공격을 막았다. 그러자 아래쪽을 내리찍던 창이, 갑자기 튕기듯 변화하더니 창대가 그의 정수리로 떨어졌다.

"으헉!"

국의는 화들짝 놀라 고개를 틀었으나, 왼쪽 어깨에 일격을 허용했다. 콰득! 둔탁한 소리가 울렸다. 아찔한 통증과 함께 왼편 빗장뼈가 부러졌다. 그는 이를 악물었다. 이어서 골절을 무릅쓰고 몸을 한 바퀴 돌리며, 대도로 상대의 허리를 베려 했다.

조운은 창을 회수하면서 수직으로 세웠다. 창대로 대도를 막으려는 자세였다.

'흥, 멍청한 놈!'

국의는 창대를 잘라버리고 상대의 허리를 벨 거라고 확신했다. 한데 결과는 사뭇 달랐다. 쩌엉! 굉음과 함께 손바닥이 찢어질 듯 아팠다.

'창 전체가 통째 강철로 되어 있다니……?'

놀라서 눈을 부릅뜬 국의의 귓가에, 조운의 차가운 목소리가 들려왔다.

"끝이다."

파바바박! 비틀거리며 물러나던 국의가 자신의 몸을 내려다보았다. 명치, 복부, 가슴 할 것 없이 십여 개의 구멍이 뚫렸다. 단 한 합에 벌어진 일이었다.

"흐헉."

숨을 쉬는 순간, 무수한 핏줄기가 치솟았다.

"뭐 이런…… 창술이."

그게 국의가 남긴 마지막 말이었다.

지휘관이 쓰러진 국의군은 당황하여 전열이 흐트러지기 시작했다. 그나마 조운군에 비해 아직 수적 우위에 있었기에, 부장들이 간신히 통제하는 중이었다.

조운이 국의를 쓰러뜨린 얼마 후였다. 후방에 갑자기 나타난 소규모의 기병부대가 국의군의 뒤를 들이쳤다.

바로 장합이 이끄는 부대였다. 그는 특히 환경과 지형에 신경 쓰는 장군이었다. 한복의 밑에서 종군하면서도, 업성 일대의 지리를 확실하게 익혀두었다. 용운이 괜히 그를 저수와 전풍에게 보낸 게 아니었다. 그 기억을 이용하여 가장 빠른 길을 이용해 상류로 갔던 그는, 임무를 마치자 지름길로 되돌아온 것이었다.

이게 결정타였다. 국의군은 제대로 달아나지도 못하고 척살당하기 시작했다. 지켜보던 용운이 자제시키지 않았다면 몰살되었으리라.

좌우로 갈라진 조부와 이력의 상황도 좋진 않았다. 두 곳의 거점에서 움직인 용운군의 병력은, 중군을 둘로 나눈 오천씩이었다. 태사자와 장료가 각각 일군을 담당했다. 기병끼리 충돌할 경우 수가 많은 쪽, 가속도가 붙은 쪽, 대열을 탄탄히

한 쪽이 압도적으로 유리했다. 조부와 이력은 진형을 좁히며 적의 돌격에 대비했다. 한데 상대는 오히려 속도를 늦추더니 화살을 쏴 보내는 게 아닌가.

공손찬이 자랑하는 특기인 단궁을 장비한 기병, 백마의종을 용운이 모방한 것이었다. 등자를 장비했으며 단궁을 전부 노(弩)로 바꿔, 한층 개량한 형태로. 노 자체는 이미 전국시대 초기부터 사용되었다. 다만, 지면에 고정해서 쏴야 할 정도로 크고 무거웠다. 용운은 그것을 한 손으로 쏠 수 있으면서 위력도 더욱 강하게 개량했다.

노는 시위를 당겨서 방아쇠에 걸어, '쇠뇌'라 불리는 짧은 화살을 얹어두는 무기였다. 이미 시위가 당겨진 상태에서 방향만 조준하면 되기에 적중률도, 위력도 더욱 높았다.

파파파팟! 단 한 차례의 노 세례에, 한복군 기병 선두의 대부분이 쓰러졌다.

"이, 이런! 붙어! 가까이 붙으란 말이다!"

조부는 그렇다 치고 이력은 본래 문관이었다. 생각지도 못한 화살이 빗발치듯 날아오자 크게 당황하여 허둥거렸다.

"아니, 떠, 떨어져야 하나?"

그러자 이력에게 달려오던 부대는 갑자기 방향을 선회하여 조부군의 뒤를 쳤다.

"어, 어……."

이력은 안도감 반, 당혹감 반으로 머뭇거렸다. 그가 멍해진 사이, 조부군은 앞뒤로 공격을 받아 순식간에 지리멸렬했다. 2대 2가 단숨에 2대 1이 되는 순간이었다. 수천 기의 기마가 마치 하나의 생물인 것처럼 움직이는 광경.

"캬!"

지켜보던 용운은 진심으로 감탄했고…….

"허어……. 저 장수들은 대체……."

순욱은 고개를 가로저었다.

장수의 역량 차이가 컸다. 한복에게 이토록 인재가 없을 줄은, 아니, 고작 현령인 진용운에게 저리 인재가 많을 줄이야.

용운의 본대인 후군은 삼각 거점 후방에 진을 쳤다. 거기서 청몽의 엄호를 받으며, 진궁, 노식과 함께 전황을 관찰하고 있었다.

노식이 용운에게 물었다.

"방금 적의 부대 하나를 버려두고 다른 부대의 뒤를 친 것도, 주공께서 미리 지시하신 겁니까?"

"그럴 리가요. 저건 순전히 저 사람, 장문원의 판단입니다."

장수는 크게 시키는 것도 못하는 장수, 시키는 것 정도는 제대로 하는 장수, 시킨 것 이상의 전투를 창조적으로 해내는 장수로 나뉜다. 장료는 단연 세 번째 경우에 속했다. 그는 군관으로서 꽤 오랫동안 병사를 모으고 훈련하며 지휘하는 일을 해왔다. 본래 그쪽으로 재능과 눈썰미가 있기도 했다. 이에 이력의 부대와 마주하자마자, 미묘하게 대열이 어지러움을 눈치챘다. 그리고 순간적으로 판단을 내렸다.

'장비의 면면과 부대의 성격상, 급조한 것은 결코 아니다. 그렇다면 지휘관의 문제인데, 그가 본래 지휘하던 부대가 아니거나 역량이 부족하다는 뜻.'

노 공격을 가한 순간, 장료의 추측은 확신으로 변했다. 미처 예상치 못한 공격이긴 했을 것이다. 그렇다 해도 반응은 안쓰러울 정도로 엉망이었다.

장료는 방향을 틀면서 그들을 지나쳐, 태사자 부대에게 저항하고 있는 조부군의 뒤를 들이쳤다. 순욱이 안타까워했던 국의의 실수. 그것을 장료는 즉흥적으로 보여준 셈이었다. 제대로 된 운용이 어떤 것인지를.

한복군이 급격히 무너지는 가운데, 이제 전투는 막바지로 접어들고 있었다.

14
업성의 주인이 되다

　장료의 부대가 뒤를 들이쳤을 때, 마침 조부는 태사자와 싸우고 있었다. 아군이 앞뒤로 공격을 당하자, 가뜩이나 밀리던 그의 손발이 더욱 어지러워졌다. 결국, 그는 몇 합 지나지 않아 태사자의 단극에 목이 찔려 숨을 거뒀다. 사실상 한복군에 마지막으로 남은 장수의 죽음이었다. 나머지 병사들은 어부가 물고기 떼 몰듯 이리저리 몰려다니다 죽거나 항복하여 포로가 됐다.

　"항복하라!"

　"항복하는 자는 해치지 않는다!"

　조운과 장료, 태사자 등은 용운의 당부대로 연신 외치며 전장을 누볐다. 현재 용운군에 가장 필요한 것은 사람이었다. 저항하지 않는 적을 죽일 필요가 없었다.

용운군의 일방적인 공격 끝에, 간신히 성안으로 퇴각해온 한복군 병사는 일만에 불과했다. 국의가 끌고 나간 병력 중 3분의 2, 업성 전체 병력의 3분의 1이 한 번의 전투에 사라졌다.

해가 떨어지자, 양측은 전투를 마치고 철수했다. 길어질 줄 알았던 전투는 하루 만에 사실상 끝난 거나 마찬가지였다.

한복군은 국의라는 장수와 조부, 이력을 잃었다. 거기에 삼만의 병사를 내보냈다가 일만이 돌아오는 최악의 패배를 당했다. 심배가 아무리 충성스럽고 순욱의 지모가 아무리 뛰어나도, 운용할 장수와 병력이 없으면 속수무책인 것이다.

줄어든 병력에 비해, 업성 앞에 널린 시체의 수는 비교적 적었다. 사망자보다 투항한 사람이 압도적으로 많았기 때문이다.

용운은 그들을 일단 따로 분리해두었다. 그리고 죽은 이들의 시신을 묻어주도록 했다. 인도적인 차원에서 그리한 것도 있지만, 전염병을 막으려는 의도도 있었다. 여름이라, 몇 시간 만에 시신이 썩기 시작했다.

업성의 분위기는 침울했다. 얕보던 용운에게 대패를 당했으니 당연했다. 심배는 성문을 닫고 결사항전할 것을 주장했다.

"이대로 항복할 순 없습니다. 우리에게는 아직 사만에 달하는 병사와 충분한 식량이 있습니다. 또 더운 여름이라 시간이 갈수록 적은 지칠 것입니다. 성을 방패삼아 버틴다면 물러갈 수밖에 없습니다."

"음…… 알겠소."

한복은 당장 백기를 들진 않기로 했다. 그러나 다음 날 아침, 성벽 위에서 용운군을 바라보는 한복 측 병사들의 눈에는 큰 두려움과 불안감이 깃들었다. 용운군의 병사들은 대승을 거뒀음에도 불구하고 기뻐하거나 방심하기는커녕 묵묵히 수로를 파고 있었다. 나오지 않는다면 수공을 가하겠다는 뜻. 이미 시체들은 말끔히 사라진 후였다.

'저것들은 감정도 없나?'

'싸우려고 만들어진 인형 같구먼.'

조운, 장합 등의 장수들이 함께 삽질하고 있으니, 병사들이 웃고 떠들거나 대충 할 수가 없었다.

이런 사정을 모르는 한복군 병사들은 질린 표정을 지었다. 그들 대부분은 성안에 가족을 두고 있었다. 소개 작전으로 인해, 성벽 밖에 살던 백성들까지 모조리 들어온 상태였다. 당연히 그들이 먹을 식량이며 온갖 도구들도 챙겼다. 항복해서 목숨은 건진다 해도, 성이 물에 잠기면 큰 피해를 입게 된다. 구덩이는 더욱 깊어져서, 이제 제법 수로의 형태를 갖췄다.

지켜보던 병사들은 침을 꿀꺽 삼켰다. 제발 그만두라고 외치고 싶었다. 병사 하나가 옆에 있던 다른 병사에게 한탄하듯 중얼거렸다.

"아아, 제길. 그냥 뒷구멍으로 달아나버릴까?"

"뭐?"

"들어보니 기주목이 괜히 먼저 공격을 한 거고, 탁현령은 보복 차원에서 쳐들어온 거라던데. 항복하면 무조건 살려주고 탁현의 병사로 써준다더라고. 데려온 가족들도 다 받아주고 탁현에 가면 땅도 준대."

두 사람의 주위로 차츰 병사들이 모여들었다.

"어이, 그 말 진짜야?"

"진짜지, 그럼. 그 동네는 사람이 귀해서 무조건 환영이라더라. 게다가 저놈들 때깔 좀 봐. 탁현군은 밥을 하루에 두 번, 배가 터질 정도로 준다더군. 오죽하면 원 없이 밥 먹으려고 입대하는 놈들도 많대."

"허……."

아닌 게 아니라, 용운군의 상태는 유독 좋았다. 배불리 먹이고 잘 씻기까지 하니 당연했다.

"에이, 이럴 게 아니라 난 달아나련다. 국의 장군도 죽어서, 우린 이제 변변한 장수도 없어. 적이 눈앞에서 수공을 하려는데 막을 생각도 못하잖아. 꾸물대다가 수공이 시작되기라도 하면 그나마 항복하기도 어려워질 거라고!"

말하던 병사는 실제로 창을 팽개치고 성벽을 내려가버렸다.

남은 병사들은 크게 동요하기 시작했다. 누군가가 "그런데 저놈 누구지? 처음 보는데"라고 말했지만, 아무도 거기에 신경 쓰는 사람은 없었다.

성벽을 내려온 병사는 허술한 갑옷을 하나씩 벗어던졌다. 그리고 성안, 시장 거리의 골목으로 사라졌다.

흑영. 전예 직속의 정보 요원들. 이름 그대로, 검은 그림자처럼 업성에 스며든 그들은 충실히 소문을 퍼뜨렸다.

한복군의 근위병 중에는 좀 다른 발상을 한 자도 있었다.

국의도, 정환도, 조부도 없다. 다시 말해 한복에겐 장수급의 무장이 없어져버렸다. 부장급 무장들도 몇 남지 않았다. 용운이 최대한 장수와 부장들을 노려 죽이거나 사로잡도록 지시한 까닭이었다. 일반 병사의 희생을 줄이면서, 그 병력을 고스란히 인계받을 셈이었다.

이 시대의 장수들은 개인 무력도 출중해야 했다. 이는 곧, 한복군의 병사들을 통제할 힘을 가진 사람이 없어졌음을 의미했다. 특히, 원래 장합을 모시던 병사들 사이에서 불온한 분위기가 감돌았다. 결국, 그들은 포위된 상태에서 사흘을 못 넘기고 일을 저질렀다.

순욱은 고민에 빠졌다. 결사항전까진 좋다. 사만이란 병력이 아까운 건 사실이니까.

'그래도 수공에는 대비를 해야 할 것 아닌가.'

용운군은 이제 둑만 터뜨리면 끝이었다. 그러나 한복은 순욱의 조언을 모두 흘려버렸다. 마치 집 안에 잔뜩 웅크린 달팽이처럼 시간이 흐르기만 기다리고 있는 것이다. 쓸데없이 고집 세긴 심배도 마찬가지였다.

'답답하군.'

순욱은 오늘도 성과 없는 회의를 마치고 돌아왔다. 관사에서 지쳐 잠들었던 그는, 누군가의 기척에 깨어났다.

"누구······."

말하려던 그의 입을 뭔가가 틀어막았다. 두텁고 거친 손바닥이었다. 귓가에서 낮고 위협적인 목소리가 들려왔다.

"닥쳐. 죽이진 않을 테니. 대신 우리 항복을 위한 공물이 돼줘야겠다. 듣자 하니 낙양에서 온 이름 높은 선비시라며? 그럼 그 정도 가치는 있겠지."

그날 오후의 회의에서, 한창 공성전에 대해 강의하다시피 하고 온 터였다. 그게 다 부질없는 짓이 되고 말았다. 병사의 몸에서는 피비린내가 물씬 풍겼다. 이미 뭔가 일을 저지르고 온 모양이었다.

'날 죽이지 않은 걸 감사히 여겨야겠구나. 아직 관직을 받지 않아서 손님으로 인식된 모양이니. 적은 내부에도 있었

나…….'

순욱은 허탈하게 웃었다.

'처음부터 이길 수 없는 싸움이었다.'

용운이 출병한 지 보름째 되는 날이었다.

아침부터 그의 심정은 착잡했다. 눈앞에 놓인 두 개의 머리 때문이었다.

"후…….."

용운은 깊은 한숨을 내쉬었다.

한복군을 성 앞에서 무찌른 후, 한동안 산발적인 교전만이 있었다. 업성 주변의 수로 공사는 이미 완료되었다. 한복군이 공성전으로 들어가자, 상류의 둑을 터뜨려야 하나 용운이 고민할 때였다.

전쟁은 시작될 때만큼이나 갑자기 끝나버렸다. 성문이 열리더니, 백기를 든 병사 서넛이 본진으로 다가왔다. 그들은 맹장들에게 감시받으며 용운 앞으로 인도되었다. 그들이 내민 게 바로 이 머리들이었다.

'이런 결말은 나도 미처 예상하지 못했어.'

눈을 부릅뜬 채 혀를 내민 한복과 심배.

일 년 전의 용운이었다면 졸도했을지도 모른다.

'맞아. 이런 시대였지. 경찰이나 인권 따위 없는 세상. 실

제 이런 식으로 죽은 장수들이나, 이렇게 해서 넘어간 성도 많았고.'

실질적인 무력과 통솔력을 가진 장수 및 부장급이 다 사라지다시피 한 상태에서, 근위병이 반란을 일으킨 게 문제였다. 내성 안에서부터 들고일어난 근위병들을 막을 사람은 아무도 없었다. 심지어 성문 열쇠도 근위병들이 대부분 가지고 있었다. 한복과 심배 등은 변변히 저항도 못해보고 죽어서 목이 잘렸다.

'쩝. 이래서 충성심을 얻는 게 중요한 거야. 상황이 어려워졌을 때 진가가 드러나니까.'

《삼국지》를 보면, 유비는 이보다 더 심한 어려움 속에서도 수하에게 배반당한 적이 없었다.

'내가 그렇게까지 궁지에 몰았다곤 생각하지 않았는데. 둑을 무너뜨리기 직전에 마지막으로 항복을 권유해볼 참이었는데.'

잘린 목의 형상도 끔찍했지만, 한복을 죽이지 않겠다는 저수와의 약속을 못 지킨 게 마음에 걸렸다. 또한 심배라는 인재를 구하지 못하고 죽게 한 것도 씁쓸했다.

'그러게 저수가 회유했을 때 같이 와줬다면 좋았잖아.'

용운은 인정해야 했다. 자신이 아무리 역사와 《삼국지》의 인물에 대해 알아도, 모든 이를 구할 수 없음을. 이곳 또한 사람이 사는 세상인 만큼 늘 돌발적인 변수가 작용했다. 게다가 용운 자신은 그 변수를 더욱 늘리는 존재였다.

저수와 전풍은, 모시던 주군의 끔찍한 최후를 차마 못 보겠는지 지그시 눈을 감고 있었다.

용운이 두 사람에게 말했다.

"미안합니다."

저수는 낮지만 분명한 목소리로 대답했다.

"아닙니다. 이건 한복이 자초한 것입니다."

죽은 건 한복군만이 아니었다. 쉽게 이긴 듯했으나, 당연히 희생은 따랐다.

출병 전, 전예가 은밀하게 제안한 게 있었다. 아버지에 관한 대화를 끝낸 직후였다.

"주공, 가장 희생자를 적게 내면서 이 전쟁을 승리로 끝낼 방법이 있습니다."

"그게 뭐죠?"

"청몽 님으로 하여금 한복과 심배를 암살하게 하면 됩니다. 그럼 모든 게 간단해집니다. 청몽 님의 실력이라면 시장에서 물건을 집어오는 것보다 쉬울 것입니다."

"……국양, 그건 안 되겠어요."

용운은 순간 살짝 소름이 끼쳤다. 전예를 제일 가까운 비서처럼 친근하게 여겼다. 한데 그 또한 난세를 살아가는 책사였다. 용운 자신이 청몽을 특별히 여기는 걸 알면서도, 그녀에게 암살을 시키자는 제안을 태연히 하는 것이다. 전예에게는 청몽도 도구일 뿐이라는 걸까.

'아니, 그런 생각을 하면 안 돼. 전예는 내 책사로서, 첩보부의 부장으로서 가장 합리적인 방법을 제안한 것뿐이다. 이를 수용하지 못하는 내가 잘못된 거야.'

용운은 이렇게 스스로를 다독였다.

"아뇨. 제가 주제넘었습니다."

전예는 용운의 거절을 예상했다는 듯, 깔끔하게 포기했다.

그가 나간 후, 모습을 드러낸 청몽이 말했다.

"난 상관없어요."

"내가 싫어. 이미 끝난 얘기야."

"하지만……."

"그래, 병사들 처지에서 보면 난 나쁜 놈이야. 자기 여자 손에 피 묻히기 싫어서, 더 쉬운 방법이 있는데도 병사들 수백, 수천의 목숨을 희생하려는 나쁜 놈이라고. 그래도 싫은 걸 어떡해?"

용운이 짜증을 냈다.

이미 함곡관에서부터, 또 그 훨씬 전 용운을 처음 만났을 때부터 무수한 사람을 죽였다고. 이제 와서 두 명의 피를 더한들 새삼 달라질 것도 없다고.

청몽은 그렇게 말하고 싶었다. 하지만 말문이 막혔다. 용운이 무심코 내뱉은, '자기 여자'라는 말 때문이었다.

그녀는 심각한 표정이 된 용운을 보며 생각했다.

'안고 싶어. 입 맞추고 싶어. 그리고 말하고 싶⋯⋯.'

여기까지 떠올렸을 때였다. 청몽은 갑작스러운 현기증에 비틀거렸다. 이어서 무시무시한 감각이 밀려왔다. 마치 육체와 영혼이 강제로 분리되는 듯한, 아득하면서도 아찔한 감각이었다. 쓰리다, 따갑다, 아프다 등 고통을 묘사하는 어떤 말로도 형용하기 어려웠다.

"청몽! 왜 그래?"

용운이 걱정스러운 투로 말했다.

청몽은 얼른 천장 안으로 숨으며 대꾸했다.

"아오, 주군이 일 처리하는 게 답답해서요. 나한테 짜증이 나 내고."

"뭐? 아 진짜⋯⋯. 전쟁과 암살은 다르잖아! 군인이 전쟁터에서 적군을 쏴 죽이는 것과 항복할 가능성도 있는 적의 수장을 애초에 죽여버리는 건 다르다고! 왜 내 마음을 이해 못하는 거야!"

청몽은 천장 안쪽의 공간에 누워, 가쁜 숨을 몰아쉬며 용운의 목소리를 들었다.

"그건 네게도 결국 상처로 남을 거라고, 바보야! 청몽, 들고 있어?"

그의 음성을 듣자 고통이 조금 약해지는 듯했다. 그녀는 주먹을 움켜쥐고 이를 악물었다.

'미친. 진짜로 실행한 것도 아니잖아. 그렇게 하고 싶다는 생각만으로도 제약이 가해지는 거야?'

만약 제약을 받으면, 그래서 이 세계에서 이 기괴한 육체와 '분리'되면 어떻게 되는 걸까? 그저 용운의 옆에 있고 싶을 뿐이었는데.

청몽은 처음으로 불안해졌다. 이 선택이 잘한 것인지.

용운은 고개를 설레설레 저었다. 한복과 심배가 어차피 이렇게 죽을 거였으면, 그때 전예의 제안을 수용할 걸 그랬나 하는 생각이 순간적으로 든 것이다. 그러다 청몽과 다퉜던 기억까지 떠올라버렸다.

'휴, 나도 피와 죽음에 많이 무뎌졌구나. 사람 목을 앞에 놓고 생각이 거기로 진행되다니.'

옆에 있던 진궁이 나직하게 말했다.

"항복을 받아들이고 포상을 약속하십시오. 안 내키셔도 그래야 합니다. 이들 덕에 수많은 병사의 피를 아낀 겁니다."

"으음……."

용운이 입을 열었다.

"큰 공을 세웠소. 그대들은 원하는 대로 준예 장군의 휘하로 편입하되, 따로 포상하도록 하겠소."

"감사합니다!"

병사들은 다소 긴장한 상태였다. 뛸 듯이 기뻐하리라 예상한 용운의 표정이 좋지 않았기 때문이다. 그들은 일제히 엎드려 머리를 조아렸다. 한복과 심배가 죽었으므로, 업성의 주인은 자연히 용운이 됐다.

"대승입니다."

진궁은 기쁨을 억누르느라 애썼다.

점잖은 노식도 입가에 웃음이 떠오르는 걸 억누르기 어려웠다. 다만, 전풍과 저수 등의 복잡한 심사를 헤아려 자제하고 있었다.

'그런데 순욱은 어디 갔지?'

용운은 문득 이런 의문이 들었다. 그는 한복에게 다른 책사가 합류했음을 직감한 순간, 제일 먼저 순욱을 떠올렸다. 그가 한복의 초빙을 받아 올 시기였기 때문이다. 애초에 한복과의 개전을 결심한 데에, 순욱의 초빙이 영향을 미쳤을 정도였다. 그래서 예상을 뛰어넘은 한복군의 대응이 순간적으로 반갑기까지 했다. 조금 전에 본 한복과 심배의 목이 떠올랐다.

'설마⋯⋯.'

용운은 온몸이 싸늘해졌다. 죽인 건 아니겠지!

'만약 그랬다면 죽인 놈은 무조건 사형이다.'

그가 항복한 한복군 병사들에게 순욱의 행방을 물으려 할 때였다. 그중 하나가 머리를 들고 조심스레 말했다.

"저, 성문을 열도록 신호를 해도 되겠습니까?"

"……그러시오."

병사는 일어서서 성 쪽으로 백기를 흔들었다.

그러자 과연 성문이 열리더니, 무장을 해제한 병사들이 쏟아져나왔다.

"오오!"

진궁은 자기도 모르게 감탄사를 토해냈다. 무려 사만에 가까운 병력이었다. 그들이 제대로 싸워보지도 않고 투항을 결심한 것이다. 그야말로 정보전과 심리전, 거기에 장수들의 역량까지 모든 게 작용한 결과였다. 대체 얼마나 되는 목숨과 물자를 아낀 셈인가.

'이걸로 주공과 나의 꿈에 한 발짝 다가섰다!'

몇 안 남은 부장 중 하나가 굳은 표정으로 앞장서서 백기를 들고 있었다. 나중에 나온 무리 가운데에는 여러 남녀가 묶인 채 끌려오고 있었다. 백기를 든 부장이 포박당한 이들을 용운 앞에 세웠다.

"한복의 가족과 가신들입니다. 현령님의 처분에 맡기겠습니다."

"음……."

그중 중년 여인 하나가 용운에게 침을 뱉었다. 그리고 증오에 찬 목소리로 외쳤다.

"이 반역자의 졸개!"

다행히 침은 용운의 발치에 떨어졌다.

"헐. 저 아줌마가 주군한테 침 뱉었쪄."

망치 손잡이를 잡는 사린을 검후가 말렸다.

"가만히 있어, 사린아."

"웅?"

"저 아줌마도…… 그럴 만한 이유가 있는 거야."

"주군이 잘못한 거야?"

"아니, 그건 아니야……."

용운을 위해 싸우며 당연히 그가 이기기를 바라왔다. 그래도 검후와 성월의 표정은 밝진 않았다. 전쟁이란 이런 것이다.

부장이 일그러진 얼굴로 말했다.

"한복의 처입니다."

그는 속으로 한복의 아내를 살려온 걸 후회하는 중이었다.

'저 미친년이! 괜히 탁현령이 기분 상해서 우리까지 다 죽이면 어쩌려고 침을 뱉고 지랄이야!'

아내와 두 아들 그리고 몇몇 친척. 이들이 한복의 가솔 전부였다.

용운의 표정은 더욱 어두워졌다. 이겼는데도 진심으로 기뻐하기가 어려웠다.

'이런 게 이 시대의 전쟁이구나. 패배하면 그 부하들은 물론 가족들의 운명까지 나락으로 떨어지는 거야. 하긴, 그건 현대에도 마찬가진가?'

그는 여인에게 정중한 목소리로 말했다.

"우선 저는 공손찬이 칭제한 순간부터 독립했으므로, 반역자의 졸개가 아닙니다."

여인은 표독스럽게 대꾸했다.

"무슨 말장난이냐!"

"문절(한복) 님이 먼저 공격해왔기에 거기 맞서 군사를 일으키긴 했지만, 반동탁연합군에서의 인연도 있고 해서 해칠 마음까진 없었습니다. 항복을 받아내기 전에 일이 이렇게 되어버려 유감입니다. 부군의 시신은 정중히 장사지내도록 하겠습니다."

"……."

여인은 용운을 노려볼 뿐, 아무 말도 하지 못했다.

전쟁에 져서 포로가 된 이들, 특히 통치자의 가족과 여인들의 운명은 비참했다. 노비로 팔려가거나, 잘해야 승자의 노리개가 될 뿐이었으니까. 이에 차라리 남편을 따라 죽을 각오를 하고 저지른 짓이었다. 그런데 반응이 예상과 너무 달라

당황했다.

용운은 차분히 말을 계속했다.

"혹시 가시길 원하는 곳이 있다면, 호위병을 붙여서 보내 드리겠습니다. 그게 아니면 따로 거처를 마련해드릴 테니 업성에 머무르셔도 됩니다. 잠시 생각해보십시오."

당황스럽긴 진궁과 노식 등도 마찬가지였다. 하지만 그들은 아무 말도 하지 않았다.

용운은 한복의 가족들을 막사로 옮기게 했다.

다음은 남은 가신들 차례였다.

용운은 대인통찰을 발동하여 그들을 훑어보았다. 대부분 처음 듣는 이름에 능력치도 낮았다.

'그나마 쓸 만한 국의와 심배가 죽었으니…….'

그러다 한 인물에게 멎은 용운의 눈이 순간 빛났다.

무력(武力) 15

통솔력(統率力) 52

순욱

왕좌(王佐) 관찰(觀察)
경영(經營) 통찰(洞察)
인맥(人脈) 허실(虛實)

지력(智力) 97

정치력(政治力) 98

매력(魅力) 94

호감(好感) 30

드디어 찾았다! 업성도 업성이지만, 실상 이 남자가 원소를 거쳐 조조에게 가는 걸 막기 위해 출병했던 게 아닌가. 계속 가라앉던 마음이 비로소 조금 밝아졌다.

용운은 만세를 부르고 싶은 걸 억지로 참고 말했다.

"제가 파악한 바로는, 한복의 가신 중에 그대 같은 이는 없었는데 누구십니까?"

"……초빙받아 온 지 얼마 되지 않았소. 순욱 문약이라 하오."

"문약 님이시군요. 하필이면 시기가 좋지 않을 때 초대받았네요."

"그러게 말이오. 난 왜 이렇게 운이 없는지."

그때, 순욱의 머리 위에 붉은 글자가 떠올랐다.

'어?'

묶인 채 용운과 대화 중인 상태에서, 순욱이 뭔가 특기 사용을 시도한 것이다.

관찰(觀察)

'관찰? 날 가늠해보겠다는 건가?'

용운이 이런 생각을 할 때였다. 순욱이 재차 입을 열었다.

"공손찬으로부터 독립했다는 게 사실이오?"

"사실입니다."

"그러면 그걸 설명하고 휴전하면 될 것을, 왜 군사를 일으 킨 거요?"

"앉아서 당하기만 할 순 없으니까요. 문약 님은 한복이 정 말로 반역자를 단죄하려고 탁현을 친 거라 생각하십니까?"

"그게 아니라 해도, 문절 님의 진짜 목표는 공손찬의 근거 지인 북평이었소. 그대는 상황을 설명하고 그저 길을 열어주 기만 했어도 될 일이오."

용운은 말문이 막혔다. 길을 열어준다고 한복이 순순히 지 나가기만 하진 않았으리라. 한데 그걸 설명하기가 어려웠다. 입증할 방법도 떠오르질 않았다. 그저 용운 자신의 짐작일 뿐.

'헐, 뭐지.'

과연 순욱이라고 해야 하나.

이런 식의 대결은 또 처음이었다. 용운은 여기서 이겨야 그를 등용할 가능성이 있음을 본능적으로 깨달았다.

순간, 용운의 머리 위에도 붉은 글자가 떠올랐다. 언변이 라는 글자였다. 용운의 지력 수치와 경험 등에 의해 보정된 대사가 눈앞에 나타났다. 당연히 그에게만 보이는 대사였다. 거기에 따라, 용운은 반격을 시작했다.

"아니, 그렇게는 할 수 없었습니다. 문절 님께서 진정 충정 으로 군사를 일으켰다면, 차라리 낙양으로 가셨겠지요. 하내를 지나 황하만 건너면 바로 낙양입니다. 하내태수 왕광과 문절 님의 인연은 저보다 깊으니, 더 기꺼이 길을 열어주셨겠지요."

애초에 한복은 반동탁연합군 사이에서 미움을 받아 도망 치듯 돌아왔다.

왕광이 길을 열어줄 리 없었다. 용운 자신도 마찬가지란 말을, 돌려서 한 것이다.

"굳이 정반대 방향인 탁군을 거쳐, 멀리 떨어진 동북평까 지 가실 필요가 없다는 겁니다."

"그야 공손찬의 세력이 강건하니 근거지를······."

"더 쉬운 길은."

악센트를 주어 순욱의 말을 끊은 용운이 뒤를 이었다.

"상당을 거쳐 하동을 통과하여 장안에 계신 폐하를 받들 면 되는 일이었습니다. 문절 님은 누구의 견제도 받지 않는 상태였고 여포는 장안을 비웠습니다. 그야말로 절호의 기회 였지요. 그렇지 않습니까?"

"······!"

순욱은 눈을 부릅떴다.

그뿐만 아니라 듣고 있던 진궁, 전풍, 저수 등까지 덩달아 놀랐다. 물론 말처럼 쉽진 않겠으나, 용운의 말마따나 탁군 을 치고 동북평까지 쳐들어가는 거나, 상당을 거쳐 장안으로 치고 들어가는 거나 마찬가지였다. 명분이라면 오히려 후자가 더 컸다.

"하지만 문절 님은 그 길을 외면하고 탁현을 침공하는 쪽을 택했습니다. 이건 본인의 세력을 넓히려는 의도 그 이상도, 이하도 아님을 스스로 증명한 겁니다."

"……하하."

순욱은 힘없이 웃었다. 사실, 한복의 속셈은 이미 알고 있었다. 어쩌다 보니, 달랑 보름 만에 패배한 쪽의 책사가 되어 붙잡힌 게 억울해서 우겨봤을 뿐.

"반박할 수 없는 정론이군요. 제가 졌습니다."

"선비끼리 도리에 관해 토론하는 마당에 이기고 지고가 어디 있겠습니까. 아, 이런! 제가 말하는 데 정신이 팔려서 큰 결례를 범했군요."

용운은 허겁지겁 순욱의 포박을 풀었다.

'어차피 풀어낼 힘도 없는 사람을 세게도 묶었네.'

그나마 양손을 앞으로 향하게 묶어놔서 다행이랄까. 이런 강도로 뒤로 묶었다면 팔이 마비됐을 터였다. 용운의 희고 가느다란 손가락 끝에 빨갛게 피가 맺혔다. 밧줄이 거칠고 굵은 탓이었다.

'에이씨, 따가워.'

용운은 이마에 땀까지 흘려가며 줄을 풀었다. 그 순간만큼은 그도 연기가 아니었다.

그 모습을 보던 순욱은 묘한 감동을 느꼈다. 용운이 한복의 미망인을 대하는 태도를 볼 때부터 그의 마음은 흔들리고 있었다. 약자에겐 부드러우며, 강자에겐 단호한 자. 순욱이 꿈꾸던 이상적인 군주의 모습이었다. 거기에 생각지도 못한 장안 진격론은 결정타를 먹였다.

　사실, 용운은 눈앞에 떠오른 문장을 무심히 읽은 것이었다. 읽은 후에 한발 늦게 내용을 이해하고 놀랐다.

　'우씨, 뭐야 이게……. 진짜 될 것 같아서 더 무섭잖아.'

　순욱을 설복시키려는 목적이었는데, 이제 그뿐만 아니라 모두의 눈길이 쏠리고 있었다. 진궁, 전풍, 저수 등 책사들의 눈빛이 유독 뜨거웠다. 그 책사들의 공통점은 모두…….

　'한 왕실 중흥을 꿈꾸는 자들. 그걸 미끼로 내가 마음을 붙잡았고.'

　이제 그 기대를 구체화하는 말을 해버렸다. 용운이 알기로, 한 왕실 부흥에 대한 열망이 가장 강한 자를 끌어들이기 위해서. 역사에서의 순욱은, 그 죽음조차 조조의 위왕 등극을 반대하다가 독을 먹지 않았던가.

　그러고 보니 '언변' 특기를 사용했을 때의 메시지는 어떤 원리로 만들어지는 걸까? 한 가지 확실한 점은 용운이 생각한 내용은 아니라는 것이다.

　'혹시…….'

용운은 아주 잠깐 무서운 상상을 했다. 후한 왕실의 망령이 자신에게 헛것을 보여주는 게 아닌가 하는. 그때 순욱의 목소리에 그는 정신을 차렸다.

"되었습니다. 다 풀렸습니다."

"아, 네."

순욱은 손목을 어루만지며 중얼거렸다.

"……기이한 분이로군요, 용운 님은."

"제 이름을 아십니까?"

"당연하지요. 업성의 대전에서 하루에 스무 번은 족히 언급되고 저주받은 이름인데요."

"으으, 그랬군요. 그런데 그때 말한 것들, 아마 다 거짓말일 겁니다. 그래서 말인데 문약 님, 저와 같이 일하지 않으시겠어요?"

"하하하! 아하하하!"

순욱은 울상 짓는 용운을 보며 한참이나 호쾌하게 웃었다. 내 가신이 되라거나, 투항을 권하는 게 아니었다.

'같이 일해달라니.'

근엄한 표정을 짓고 있던 노장군과, 자신을 노려보던 다른 참모들이 당황해 어쩔 줄 모르는 모습도 재미있어 견딜 수가 없었다.

순욱도 잘 알고 있었다. 장안으로 진격해 황제를 모시는 게 맞지 않느냐는 용운의 말이, 아직은 이상에 불과하다는 것을. 공손찬, 원소, 원술, 마등, 여포. 하나같이 쟁쟁한 군웅들이었다. 냉정히 말해, 그들 중 누구 하나도 용운이 상대할 만한 자가 없었다.

아직 사람들이 심각성을 모르는 듯하나, 대륙 전체에 걸쳐 교세를 확장한 끝에 이제는 오히려 과거의 태평도보다 더욱 규모가 커진 '성혼단'이라는 사교. 거기다 최근 진류에 자리 잡고 급격히 세를 불리고 있는 조조까지. 그들에 비하면 용운의 힘은 아직 미약했다.

순욱이 보기에 한복은, 용운이 아니더라도 조만간 주변에 먹힐 그릇이었다.

'몇 년 내로 공손찬 아니면 원소에게 무너졌을 것이다.'

그를 무너뜨린 게 대단히 큰일은 아니란 뜻이었다. 가신들의 역량과 그들 중 하나 혹은 용운 자신의 기략(機略)으로 업성을 함락시켰으나, 문제는 지금부터였다.

'이제 한복군을 흡수하여 칠팔만에 달하는 병력은 갖췄고……. 아니지, 탁현에도 어느 정도 병력을 남겨뒀을 테니, 잘하면 십만까지도 양성할 수 있겠어. 다만, 기병의 비중이 너무 커. 거느린 장수들의 면면은 원래부터 일군의 위용을 가지고 있었으나, 허리를 지탱해줄 부장이 모자라. 또 차지한 영토의 넓이와 처리해야 할 행정 업무에 비해 턱없이 부족한

참모진과 관료의 보충이 시급⋯⋯.'

순욱은 앞으로 해야 할 일을 줄줄 생각하는 자신을 깨닫고
또 웃음이 나왔다.

'당장 장안으로 진격하여 천자를 모시진 못하더라도, 그런
생각을 품고 있다는 것 자체가 얼마나 감격스러운가.'

모두 자신의 야심만을 드러내기 바쁜 시대에 말이다.

"저, 문약 님?"

용운은 순욱이 답하지 않자, 걱정스러운 표정을 지었다.

보고 있자니 같은 남자인데도 멍해질 정도로 아름다웠다.

'거절하면 울 것 같군. 이거야 원, 미인계도 아니고.'

이런 사람에게, 진짜 충정이 있다면 장안으로 진격해야 한
다고 주장하고, 같이 일해보자며 울상을 짓고, 이제까지 본
어떤 여자보다도 아름다운 이 사람에게, 순욱 자신이 맞대응
하기 위해 내놓은 모든 계책이 깨졌다.

겉보기엔 아름답지만, 전투에 임해서는 무서울 정도로 냉
철하고 합리적이다. 그런 한편으로는 신기할 정도로 일반 병
사들의 건강까지 챙긴다.

'그래, 하나쯤은 이런 군웅이 있어도 좋을 것 같다. 난 어
쩌면 이 사람을 만나려고 한복에게 온 것인지도 모른다.'

이 남자가 가는 길의 끝이 보고 싶어졌다.

순욱은 한 발 물러나, 용운에게 정중히 포권을 취했다.

"가진 재주는 부족하나, 탁현령 진용운 님을 주공으로 모시고자 합니다. 부디 받아주십시오."

용운도 벅차오르는 가슴을 누르고, 마주 포권을 취하며 답했다.

"감사합니다. 기꺼이 받아들이겠습니다."

순욱 문약, 올해로 27세. 전국시대의 사상가인 순자의 후손이며, 청아한 풍모와 재상의 품격을 지닌 사내. 그가 정식으로 용운에게 임관했다. 왕좌의 봉황이 주인을 정하는 순간이었다.

"깃털이……?"

용운과 순욱을 바라보던 노식이 중얼거렸다.

"예? 뭐라 하셨습니까?"

진궁의 말에, 노식은 고개를 저었다.

"아니, 아무것도 아니오."

그는 언뜻 타오르듯 붉은 깃털이 흩날리는 환상을 본 듯했다.

탁현령 진용운이 기주목 한복을 죽이고 업성을 점령했다는 소식은 빠르게 퍼져나갔다. 그런 뒤, 기주목의 인을 얻어 스스로 기주목 자리에 올랐다고 하였다.

거기에 가장 예민하게 반응한 사람은 조조였다. 조조가 그소식을 들었을 때는, 진류의 저택에서 차를 마시던 중이었다.

190년 9월. 용운이 이 세계로 온 지 일 년쯤 되는 시기였다.

그간 조조는 여포에게 입은 타격을 빠르게 회복하여, 오히려 당시보다 더한 군세를 확보했다.

조씨 가문의 재산과 그를 따르는 혈족들, 즉 하후돈, 하후연, 조인, 조홍 등의 노력 덕분이었다. 진류를 거점으로 슬슬 세력을 확장해볼까 하던 시기에, 업의 주인이 바뀌었다는 소식을 들은 것이다.

조조는 찻잔을 내려놓으며 중얼거렸다.

"진용운, 그자가……. 역시 공손찬의 밑에 있을 재목은 아니라고 느꼈는데. 대뜸 업성을 집어삼키고 기주목을 자처하다니, 생각보다 패도적이군."

"본모습을 감춰온 것이겠지요."

조조의 옆에서 함께 차를 마시던 남자가 답했다. 그는 최근에 조조가 새로이 얻은 책사였다. 또한 유일하게 차 시간을 함께하는 자이기도 했다.

조조는 조인과 하후돈 등으로 대표되는 무장 층은 든든했으나, 참모진이 절대적으로 부족했다. 이제까지는 조조 자신의 지략으로 어떻게든 메워왔다. 하지만 한 사람만의 생각은 자칫 독선에 빠질 위험이 있었다.

그때 마침, 이 남자가 임관을 청했다. 나이를 짐작하기 어려운, 청아한 분위기의 사내였다. 그와 몇 마디 대화해본 조조는 크게 만족하여 즉각 군사로 임명하고 늘 옆에 두었다.

그는 출신도, 사문도 불명이었다. 또한 묘하게 많은 것들을 알고 있었다.

조조는 성격상 그런 것에 전혀 개의치 않았다. 그 능력을 자신을 위해 쓰면 그뿐이었다.

"본모습을 감췄다. 하긴, 그럴 수도 있겠지. 어떤가, 그대가 보기에 앞으로 진용운의 행보는?"

조조는 말끝에 남자의 이름을 덧붙였다. 그는 자(字) 없이 본명만을 쓴다고 했다. 어쩌면 그 본명도 별명일지도 모른다고 조조는 생각했다.

"오용."

그러나 그 남자, 오용의 별명은 따로 있었다. 지다성(智多星). 지혜로운 별이라는 의미의 별명이다.

위원회 서열 3위, 천강 제3위의 남자, 지다성 오용이 답했다.

"아마 그는, 원소와 싸우게 될 것입니다."

15

이 세계에 사는 이유

"그, 진용운은 원소와 싸우게 될 겁니다."

진용운의 다음 행보를 묻는 조조에게 오용이 답했다.

조조는 흥미롭다는 기색을 보였다.

"진용운이 본초와 싸울 거라고? 왜 그렇게 생각하지?"

오용은 백색 장포 차림에 같은 색 학사모를 썼다. 손에는 부채를 들었는데, 특이하게도 검은색 철을 얇게 펴서 만든 것이었다. 표면에는 매우 복잡한 문양이 새겨져 있었다.

조조는 천이 얇아 시원해 보이는 청색 장포를 입고 있었다. 9월이지만 아직 후덥지근한 기운이 남아 있었다. 이러다 서리가 내리고 갑자기 추워지는 것이다.

오용은 가볍게 부채질을 하며 말했다.

"일단 낙양 전투 최후의 승자는 여포가 될 것이 거의 확실합니다."

"이유는?"

"마등, 원술 연합군이 공손찬과 싸우는 사이, 양쪽 다 병력과 물자의 손실이 커졌습니다. 생각보다 장기전이 되었기 때문입니다. 물론 더 큰 타격을 입은 쪽은 손견과 이미 한 차례 싸운 공손찬입니다만."

"흐음."

"반면 여포는 동탁을 죽인 후 빠르게 장안을 정리했습니다. 그리고 동탁의 남은 병력까지 흡수하여, 오만 이상의 정예 양주군을 손에 넣었습니다. 거기에 가후라는 군사가 부족한 지략을 메워주고 황제의 칙서까지 있으니 사기도 높은 상태입니다."

"음."

조조는 오용의 대답을 듣고도 크게 감탄하거나 놀라지 않았다. 가볍게 맞장구를 칠 뿐이었다. 그 결론까지는 자신도 도달했다는 뜻이리라. 조조 자신이 《손자병법》에 주석을 달 정도로 뛰어난 전략가였다. 그럼에도 불구하고, 정사에 의하면 모든 군웅 중 주변에 가장 많은 책사를 두었으며, 모두의 말을 경청했다고 한다. 이는 조조의 수많은 강점 중 하나였다.

"낙양은 여포가 평정하고, 그 전에 발을 뺀 원소는 다른 쪽으로 확장을 모색할 겁니다. 그는 어차피 황제를 모시는 데는 관심이 없었고 주공도 아시다시피 늘 기주를 탐냈지요."

"업성은 기주의 중심 도시이니, 진용운이 한복을 무너뜨린 게 본초에게는 꽤 울화통 터지는 일이겠군. 선수를 빼앗겼으니."

"그렇습니다. 사실 어떤 면에서는 이번에 가까웠으니까요. 원소와 마찬가지로 기주 진출을 노리던 공손찬은 낙양에서 큰 타격을 입고 북평에 틀어박힐 수밖에 없습니다. 그는 당분간 요동태수 공손탁을 견제하기도 버거울 듯합니다."

"공손탁에게 그 정도의 힘이 있던가?"

"그를 너무 얕보시면 안 됩니다. 허나, 군이 건드리지 말고 가만히 놔둔다면 요동에서 할거하는 걸로 만족할 겁니다."

공손탁(公孫度, '공손도'라고도 읽힘)은 동탁의 부하 서영의 추천으로 요동태수가 된 자였다. 중원이 혼란해지자, 북동쪽 구석인 요동에서 왕을 자처하며 독립 세력을 구축하는 인물이었다. 그는 산동반도 동부를 공략하고 고구려와 전쟁을 거듭했으며, 부여와 동맹을 맺기도 했다. 장남 공손강, 그 아들 공손공과 공손공의 아들 공손연에 이르기까지 4대를 전했는데, 서기 238년에 위나라의 사마의에게 토벌될 때까지 오십여 년간 요동에서 독자적인 세력을 영위한, 결코 무시할 수 없는 군웅이었다.

"뭐, 요동 정도는 상관없겠지."

조조는 마치 천하를 갖기라도 한 것처럼 말했다.

오용은 계속해서 말을 이었다.

"그렇다면 자연 원소의 첫 번째 목표는 진용운이 됩니다."

"본초가 남쪽으로 진출할 가능성은?"

"주공과 저의 계획이 성공한다면 감히 그러지 못하겠지요. 그때쯤 주공께서는 진류, 복양, 제북에 걸친 세력을 형성하셨을 테니까요. 주공에게 맞서기 위해서라도, 원소는 기주 및 하북 평정에 사활을 걸 것입니다."

"하하, 남쪽은 손견이 죽은 데다, 유표가 평정했으니 당분간 잠잠할 테고. 그럼 내가 신경 써야 할 상대는 역시······."

"주공과 마찬가지로, 진류를 통해 연주로 진출하려 들 여포입니다."

오용과 자신의 예상이 일치함을 확인한 조조가 말했다.

"여포도 무섭지만, 가후는 그에게 날개를 달아준 격이다. 그 작자 때문에 사수관에서 고생 좀 했지. 그런 자를 영입하면 좋을 텐데 말이야."

조조는 오용이란 군사가 있으면서, 또 가후를 탐냈다. 심지어 과거 적이었으며 미래에도 적이 될 자를. 그에게 당했던 패배의 굴욕 따위는 신경 쓰지 않았다. 오히려 자신에게 큰 패배를 안긴 상대일수록 욕심내는 게 조조라는 인간이었다.

'조조의 인재 욕심은 사실이었군.'

오용은 속으로 가볍게 웃었다.

"한데 탁현을 떠났다는 유비는 지금 어디서 뭘 하고 있나? 공손찬이 졸지에 역적이 됐으니, 아무리 의형이라 해도 명색이 한 황실의 종친이라 주장하고 다니는 자가 거기 붙을 리는 없고."

조조의 말에 오용이 반문했다.

"그자는 왜 그리 신경 쓰십니까? 여태 기반도 닦지 못하고 여기저기 얹혀 다니는 자입니다."

"그렇게 얹혀 다니면서도 백성들의 평판이 나쁘지 않고, 원수진 상대도 없지. 또 제대로 녹봉도 못 줄 형편일 텐데 관우와 장비라는 걸출한 무장들이 성심으로 따르고 있네."

"그거야 의형제라는 의리로 묶여서 그런 게 아니겠습니까?"

조조는 코웃음을 쳤다.

"의형제 아니라 의부자 사이도 수틀리면 죽이는 시대일세. 동탁과 여포의 사례를 보게나. 유비에게는 그들과 다른 뭔가가 있다는 증거지. 후후, 말은 이렇게 하네만, 한마디로 하자면 난 이상하게 그자가 신경 쓰이네. 여포에게 붙기라도 하면 골치 아파져."

"그렇군요. 동향을 파악해보도록 하겠습니다."

고개를 끄덕인 조조가 다른 질문을 했다.

"참, 그대는 가후를 감당할 수 있겠나?"

"전 그릇이 그리 크지 않습니다. 비교적 좁은 범위에서의 국지전 상황이고, 주공께서 제 말을 잘 따라주신다면 제가 반드시 이깁니다. 허나 오랜 시간을 두고 넓은 범위에서 행해지는 전략이거나 외교전 혹은 심리전이라면 승률은 반 이하입니다."

"오호. 그 얘기는 처음 듣는군. 말하자면 그대는 국지전의 전문가라 이건가?"

"그런 셈입니다."

"알겠네. 어차피 작은 전투들이 모여 전쟁이 되는 법. 국지전을 거듭 이겨나가면 천하는 곧 우리 것이 되겠군."

기분 좋아 보이던 조조는 인상을 찌푸렸다.

"쯧. 그나저나 이놈의 더위는 대체 언제 끝나려는지. 올해는 유난히 여름이 긴 것 같아."

그는 추위에는 강한 편이지만, 습하고 더운 날씨에는 약했다. 적벽에서의 패배도, 덥고 습한 남쪽의 기후 탓에 조조의 몸 상태가 나빠져서라는 설이 있었다. 물론, 말 그대로 여러 가설 중 하나일 뿐이다.

잠시 조조를 보던 오용이 시선을 하늘로 돌렸다.

"곧 비가 올 듯합니다. 오래 오진 않겠지만 서늘해질 정도로 세차게 내릴 터이니, 주공의 더위가 조금은 가시겠습니다."

조조도 덩달아 하늘을 보았다. 구름 한 점 없는, 맑고 푸른 하늘이었다.

"응? 이런 날씨에 비가 온다고?"

"예. 하하, 전 비만 오려고 하면 졸려서……. 먼저 실례하겠습니다."

"그러게."

오용은 자기 얼굴에다 부치는 척하면서, 어깨너머로 부채질을 했다. 그가 입안으로 말했다.

"천기, 천변만화(千變萬化), 폭우(暴雨)."

조조의 시야에서 오용의 뒷모습이 사라진 직후, 순식간에 먹구름이 모여들더니 비가 쏟아지기 시작했다. 갑자기 내리는 폭우에 기겁한 하녀들이 빨래를 걷으러 이리 뛰고 저리 뛰었다. 대기가 금세 서늘해졌다.

잠시 멍하니 그 모습을 바라보던 조조는 크게 웃음을 터뜨렸다.

"하하하!"

뺨에 와닿는 차가운 바람이 상쾌했다.

형양에서의 패배는 뼈아팠지만, 수확이 있었다.

당시 조조는 홀로 동탁군을 추격했다. 그 결과, 제북상(후

한의 행정구역은 군, 국, 현으로 나뉘는데 그중 제북국을 관할하는 장관)
포신(鮑信) 같은 이는 조조에게 감복하여 충실히 따르게 됐
다. 또 조조의 행동이 의롭다 여긴 재사(才士)들이 그를 찾아
왔다. 무형의 자산인 '인망'을 얻은 셈이었다. 그들 중 하나가
바로 오용이었다.

적어도 조조는 그렇게 알고 있었다. 그는 먹구름이 잔뜩
낀 하늘을 보며 생각했다.

'천기를 읽을 줄 아는 국지전의 명수라. 형양에서 내게 오
용이 있었다면 여포 따위에게 패하지 않았겠지. 하지만 그때
잃은 병사 모두가 돌아온다 해도 오용과 바꾸지 않으리라.'

처소를 향해 걷던 오용이 잠깐 멈춰 섰다. 그는 어깨너머
로 눈길을 주며 쓴웃음을 지었다.

'날 그토록 중히 여겨주다니, 민망하군.'

놀랍게도, 조조의 생각을 읽은 것이었다. 그의 두 번째 천
기, '심안(心眼)'의 효과였다.

'하긴, 조조가 더워하는 모습을 보고 충동적으로 천기까지
쓴 나도 마찬가지인가. 원래 세상에서부터 유비보다 조조를
좋아하긴 했지만……. 그에게는 확실히 사람을 끌어당기는
묘한 매력이 있다.'

위원회 천강 제3위로서 오용이 가진 천기는 총 세 가지였다.

첫 번째 천기, 천변만화는 그가 소지한 유물 '묵철천상선 (墨鐵天上扇)'이 가진 능력이었다. 그가 사용하는 철 부채가 바로 묵철천상선이었다.

천변만화란 날씨를 조종하는 힘. 물론, 신처럼 자유자재로 조종하는 것은 아니었다. 바꿀 수 있는 날씨는 크게 염 (炎), 우(雨), 한(寒), 풍(風)으로 나뉘었다. 즉 더위, 비, 추위, 바람의 네 가지만 가능했다. 그 네 가지는 다시 극(極), 폭(暴), 평(平), 미(微)의 네 단계로 나뉘었다. 극이 가장 정도가 강하고 미는 약하다.

비교적 좁은 범위에 국한되며 최대 두 시진(약 네 시간) 동안 유지되는 게 한계였다. 또한 어떤 날씨로 바꿨는가에 따라 각기 다른 페널티를 받았다.

'염'을 썼다면 한동안 고열에 시달렸다. '우'를 썼을 때는 참기 어려운 졸음이 쏟아지고, '한'을 쓰면 오한이 들어 떨게 되며, '풍'을 쓴 후에는 일시적으로 마비되어 움직이지 못했다.

그렇다 해도 엄청난 능력임은 분명했다. 전투의 결과가 기상에 큰 영향을 받는 이 시대에는 더더욱.

두 번째 천기, 심안은 이름 그대로 사람의 마음을 보는 힘을 말했다. 이 또한 강력한 힘이나, 역시 한계는 있었다. 우선 대상이 오용 자신으로부터 일정 거리 내, 즉 대략 20미터 안쪽에 있어야 사용 가능했다. 그리고 생각이 정확히 들리는 게 아니었다. 머릿속으로 단편적인 내용이 떠오르는 식이었다.

방금 조조가 한 말을 예로 들면, '형양', '오용', '국지전', '여포', '패배', '잃은 병사', '바꾸지 않을 것이다' 등의 단어와 문장이 마구 들리는 것이다. 그 말들을 종합하여 내용을 추론하면 되었다.

세 번째 천기는 아직 알려지지 않았다. 같은 위원회의 천강위들조차 오용이 그것을 쓰는 모습을 본 적이 없었다.

'그나저나 그분은 대체 무슨 생각인지 모르겠구나. 난데없이 조조에게 가서 힘을 보태라니. 그랬다간 지살위 형제들이 밀어주고 있는 여포와 충돌하게 될 텐데. 게다가 우린 역사에 직접 관여하면 안 되는 거 아니었나? 그저 최선의 방향으로 인도하기만……..'

오용의 상념은 거기까지였다. 너무 졸려서 더 이상 머리가 돌아가지 않았다.

'그래, 그분이 실수할 리가 없다.'

하라는 대로 따르다 보면 다 잘될 것이었다. 오직 이 과업만을 위해 살아온 사람이니까. 잘못된 시대로 온 걸 알고 혼란에 빠진 우리를, 조금도 흔들리지 않고 이끌어준 사람이니까.

"아함."

오용은 쏟아지는 졸음에 연신 하품을 했다. 겨우 처소에 도착한 그는 침상에 쓰러지듯 몸을 누이며 말했다.

"자는 동안 나를 지켜라, 경(鏡)."

베개가 저절로 그의 머리 아래로 움직였다. 이불도 혼자 날아와 그의 몸을 덮었다. 오용은 익숙한 일인 듯, 전혀 놀라지 않았다.

분명 아무것도 없는 문 쪽에서 반쯤 잠든 그를 향한 대답이 들려왔다.

"알겠습니다, 주인님."

나직한 여자의 목소리였다.

한편, 업성을 점령한 용운은 눈코 뜰 새 없이 바빴다.

제일 먼저 한 일은 기주목 취임이었다. 스스로 명분과 정당성을 갖추기 위해서였다. 엄밀히 말하면 싸워서 강탈한 거나 다름없는 자리였다. 그러나 그렇다고 가만히 있었다면 오히려 탁현이 전쟁터로 변했을 것이었다. 그리고 만약 패배했을 경우, 용운과 그 가신들은 죽거나 포로가 됐을 터였다.

황실의 통제력이 극도로 약해져 이런 일이 흔한 시대였다. 용운은 현령에서 일약 기주 지역을 다스리는 장관, 기주목이 된 것이다.

원래 주의 장관으로 '주자사'란 직책이 있었다. 거기에 군사 권한까지 더해져 새로 만들어진 관직이 주목이었다. 즉 현대 대한민국으로 비유하자면 도지사가 자기 아래에 군대를 거느린 형태였다.

이는 중앙정부 입장에서는 매우 위험한 짓이었다. 반란의 우려가 있기 때문이었다. 실제로 강한 군사력을 가진 호족들에게 힘을 실어주는 결과를 낳기도 했다. 그러나 황건적의 난 등으로 어지러워진 상태에서 어쩔 수 없는 선택이었다.

"그래도 될 수 있으면 폐하의 윤허를 얻는 편이 낫습니다. 일단 상소를 올리십시오."

순욱의 조언으로, 용운은 진림에게 지시하여 구구절절한 상소를 올렸다.

왜 자신이 한복을 칠 수밖에 없었는지, 그리고 기주목 취임을 허락해준다면 황실에 어떻게 충성할지, 이런 것들로 황제를 설득하는 내용이었다.

"동탁 암살 계획을 짜다가 들켜, 장안으로 끌려갔던 순유(荀攸)가 제 조카입니다. 다행히 동적이 죽어서 무사히 풀려나, 지금은 여포의 명령으로 양수(楊修)와 함께 장안의 수비를 맡고 있다고 합니다. 그가 폐하의 측근에 있는 모양이니, 주공에 대해 우호적으로 말하도록 편지를 써두겠습니다."

"오, 그렇다면 윤허받을 가능성이 훨씬 높아지겠군요. 부탁해요."

용운은 흡족해하는 한편, 속으로 순유와 양수라는 이름에 군침을 삼켰다.

'순유는 여포 토벌이나 관도 대전 등 조조의 주요 전투 대부분에 종군하여 적절한 조언을 하고 백마 전투에서 원소군의 상장 문추를 잡는 공적을 세운 명군사. 곽가가 죽은 후로 조조의 최측근으로 신임이 두터웠지. 양수는 계륵(鷄肋)이란 고사성어로 유명한 모사로, 조조의 속내를 너무 정확히 읽어서 참수당했다는 말이 있을 정도의 천재고⋯⋯. 우왕, 과연 인맥의 왕 순욱. 대놓고 당장 데려오라고 하면 이상하게 보일 테니, 일단 위시리스트에⋯⋯.'

또한 용운은 가신들에게 마침내 관직을 내렸다.

'자고로 상벌을 명확히 해야 충성심이 유지되는 법. 이제 영토가 생겼으니 녹봉도 줄 수 있게 됐고. 탁현에서는 특별한 관직도 없이 주먹구구식으로 해왔으니까.'

용운 자신이 제5품 정도에 해당하니, 당연히 그보다 낮은 품계의 관직만 임명 가능했다. 이는 권한의 문제가 아니라 권위의 문제였다. 어차피 관직을 내리는 거야 용운의 마음이었다. 그러나 주군인 용운은 주목인데, 그 수하인 진궁이나 순욱이 승상(황제를 보필하는 최고 관직)이라면 모양새가 이상할 터였다.

용운은 우선, 노식을 탁군 태수로 임명하여 전권을 주었다. 노식은 한 분야의 천재는 아니었다. 대신 행정 능력, 정치력, 군사적 능력, 인간적 매력을 골고루 다 갖췄다. 거기다 청렴하기까지 해서 태수직에 적합했다. 노식이 탁군을 방어해 준다면 용운은 안심하고 업에 머무를 수 있게 되는 것이다.

군무가 아니었지만 노식은 크게 만족했다. 이제 전면에 나서서 군대의 일을 보기에는 늙었다는 사실을, 거듭된 전투로 절실히 깨달았기 때문이다. 또 탁군에서 일한다면 고향 사람들이며 가족과 함께 지낼 수도 있었다.

'누상촌에서 육이가 커가는 모습을 보면서 인생을 마감하고 싶구나. 마지막 불꽃을 태수로서 피울 수 있게 됐으니, 이제 주공께서 폐하를 모시는 모습만 본다면 죽어도 여한이 없겠다.'

진림에게는 탁군의 군승 자리를 주어, 노식을 도우면서 문서 업무를 주관하도록 했다.

진궁은 후군사로, 저수는 중군사로 임명했다. 각각 후군, 중군에서 참모 역할을 하는 자리였다. 이는 중앙정부의 승상 아래에 있는 중군사, 후군사와 명칭은 같았으나 품계는 낮았다.

전풍에게는 '별가종사(주목이나 자사가 군현을 수행할 때 수행하는 직책. 행정 업무도 담당)', 최염은 '치중종사(내정을 담당하며, 주목의 속관 중 수석보좌관)'의 자리를 주었다.

전예는 하던 대로 첩보조직 흑영을 맡았는데, 용운이 그에게 따로 '기밀종사(機密從事)'라는 직책을 내렸다. 각종 정보와 첩보를 총괄하는, 말하자면 현대의 정보국장 비슷한 자리였다.

'종사는 주, 군의 장관이 자체적으로 임명할 수 있고 필요에 따라 여러 종류를 만들 수도 있으니까. 이럴 때 딱이네.'

거기다 용운의 아래에 있는 모든 이를 감찰할 수 있는 권한도 주었다. 사병이 없을 뿐, 그야말로 강력한 권력을 쥔 셈이었다. 이는 용운이 그만큼 전예를 믿는다는 의미였다. 만에 하나 변심한다 해도, 어차피 호감도를 눈으로 확인할 수 있으니 배신당할 일도 없었다.

마지막으로 순욱은 '인사종사(人事從事)'를 맡았다. 이 또한 용운이 종사를 변형시켜 만든 관직으로, 업성 내 관리의 등용 및 임명을 주관했다. 이는 순욱에게 다분히 바라는 바가 있어서였다.

'《삼국지》에서 보면, 순욱이 조조에게 천거한 인재만 해도 그 면면이 장난 아니지. 우선 곽가부터 시작해서 정욱, 친척인 순유, 사마랑 등등. 저런 자리에 앉혀놓으면 알아서 천거해올 거야. 가뜩이나 일손이 부족하니까. 그나저나 조조한테 뭔가 미안한데.'

본래 역사에서 순욱은 조조의 가신이었다. 따라서 그가 천거한 인물들 또한 대부분 조조의 세력에 속했다. 조조는 자신도 모르는 사이, 미래의 참모진을 탈탈 털릴 위기에 처한 것이다.

'조조 본인이 워낙 똑똑하니까 알아서 잘할 거야. 응……
아마도. 그러고 보니 조조는 어디서 뭘 하고 있담? 원래대로
면 지금쯤 진류에서 한창 세력을 키우고 있을 때인데. 유비 삼
형제의 동태도 신경 쓰이고. 낙양에서 손 떼고 남피에 틀어박
힌 원소도, 낙양 전투의 상황도……. 아, 알아야 할 것투성이
네. 역시 정보가 중요해. 이거, 전예를 더욱 혹사하게 생겼군.'

다음은 무관들 차례였다.

제일 먼저, 용운은 조운을 기도위에 임명하여 업성의 전군
을 통솔할 직책을 주었다.

'마음 같아서는 대장군직이라도 내리고 싶다.'

그는 사사로이는 용운의 의형이자, 맨 처음부터 함께 행동
해오며 따랐다. 또한 업성 전투에서 적장 국의를 쓰러뜨리는
공훈을 세웠으니 당연한 인선이었다.

태사자는 그에 버금가는 별부사마에 임명했다. 그 또한 일
찍부터 용운과 인연이 있었으며, 적장 조부를 베는 등 공을
세웠음을 감안했다.

장합은 전군교위가 되어, 한복의 아래 있을 때보다 약간
품계가 높아졌다. 순수히 품계만 놓고 따지면 조운보다도 높
았다. 하지만 업성 내에서는 다소 특수성이 작용하여, 비슷
한 지위로 인정되었다. 휘하에 군대를 거느릴 수 있었으나,
총지휘 계통은 조운이 우선인 식이었다. 물론, 장합도 조운

에게 자유로이 의견을 낼 수 있었으며, 둘이 합의하여 최종 결정을 내렸다.

장합은 용운을 따른 시간에 비해 관직이 높았다. 하지만 그렇다고 본래 한복에게 있을 때보다 낮은 품계를 주긴 곤란했다. 또 전풍과 저수를 구하는 등의 공로가 있었기에 다들 수긍했다.

업성 전투에서 화려하게 등장한 장료는, 일단 조운과 태사자의 부장격인 군후가 되었다.

태사자와 장료의 선봉 사건 이후, 내막을 들은 용운은 자신이 아는 지식이 아니라 해당 장수가 임관한 시간과 전공을 바탕으로 공평하게 대하려고 노력했다.

장료의 자질로 보아, 시간이 지나면 자연히 공을 세워 승진하리라.

조운, 태사자, 장합, 장료. 이상 네 명이 현재 대외적으로 용운의 세력을 대표하는 4대 장수였다.

그런데 생각지 못한 문제가 발생했다.

모두에게 녹봉을 주려니 적자가 날 지경이 됐다. 첫해에 세금 감면을 선포했기에 더 그랬다.

용운은 순욱, 진궁과 의논해 해결책을 찾았다.

"일단, 업성에서도 하루빨리 둔전제를 시행하여 생산량을 높여야 합니다. 병사 수가 대폭 늘었고 토질도 탁군보다 좋아서 빠르게 결과가 나올 것입니다."

진궁의 말을 순욱이 이었다.

"모자라는 녹봉은 땅을 일부 내리셔도 좋습니다. 단, 상속은 안 되며, 관직에 있는 동안 그 땅에서 나오는 작물의 일정 부분을 가져가는 식입니다."

용운은 고개를 끄덕였다.

"둘 다 좋은 의견입니다. 장하 상류와 서호 쪽에 둑을 쌓는 일은 어떻게 됐나요?"

"순조롭게 진행되고 있습니다."

"똑같이 수공으로 당할 순 없으니까요."

확실히 뛰어난 책사가 많아지니 다양한 의견이 나오고 문제도 빨리 해결되었다.

가신들 다음에는 백성들을 다독일 차례였다. 용운은 업성 내 곳곳에 포고문을 붙여 민심을 안정시키려고 애썼다. 대략 이런 내용이었다.

─성의 주인이 바뀌었으나, 아무 걱정하지 말고 생업에 종사하면 된다.

─첫해 세금을 반으로 감면하며, 이후 영구적으로 줄여나갈 예정이다.

─성에서 진행하는 토목공사에 참여한 자에게는 후한 임

금을 지급한다.

　―집에 따로 일할 수 있는 사람이 없는 경우, 16세 미만, 60세 이상인 경우 징병하지 않는다.

　―하급 관리부터 고위직까지 자유로이 의견을 받는다. 채택된 자는 승진하며 포상금을 지급한다.

이 시대에서는 파격적이라 할 수 있을 정도로 친서민적인 내용이었다.

백성들은 반신반의하면서도 환호했다. 특히, 출세의 기회라 여긴 하급 관리들은 쉴 새 없이 개선책이며 새로운 정책들을 내놓았다. 대부분 현장에서 직접 일하는 자들의 의견이기에 생각 이상으로 쓸 만한 것들이 있었다.

문제는 그렇게 들어오는 서류가 지나치게 많았다는 것이다. 두 손 든 용운은 다른 방식을 도입하기로 했다.

"이러다 서류 검토하느라 시간 다 가겠소. 1차로 전풍 공과 저수 공이 검토하여, 타당한 것만 올려주시오."

저수는 군사 관직에 있었지만, 따로 전투가 없을 때는 행정도 담당하는 처지였다.

전풍은 주로 내정과 관련된 제안서를, 저수는 군사에 관련된 제안서를 맡았다. 두 사람은 따로 마련된 공간에서, 접수된 제안서들을 하나하나 검토했다.

"아무래도 주공께선 우리 둘 다를 말려 죽이시려는 모양이오."

눈이 퀭해진 저수가 말했다.

옆에서 함께 일하던 전풍은 조용히 의자를 당겨 떨어져 앉았다.

"아, 또 왜 그러시오!"

"아, 미안하오. 눈이 쑥 들어가서 그런 말을 하니 뭔가 이상하게 보여서 그만……."

"……솔직히 말해보시오, 원호 님. 혹시 내 반응을 즐기는 거 아니오?"

저수가 따질 때, 하인이 두 사람에게 보고했다.

"한 시진이 지났습니다. 일어나서 몸을 움직이시고 한방차를 드십시오."

"으흠. 벌써 시간이 그렇게 됐나."

저수와 전풍은 나란히 서서 기지개를 켰다. 이어서 목과 허리를 돌리고 손도 흔들었다. 분명 업무량은 엄청났는데, 이렇게 중간에 쉬게 하니 견딜 만했다.

용운은 행정업무를 보는 가신들에게, 한 시진마다 무조건 의자에서 일어나 몸을 풀고 1다경(차 한 잔 마실 정도의 시간. 약 15분) 정도의 휴식시간을 갖도록 지시했다. 심지어 최염에게 명하여 그 부분을 법제화했다. 자율적이긴 하지만, 어겼다가 발각됐을 경우 상당한 액수의 벌금을 물어야 했다.

그는 제갈량과 법정(원래 유장의 수하였다가 유비의 참모가 되어 활약한 책사) 등이 과로사했다는 걸 알고 있었다. 대체할 사람이 없었다곤 해도, 《삼국지》에서 그와 관련된 대목을 볼 때마다 안타까웠다.

이에 그런 일을 막기 위해 아예 법으로 만든 것이었다. 용운은 가신 중 누구 한 사람이 죽는다는 생각만 해도 온몸이 싸늘해졌다.

전투 작전 수행은 최대한 안전하게, 평소에 건강관리는 철저하게.

이게 가신들을 대하는 용운의 좌우명이었다.

한방차를 한 모금 마신 전풍이 저수에게 말했다.

"어험. 우리 건강에 신경 써주시는 건 고맙지만, 얼른 일손이 더 확충됐으면 좋겠구려."

"말 시키지 마시오."

"……삐치셨소?"

두 사람이 휴식시간을 지키는지 몰래 보러 왔던 용운이 피식 웃었다.

'은근히 둘이 잘 노네.'

안 그래도 용운은 순욱에게 쓸 만한 인재가 있으면 적극적으로 천거하도록 지시해두었다. 그러면서 곽가, 순유 등의 이름을 입에 담지 않으려고 애썼다.

'자, 순욱. 죄다 얼른 데려오란 말이야. 오는 족족 받아줄 테니.'

용운은 연일 분주하게 보냈다. 그렇게 하루하루가 쏜살같이 지나가던 어느 날.

"일을 해도 해도 끝이 없구나."

교복 위에 관복을 걸친 용운이 한탄했다. 그는 조금 전까지 대략 180장 정도의 서류를 읽고 직인을 찍었다. 순욱, 진궁, 전풍, 저수 등이 다 달라붙어서 도와줬는데도 이 정도였다. 최종 결정은 용운이 내려야 하는 까닭이었다.

게다가 전날 밤에 악몽을 꾼 탓인지, 몸 상태가 영 좋지 않았다. 정체를 알 수 없는 시커먼 그림자가 자신을 덮치는 꿈이었다.

'도저히 안 되겠다. 좀 쉬어야지. 서류 내용이 머릿속에서 계속 돌아다니네. 집중도 안 되고.'

용운은 집무실을 나와, 교복을 장포로 가렸다. 그리고 업성 안을 구경하며 돌아다녔다. 이제 이 세상에 완전히 적응했다고 생각하면서도, 종종 영화 촬영 세트장을 보는 듯한 이질감이 들곤 했다. 또한 컴퓨터와 인터넷, 스마트폰, 쾌적한 욕실과 화장실 등 현대 문물이 아쉬울 때가 있었다.

무엇보다 괴로운 것은 향수병 같은 감정이었다. 학교가 그립고 살던 집과 동네가 그리웠다.

'안 그럴 줄 알았는데. 사는 게 별로 재미없었으니까.'

그러나 일상의 힘은 생각보다 강했다. 특히, 유일하게 자신을 진심으로 좋아해준 사람인 민주가 미치도록 보고 싶었다. 용운은 자신 또한 민주를 많이 좋아했음을 이제야 깨달았다. 앞으로 그녀를 평생 볼 수 없을지도 모른다는 사실, 마지막으로 본 그녀의 얼굴이 서운해서 금방이라도 울 것처럼 시무룩한 표정이었다는 것, 이런 것들이 그를 더욱 괴롭게 했다.

정신없이 바쁠 때는 잊고 있다가도, 군중 속에서 혼자 있게 되면 문득 이런 생각이 들었다.

'난 지금 뭘 하고 있는 거지?'

분명 처음에는 그저 이 세계에서 살아남으려고, 사천신녀와 함께 있을 안전한 장소를 확보하기 위해 애썼을 뿐이었다.

용운은 원래 있던 세계, 2015년의 대한민국으로 돌아갈 방법을 알지도 못했고 그와 관련된 어떤 단서도 찾지 못했다. 타임슬립이라는 상식을 벗어난 현상 앞에서, 그의 순간기억 능력도 아무 도움이 되지 못했다. 그 당시나 직후의 일을 떠올리려 하면 극심한 두통이 일어나 생각을 방해하곤 했다.

'내가 수용 가능한 범위를 넘어선, 엄청나게 무섭거나 놀라운 뭔가를 겪은 게 틀림없어. 내 몸이 원자 단위로 해체됐

다가 이 세계에서 다시 합쳐지는 모습이라거나……. 헐, 내가 생각했지만 소오름.'

현대와의 유일한 끈이라 할 수 있는 위원회와는 처음부터 단단히 척을 졌다. 그들이 귀환 방법을 안다는 보장도 없었다.

결국, 이곳에서 일 년을 살지 평생을 살지 알 수 없게 되어 버린 것이다. 그래서 자신이 몸담았던 공손찬의 세력을 어느 정도까지 키워주려고 했다. 십 년 내로 찾아올 그의 몰락을 막기 위해서였다.

그러나 어느 순간부터 욕심이 생겼다.

이곳도 사람이 사는 세상이라, 아무하고도 관계를 맺지 않기는 불가능했다. 그렇게 지내다 보니, 조운이나 진궁처럼 사천신녀 외에도 용운 자신을 따르는 이들이 생겼다. 그들 덕에 더는 외롭지도, 무섭지도 않았다. 그들 모두를 포용하고 싶어졌다.

'그들과 더불어 열심히 살아왔을 뿐인데, 어느새 나 자신도 난세의 중심에 뛰어들어버렸어. 마치 거대한 파도에 휩쓸린 것처럼.'

거기에 내심 돌아가신 거라 여겼던 아버지의 흔적까지 발견되었다. 아버지와 만날 때까지, 그에 관한 정보를 계속 추적해야 했다.

또한 악의와 살의를 품고 공격해오는 위원회로부터 자신

을 지켜야 했다.

조운, 노식, 진궁, 장료 등 필요에 따라 행했을 뿐인 자신의 연기를 믿고, 인생 전부를 걸어오는 이들을 도저히 배신할 수 없었다.

무엇보다, 원래의 세계로 돌아갈 때까지 어떻게든 살아남아야 했다.

이 모든 것들을 충족하는 데 필요한 것은 결국 '힘'이었다. 무거운 것을 들어올릴 때 쓰는 힘이 아니었다. 성, 군대, 식량, 무기, 백성, 정보, 인재. 힘이란 이런 것들의 집합체였다. 그 힘을 손에 넣기 위해, 자신이 가진 미래의 지식과 '천기'로 짐작되는 기이한 능력을 사용하여 더욱 사람들을 끌어들였다.

'이제 돌이키기에는 늦었다. 한복을 침으로써 난, 역사에 이름이 남을 군웅 중 한 사람이 되고 말았어. 진용운. 태어난 일시 및 본적 불명. 189년 말경, 공손찬에게 임관하면서 역사에 등장하였다. 이런 식으로 후세에 기록되려나?'

용운은 머리가 복잡해진 상태로 걷고 있었다.

'그럼, 미래에 있던 원래의 나는 어떻게 되는 거지? 아니, 내가 삼국시대라는 시공으로 왔으니까 그 세상의 나는 이미 사라진 건가? 내가 돌아갈 곳이 있기나 한 걸까?'

청몽은 모습을 숨긴 채 그의 곁을 따랐다.

정인(情人)의 표정이 어둡고 마음이 어지러움을 느꼈지만,

해줄 수 있는 게 없었다. 그저 그의 곁을 지켜줄 뿐.

문득 정신을 차려보니, 용운은 시장에 와 있었다. 그가 제일 좋아하는 장소였다. 이곳이 게임이나 영화처럼 비현실적으로 느껴질 때마다, 이 세계 또한 엄연한 현실이며 사람들이 살아가는 곳임을 일깨워주는 까닭이었다. 역설적으로, 원래 살던 세계의 풍경과 가장 닮아 있기 때문이기도 했다.

시장은 가판대에 온갖 물건을 늘어놓고 파는 상인들과 장 보러 나온 사람들이 뒤섞여 북적거렸다.

멍하니 그 광경을 바라보던 용운은, 처음 업성을 점령했을 때와 뭔가 달라졌음을 알았다. 그게 뭘까 잠시 생각하던 그는 자기도 모르게 탄성을 질렀다.

"아!"

달라진 건 바로, 사람들의 표정이었다.

용운은 얼떨떨하면서도 뿌듯한 심정으로 중얼거렸다.

"다들 웃고 있어……."

통치자가 달라진 데 대한 막연한 두려움과 전투의 후유증으로 인해 어둡던 이들의 얼굴에 이제 웃음이 떠올라 있었다.

그런 용운의 귓가에 청몽이 속삭였다.

"주군은 잘못하지 않았어요. 아니, 잘하고 있어요. 저 사람들의 표정이 그 증거예요."

"청몽……."

"솔직히 나는 주군이 궁극적으로 뭘 하려는지 잘 몰라요. 그냥 주군을 지키는 게 내가 할 일이니까."

"……."

"다만, 절대 나쁜 일을 하지 않을 거라는 것, 뭘 하든 난 주군의 편이라는 것만 확신해요. 그리고 주군께서 하는 일들이 이 세상을 조금씩 더 살기 좋게 바꾸리라는 것도요. 그건 굉장히 훌륭한 일이에요. 이제는 이곳이 우리의 현실이잖아요."

"아……."

평소와 달리 조심조심 이어가는 청몽의 말에, 용운은 정수리에 번개를 맞은 듯한 충격을 받았다.

'이제 이곳이 우리의 현실이다.'

21세기의 대한민국에서는, 천 년 후의 미래를 고민해가며 살아갔던가? 아니, 그러기는커녕 십 년 뒤의 일도 짐작하기 어려웠다. 다만, 우울하고 외로운 가운데서도 하루를 잘 살아가려고 애썼다. 그 나날들이 쌓여 미래를 만들어가니까.

'이제 이곳이…… 우리의 현실…….'

단순하게 생각하자 오히려 머리가 상쾌해졌다.

우선, 최대한 빨리 아버지를 만나고 싶다. 그리고 함께 머리를 맞대고 원래 세상으로 돌아가는 방법을 연구해보리라.

'그래, 아버지라면 분명 나보다 더 많은 걸 알고 계실 거야. 그리고 돌아가기 전에, 날 믿고 따라줬던 사람들이 이 세계에서 잘 살아갈 수 있도록 최대한 많은 것들을 준비해두고 갈 거야. 또 사천신녀를 함께 데려갈 방법도 반드시 알아내고 말겠어.'

몸을 돌린 용운이 청몽을 안았다.

"고마워, 청몽."

청몽의 눈이 커졌다. 용운이 포옹해서가 아니라, 그의 뒤에 갑자기 연기처럼 나타난 형체를 본 까닭이었다. 그녀가 거기 미처 반응하기도 전에, 명치께에 불로 지진 듯한 뜨거운 고통이 느껴졌다.

용운은 어리둥절한 소리를 냈다.

"어……?"

그는 청몽의 어깨에 손을 얹은 채 아래를 내려다보았다. 가슴으로 뭔가가 삐죽 튀어나와 있었다.

"아파…….."

용운의 몸에서 힘이 빠지고 다리가 풀렸다.

청몽이 쓰러지는 그를 얼른 받쳐 안았다.

'안 돼.'

용운의 어깨너머로, 그의 등을 관통하여 청몽 자신의 명치까지 찌른 긴 창이 보였다. 청몽의 입에서 울컥 선혈이 흘러나왔다. 그러나 그녀는 그것을 느끼지 못했다.

'주군.'

"히익, 사람이 찔렸다!"

"살인이다!"

아우성을 치는 시장 사람들의 목소리도 들리지 않았다. 그녀의 신경은 온통 정신을 잃은 용운에게 쏠려 있었다.

'안 돼, 제발!'

비쩍 마른 한 남자가 창 손잡이를 쥐고 있었다. 마치 미라처럼 전신을 붕대로 감은 자였다.

그가 스산한 목소리로 입을 열었다.

"죽어라, 진용운."

16

움직이는 천강성

　중국 대륙의 서쪽에는 험한 산과 숲으로 둘러싸인 지역이 넓게 펼쳐져 있었다. '익주'라 불리는 지역으로, 유비가 촉나라를 세운 촉군, 유비와 조조가 격전을 벌였던 한중군 등이 포함되어 있는 곳이었다.

　익주가 혼란해지자, 조정에서는 유언(劉焉)을 익주목으로 임명하여 다스리도록 했다. 유언은 전한 경제의 아들 노공왕의 후손이었다. 즉 황실의 종친인 셈이었다.

　그는 익주를 평정하자 내심 야망이 생겼다.

　'익주는 낙양에서 멀어 상황 파악이 어렵고 군대를 보내기도 쉽지 않다. 조정이 어지러운 지금은 더더욱 그렇다. 황가

의 피를 이은 사내로서 어찌 이 기회를 그냥 놓치겠는가!'

당시 익주에는 '오두미도(五斗米道)'라는 종교가 번성하고 있었다. 입교할 때 쌀 다섯 말을 바쳐야 한다고 해서 오두미도라 불렸다.

유언은 오두미도의 3대 지도자인 장로(張魯)와 손잡고 한중태수 소고를 기습하여 죽였다. 또한 낙양으로 통하는 가도를 끊고 황실에서 파견한 사자를 살해하였다. 누가 봐도 부인하기 어려운 반역의 증거였다.

바로 그 익주성의 대전 안에서 누대에 앉은 한 남자가 말했다.

"그리고 아들 유장이 익주를 물려받아, 훗날 유비에게 빼앗겼겠지요. 역사대로 진행됐다면 말입니다."

그 남자는 아무 특징이 없었다. 특징이 없다는 게 바로 특징이었다. 굳이 찾자면, 몹시 선해 보이는 눈과 다소 작은 체구 정도였다.

그는 깔끔한 흰색 폴로셔츠에 블랙진을 입고 있었다. 차림으로 보아, 이 시대의 인물이 아님을 알 수 있었다.

그의 옆에 서 있던 여인이 말했다.

"이래도 될까? 우린 역사에 직접 관여하면 안 되는 거 아니었어?"

여인은 얼굴이 보이지 않았다. 눈만 내놓은 채 머리부터 발끝까지 온몸을 검은 망토로 휘감았기 때문이다. 망토 아래로 검은색 부츠를 신은 발끝이 보였다.

특이하게도 여인의 두 눈동자는 피처럼 붉었다. 마치 눈동자 대신 루비를 박아놓은 듯했다.

두 사람의 발치에는 비대한 몸집의 한 장년인이 어린애처럼 두 다리를 쭉 뻗고 앉아 있었다. 그는 한눈에 보기에도 상태가 이상했다. 풀린 눈에, 입에서는 침을 흘리고 있었다. 화려한 옷차림과 머리에 쓴 관 등으로 보아 지위가 꽤 높은 자인 것 같았다.

그를 힐끗 본 선한 눈매의 남자가 대꾸했다.

"원래대로면 192년에 동탁이 암살된 후, 부하인 이각, 곽사가 여포를 내쫓고 조정을 장악합니다. 그러자 194년에 마등과 한수가 군대를 일으켜 장안을 공격하지요. 그때 이 남자는 마등에게 동조해서, 성안에 있던 첫째, 둘째 아들과 합세하여 장안을 함락시키려 했지만 실패합니다."

"……난《삼국지》는 잘 몰라."

"그 결과 두 아들은 이각의 군사에게 붙잡혀 죽습니다. 이 남자는 자신이 지시하여 만든 황제용 수레들이 낙뢰에 맞아 불탄 충격과 두 아들을 잃은 슬픔이 겹쳐, 194년, 앞으로 대략 삼 년 후에 악성 종양으로 사망하게 됩니다."

"악성 종양? 그럼 암에 걸린 거야?"

"그렇다고 볼 수 있죠. 그 전까지 이 남자가 한 일은 익주에서 자신의 지배력을 굳힌 것뿐, 딱히 역사의 전면에 나선 적이 없습니다. 게다가 지금은 아직 190년인데 벌써 동탁이 죽었고 이각과 곽사도 여포의 손에 죽었음을 확인했지요. 결론은, 개입에 의한 역사의 변화는 무의미해졌다는 겁니다."

"하지만 '시간의 수호'는? 바꾼 만큼 곧 반작용이 되돌아올 텐데⋯⋯. 또 후손들은?"

"벼락 맞아 죽을 것도 아닐 텐데 그 정도는 감당할 수 있습니다. 천 년 후의 일을 지금 계산할 수도 없고요. 그걸 다 따지면 할 수 있는 일이 없어요."

흰색 폴로셔츠의 남자는, 갈색 스니커즈를 신은 발끝으로 장년인을 툭 찼다.

"우리가 움직이려는 다른 군웅들에 비하면, 이 남자에 의한 시간의 수호라고 해봐야 대단한 것도 아닐 테지요. 또 이미 여러 사람이 시간을 왜곡하기 시작한 이상, 수호 효과도 많이 분산될 거니까 너무 걱정 마세요."

여인은 불안한 듯 새빨간 눈동자를 굴렸다.

"그래도⋯⋯ 제대로 자리 잡기 전에 우리가 익주를 차지했다는 게 발각되면 어떡하지?"

"그럴 일은 없습니다. 이 남자를 죽인 것도 아니고 그저 '성수'를 조금 써서 세뇌한 것뿐인데요. 표면적으로는 여전히 이자가 익주의 주인인 것처럼 보일 겁니다. 그편이 우리도 움직이기 수월하고요."

"그럴까?"

"한번 시험 삼아 명령해보세요."

"내, 내가?"

"괜찮으니까 어서."

머뭇거리던 붉은 눈동자의 여인이, 주저앉아 있던 장년인에게 말했다.

"일어나라. 그리고 멍청한 표정 짓지 말고 위엄 있는 태도를 보여라, 유언."

장년인의 정체는 바로 익주목 유언이었다.

여인이 말을 마치자마자, 놀라운 일이 벌어졌다.

풀려 있던 유언의 눈동자에 초점이 잡혔다. 입이 굳게 다물어지고 얼굴에 위엄이 서렸다. 도포 소매로 침을 닦은 그가 일어섰다. 그러자 조정에 대항하여 익주를 지배한, 야심가다운 모습이 됐다.

폴로셔츠의 남자가 유쾌한 듯 물었다.

"어떻습니까?"

여인의 눈에 감탄의 빛이 떠올랐다.

"성수의 약효가 더 좋아졌네. 확실히 지살위 중에도 쓸 만한 애들이 있다니까."

"이제 여기, 서측 땅 깊숙한 곳에 자리 잡고 우리를 위해 천하를 움직이기만 하면 됩니다."

"그자는 어쩔 건데? 진한성과 진용운 말이야."

"방해물인 걸 알면서도 그냥 둘 순 없지요. 단, 리스크를 확인해봐야 합니다. 암살이 가능한 상대인지, 가능하다면 어느 정도의 전력을 보내야 하는지를요. 이미 지살위들이 크게 한 번 피를 본 적이 있어서요."

"흐음."

"그 결과 암살이 불가능하다거나 지나치게 큰 희생이 예상된다면 방법을 바꿔야겠지요. 그 리스크 확인을 위해, 양쪽에 각각 위원회의 형제 하나씩을 보냈습니다."

"누구를? 그리고 왜 한 명씩만 보낸 거야?"

여인은 파견된 자들의 이름을 듣고 납득했다.

"과연. 그 둘이라면 확실하겠네. 둘 다 단일 전투력으로는 회 내에서도 우열을 가리기 어려운 강자들. 성공하면 좋고 죽어도 그만인 골칫거리들이니. 그 둘이 실패한다면 아무도 암살을 못해낸다는 거지."

"바로 그겁니다. 그렇다고 천강위들이 다 몰려가면, 어떻게든 암살이야 성공하겠지만…… 손해가 더 크겠지요. 머릿수로 해결될 일이 아니니 암살이란 걸 하는 겁니다."

여인이 고개를 끄덕였다.

"애초에 천강위 형제들을 잃는다면 모든 게 의미가 없어지니까."

그때, 대전의 육중한 문이 열렸다. 이어서 한 남자가 들어왔다. 그 남자는 말끔한 정장 차림에 넥타이까지 맸다. 차림새로 보아 이 시대 사람이 아님이 분명했다. 그는 양손에 각각 한 자루씩의 창을 든 채였다. 창날 끝은 온통 피로 물들어 있었다. 쌍창을 든 남자가 입을 열었다.

"명령하신 대로, 장로를 비롯하여 오두미도의 지도자들을 모두 죽였습니다. 이제 촉의 백성들은 오두미도 대신, 성혼단을 믿고 의지하게 될 겁니다, 송강 님."

급시우(及時雨) 송강(宋江).

힘을 주는 별의 이름은 천괴성(天魁星).

위원회의 최고 수장 자리에 있으며, 대중화제국(大中化帝國) 계획 총책임자의 이름이었다.

같은 시각, 업성 내의 시장.

'어떡하지?'

청몽은 창에 찔린 용운을 안은 채 적을 노려보았다.

그녀는 입안 가득 고인 피를 뱉어내고 말했다.

"너, 누구야?"

온몸에 붕대를 감고, 그 위에 갑옷을 입은 기괴한 남자가 답했다.

"나는 탁탑천왕(托塔天王) 조개(晁蓋). 위원회의 원로이자 성혼단의 수호자다. 송강 님의 명을 받들어 진용운을 제거하러 왔다."

청몽은 입술을 질끈 깨물었다. 결국, 위원회에게 발각됐나. 하긴, 한복을 치고 업성을 차지하는 등 큰일을 벌였으니 알려지는 건 시간문제였을 것이다.

'그래서 평소보다 더욱 경계를 철저히 했는데…….. 나는 주군에게 24시간 붙어 있고 다른 자매들은 번갈아가며 성문을 감시했다고. 위원회의 존재를 모르는 전예도 따로 경호병을 붙였고. 이놈, 대체 어떻게 들어온 거람?'

남자, 조개는 말끝에 용운의 등을 관통한 창을 쑥 뽑아냈다.

상처를 막고 있던 창이 빠져나가자, 가슴에 뚫린 구멍에서 피가 분수처럼 뿜어져나왔다.

"아앗!"

청몽은 용운의 상처를 손으로 급히 틀어막았다. 하얀 손이 금세 피로 붉게 물들었다.

푸욱! 그 직후, 이번에는 배를 찔렸다. 조개라는 자가 또다시 용운의 등허리를 꿰뚫고 청몽의 배까지 찌른 것이었다. 그야말로 인정사정없는 손속이었다.

'창을 회전시키면서 찔렀어.'

기절한 용운의 몸이 경련을 일으켰다.

청몽은 이를 악물고 원독 어린 표정으로 말했다.

"조개인지 꼬막인지 너 이 새끼, 갈아버린다."

"입이 험한 계집이구나. 할 수 있으면 해봐라."

그때였다. 혼란에 빠져 우왕좌왕하던 인파 사이에서, 검게 칠한 비수 수십 개가 날아왔다. 조개는 창을 휘둘러 비수를 쳐냈다.

그사이, 네 명의 남녀가 어느 틈에 용운과 청몽의 앞을 가로막고 서 있었다.

네 사람의 연령대는 제각각이었다. 복면으로 코와 입을 가렸을 뿐, 옷차림은 시장 상인이며 백성들의 그것과 같았다. 사람들 사이에 숨어 있었던 까닭이다.

그중 한 남자가 나직하게 말했다.

"늦어서 죄송합니다. 주공을 모시고 피해주십시오, 낭자."

"……!"

그들은 시선을 조개에게 고정한 채, 고개도 돌리지 않았다. 그러나 굳이 누구인지 설명하지 않아도 알 수 있었다.

'전예가 수장으로 있는 정보조직, 흑영의 일원.'

청몽은 몸조심할 것을 당부하거나 감사인사를 하는 대신, 즉시 용운을 안고 움직였다. 저들도 그것을 더 바랄 터였다.

조개라는 자객의 실력으로 보아, 네 남녀가 살아남긴 어려울 듯했다. 그러나 청몽 자신도 같은 선택을 했을 것이다. 그게 저들의 임무이기도 했다. 그녀는 네 사람의 등을 마지막으로 눈에 담았다.

'미안, 그리고 고마워요. 대신 당신들의 뒷모습을 절대 잊지 않을게요.'

청몽이 피를 뿌리며 채 몇 발도 떼기 전이었다.

"으윽!"

"아악!"

뒤에서 단말마의 비명이 들려왔다. 흑영대원들이 목숨을 던져가며 조개를 막았으나, 촌각의 시간조차 버티지 못한 것이다.

청몽은 한쪽 팔로 용운을 안고, 다른 손으로 그의 가슴을 누른 자세였다. 게다가 청몽 자신도 명치와 복부를 창에 찔렸다. 당연히 평소만큼의 속도가 나지 않았다. 용운의 호흡이 점점 약해지는 것도 그녀를 조급하게 했다.

'주군, 제발 조금만 버텨줘요.'

용운이 입은 부상은 보통 사람이라면 즉사하고도 남을 만했다. 심장은 아슬아슬하게 비껴갔지만 등에서부터 배를 뚫리면서 척추와 장기가 손상됐다. 두 군데의 상처에서 쏟아지는 피도 엄청났다. 그나마 아직 살아 있는 건, 그가 가진 유물, 금강벽옥접의 효능 덕이었다. 파란 나비 모양의 조각상인 금강벽옥접은 소유자의 치유력을 높이는 '급속회복'이란 힘이 있었다. 그러나 부상이 워낙 심해, 이대로라면 오래 버티기 어려울 터였다.

'안 되겠다. 차라리 가사 상태에 빠뜨려 출혈을 멎게 하는 게……. 잠영은신, 지(地)!'

청몽이 특기를 발동하여 땅속으로 들어간 직후, 여러 가닥의 붕대가 뻗어와 그녀의 목과 팔을 휘감았다.

"큭!"

청몽은 붕대에 의해 당겨져, 강제로 지면으로 끌려나왔다.

"주인을 섬기는 마음 하나는 가상하구나. 원대로 함께 꿰어주마."

조개는 붕대를 이용, 청몽과 용운을 허공으로 띄웠다. 그리고 두 사람을 향해 창을 내찔렀다.

쉬리리리릭! 아무 장식도, 특징도 없는 창이었다. 그러나 은은한 귀기(鬼氣, 소름 돋는 무서운 기운)를 풍기고 있었다. 창이 회전하면서 허공을 가르고 날아오는 기세는 실로 무시무시했다.

청몽은 반사적으로 몸을 돌려, 자신이 먼저 창에 맞도록 위치를 바꿨다. 동시에 특기를 발동했다.

특기 발동, 허공참수(虛空斬首)

청몽의 허리춤에 매달린 사슬낫이 조개에게 날아갔다. 거대해진 두 개의 낫이 각각 그의 목과 배를 노렸다.

채앵! 서걱! 낫에 베인 조개가 비틀거렸다. 그의 창은 뭔가에 튕겨나 청몽의 왼팔을 살짝 스치는 데 그쳤다. 창의 방향을 바꾼 것은 한 발의 화살이었다.

"아오, 왜 이제야 왔어!"

청몽의 입가에 안도의 웃음이 떠올랐다. 그 말을 끝으로, 그녀는 정신을 잃고 추락했다. 출혈이 한계에 달한 탓이었다. 청몽의 명치와 배에서 피가 콸콸 쏟아졌다. 그 순간에도 그녀는 용운의 가슴을 틀어막은 손을 떼지 않았다.

작은 그림자가 그녀와 용운을 동시에 받아냈다. 평소와 달리, 무섭도록 진지한 표정의 사린이었다.

사린이 작게 중얼거렸다.

"수고했어, 언니."

사린은 청몽과 용운을 조심스레 내려놓았다. 그리고 만두 모양으로 머리를 묶었던 천과 끈을 풀어 두 사람의 상처를 막았다. 그런 사린의 손이 미미하게 떨렸다.

그녀를 마주한 조개가 주춤했다.

"응? 어째서 병마용군이 또……."

조개의 목과 배를 감싼 붕대가 잘려 크게 벌어져 있었다. 사린의 사슬낫에 잘린 자리였다. 그런데 그 자리에서 피가 나오기는커녕 틈새 안에는 아무것도 보이지 않았다.

사린이 망치를 들어 조개를 가리키며 말했다.

"아저씨가 그런 거야? 아저씨가 언니랑 주군을 다치게 했어?"

"……그렇다."

그 말에 대한 대답은 그의 등 뒤에서 들려왔다.

"그렇다면 죽어야지."

"……?"

서컹! 한 치의 망설임도 없는 검격이 조개의 목을 베었다.

필단검을 빼든 검후의 솜씨였다.

얼굴도 온통 붕대로 휘감아, 표정을 알 수 없는 목이 허공에 떠올랐다. 그게 끝이 아니었다. 퓨웅! 동시에 날아온 화살두 발이, 잘린 머리의 미간과 몸뚱이의 명치를 각각 관통했다. 성월의 확인사살이었다. 목 잃은 조개의 몸뚱이가 털썩 쓰러졌다.

단숨에 조개를 베어버린 검후가 황급히 용운에게 다가가려 한 순간이었다.

달려오는 중에 화살을 날린 후, 막 현장에 도착한 성월이 외쳤다.

"언니, 뒤!"

검후가 몸을 뒤로 돌린 것과 조개의 창이 그녀를 찔러 온 것은 거의 동시였다.

까드득! 창날은 총방도 측면을 긁으며 옆을 스쳐, 검후의 명치로 파고들었다.

'창이 휘었어?'

검후는 급한 김에 총방도를 놓고 손으로 창대를 움켜잡았다. 엄청난 회전력이 실린 탓에, 손바닥이 벗겨졌다. 창끝에 찔린 명치와 손바닥에서 피가 흘렀다.

'뭐야, 이 괴물은?'

머리가 다시 붙은 조개가 검후에게 말했다.

"뭐가 우스운가?"

그의 말대로, 검후는 웃고 있었다. 늘 감은 것처럼 보이는 두 눈을 뜬 채로.

그녀가 조개의 말에 답했다.

"너무 편하게 죽인 것 같아서 아쉬웠는데."

검후는 붙잡았던 창을 확 밀어내며, 바닥에 떨어진 총방도를 걷어찼다.

회전하며 날아오는 도의 기세가 심상치 않았다. 조개는 마지못해 몸을 틀어 도를 피했다.

그 짧은 틈을 놓치지 않고, 검후가 그에게 달려들었다.

"네놈에게 고통을 더 줄 수 있는 게 기뻐서."

새로 익힌 공간참은 아직 완벽하지 못했다. 위력은 확실하나 준비 동작이 필요했다.

'그렇다면.'

특기 발동, 폭연수라(暴聯修羅)

순간, 검후의 팔이 여덟 개로 늘어난 듯했다.

콰콰콰콰콰콰콱! 필단검이 그야말로 폭풍 같은 기세로 조개를 찔러 왔다.

조개는 감히 맞설 생각을 못하고 물러났다.

필단검은 이름 그대로 지상에 존재하는 물질 대부분을 자를 수 있는 검이었다. 검 끝이 그의 어깨, 팔, 허벅지 등은 물론이고 갑옷을 뚫고 몸통도 무수히 찔렀다. 그러나 여전히 피한 방울 나지 않았다.

'대체 이자는 정체가 뭐지?'

검후가 의문과 분노로 눈살을 찌푸릴 때였다.

"큰언니, 비켜!"

조개의 뒤쪽에서 뛰어오른 사린이, 그의 머리로 망치를 내리쳤다.

특기 발동, 귀염귀염(劇炎劇炎)

쾅! 화르륵! 망치에 맞은 조개의 머리가 어깨 사이에 파묻히다시피 움푹 들어갔다. 동시에 맞은 자리에서부터 불길이 확 일었다.

'흐규흐규'나 '큐잉큐잉'보다 파괴력은 약한 대신, 대상을 태워버리는 특기였다.

비로소 조개에게서 짧은 비명이 터져나왔다.

"끄악!"

붕대로 감겨 있어서인지, 그의 전신은 순식간에 횃불처럼 타올랐다. 손에서 창이 떨어졌다. 그 짧은 사이, 창은 벌겋게 달아올라 있었다. 불길이 얼마나 뜨거운지 알 만했다.

사린이 의기양양하게 외쳤다.

"안 죽는 놈들은 태워버리는 게 최고야!"

상황을 보던 성월은 청몽을 왼팔에, 용운을 오른팔에 안고 달리기 시작했다. 둘을 안전한 곳으로 옮겨 치료하기 위해서였다.

조개의 몸뚱이는 곧 숯덩이가 되어 쓰러졌다. 그나마 재가 된 몸조차 성난 사린이 망치로 잘근잘근 부숴 가루가 되다시피 했다.

"에잇, 에잇. 다신 못 살아나라."

그 광경을 보던 검후는 가볍게 혀를 찼다. 사린의 행동이 잔혹하게 느껴져서가 아니었다. 뭔가가 이상하게 마음에 걸려서였다.

　베이고 찔리고 뚫리고 불타기까지 했으니, 사람이라면 죽어야 정상이었다. 이미 그 전에 목이 잘렸는데 되살아난 것 자체가 비정상이긴 했지만. 만약 적의 정체가 어떤 사악한 것이거나 일종의 속임수라면, 사린의 말마따나 불태우는 게 제일 확실할 듯했다. 실제로, 조개는 더 이상 살아나지 못했다.

　'그런데 왜 이렇게 찜찜하지?'

　검후는 가까워지는 고함과 소음에 문득 정신을 차렸다.

　'업성의 치안대원들이구나.'

　용운이 피습당하는 광경을 본 시장 사람들이 신고한 모양이었다.

　용운은 업성에서 경찰 개념을 도입하여 치안대를 조직했다. 가족 중 환자가 있거나 곧 아이가 태어날 이, 혹은 신체 일부를 다쳐서 제 전투력을 낼 수 없지만 일상생활에는 큰 지장이 없는 사람들로. 말하자면 현대에서 군 면제 사유를 가진 병사들을 골라, 따로 치안 유지를 위한 부대를 만든 것이다.

　물론, 본래 군대 면제 대상자는 경찰이 되기도 어렵다. 하지만 시대가 시대인 만큼 현대와 같은 기준을 적용하기엔 무리가 있었다. 다소 가혹해도 최대한 인력을 활용해야 했다.

　미안해하는 용운과는 달리, 업성 안에서 근무하며 교대로 집에 돌아가 쉴 수 있다는 것만으로도 치안대원들은 기뻐서 어쩔 줄을 몰랐다. 죽을 확률도 대폭 낮아졌고, 거기에 녹봉까지 주니 그들은 누구보다 열심히 임무를 수행했다. 이는 업성이 빠르게 안정을 찾은 요인 중 하나였다.

검후와 사린을 알아본 치안대원들이 깜짝 놀랐다.

"헛, 검후 무사님! 사린 소저! 이게 무슨 일입니까?"

"습격이 있었어요."

"습격이라니요?"

사린은 조바심에 발을 구르며 말했다.

"언니야, 우리도 얼른 주군이랑 둘째 언니한테 가보자!"

"그래. 여길 좀 정리해주세요."

검후는 치안대원들에게 뒷수습을 부탁했다. 그리고 사린과 함께 힘껏 달리기 시작했다. 창백한 얼굴로 눈을 감고 있던 용운의 모습이 뇌리를 스쳤다. 만에 하나 그에게 나쁜 일이 일어난다면.

'절대 용서하지 않을 거야. 지옥 끝까지라도 찾아가서 모조리 죽여버릴 테다.'

용운과 청몽이 조개에게 공격받기 얼마 전, 강남에서는 이미 이변이 일어나고 있었다. 정확히는 손책이 머무르고 있는 '곡아'라는 지역에서였다.

낙양을 떠난 손책은, 손견의 시신을 고향인 오군 곡아현에 장사지냈다. 그리고 자신과 가족들 또한 여강에서 오군으로 거처를 옮겨 거기 머무르고 있었다. 후견인이 된 진한성과 비서 이랑도 함께였다.

진한성은 용운이 이 세계에 왔다는 정보를 입수하고 낙양까지 갔었다. 그러나 용운의 행방을 알기도 전, 옥새를 입수한 공손찬과 그에게 반발한 손견의 싸움에 휘말리고 말았다.

직접 야간 기습을 감행했던 손견은, 기다리고 있던 공손찬의 복병에 의해 결국 죽음을 맞이했다.

그 과정에서 위원회가 개입했는데, 지살위의 손립과 악화는 분노한 진한성의 손에 소멸됐다. 진한성은 친우였던 손견의 죽음을 막지 못한 데 대한 죄책감으로, 그 아들인 손책의 후견인이 되기로 결심했다. 이것이 그가 다시 오군으로 돌아온 이유였다.

역사상에서 손책이 죽는 때는 서기 200년. 그 전까지 그가 절대 죽지 않도록 지켜주는 정도라면 괜찮지 않을까 하는 게 진한성의 생각이었다.

거기에 더해, 여강태수 육강(陸康)이나 양주자사 유요(劉繇), 회계태수 왕랑(王朗), 오군 호족 엄백호(嚴白虎) 등과 싸우게 된다면 돕는 것도. 그들 모두 실제로 손책과 싸워 패배한 자들이었기 때문이다.

진한성은 버릇대로 방에 대자로 누워 있었다. 그는 과거를 회상하고 앞날을 고민했다.

'나도 이제 빼도 박도 못하게 얽혀버렸군……. 손책 녀석이 자신의 의지로 싸울 때만 돕는 거다. 그 녀석의 길을 인도해주진 않을 거야.'

그나마 이것도, 그가 손책에 대해 특별한 감정이 있었기에 결심한 것이었다.

'내 목표는 오직 위원회의 말살.'

역사에 최대한 적게 관여하려는 마음은 변함이 없었다. 그가 원래 역사 고고학자였기에 더 그랬다.

'하지만 손가 부자와의 인연을 완전히 무시할 수는 없지. 이게 처음이자 마지막이 될 것이다.'

처음 이 세계로 날아와 원래의 세상으로 돌아갈 수 있을지조차 불투명해졌을 때는 아무리 강인한 진한성이라도 좌절할 수밖에 없었다. 반쯤은 스스로 택한 길이었지만, 그렇다고 아무렇지도 않은 건 아니었다. 특히, 혼자 남겨두고 온 아들에 대한 걱정에 미쳐버릴 지경이었다.

그러나 그에게는 그만의 사명이 있었다. 또 어차피 당장은 돌아갈 방도도 없었다. 이에 진한성은 자신이 살기 위해, 21세기의 한국에 남겨두고 온 모든 정(情)을 떼는 과정을 거쳤다. 먹을 것은 물론, 물조차 마시지 않고 자신을 극한까지 몰아붙였다. 그가 정신을 잃었을 때마다, 이랑이 억지로 음식을 입에 밀어넣지 않았다면 죽었을지도 모른다.

'나도 그때는 정말 한심했지. 후후.'

손견과 인연을 맺은 것은 그런 때였다. 떠돌아다니다가 우연히 들른 마을에 도적 떼가 쳐들어와 사람들이 몰살당할 지경에 처했다. 진한성이 그 도적 떼를 쳐부순 건 반쯤은 충동적인 행동이었다.

'그 마을에 손견의 일족이 살고 있었을 줄이야.'

나중에 알고 보니, 이는 손견에게 원한을 가진 형주자사 왕예(王叡)의 부하들이 도적 떼로 위장한 것이었다.

진한성은 손견의 진심 어린 감사와 우정에, 자기도 모르는 사이에 차츰 마음을 열었다. 특히, 장남인 손책은 용운과 비슷한 또래여서 더 마음이 쓰였다.

'남자답게 솔직하면서도 올곧은, 좋은 녀석이야. 문대를 쏙 빼닮았어. 단짝인 주유도 마음에 들고. 후, 이런 사사로운 감정에 휘둘리면 안 되는데.'

현재 손책은 단양태수 오경(吳景)의 도움을 받아, 곡아에서 병사를 모으고 있었다.

오경은 손견의 부인 오 씨의 동생이었다. 즉 손책에게는 외삼촌이 된다. 거기에 정보, 황개, 한당 등 손견을 따르던 장수들이 고스란히 곁에 남은 것도 정사와 달랐다.

'원래대로라면 원술의 밑에 들어가서 몇 년 굴러야 하는

데, 그 원술이 낙양에서 빌빌대고 있으니……. 이게 다행이야, 꼬인 거야?'

낙양은 그야말로 혼란의 도가니였다. 공손찬은 손견을 패퇴시켰지만, 곧 마등, 원술 연합군의 강력한 반격에 부딪혔다. 거기에 원소까지 가세하여 몰아붙였다. 그래도 공손찬은 제법 잘 버티고 있었다.

'아마 위원회 놈들이 공손찬에게 붙은 덕이겠지. 그 정신병자들, 대체 무슨 생각인 거냐……. 동탁이 정사대로 여포의 손에 죽어버린 걸 보니, 동탁을 밀어주려던 것도 아닌 것 같고. 설마, 공손찬이 옥새를 가져서인가? 그게 정통성을 증명한다고 생각하는 건가?'

거기에 난데없이 여포가 끼어들었다. 그 바람에 공손찬은 물론이고 마등과 원술까지 곤란한 지경에 처했다.

여포는 낙양 탈환 및 재건의 기치를 내걸었다. 또한 황제의 칙서를 앞세워, 모든 제후를 반란군 취급했다. 이런 명분뿐만 아니라 전력에서도 앞섰다. 여포가 우세한 가운데, 전투는 길어지고 있었다.

'이제 모든 게 다 용운이 때문에 바뀌었다고 하기도 어려워졌군. 위원회의 개입을 내 눈으로 직접 확인했으니. 그나저나 아들 녀석은 대체 어디 있는 건지, 후……..'

진한성은 비록 상황에 떠밀리고 인연에 얽매여 오군으로

왔으나, 용운과의 만남을 포기한 건 결코 아니었다. 이제 평생 못 볼 줄 알았던 아들이 이 세계에 있음을 알았다. 보통 아버지라면 모든 수단을 다 써서 찾아헤매는 게 정상이었다. 진한성은 엄밀히 말해 보통의 아버지와는 좀 달랐으나 그에게도 엄연히 부정(父情)은 있었다.

단, 당연하게도 이곳에는 경찰도, 인터넷도, 심부름센터도 존재하지 않았다. 그렇다고 막연히 직접 아들을 찾아다니기에는 너무나도 광대한 땅이었다. 이에 진한성은, 손책을 돕는 대신 자신도 그의 도움을 받기로 했다. 정확히는 손견의 조카 손분(孫賁)에게 부탁하여, 유비와 용운의 행방을 찾아보도록 한 것이다. 용운이 유비와 함께 공손찬에게서 이탈했다는 정보 또한 손분이 알려준 것이었다.

'손분의 정보 수집력은 이미 확인했으니까. 나하고는 제법 친분도 있고.'

제일 믿음이 가는 건 직접 발로 뛴다는 거였다. 정보 수집은 수하 여러 명을 시키는 모양인데, 가져온 정보의 타당성을 분석하여 직접 진한성에게 보고하러 오곤 했다.

호랑이도 제 말 하면 온다고 마침 손분의 목소리가 들려왔다. 마지막으로 다녀간 게 열흘 전이었다. 그가 아니면, 진한성은 세상 돌아가는 일을 전혀 몰랐을 것이다.

"진 선생님, 계십니까?"

진한성은 벌떡 일어나며 답했다.

"예, 백양(伯陽) 님! 저 여기 있습니다."

손분은 본래 매우 점잖은 성격이라, 감정이 얼굴에 잘 드러나지 않았다. 이는 정보를 다루는 자들의 특징이기도 했다. 한데 그가 다소 상기된 표정으로 방에 들어왔다.

"진 선생님, 드디어 아드님의 행방을 알아냈습니다."

"오, 그렇습니까?"

"놀라지 마십시오. 진 선생님의 아드님은 공손찬에게서 독립하여……."

순간, 진한성이 난데없이 손분을 덮치듯 안고 방 밖으로 뛰쳐나갔다.

따로 설명할 필요도 없었다. 막 두 사람이 있던 초옥이 무너져내렸기 때문이다.

"저, 저……."

놀란 손분은 말을 잇지 못했다.

초옥은 검소하지만 튼튼하게 지어졌다. 그런 집이 혼자 괜히 붕괴할 리 없었다. 뭔가 외부의 충격으로 무너진 게 분명했다.

자욱한 먼지 속에서 흉수로 짐작되는 자가 모습을 드러냈다.

손분의 감정은 놀라움에서 당혹감으로 변했다.

그 정체는 뜻밖에도 어린 소녀였다. 겉보기에는 이제 열

살이나 됐을까. 위아래가 한 벌로 된 검은색 꽃무늬 원피스 차림에, 긴 갈색 머리를 양 갈래로 땋아내린 모습이 앙증맞았다. 갈색에 가까운 가무잡잡한 피부도 인상적이었다. 그런데 그녀가 양손에 든 건, 겉모습과 너무도 안 어울리는 커다란 도끼였다.

"어? 피했네?"

소녀가 천진하게 말했다.

진한성의 표정이 심각해졌다.

손분은 어리둥절해져서 진한성과 소녀를 번갈아 쳐다보았다.

진한성은 넋이 나간 손분에게 나지막한 목소리로 말했다.

"백양 님, 지금 당장 백부와 제수씨 그리고 중모(손권)를 데리고 피하십시오. 단양으로 가서 당분간 오경 님께 의지하시면 될 겁니다."

"예? 아, 저, 진 선생님은……."

"저도 곧 그리로 가겠습니다. 이 자리에서 살아난다면 말입니다."

"……."

"명심하십시오. 응원군을 데려오거나, 백부와 공근에게 알려선 안 됩니다. 그랬다간 불필요한 희생을 늘릴 뿐입니다. 제 지시라고 말하고 무조건 피하세요. 지금 당장."

소녀는 그 말이 맞다는 듯 고개를 끄덕였다.

저 소녀가 그리도 무서운 상대란 말인가.

진한성은 손분에게 말하는 중에도, 소녀로부터 시선을 떼지 않았다.

손분은 얼른 고개를 끄덕이고 일어났다.

"알겠습니다. 그리하지요. 조심하십시오."

다행히 소녀는 서둘러 멀어지는 손분에겐 별 흥미를 보이지 않았다. 그녀가 활짝 웃으며 말했다.

"오랜만. 한성 아저씨!"

"……네가 온 걸 보니 드디어 회의 천강급 간부들도 이리로 온 모양이구나."

"응. 며칠 안 됐음. 아저씨가 우릴 여기로 오게 한 거잖아? 그, 시공회랑을 조작해서 말이야."

"그래, 내가 그랬지."

"와서야 알았네. 여기가 언제인지. 진심 깜놀."

"내 깜짝 선물은 마음에 들더냐?"

"선물? 하핫. 덕분에 다 망쳤어. 다시 되돌아갈 수도 없고. 깔깔깔! 이게 뭐야! 아하하하하!"

갑자기 소녀가 배를 잡고 웃었다. 웃던 그녀의 얼굴이 점점 악귀처럼 변했다.

"그러니까 죽엇."

콰아앙! 소녀는 말을 마치자마자 총알처럼 튀어나왔다. 진한성은 미처 반응할 틈도 없이, 그녀가 휘두른 도끼에 맞아 피를 뿌리며 튕겨나갔다. 일직선으로 날아간 그는 돌담을 부수고 뒤의 아름드리나무를 부러뜨리고도 한참을 더 날아가다가, 대략 100여 미터 밖의 언덕에 처박혔다. 콩! 하고 폭음이 일며 언덕이 무너졌다.

눈썹에 손바닥을 올리고 그쪽을 바라보던 소녀가 중얼거렸다.

"대박. 역시 몬스터. 목을 잘라버리려 했는데, 그 순간에 팔로 막네."

소녀가 말을 마친 그때였다. 턱! 그녀의 머리에 커다란 손이 놓였다. 진한성의 손이었다. 그는 먼지투성이가 되고 오른팔이 약간 찢어졌을 뿐 멀쩡했다.

"내가 몬스터면 너는 데빌이지. 미친년. 미치광이 집단인 위원회 안에서도 제일 미친 게 너잖아. 새카만 게 오죽 날뛰면 별명이 흑선풍(黑旋風, 검은 회오리)이냐. 응? 이규."

우득! 그는 소녀의 작은 머리를 으깨버릴 듯 움켜잡으며 말했다.

"아무튼 뭐 좀 물어보자."

이규(李逵)라 불린 소녀의 이마에 핏대가 섰다.

"으그극……."

"내 비서는 어쨌냐? 어차피 멀리 못 갈 텐데, 돌아오는 게 좀 늦는다 했더니. 검은 단발머리에 예쁘장하게 생긴 애다."

"흐, 흐흐……. 아, 아저씨한테만 병마용군이 있는 게 아니야. 천강급 형제 이상이면…… 다 병마용군을 거느릴 자격이 있다고……. 당연히 아저씨의 병마용군보다 더 등급이 높은……. 지금쯤 아저씨 비서는 내 흑랑에게 갈가리 찢겼을걸?"

"그러냐."

"혹시 지금 인형을 걱정하는 거야? 자식조차 버리고 온 몬스터가?"

진한성은 무표정한 얼굴로 소녀, 이규를 들어올렸다.

"닥쳐."

그러고는 거꾸로 바닥에 내리찍었다.

"부모를 죽인 네년한테 그딴 소리 듣고 싶지 않으니까."

이규는 오른손의 도끼로 지면을 짚었다. 콰앙! 도끼날이 절반 넘게 땅에 파묻혔다. 그녀는 이를 갈면서, 왼손에 든 도끼를 휘둘러 진한성의 팔을 난자했다.

"까득까득까득까득까득 아가가가가각! 내가 그 얘기 하지 말랬지이!!"

피와 살점이 사방으로 튀었다.

괴물과 악마의 대결은 이제 시작이었다.

17
·
괴물 대 야수

진한성은 팔을 힘껏 휘둘러 이규를 떨쳐냈다. 순식간에 너덜너덜해진 팔에서 피가 튀었다.

그는 뒤로 훌쩍 뛰어 물러나 입을 열었다.

"2013년 말, 중국을 충격에 몰아넣은 사건이 있었지."

"닥치라고 했어, 아저씨."

"당시 아홉 살에 불과한 소녀가 부모를 살해한 사건. 소녀의 몸에서 담뱃불로 지진 자국과 멍든 상처 등 뚜렷한 아동학대의 흔적이 발견된 까닭에, 표면적으로는 부모의 학대를 견디다 못한 소녀가 심신상실(心神喪失) 상태에서 충동적으로 저지른 일로 알려져 오히려 동정을 산……."

이규가 입이라도 막으려는 듯 달려들었다.

진한성은 아슬아슬하게 공격을 피하며 말했다.

"어린아이, 그것도 여자아이가 성인 남녀를 죽이려면 몰래 독을 먹이는 게 제일 쉽지. 소녀의 거주지는 농촌이라 농약이 흔했고. 그러나 소녀는 음독살해를 택하지 않았어."

스컹! 진한성의 머리카락 한 줌이 잘렸다. 그는 자세를 낮추며, 정면으로 질풍 같은 스트레이트를 날렸다. 목표는 이규의 안면이었다.

쩡! 이규는 놀랍게도 왼손에 든 도끼만으로 진한성의 주먹을 막았다. 대신, 뒤로 튕겨나가는 것만은 어쩔 수 없었다. 체중 차이가 워낙 큰 탓이었다.

"쳇."

공격이 막힌 진한성은 가볍게 혀를 찼다. 그가 다시 말을 이었다.

"소녀의 아버지는 폭이 좁고 긴, 예리한 흉기에 목 뒤쪽을 찔렸다. 어머니는 가슴과 배를 한 차례씩 찔려서 죽었고. 아무리 학대를 당해 복수심이 뼈에 사무쳤다 해도 소녀의 힘으로 이런 일이 가능할까? 급소를 망설임 없이 정확히 찌른 건 또 어떻고."

진한성은 본래 말보다 행동이 앞서는 성격이었다. 싸움에서도 그런 방식을 더 선호했다. 그런 그가, 상대가 싫어하는

얘기를 쉴 새 없이 떠들어 빈틈을 유도하려 했다. 그 정도로
이규는 강했다.

'되도록 시공역천을 안 쓰고 이기고 싶지만, 쉽지 않겠지.
그렇다면 일단 썼을 때 확실하게 이길 타이밍을 잡아야 한다.
허투루 낭비할 기술이 아니니까.'

내심 긴장하기는 이규도 마찬가지였다. 그녀는 진한성의
정권을 도끼로 막았다가, 내부가 온통 뒤흔들리는 느낌을 받
았다.

'도끼로 못 막았다면 무진장 아팠겠네.'

그녀가 쓰는 두 자루의 도끼는 '자웅멸천부(雌雄滅天斧)'라
는 이름을 가졌다. 유물 중에서도 '신병(神兵)'으로 분류되는
물건이었다. 내구력이 높으며, 오용의 부채처럼 자체에 특기
가 부여되어 있고 그 특기의 효과가 강력할 것. 이것들이 신
병의 기본적인 조건이었다.

이규의 자웅멸천부에는 세 가지 효능이 있었다. 첫 번째는
소유자에게 가해지는 물리적 충격을 반으로 줄이는 것. 두 번
째는 소유자의 움직임을 두 배로 빠르게 해주는 것. 세 번째
는 '질풍종횡(疾風縱橫)'이라는 자체 특기였다.

이규는 목구멍으로 울컥 올라온 핏물을 삼켰다.

'반으로 줄어든 위력이 이 정도라니.'

그때, 진한성이 또 말을 시작했다.

"진짜 궁금해서 그러는데, 왜 죽인 거냐?"

"……썅, 진짜."

이규의 집중력이 흐트러졌다. 도발이라는 걸 뻔히 알면서도 걸려들 수밖에 없는 말이 있었는데, 그녀에게는 부모의 이야기가 그랬다.

"그 얘기, 하지 말라고 했잖아!"

"뭐야. 이제 와서 양심의 가책이라도 느끼는 거냐?"

양심의 문제가 아니었다. 이규는 철이 드는 순간부터 의심해왔다. 자신에게 인간의 마음이 있는 것인지. 애초에 '마음'이라는 게 뭔지. 슬픈 동화책을 읽어도, 아무 느낌이 들지 않았다. 기르던 강아지가 죽었을 때도 무덤덤했다. 부모의 애정은 귀찮기만 했다. 어느 날 문득 이런 생각이 들었다.

'엄마, 아빠가 죽어도 아무렇지 않을까?'

그 의문은 그녀의 뇌 한쪽, 가장 어두운 틈새에 자리 잡았다. 그리고 틈날 때마다 속삭였다. 실행하라고. 해서 자유로워짐과 동시에, 너 자신이 어떤 인간인지 알아보라고.

어느 무더운 날, 해가 몹시 뜨거워서 정신까지 멍해지던 날, 하필 그날따라 부모님은 죽도록 하기 싫은 밭일 심부름을 시켰다.

이규는 마음의 소리에 따라 행했다. 그리고 깨달았다. 자신도 또한 인간임을. 부모님을 찌르는 순간, 그녀는 눈물을 흘렸던 것이다. 처음이자 마지막 눈물이었다.

'그래, 나도 인간이야. 다만, 특별한 인간일 뿐.'

평범한 인간들에 비해 좀 더 냉철하고 대담했다. 아홉 살 밖에 안 됐지만 어지간한 성인 남성보다 힘이 세고 날렵했다.

또 모든 걸 인도해주는 '목소리'가 있었다. 그때도 목소리 가 말했다. 자해해. 담배꽁초로 네 팔다리를 지져. 너의 보잘 것없는 부모가 널 학대해서, 참다못해 충동적으로 죽인 것처 럼 위장해. 안 그러면 평범한 인간들은 널 두려워해서 끌고 가 가둘 거야. 병원이든 감옥이든. 그들은 자신들과 다른 존 재를 못 견디니까.

그 목소리가 악마의 것인지, 아니면 자기 생각인지는 지금 도 알 수 없었다.

"아니면, 설마 네가 선택받은 어떤 존재라고 착각하는 거 냐?"

진한성의 저 이죽거리는 말투. 마치 이규의 생각을 읽은 듯했다. 그래서일까. 이규는 한때, 그가 자신의 유일한 이해 자라고 생각했다. 그의 언행에서 자신과 유사한 뭔가를 본 까 닭이었다. 그래서 더 증오스러웠다. 앞으로 절대 진심을 말 하지 않을 테다. 누구에게도, 특히 저 인간에게는.

도끼를 힘주어 쥔 이규가 대꾸했다.

"아니, 부끄러워서 그래."

"부끄러워?"

"응. 그때는 처음이다 보니 너무 미숙해서 증거랑 허점을 잔뜩 남겼거든. 그 일에 대한 얘길 들을 때마다 쪽팔려서 쥐구멍에라도 들어가고 싶어져."

이규는 최대한 민망한 표정을 지어 보였다.

진한성은 어이없다는 투로 답했다.

"……이거 완전히 사이코네. 하하. 널 보면 역시나 성악설 쪽이 옳다고 생각하게 된다니까."

이규도 지지 않고 맞받아쳤다.

"마누라 뒈지고 자식 혼자 남았는데도, 연구에만 미친 아저씨만 할까."

둘 다 오랜 친구인 듯 편하게 대화하고 있었다. 하지만 말의 내용은 험악하기 짝이 없었다. 동시에 바쁘게 서로의 빈틈을 탐색 중이었다.

"고대 유적과 유물 탐사를 하는 와중에 내 뒷조사까지 했었다니. 참 부지런한 아저씨야."

"대상이 너뿐이었겠냐. 그리고 같이 일하는 사람들이 어떤 이들인지 의심이 가기 시작해서 말이야."

위원회가 내건 조건은 대략 이랬다.

연구 성과를 진한성 자신과 공유한다. 단, 그 외의 대상에게는 유출을 엄금한다. 탐사와 연구에 필요한 비용을 전액 지원한다.

분명 더할 나위 없이 좋은 조건이었다. 하지만 역설적이게도 거기서부터 의심이 시작됐다.

"근본이 꼬인 인간이네."

"뒤통수를 몇 번 대차게 맞아서."

진한성은 대화 중에 잠깐 과거를 회상했다.

위원회. 정식 명칭은 '중화역사조정위원회(中化歷史措定委員會)'였다.

이름부터 찜찜했으나, 워낙 자국 중심의 역사관을 가진 나라이기에 그러려니 했다.

'아시아 및 중국 고고학을 연구하다 보니, 그런 애들 한두 번 보는 것도 아니고. 내 연구는 동북공정의 허위를 밝혀내려는 목적도 있었으니까. 민족주의 사관이 강한 집단이라면, 허점도 더 많으리라 생각했지.'

그런데 모인 이들의 면면이 아무래도 이상했다. 편견 없이 보려고 해도 전혀 학자처럼 보이지 않는 이들이 반 이상. 퇴역군인과 조직폭력배, 교사, 농부, 거기에 어린아이까지 섞여 있었다.

당장 진한성 자신이 떠돌이 무도가 같은 외양이니, 그것도 그냥 넘어갔다. 그러나 그들로부터 받은 몇 장의 고지도 사본을 쥐는 순간, 진한성의 인생은 바뀌었다. 유적을 발견하여 연구 끝에 거기 숨은 힘을 알아낸 그는 경악했다.

'뭐? 시간을 거슬러 올라가는 유적……? 그리고 제일 먼저 발견했던 그 비석은, 별의 힘을 전해주는 유적이라고? 서른여섯 개의 금속 조각상은 정신을 이용한 병기고? 이게 대체 무슨…… 동양판 아틀란티스나 무 대륙도 아니고. 초고대 중국에도 오버 테크놀로지가 존재했다는 건가?'

진한성은 그때부터 위원회의 정확한 목적 및 회원들의 과거를 조사하기 시작했다. 또 발굴하다 나온 유물 중 별 효용이 없는 것들만 가져다주고 나머지는 몰래 숨기거나 빼돌렸다.

위원회도 사람이 모인 곳인지라, 그중에서 진한성을 진심으로 믿고 따른 이도 꽤 있었다. 진한성은 그들에게 실전 무술과 생존술을 가르친 스승이자, 목표 달성에 필수적인 열쇠이기도 했다.

"있잖아, 지금 갑자기 든 생각인데."

이규가 도끼를 십자로 교차시킨 자세로 말했다.

사실은 자웅멸천부의 특기를 발동하는 자세였다. 발동에 필요한 시간을 벌고 타이밍을 잡으려는 의도였다.

"왜 군이 시공회랑에 뛰어들었어? 어쩌려고 이 시대로 도망친 거야? 그냥 시공회랑만 몰래 손봐두고 잠적했어도 됐잖아?"

"딱히 여기로 올 생각은 없었다. 너희가 보는 가운데 맞춰

됐던 일시를, 나중에 되는대로 몰래 바꿔놨을 뿐."

"시공회랑으로 들어가서 도망친 건 변함없잖아. 설마, 아들 때문이야? 아들을 보호하려고 한 거야? 같은 세상에 있는 한 절대 우리 추적을 피할 수 없으니까?"

이규의 말도 일부 맞긴 했다.

대부분의 나라에 차이나타운이 존재한다. 아마존은 물론 오지에까지, 중국인 관광객이 없는 나라는 없다고 봐도 무방했다. 그 막강한 인구가 중국의 무기이자 위원회의 무기이기도 했다. 21세기의 한국에서 진한성과 용운이 위원회의 집요한 추적을 피하기란 불가능에 가까웠다.

'하지만 더 근본적인 이유가 있었지.'

'천기'에 더해, 각자에게 맞는 '유물'까지. 위원회는 그 자체로 강력한 무력 집단이 되었다.

천기는 일종의 초자연적인 힘이었다. 거대한 비석 형태의 유적인 '성혼마석(星魂魔石)'은, 보통 사람에게는 단순한 금속 덩어리에 불과했다. 그러나 특정 유전자를 가진 인물이 비석과 접촉하는 순간, 알 수 없는 방식으로 능력을 각성했다. 나노 뭐라고 하는 걸 얼핏 들었지만, 과학자가 아니라 고고학자인 진한성에겐 미지의 영역이었다.

'시공회랑(時空回廊)'은 이름처럼 미로 모양의 유적지였다. 미로 내부를 돌아다니면서 곳곳에 있는 점자판을 조작하면,

중심부 홀에 일종의 타임 워프 게이트가 열렸다. 조작에 따라, 어느 시점의 과거로든 이동할 수 있는 차원의 틈이었다. 단, 원래 있던 곳으로 돌아가는 방법은 아직 알아내지 못했다.

'신병마용(新兵馬俑)'은 손바닥만 한 크기의 정교한 금속 조각상이었다. 한 곳에서 모두 서른여섯 개가 발견되었다. 그 형태가 진시황릉의 병마용갱과 흡사하여 신병마용이란 이름이 붙었다. 서른여섯 개의 조각상에는 각자 번호와 이름이 지정되어 있었다.

위원회는 진한성에게 시공회랑의 시간을 서기 1600년으로 조작해달라고 요구했다. 역사적으로는 명나라 말기에 해당하는 때였다. 명나라는 한족이 세운 마지막 왕조였다. 그들이 시공회랑을 이용해 과거로 가서, 천기와 신병마용을 바탕으로 무슨 일을 하려는지 알게 된 순간, 진한성은 모든 걸 후회했다. 유적을 찾아낸 것도, 연구에 협력한 것도.

'저들과 손잡기 전에 더 확실히 알아볼 것을. 내 고대 유적과 유물의 지식에 대한 탐욕이 돌이킬 수 없는 결과를 낳았구나.'

결자해지(結者解之). 그 과오를 바로잡을 사람은 자신이어야 했다. 이게 아들까지 버려가며 과거로 온 이유였다.

방법은 단 한 가지, 과거로 온 위원회의 인물들을 모두 제거하는 것뿐이었다. 이에 진한성은 최소한 위원회 멤버들에게는 괴물이 되기로 결심했다.

"아들을 보호하려고 그랬다는 편이 감동적일 것 같긴 한데, 나도 좋아서 온 게 아니라니까."

"그래서 어떻게든 물 먹이려고 신병마용까지 들고 튄 거? 그것도 무려 다섯 개씩이나? 덕분에 천강위 형제 중에 병마용군이 없는 사람이 다섯이나 된다고! 하나는 당신이 발동시킨 모양이니 이미 늦었고 나머지 네 개는 어떻게 했어? 그것만 내놓으면 곱게 죽여줄게."

진한성은 히죽 웃었다.

"잃어버렸다."

"……그래, 우리가 이렇게 추억담을 나눌 사이는 아니었지."

자웅멸천부의 특기를 발동하기에 충분한 시간은 이미 지났다. 적절한 때를 노릴 뿐.

그때, 마을 쪽에서 엄청난 폭음이 들려왔다.

진한성이 아주 조금 움찔했다. 폭음에 놀란 게 아니라, 손책과 이랑을 비롯한 마을 사람들의 안위가 염려되어서였다.

이규는 그 틈을 놓치지 않았다.

특기 발동, 질풍종횡(疾風縱橫)

가뜩이나 체구가 작은 그녀가 더욱 웅크렸다. 동시에, 교차시켰던 도끼를 양옆으로 쫙 폈다. 이어서 지면 바로 위를 팽이처럼 회전하며 무서운 속도로 날아왔다.

한참 떨어진 곳에 있던 나무들의 밑동이 베여 픽픽 넘어갔다. 회전만 해도 무서운데, 이것은 도끼에서 무형의 충격파가 발산되는 까닭이었다.

범위가 너무 넓어서 피하려면 뛰어올라야 했다. 선택의 여지가 없어진 진한성이 허공으로 솟구쳤다. 그때만을 노리던 이규가 두 번째 특기를 발했다.

특기 발동, 흑선풍(黑旋風)

키이이이잉! 이규의 몸을 중심으로, 시커먼 회오리바람이 일어났다. 강력한 흡인력을 가진 바람이었다.

허공에 뜬 진한성은 속절없이 빨려들어갔다. 그가 향하는 곳은 바로 회전하는 도끼날 위였다. 소름 끼치는 소리와 함께 그의 다리가 말려들어갔다.

"끄아아악!"

이규는 진한성의 비명을 들으며 회심의 미소를 지었다.

'끝이야, 괴물. 내가 마침내 당신을……'

그 순간, 그녀는 안면에 강렬한 충격을 받았다. 눈앞에서 번갯불이 번쩍였다. 그 바람에 생각이 순간적으로 끊어졌다.

귓가로는 큰 폭음이 들려왔다. 마을 쪽에서 난 소리였다. 무슨 영문인지 이해하기 어려운 혼란과 난생처음 받아보는 고통이 한꺼번에 그녀를 엄습했다.

"……?"

진한성은 생각할 틈을 주지 않았다. 그의 전매특허인 강력한 오른손 주먹을 이규의 얼굴에 꽂자마자 왼손으로 뒤통수를 잡았다. 이어서 휘청거리는 작은 몸뚱이에 왼쪽 무릎을 차올렸다.

퍼억! 묵직한 소리가 울렸다. 상대가 열한 살짜리 소녀고 뭐고 인정사정없었다. 겉모습만 소녀일 뿐, 실체는 최고 위험도의 맹수나 마찬가지였으니까. 연약해 보이는 외모도 그녀의 무기일 뿐이었다.

"쿠엑!"

이규는 피를 토하며, 발악하듯 도끼를 휘둘렀다.

진한성은 그녀를 뒤로 차내 도끼가 빗나가게 했다. 그리고 곧바로 뒤따라가 다시 한 번 오른 주먹을 내리꽂았다. 이번에는 대각선 위에서 아래로 비스듬히 스윙.

자연히 이규는 땅에 내동댕이치듯 처박혔다.

"훅!"

뛰어오른 진한성이, 양쪽 무릎으로 그녀의 양 손목을 찍었다. 가느다란 손목이 부러지며 마침내 도끼의 움직임이 멎었다.

"갸악!"

비명을 지르는 이규에게, 진한성이 말했다.

"미친개를 겨우 붙잡았군."

픽! 말이 끝나기가 무섭게, 맨바닥에 누운 그녀의 얼굴로 해머 같은 주먹이 틀어박혔다. 뒤통수가 땅에 살짝 묻힐 정도의 위력이었다. 뒤가 단단한 흙바닥이니 힘은 고스란히 머리에 집중되었다. 자웅멸천부가 절반을 감쇄시켜준다 해도 엄청난 충격일 게 분명했다.

이어서 곧바로 왼손, 오른손, 다시 왼손. 완벽한 마운트 자세(누운 상대의 상체를 깔고 올라탄 자세)를 잡은 진한성의 파운딩(마운트 자세에서 내리치는 펀치)은 점점 더 빨라지고 위력적이 되었다.

"너, 이…… 죽여버린……."

픽!

"이 개…….."

픽! 퍼억!

"자, 잠깐…….."

픽! 픽! 퍼버벅!

"제발 그…….."

콰앙!

마지막의 굉음은 양손을 모아쥐고 내리친 소리였다. 그 일격에, 이규의 머리는 뒤로 젖혀진 모습으로 완전히 땅에 파묻히다시피 했다. 모르는 사람이 보면, 진한성은 귀엽게 생긴 소녀를 잔인하게 때려죽이려는 거구의 살인마로밖에 보이지 않을 것이다. 그러나 그가 위원회 말살을 목표로 둔 것에 더해, 이규에게 더욱 혹독한 이유가 있었다.

별 이유도 없이 열 살 때 순박한 부모를 죽임으로써 첫 살인을 시작한 소녀. 성혼마석 테스트에서 아무 반응을 보이지 않은 지원자들을 기밀 유지라는 핑계로 웃으며 잔인하게 죽인 사이코패스. 위원회의 실체를 안 후, 용운에게 경고하기 위해 힘들게 접촉한 한국의 특파원이며 요원 등을 흔적도 남기지 않고 살해한 킬러. 위원회 내에서 전투력이 열 손가락 안에 드는, 기회가 왔을 때 반드시 죽여야 하는 강적. 그게 이규였다.

거기다 이제 결정적인 이유가 하나 더 늘었다.

'회오리바람을 일으켜 빨아들이는 특기는 내가 미처 몰랐던 것. 다리가 잘려나가는 바람에 어쩔 수 없이 이규를 대상으로 지정하여 시공역천을 써버렸다.'

즉 이규는 진한성과 함께 과거로 돌아갔다가 온 상태였다. 이랑이 그랬듯이.

'지금은 뭐가 뭔지 모를 테지만, 여기서 반드시 죽이지 않으면 내 천기의 비밀을 눈치챌지도 모른다.'

이규는 언제부터인지 미동도 하지 않았다. 가늘게 내쉬는 숨이, 그녀가 아직 살아 있음을 알렸다.

스윽. 진한성은 손을 수도 모양으로 바꿔, 그녀의 명치를 겨냥했다.

'천강위쯤 되면 잘 죽지도 않으니, 찬스를 잡았을 때 단숨에 심장을 파괴한다.'

아직 채 여물지도 않은 가슴이 눈에 들어왔다. 문득, 한순간 망설임이 일었다. 알맹이는 잔인무도한 살인마지만, 엄연히 어린 여자아이인 것도 사실이었다. 무저항 상태의 소녀를 죽인다면, 나 역시 똑같은 살인마가 되는 게 아닌가?

'우습구나, 진한성. 과거로 와서 놈들의 계획을 막기로 결심했을 때부터 인간답게 사는 건 포기하지 않았는가. 그때의 결심을 잊은 거냐? 이미 네가 죽인 목숨이 몇이냐. 거죽의 차이로 그 생명의 무게가 달라지는가?'

마음을 정한 진한성이 수도를 찌르려 할 때였다.

"주인님을 해치면 이자들도 죽게 될 겁니다."

억양 없는 목소리에 그의 움직임이 멈췄다. 진한성은 고개를 돌렸다.

긴 흑발의 장신 청년이 거리를 두고 서 있었다. 소매를 짧게 잘라 개조한 장포 차림이었다. 가슴 부위가 길게 찢어져 피가 비쳤다. 옷 색깔도 머리색처럼 검었다. 마른 몸에도 불구하고 양손에 가볍게 한 사람씩을 들고 있는 걸로 보아, 보통 청년은 아니었다. 예리한 눈매와 날카로운 송곳니가 한 마리 늑대를 연상시켰다.

진한성이 신음하듯 중얼거렸다.

"흑랑…… 이겠군. 네가 이규의 병마용군이냐?"

"그렇습니다."

흑랑에게 붙잡힌 사람은 손책과 이랑이었다. 손책은 정신을 잃은 듯 축 늘어져 움직이지 않았다. 만신창이가 된 이랑은 면목 없다는 투로 말했다.

"마스터…… 죄송합니다……."

"아니."

진한성은 안 봐도 어떻게 된 일인지 알 듯했다.

이랑의 병마용군 넘버는 12. 흑랑은 그가 기억하기에 21 번이었다. 즉 일대일로 싸우면 이랑이 이긴다. 그러나 이랑은 마을 사람들을 보호하며 싸우느라 제 힘을 발휘하지 못했을 테고 그녀를 짝사랑하는 손책은 돕겠다며 끼어들었다가 도리어 당했을 것이다. 흑랑의 가슴을 길게 가르는 상처가, 그 와중에도 이랑이 얼마나 분전했는지 알려주었다.

'천금 같은 기회를 놓치는구나. 내 천기에 대한 실마리까지 줘버린 만큼 나중에 이 순간을 후회할 날이 분명 올 것이다. 하지만…….'

진한성의 천기는 무적이라 해도 좋을 정도로 강력한 대신, 그만큼 페널티도 컸다. 기본적으로 되돌린 시간의 백 배 이상 육체가 늙었다. 그 시간은 주변에 있는 사람의 수에 비례했다. 이 자리에는 이규와 손책 등이 있으니, '최소한으로 잡아도' 삼백 배였다.

또 그 시간만큼 발동이 불가하다. 그가 이번에 되돌린 시간은 약 8초였다. 따라서 천기 발동이 금지되는 시간은 그 삼백 배인 40분.

'이 상태로 40분이나 시간을 끌기도 어렵겠지만, 어찌 성공했다 해도…… 이랑이와 손책이 붙잡히기 전으로 간다고 치면, 과거로 되돌려야 하는 시간은 40분 후의 시점에서 최소 45분 이상이다. 페널티를 삼백 배로 쳤을 때 내 육체에 가해지는 부담은 225시간, 대략 열흘 가까운 수명이 줄어듦과 동시에, 그만큼 천기 사용이 봉인된다. 그건 너무 위험해.'

계산을 마친 진한성은 이규의 멱살을 잡고 일어섰다. 그녀는 축 늘어진 채 대롱대롱 매달린 모습이었다. 알아보기 어려울 지경으로 얼굴이 뭉개졌다.

흑랑이 나직하게 경고했다.

"빈말이 아닙니다. 먼저 이 전투 인형의 목을 비틀어 보일까요?"

"그랬다간 협상이고 뭐고 없다. 뒤로 물러나서 네 주인을 던질 테니, 너도 동시에 그들을 던져라. 피차 믿고 똑바로 던져주는 게 좋겠지. 인질들의 상태가 좋지 않으니 다른 수작을 부려 싸울 여유도 없을 것이다. 바로 여길 떠나라."

"……그러지요."

진한성은 이규를 한 손에 든 채, 20미터 정도 물러났다. 자세를 잡은 그가 외쳤다.

"받아!"

진한성은 이규를, 흑랑은 손책과 이랑을 동시에 던졌다. 흑랑은 이규를 받아 안으면서 뒤로 몇 바퀴나 나뒹굴었다. 실린 힘이 상상 이상이었다. 반면 진한성은 각각 한 손으로 두 사람을 가볍게 잡아챘다.

일어서는 흑랑을 보며 진한성이 이죽거렸다.

"그냥 보내려니까 뭔가 억울해서. 난 분명 공격 안 했다?"

흑랑은 진한성을 노려보며 말했다.

"들은 대로 저열한 자로군요."

"네 주인인 그 미친년만 하겠냐. 다음에 보면 둘 다 국물도 없다. 어서 꺼져."

"……이 일을 기억하겠습니다, 진한성."

"난 원래 다 기억해."

흑랑은 이규를 안은 채 전속력으로 멀어져갔다.

잠시 둘의 뒷모습을 바라보던 진한성이 중얼거렸다.

"가만, 그런데 저 미친 계집에게도 싱크에 응할 정도로 소중한 영혼이 있었단 말이야?"

그의 왼팔에 안겨 있던 이랑이 힘없이 말했다.

"마스터, 손분 님이 애써준 덕에 마을 사람들은 대부분 피했어요. 우리도 여길 뜨는 게 좋겠습니다. 이미 저들에게 알려진 게 분명하니⋯⋯."

"그래, 그러자. 그럼 단양으로 가야겠구나."

진한성 또한 이랑과 손책을 양어깨에 둘러메고 달리기 시작했다.

한편, 기주 업성 내부.

용운이 머무르던 관사의 분위기는 무겁게 가라앉아 있었다. 용운과 청몽이 자객에게 중상을 입은 탓이었다.

사천신녀는 겉보기에는 보통 사람과 똑같았다. 하지만 그녀들의 정체는 병마용군이라는 고대의 유물, 영혼 병기였다. 용운은 그 사실을 모르나, 진한성과 위원회의 천강위는 이미 아는 얘기였다.

신병마용은 서른여섯 개 병마용군의 통칭이었다. 병마용군은 강력하지만, 무적은 아니었다. 몸에 상처가 나며, 한계 이상의 데미지를 입으면 폐기될 수도 있었다.

그래도 기본적으로 보통 사람보다는 훨씬 강인했고 회복

도 빨랐다. 특히, 무력 중심의 근접전 계열인 사린이나 검후는 다른 자매들보다 더욱 튼튼한 육체에 경이적인 회복력을 가졌다.

검후는 예전에 함곡관에서 크게 다친 적이 있었다. 위원회가 보낸 항충과 이곤의 단도에 당했던 것이었다. 그럼에도 불구하고 며칠 안 지나서 멀쩡해졌다.

그 정도까진 아니지만, 청몽도 '악화'가 아닌 '회복'을 이미 시작하고 있었다. 출혈이 멎었으며 상처가 급격히 치유됐다.

문제는 용운이었다.

유물, 금강벽옥접은 분명 강력한 힘을 가졌다. 하지만 거기에도 한계는 있었다. 용운이 입은 부상은 금강벽옥접의 치유력을 넘어선 것이었다. 찢어진 상처 정도는 금세 아물게 할 수 있었다. 어지간히 활동해선 피로해지지도 않는데, 본디 허약한 용운이 여러 가지로 환경이 열악한 삼국시대에서 대량의 업무를 소화해내며, 말에 탄 채 장거리를 이동하길 거듭하고도 앓아눕지 않은 이유였다. 그러나 가슴과 배에 골프공이 들락거릴 수 있을 정도의 크기로 뚫린 구멍은, 피를 멎게 하는 정도가 전부였다.

용운이 있는 방에서 최염이 나왔다. 그는 젊은 시절 청주, 서주, 연주, 예주 등을 사 년이나 떠돌아다니면서 많은 것들을 접했다. 그때 기본적인 의술을 조금 배운 적이 있었다. 여행 중 무슨 일이 생길지 몰라서였다.

암살자가 들이닥친 지금, 용운의 가신들은 업성에 있는 의원도 믿을 수 없었다. 이에 그나마 의술에 조예가 있는 최염에게 용운을 살피게 한 것이다.

바로 옆방에 누운 청몽을 제외한 사천신녀는 용운의 침상을 둘러싸고 꼼짝도 하지 않았다. 며칠째 잠을 자지도, 먹지도, 마시지도 않았다. 사린은 두 방 사이에서 보초를 서고 있었다.

"주공의 상세는 좀 어떻소?"

진궁이 다급히 물었다.

최염은 어두운 표정으로 말했다.

"솔직히 말해 좋지 않소. 아니, 심각하오."

그 자리에는 용운의 가신 대부분이 모여 있었다. 탁군태수로 부임차 떠난 노식과 언제부턴지 모습이 안 보이는 전예를 제외한 거의 전부였다.

조운이 간곡한 어조로 최염에게 물었다.

"계규 님의 의술로도 방법이 없겠습니까?"

"후우…… 제 의술은 어디 가서 내세울 만한 게 못 됩니다, 자룡 장군."

이 시대에는 의술을 익힌 사람을 천시하는 풍습이 있었다. 유학적인 분위기에 의해, 의학을 잡학으로 치부한 까닭이었다.

최염이 의술을 배운 적이 있다고 밝힌 것은, 용운의 위험 앞에 약간의 치부를 드러낸 격이었다. 다행히 여기 있는 누구도 그 일로 말미암아 최염을 얕보지 않았다.

저수가 조심스레 입을 열었다.

"더 늦기 전에 업성 안에서라도 제일 실력이 뛰어난 의원을 데려오는 게 어떻습니까?"

진궁은 즉각 반발했다.

"지금 주공께서 누구에게, 어떤 세력에 의해 공격당했는지도 정확히 파악하지 못했소. 이 상황에서 제일 의심 가는 건, 한복의 옛 가신이나 그를 추종하는 무리요. 한데 어찌 업성의 의원에게 주공을 맡긴단 말이오?"

"공대 님은 저와 원호 님도 의심하는 겁니까?"

"그런 말이 아니지 않소!"

눈을 감고 있던 순욱이 조용히 입을 열었다.

"다들 조용히 해주십시오. 주공께서 쉬시는 방 앞입니다. 이런 모습이 도움이 되겠습니까?"

그의 말에 모두 잠잠해졌다. 그때였다.

"이게 무슨 소리지?"

전풍이 고개를 갸웃거렸다.

관사의 담 바깥쪽에서 근위병이 외치는 소리와 여러 사람이 웅성대는 소리가 들려왔다. 설마, 이런 때에 폭동이라도 일어난 것인가. 치안대장을 겸하고 있는 장합이 서둘러 문밖으로 나가며 외쳤다.

"이게 무슨 일……."

외치던 그의 목소리가 잦아들었다. 무슨 일인가 하고 따라온 이들도 말을 잃었다.

진궁이 중얼거렸다.

"이건…… 이 사람들은……."

백성들이 관사 앞 대로를 온통 메운 채였다. 근위병들은 관사로 밀려드는 백성들을 막느라 진땀을 뺐다. 그들은 각자 기원하듯 외치고 있었다.

"이 약초를 용운 님께……."

"주목님 얼굴을 한 번만 뵙게 해주십시오!"

"무사하신 거지요?"

인파의 면면은 다양했다. 각자 바구니며 항아리 등을 든 노인들, 갓 딴 열매를 양손 가득 든 아이들, 아기를 업은 채 연신 양손을 비비며 뭔가 빌고 있는 아녀자들 등.

공통점이 있다면, 모두 용운을 걱정하는 마음에 자발적으로 모여들었다는 것이다.

그중 한 노파가 앞으로 나와, 장합에게 떨리는 손으로 바구니를 내밀었다.

"치안대장님, 저희 집은 영감이 일찌감치 저세상으로 떠나고 저와 절름발이인 아들놈뿐이라, 그 녀석이 전쟁터에 나가면 전 살아갈 방도가 없고…… 자식놈도 그 꼬락서니로는 죽기 십상이었답니다."

"……."

"한데 고맙게도 주목님께서 아들놈을 치안대로 일하게 해주셔서……. 매일 아들놈 얼굴을 보고 잠들고 눈을 뜨고……. 그래서 주목님이 다치셨다는 말을 듣더니, 아들 녀석이 해도 뜨기 전에 산에 올라서 약초를……."

말하던 노파의 목이 메었다.

장합은 바구니를 받아들었다. 어떤 병장기보다도 묵직하게 느껴졌다.

그가 조용히 말했다.

"고맙소. 반드시 완쾌하실 것이오."

그 광경을 바라보던 순욱은 용운의 존재감이 어느 정도인지 새삼 깨달았다.

'언뜻 보기에는 유약한 군주로도 느껴졌다. 한 사람 한 사람을 배려하는 마음은 깊으나, 그만큼 가신을 잃는 걸 병적으로 두려워하시는 까닭이다. 일개 병졸들의 건강까지 챙기시는 모습에서 때로는 지나친 게 아닌가 하는 생각이 들 때도 있었다.'

그간 순욱이 본 용운의 모습들이 차례로 눈앞을 스쳤다.

가신들에게 운동을 당부하고 약재를 내리는 모습. 한복과의
전투에서 다친 병사를 직접 찾아 눈물을 글썽이던 모습.

순욱이 제일 놀랐던 일은, 전사한 병사들의 시신을 모두
모아 '명림(名林)'이란 공동묘지를 조성한 거였다. 누구라도
언제든 명림에서 참배할 수 있게 했으며, 병사의 이름과 더불
어 명예로운 죽음을 기리는 문구가 쓰인 비석을 세웠다. 이는
남은 가족들에게 큰 위로가 됐다.

'이런 상황이 되자, 가신들은 모두 일손을 놓다시피 하고
주공을 걱정하며, 백성들까지 자발적으로 그분을 위해 뭔가
하려고 한다. 주공은 이 자리의, 또 이 성의 모두를 이어주는
끈이다. 주공의 그 마음이야말로 그분이 가진 가장 강력한 힘
인 것이다!'

가슴 벅차하던 순욱은 문득 정신을 차렸다. 마음은 고맙지
만, 용운은 도저히 알현을 허락할 상태가 아니었다. 또 그가
중태인 모습을 보면, 민심이 더욱 어지러워질 터였다.

순욱의 귀띔을 받은 근위병이 목청껏 외쳤다.

"자, 그만들 하고 돌아가시오. 주목님께선 안정을 취하셔
야 하오! 가져온 것들은 다 전해드릴 테니 걱정하지 말고 여
기 놓고 가시오!"

그때였다. 인파 사이로, 한 남자가 천천히 걸어나왔다. 나
이를 짐작하기 어려운 외모에 맑은 피부를 가진 사내였다. 흰

두건을 쓰고 옥색 장포를 입었는데, 손에 작은 보따리 하나를 들고 있었다.

그에게서 범상치 않음을 느낀 순욱이 물었다.

"그대는……?"

사내가 천천히 입을 열었다.

"저는 화부(華旉)라 하며 자는 원화(元化)입니다. 의술에 약간의 조예가 있어, 주목님을 한번 살펴보고자 왔습니다."

훗날 건안삼신의(建安三神醫, 건안시대 세 명의 신의)라 불리는 의술의 천재, 화타가 모습을 드러낸 순간이었다.

18

·

신의 화타

"저는 화부라 하며 자는 원화입니다. 의술에 약간의 조예가 있어, 주목님을 한번 살펴보고자 왔습니다."

사내의 말에, 순욱은 고개를 갸웃거렸다.

'화원화?'

처음 듣는 이름이었다. 그때 최염이 나섰다.

"혹 패국 초현 출신의 그 화원화 님이십니까?"

"그렇습니다. 절 아시는지요?"

"그쪽 지역을 여행할 때, 들어본 적이 있습니다. 패국상(沛國相, 패국 지역의 장관) 진규 님께서 효렴(孝廉)으로 천거했는데 응하지 않고 재야에 머무르셨다고요."

들고 있던 순욱이 반문했다.

"효렴에 천거? 그럼 선비인데 의술을 익혔단 말입니까?"

효렴이란 효자(孝子)와 청렴(淸廉)을 합친 말로, 134년에 무제가 매년 각 지역에서 효자와 청렴한 자를 이십만 명당 한 명씩 천거하게 한 데서 유래했다. 효렴으로 천거되면, 중앙에 파견된 후 일정 기간 낭관(郎官)이란 자리에 있으면서 궁궐 안에서 숙직을 섰다. 그동안 조정의 실무를 익히게 하기 위해서였다.

훗날 관료와 결탁한 권력자 및 주요 호족의 자제만이 효렴으로 추천을 받는 등 부패하였으나, 아직 관직에 나서는 주요 수단 중의 하나였다. 조조도 스무 살 때 이 효렴으로 추천받아 관직 생활을 시작한 바 있었다. 효렴을 거절했다는 사내의 전력이 뼛속까지 유생인 순욱에게 작은 반감을 불러일으킨 듯했다.

"저 스스로 관직에 나갈 그릇이 못 된다고 여겨 거절했을 뿐입니다."

자신을 원화라 소개한 남자가 조용히 답했다.

화원화. 후세에는 '화타(華佗)'로 더 알려졌다. 이 화타는 사실 '화선생'이란 명칭이 이름처럼 굳어진 것이었다. 화타가 의학을 익히게 된 계기는 명확하지 않았다. 다만, 자신이 의사로 여겨지는 걸 부끄러워했다는 기록은 있었다. 그럼에도 불구하고 의학서를 집필하고 제자를 두어 따로 의술을 전수했다. 그로 보아, 의술 자체에 천부적인 재능을 가졌음은 물론, 의술로 사람을 구하는 일에 어떤 특별한 사명감을 가졌음은 분명했다. 화타의 의료행위는 무수한 전설로 전해졌으며,《삼국지》의 〈화타전〉에서도 여러 사례가 소개됐다.

화타는《삼국지연의》에서도 명의로 등장했다. 그중 가장 유명한 장면은, 독화살이 박힌 관우의 어깨를 찢고 검게 중독된 뼈를 긁어내 치료하는 것이었다. 마비산(磨脾散)이라는 마취약도 만들어 썼다고 하니, 당시에 이미 화타는 외과 수술이 가능한 경지에 이르렀음을 예상할 수 있다.

그러나 화타의 의술이 천하에 알려지는 것은 좀 더 후의 일이었다. 업성 안에 있는 의원들마저 믿기 어려운 상황. 하물며 갑자기 나타난 화타에게 선뜻 용운을 보이기란 쉽지 않았다.

진궁이 미심쩍은 투로 말했다.

"듣자 하니 그대는 이곳 사람이 아닌 모양인데, 주공께서 다치셨다는 건 어찌 알았으며, 왜 갑자기 치료하겠다고 나선 것이오?"

진궁은 용운에게 늦게 합류했으나, 그를 향한 충성도는 조운 못지않았다. 용운을 걱정하다 보니 자연 경계심이 생겼다.

그런 마음을 느낀 것일까. 화타는 별로 불쾌해하는 기색

없이 답했다.

"저는 병들고 다친 사람이 많은 곳에 가서 의술을 활용하곤 합니다. 의술이란 그럴 때 제 역할을 하는 것이니까요. 최근 업성에서 전투가 있었다기에, 분명 병자와 부상자들이 많으리라 생각하여 여기로 온 지 며칠 되지 않았습니다."

"음……."

"한데 생각보다 그런 사람들이 적어 의아하던 차에, 그 원인이 주목님의 선정(善政, 어진 정치)에 있다는 얘기를 들었습니다. 그런 주목님께서 시장을 시찰하시다가 피습당해 중상을 입으셨다는 소문은 이미 파다합니다. 생면부지인 환자들도 치료해주는데, 하물며 어진 분이 위중하다는 얘기에 어찌 나서지 않겠습니까?"

화타의 말은 분명 조리 있고 사리에 맞았다. 순욱을 비롯한 가신들이 망설일 때였다. 뜻밖의 목소리가 결정적으로 그들을 움직였다.

"그분을 들여보내세요."

목소리의 주인은 바로 검후였다. 용운에 대한 염려 탓인지 평소보다 힘이 없었다.

조운이 그녀에게 조심스레 물었다.

"검후, 며칠째 식음을 전폐했다고 들었소. 괜찮은 거요?"

"전 괜찮습니다."

"저분을 아시오?"

"직접 뵌 적은 없지만, 명의라는 사실은 알고 있어요. 절 믿으세요. 저분을 믿기 어렵다면 절 믿고 들여보내주세요."

검후의 목소리에서 절박함이 묻어나왔다.

화타의 눈에 살짝 이채가 어렸다. 처음 보는 여자가 자신을 안다며 보증한 까닭이었다. 그러나 그는 이미 의술로 무수한 사람을 살렸다. 그들 중 누군가의 지인이겠거니 여겼다.

검후의 말에 가신들의 마음이 많이 기울었다. 그녀를 비롯한 사천신녀와 용운의 특별한 사이는 모두 아는 바였다. 마침내 마음을 정한 순욱이 먼저 말했다.

"검후 무사님께서 저리 말씀하시니, 저는 찬성입니다."

조운을 비롯해 그의 말에 모두 고개를 끄덕였다.

"그럼 들어가보도록 하겠습니다."

화타가 막 몇 걸음을 내디뎠을 때였다. 태사자가 그의 앞을 불쑥 막아섰다.

"잠깐, 그 보따리 안을 좀 봐도 되겠소?"

"……그러시지요."

태사자는 화타에게서 보따리를 건네받았다.

보따리를 풀어본 그의 눈이 둥그레졌다. 약초로 보이는 마른풀과 정체를 알 수 없는 가루며 환약(丸藥)은 그렇다 치고, 안에서 날카롭게 간 작은 비수와 다양한 크기의 바늘들이 나온 것이다. 태사자의 손이 당장 허리춤으로 향했다.

"잠깐! 치료하는 데 어찌 이런 암기가 필요하단 말이냐! 침이 아니라 이 바늘들과 실뭉치는 또 뭐고? 바느질이라도 할 셈인가?"

화타는 당황하는 기색 없이 태연히 말했다.

"환부를 살펴 곪은 곳이 있다면 칼로 째서 고름을 짜내야 하기 때문입니다. 바늘은 상처 부위를 실로 꿰매 봉합할 때 쓸 것입니다."

"뭐……? 뭘 어째?"

태사자는 어안이 벙벙해졌다. 시대를 초월한 의학기술을 이해할 리 없었다. 그의 귀에 제대로 들린 것은, '칼로 째고 바늘로 꿰맨다'는 부분뿐이었다. 태사자는 순간적으로, 불순한 동기가 들통 난 화타가 자신을 조롱한다고 여겼다.

"네 이놈!"

그가 노호(怒號)를 발하며 단극을 뽑아들 때였다. 척. 누군가 그의 손을 잡아 멈추게 했다. 놀란 태사자가 보니, 보초를 서던 사린이었다. 최근에 용운 걱정으로 먹지를 못해 힘이 없었음에도 불구하고 한 손으로 태사자를 제압할 정도는 되었다.

"사린아, 어찌 이러느냐?"

그녀는 평소와 달리 무게 있는 투로 말했다.

"태 아저씨, 우리 큰언니가 말했잖아요. 자기를 믿고 들여

보내달라고. 큰언니가 그렇게까지 말했는데, 지금 못 믿겠다는 거예요?"

"그게 아니라…… 너도 보다시피 저리 흉한 물건들이 나왔지 않느냐. 그리고 태 아저씨가 아니라 태사 오라버니라고 내가 몇 번을……."

"흥, 됐어요. 사람을 해치려는 물건으로 여기면 그렇게 보이고, 구하려는 물건으로 여기면 또 그렇게 보이는 거죠."

사린의 말에, 태사자는 다시 한 번 비수와 바늘을 유심히 살폈다. 잠시 후, 그는 한 발 뒤로 물러섰다.

"사람 죽이는 일만 해와서 그런지 난 모르겠구나. 하지만 검후 님의 판단력은 안다. 사린이 네 말대로 검후 님을 믿어보마."

"고맙습니다, 자의 님."

검후는 가볍게 고개를 숙여 보였다. 그녀는 서둘러 앞장서서 화타를 인도했다.

태사자의 충정으로 인해 작은 소동이 있었으나, 화타는 무사히 용운을 진료하게 되었다.

용운은 정신을 잃은 채 누워 있었다. 몸에는 상처의 염증으로 열이 들끓었다. 과다한 출혈로 인해 맥이 매우 약했다.

그는 생사의 고비에서, 이상한 세계를 헤매고 있었다. 칠

흑같이 어두운 가운데, 드문드문 빛의 결정 같은 것이 보이는 터널 같은 공간. 그곳을 놀랍게도 빠르게 날아 지나는 중이었다. 아니, 그냥 빠르게 난다는 말로는 부족했다. 마치 자신이 바람이 된 것 같은 느낌이랄까. 그런데 날고 있다는 사실이 그리 이상하게 느껴지지 않았다.

용운은 문득 생각했다.

'어? 여기 언젠가 본 것 같은데?'

봤으면 본 거고, 아니면 아닌 것인데, '본 것 같다'는 말은 그에게 어울리지 않았다. 순간기억능력자인 자신이 확신하지 못하는 기억이 있다는 게 이상했다.

그렇다면 이유는 둘 중 하나였다. 의식이 명료하지 못할 때 경험했거나, 모든 것을 담는 그의 뇌조차 도저히 받아들이기 힘든 종류의 정보였거나.

'혹은 둘 다일 수도······.'

그때 누구의 것인지 모를 목소리가 들려왔다. 정확히는 머릿속에서 울려퍼졌다고 해야 할 것이다. 띄엄띄엄 끊기거나 뒷말이 잘린 데다 곧바로 의미를 이해하기에도 쉽지 않은 내용이었다.

징표 확인. 정해진 좌표로—치이익—시공 이동—시작. 시간 데이터 일치—치익—위치 데이터 확인 중.

목표 차원의 징표와 연계 확인―시공 이동자 생존을 위한―치익―보너스 부여를 시작―합니다.

경고, 치익―치이익―2급 특이사항 발견. 정해진 게이트로의 이동자가 아닌―치익―위치 좌표 특정 불가.

경고, 추가 1급 특이사항 발견. 기계어로 이뤄진 외부 데이터가―치익―융합되었―치익―재조합 시 치명적인 결과를 초래할 가능성―치익―분류 요망.

'이게 다 무슨 소리야?'

치익―외부 데이터를 분리해내기 위한 그릇 발견―치익―확인 결과, '컨테이너 오브 소울'로 판명―호환 가능. 데이터 전송 시작합―치익―.

여분의―데이터는―치익―시공 이동자의 보너스로 치환―치익.

'컨테이너 오브 소울…….영혼의 그릇?'

뭔가 기억날 듯 머리가 지끈거렸다. 그러나 금세 새로운 말들이 생각을 방해했다.

넷―입니다. 방대한 데이터를 전체 수용 가능한가―과부

하―치익―추가 3급 특이사항 발견―기계어 외부 데이터 내부에―컨테이너 오브 소울 네 기의 코드명과 일치하는―치익―우연―극히 희박한―.

최종 업로드를 위해―컨테이너 오브 소울 기동에 필요한―치익―5차원의 영혼체 질서 붕괴 우려가 없는―치익―시공 이동자에게 요구합니다―반드시 부름에 응해 줄―치익―네 사람의 영혼을―치익―3차원의 생태에서는 사망한 후여야 하며―칙―만약 거부 시, 해당 시공 이동자는 숫자 조합 데이터의 형태로―.

영원히―시공의 틈에서―치익―방황.

순간, 용운은 전신이 오싹해졌다. 시커멓고 두려운 어떤 것이 떠오르려 했다. 그의 의식이 필사적으로 그 기억을 막았다.

'나, 대체 뭘 한 거…….'

순간, 눈앞이 환한 빛으로 물들었다. 그리고 그리운 목소리가 귓가에 들려왔다.

"주군! 정신이 드세요?"

검후가 젖은 눈으로 반색하며 말했다. 그 옆에선 성월과 사린이 함께 눈물을 글썽이고 있었다.

"깨어나셨군요!"

"끄아앙! 주군이 눈을 떴쪄!"

용운은 힘겹게 입을 열었다.

"……으, 여기 어디야?"

시녀에게 물을 가져오도록 부탁한 검후가 답했다.

"관사 내 주군 방이에요. 지금 주군께선 무려 열흘 만에 깨어나신 거예요."

"헐, 열흘?"

벌떡 일어나려는 용운을 누군가가 붙잡았다. 흰 두건을 쓴, 유난히 맑은 피부의 남자였다.

"잠깐. 진정하시지요."

"……?"

처음 보는 사람인지라, 용운은 움찔했다. 그러나 사천신녀 중 누구도 제지하지 않는 걸로 보아 적은 아니었다.

"급하게 움직이시면 안 됩니다."

남자는 용운의 명치를 쓰다듬으며 말했다.

어쩐지 선뜻한 느낌에 내려다보니, 상체를 벗은 상태였다.

남자는 그런 용운의 명치와 배를 어루만지며 뭔가 황홀한 표정을 지었다.

"하아……."

용운은 목덜미에 소름이 돋음을 느끼며 말했다.

"……저기, 이 변…… 아니, 이 사람은 누구야?"

성월이 웃는 얼굴로 활을 움켜쥐며 대꾸했다.

"주군을 치료해준 의사 선생님이에요."

"의사?"

용운은 반사적으로 남자에게 대인통찰을 썼다.

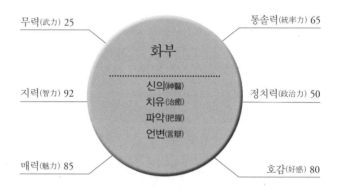

무력(武力) 25

통솔력(統率力) 65

화부

신의(神醫)
치유(治癒)
파악(把握)
언변(言辯)

지력(智力) 92

정치력(政治力) 50

매력(魅力) 85

호감(好感) 80

결과를 본 용운은 깜짝 놀랐다.

'헐, 화타다! 화타가 어떻게 여기에…… 내 부상이 심각해서 누군가가 수배한 건가?'

그러고 보니 화타의 행적에 대해선 정확히 알려진 바가 없었다. 《삼국지》속 〈화타전〉에 의하면 예주 지역에서 주로 활동했으며, 조조가 중병에 걸렸을 때 부름을 거부하다가 잡혀가 감옥에서 죽었다는 정도만 기술되어 있을 뿐이었다.

오나라의 장수인 주태가 중상을 입었을 때, 손권의 애원을 받아들여 종일 수술한 끝에 살려냈다거나, 관우의 어깨에서 독화살을 제거한 것 등은《삼국지연의》속의 허구일 가능성이 높았다.

'그래도 그의 의술이 대단하다는 건 변함없지.'

과연 화타답게 '신의'와 '치유'는 한눈에 보기에도 의술과 연관된 특기가 분명했다. 화타가 파악과 언변을 가졌다는 게 의외였으나, 용운 자신이나 다른 모사들과는 달리 작용하리라 짐작됐다.

'책사의 파악은 상대의 심중을 읽거나 거짓말을 알아차리는 식으로 발현한다면, 화타의 그것은 환자의 상태와 부상의 정도 등을 알아내는 거겠지. 언변도 마찬가지로, 왜 이런 치료를 해야 하는지에 대한 설득 쪽으로 효과가 강할 듯하고. 그런데 대체 언제까지 쓰다듬으려는 거람⋯⋯.'

화타는 그때까지도 여전히 용운의 벗은 상체를 어루만지고 있었다. 얼굴이 발갛게 상기된 채로.

용운이 그의 손을 조심스레 밀쳐냈다.

"저, 그만 좀⋯⋯."

"아아."

화타는 아쉽기 짝이 없는 표정으로 물러섰다.

"꿰맨 자리는 잘 아물었습니다. 황홀할 정도로 멋진 치유력입니다. 주목님의 생명력은 정말 대단하군요."

"아⋯⋯."

그러고 보니 화타가 어루만지던 명치와 복부에 세로로 크게 꿰맨 자국이 있었다. 또 그의 손이 닿았던 부위는 이상하게 서늘하고 기분이 좋았다. 단순히 쓰다듬기만 한 게 아니라, 상처가 잘 아물었는지 살핀 모양이었다.

'그럴 거야. 아마도.'

화타는 그 부위를 손가락으로 가리키며 말했다.

"솔직히 처음 환부를 봤을 때는 살리기 어렵겠다고 생각했습니다. 상처 수준이 아니라, 그냥 몸에 구멍이 뻥 뚫렸더군요. 뭔가 날카로운 병장기가 회전하면서 관통한 탓에, 들어온 부위보다 나간 부위의 구멍이 더 컸습니다. 안의 장기들도 엉망이 됐으리라 예상했고요."

용운은 화타의 말을 듣자, 당시의 두려움과 고통이 생생히 떠올랐다. 그는 자기도 모르게 몸을 부르르 떨었다.

'으으, 망할 순간기억능력!'

화타가 걱정스러운 표정으로 물었다.

"어디 불편하십니까? 혹 추위를 느끼셨다면 열이 나는 것입니다. 제가 확인 못한 염증 부분이……."

"아니에요. 갑자기 당시 상황이 떠올라서. 인사가 늦었네요. 치료해주셔서 정말 감사합니다."

"별말씀을요."

용운의 인사는 실제로 고마운 것 외에도, 이제 그만 얘기하라는 뜻이었다.

화타는 용운의 치료에 대해 잠시 더 설명했다.

"직접 상처를 살피자 약간의 희망이 생겼습니다. 놀랍게도 예상과 달리 장기가 대부분 멀쩡했고 내부가 묘하게 깨끗해서 말이지요. 그래도 워낙 상처가 커서, 약을 바른 목화솜으로 그 자리를 메워 화농을 방지해야 했습니다. 벌레가 알을 까거나 곪는 순간 끝장이니까요. 그 솜을 매일 갈면서 새살이 돋아나길 기다렸다가 어느 정도 아물면 살가죽을 꿰매……."

듣고 있던 사람들의 표정이 점점 거북해졌다.

화타는 용운의 엄청난 회복력을 칭송하며 얘기를 마쳤다.

"설마 닷새 만에 새살이 돋아나기 시작하여, 이레째에 봉합이 가능해질 거라곤 꿈에도 생각하지 못했습니다. 제가 봐온 수많은 환자 중에서도 유례없는 일입니다. 석 달쯤 지나야 완쾌될 줄 알았는데, 지금 봐선 한 달 내로 나을 듯합니다. 단, 앞으로 당분간은 꿰맨 자리가 터지지 않게 조심하셔야 합니다. 덧나면 처음보다 더 심해지거든요."

"명심하겠습니다."

"그리고 제가 지어드리는 약을 빠짐없이 드셔야 합니다. 음…… 약을 드셔야 하는 기간이 꽤 긴데, 그때마다 찾아올 수도 없고……."

잠시 고민하던 화타가 말했다.

"제가 당분간 여기 머무르면서 약을 지어드려도 되겠습니까? 그동안 업성 내의 환자들은 어지간하면 제가 다 봐드리겠습니다."

용운은 하마터면 환호성을 지를 뻔했다.

'우와!'

남아달라고 애원해야 할 판에, 알아서 여기 머무르겠다고 하다니.

세력의 강대함은 인구와 직결되며, 인구의 유지는 건강과 밀접한 연관이 있었다. 역병이라도 돌면 수천 단위로 사람이 죽어나가는 시대였다. 용운이 특별히 위생에 신경을 쓰긴 하나, 백성 한 명 한 명을 다 보살피긴 어려웠다. 또한 건강 문제는 전쟁에도 영향을 미쳤다. 당연히 건강한 병사가 더 잘 싸울 수 있으니까.

화타 한 사람이 존재함으로써 이 모든 문제가 해결되는 것이다. 이게 용운이 기뻐한 이유였다.

"단, 조건이 있습니다."

그때, 화타가 용운의 기쁨에 찬물을 끼얹었다.

"제가 원할 때 한 번씩 주목님의 몸을 살필 수 있게 해주십시오."

잠깐 손을 놨던 성월이 이상한 미소와 함께 다시 활대를 잡았다.

용운의 표정을 본 화타가 말을 이었다.

"아, 오해는 마십시오. 제가 여러 사람의 몸을 연구해왔지만 주목님과 같은 체질은 처음 보는지라, 꼭 살펴보고 싶어서 그럽니다. 분명 제 의술의 발전에 큰 도움이…… 아니, 주목님의 건강에도 도움이 될 겁니다."

뭔가 사심이 드러난 듯했지만, 신의를 성내에 머무르게 하는 조건치고는 소박했다.

"으음…… 알겠습니다. 아!"

말하던 용운이 뭔가를 떠올리고 탄성을 질렀다. 열흘 만에 깨어난 데다, 갑작스러운 화타의 등장으로 정신이 없어서 중요한 걸 잊고 있었다. 그에게는 더없이 중요한 한 사람을.

"혹시 저와 함께 있던 여자 무사도 치료하셨습니까? 저 못지않게 많이 다쳤을 텐데."

"아니요, 저는 주목님밖에 치료하지 않았습니다만. 또 환자가 있습니까?"

"검후, 청몽이는? 청몽이는 좀 어때?"

용운의 다급한 말에, 검후가 대신 답했다.

"청몽이는 괜찮습니다, 주군. 생각보다 부상이 가벼워서 특별히 치료할 필요가 없을 정도예요."

"그래? 지금 어디 있는데?"

"이 방과 붙은 옆방에서 자고 있어요. 다친 곳은 심하지 않은데, 어느 정도 요양은 필요해서⋯⋯. 깨어나면 보러 올 테니 안심하세요."

"그랬구나. 아, 다행이다."

용운은 진심으로 안도했다.

검후는 그 모습을 가만히 보다가 문 쪽으로 성큼성큼 걸어갔다.

"주군께서 깨어나셨다고 사람들에게 알려야겠어요. 다들 제대로 일을 못할 지경이랍니다."

"이런. 괜한 걱정을 시켰네. 부탁해."

용운은 미처 그녀의 얼굴을 보지 못했다. 정면에 있던 화타만이 얼핏 봤을 뿐이었다. 화타는 아무것도 못 본 척 고개를 숙였다. 검후의 얼굴은 온통 눈물로 젖어 있었다.

잠시 후, 기쁨에 찬 가신들이 차례로 들어왔다. 순욱, 진궁, 최염, 전풍, 저수 등 모두 문관들이었다.

"주공, 회복을 경하드립니다. 저희 다 얼마나 걱정을 했는지 모릅니다."

순욱이 포권을 취하며 진심 어린 투로 말했다. 그럴 만도 했다. 업성을 차지한 지 얼마 되지 않아, 이제 막 뭔가를 시작하려던 참에 새 주군이 암습에 쓰러졌으니.

진궁은 숫제 울먹일 지경이었다.

"크흑, 주공! 제가, 제가 얼마나⋯⋯."

용운은 침상에 누워 웃으며 말했다.

"걱정을 끼친 점, 여러분 모두에게 미안합니다. 이제 괜찮아졌어요. 다 여기 있는 화 선생, 화타 님 덕분입니다. 당분간 업성에 머무르면서 절 돌봐주기로 하셨으니, 불편이 없게 해주세요."

살림꾼인 최염이 깊숙이 허리를 숙이고 말했다.

"제가 모자람이 없도록 처리하겠습니다."

"네, 부탁합니다. 그런데 장군들은 다 어디로 갔지요?"

두어 명이 빠졌다면, 병사를 훈련하는 중이거나 성내 순찰을 돌고 있다 여겼을 터였다. 하지만 용운이 깨어났다는 소식을 듣고 제일 먼저 달려왔어야 마땅할 조운을 비롯해, 태사자, 장합, 장료 등 한 사람도 안 보이는 게 이상했다.

용운의 물음에, 기쁜 가운데 묘하게 근심 어린 표정을 하고 있던 전풍이 나섰다.

"주공께서 깨어나셨으니, 보고드릴 일이 있습니다."

"말씀하세요, 원호."

"실은 원소의 움직임이 심상치 않습니다. 주공께서 정신을 잃고 계신 동안, 몇 차례 시위 수준의 가벼운 도발이 있었습니다."

"원소가?"

"예. 비록 큰 피해 없이 업성을 손에 넣었지만, 아시다시피 저희의 전력은 아직 원소에 비해 부족한 감이 있습니다. 이에 그저께부터 네 장군이 한시도 쉬지 않고 방어태세에 임한 상황입니다."

"음…… 그랬군요."

용운의 표정도 심각해졌다. 드디어 《삼국지》의 여러 군웅 중에서도 메이저라 할 수 있는 원소가 움직였다.

열흘이라는 시간은 짧고도 길었다. 용운은 깨어나자마자 여러 사건이 닥치는 바람에, 의식을 잃은 동안 겪었던 일을 잊어버렸다. 아니, 정확히 말하면 그의 초자아가 그 기억을 의도적으로 봉인했다고 해야 할 것이다. 용운 자신을 위해서. 그는 잊어버린다는 말과 거리가 멀기 때문이었다. 때로는 잊는 게 훨씬 나은 기억도 있는 법이니까.

용운이 요양 중인 방 바깥.

검후는 관사 앞마당으로 나왔다. 밖에서 기다리던 가신들이 다 들어간 후에야, 그녀는 소리 내어 흐느꼈다.

따라온 성월과 사린도 함께 얼싸안고 울었다.

"흑, 큰언니. 울지 마……."

"끄아앙. 언니들, 울지 마. 주군이 무사하니까 됐잖아."

"응, 그래……. 이건 너무 기뻐서 우는 거야. 그 아이…… 아니, 그분께 무슨 일이라도 생기면 어쩌나 하고 내가 얼마나……."

울던 사린이 문득 검후에게 물었다.

"훌쩍. 큰언니, 그런데 국양 아찌는 어디 갔어?"

검후의 표정이 살짝 굳었다. 사린은 가끔 예기치 못하게 예리할 때가 있었다.

"국양? 전예 님?"

"응. 중간에 주군이 기절해 있을 때 아찌들이 다 여러 번 왔다 갔잖아. 그런데 주군이랑 엄청 친한 국양 아찌가 한 번도 안 보여서. 지금도 그렇고……. 혹시 싸웠나?"

"아니, 그런 거 아니야."

"그럼? 구석에 숨어서 우는 건가?"

"구석에 숨은 건 비슷한데……. 주군을 위해 국양 님밖에 할 수 없는 일을 하고 있단다. 그건 아주 힘들고 우리 중 누구도 하기 어려운 일이야."

"그게 뭔데?"

잠시 망설이던 검후가 말했다.

"자기 마음을 죽여서 진실을 밝히는 일."

"그게 뭐야? 뭔가 무서워."

사린이 입술을 삐죽였다.

흑영의 새 본부는 업성 내성의 지하에 있었다. 기밀을 다루고 정보를 분석하는 업무의 특성상, 보안이 유지되는 장소여야 했기 때문이다.

그 지하 본부에서도 가장 깊숙한 방 안. 전예는 거기에 무표정한 얼굴로 우뚝 서 있었다. 흔들리는 촛불 빛에 어른거리는 그의 얼굴은 온통 피에 젖은 채였다. 전예 자신의 피가 아닌, 그가 고문하는 자의 피였다.

전예의 앞에는 남녀 한 명씩이 벽에 매달린 쇠사슬에 양팔을 묶인 채 축 늘어져 있었다. 혹독한 고문으로 정신을 잃은 것이다. 그런 두 사람의 몸뚱이는 온통 불로 지지고 몽둥이로 때려 만신창이였다.

"물을 퍼부어라."

전예가 나직하게 말했다.

옆에 있던 흑영대원들이 얼른 그 말에 따랐다.

고문실 안에는 전예 외에, 총 세 명의 흑영대원들이 함께 있었다. 그들은 자신들의 상관이 이토록 무서운 사람인 줄 미처 몰랐다.

'곱상한 얼굴에, 잘 웃고 자상한 성품이라 이런 일에는 맞지 않는다고 여겼는데…….'

'우리 대장, 화나면 정말 무시무시하구나.'

사흘 전, 흑영대원들이 이 두 남녀를 잡아왔다. 둘은 성혼단이라는 종교 집단의 신도였다. 전예는 용운을 암습한 자의 정체를 알아내기 위해, 그야말로 집요하게 조사를 거듭했다.

한복과의 연관성, 동탁 세력과의 연관성, 업성 내 뒷골목 패거리의 동향, 그리고 그 외 주변 세력의 움직임 등 가능성이 있는 모든 것들을 살폈다.

사천신녀들이 용운의 옆을 지키며 식음을 전폐했듯, 전예 또한 지난 며칠간 잠도 안 자고 일했다. 그는 일부러 용운을 보러 가지도 않았다. 그랬다가 자칫 냉정을 잃을까 두려웠기 때문이었다.

'분노를 잊지는 않겠다. 그러나 머리는 차갑게 유지해야 한다.'

그러기를 며칠째, 마침내 단서를 찾았다.

전신을 천으로 휘감았던 그 기이한 사내가, 업성 내의 성혼단 신도와 접촉했다는 사실을 알아낸 것이다.

'성혼단이라. 결국 그놈들이 말썽이구나.'

어차피 전예는 그 전부터 성혼단을 위험한 사교(邪敎)로 확정 짓고 있었다. 거기에 감히 용운을 암습한 자와 얽혔다.

그 말은 곧, 모두 제거해야 할 무리임을 뜻했다. 이 두 사람을 잡아와서 고문하는 이유는, 업성 안에 들어와 있는 성혼단 신도 및 그들의 은신처를 모두 찾아내 뿌리 뽑기 위해서였다.

촤악! 기절한 남녀에게 찬물이 끼얹어졌다.

"으으……."

사내가 먼저 깨어나고 뒤를 이어 여인도 눈을 떴다. 두 사람은 전예를 보자 치를 떨었다.

"말해라, 다른 신도들의 이름을. 그리고 너희의 은신처가 어디 있는지를."

전예는 오직 이 말만 반복했다. 말을 들으면 살려주겠다는 회유나, 거짓을 말하면 용서치 않겠다는 협박조차 하지 않았다.

"모, 모릅니다."

여인이 겁먹은 목소리로 고통스레 말했다. 그녀는 함께 끌려온 사내의 부인이었다. 두 사람은 사실 부부였던 것이다.

잠시 둘을 묵묵히 바라보던 전예가 입을 열었다.

"여자의 손등 살을 발라내라."

"예?"

순간적으로 당황한 부하 하나가 반문했다.

전예는 다시 천천히 말했다.

"저 여자의 손등 살을 발라내라고 했다. 그래도 말하지 않으면 팔뚝을, 그다음은 어깨와 가슴살을 모두 벗겨내라. 최대한 얇게, 한 점 한 점 떠내라. 그리고 벗겨낸 자리는 소금에 절여라."

"예, 예."

칼을 든 부하 하나가 여자에게 다가섰다.

옆에 묶인 사내는 발악하듯 외치며 침을 뱉었다.

"으으, 이 악귀 같은 놈아!"

침은 용케 전예의 뺨에 묻었다.

다른 흑영대원이 깜짝 놀라 사내를 후려갈겼다.

"이 미친 자가!"

전예는 손으로 가볍게 침을 훔쳐내며 말했다.

"내가 지시하는 것 외에는 절대 손대지 마라. 최대한 오래 살려두어야 하니까."

"아, 알겠습니다."

"악귀 같은 놈……."

전예는 속으로 생각했다.

'그래. 주공을 해치려 한 자들에게 나는 악귀다. 악귀가 되어야 한다. 너희가 감히 누구에게 손을 댔는지 뼈저리게 느끼고 다시는 그런 짓을 할 엄두도 내지 못하도록. 난, 그분에게서 하늘을 봤다.'

화타가 용운을 살리고 있을 때, 그 바로 아래의 지하에서는 전예가 누군가를 죽이던 중이었다. 둘 다 용운을 위한 일이었음에도, 역설적으로 행위는 정반대였다. 마치 빛이 존재하는 곳에는 어둠이 따르듯.

'내가 주공의 어둠, 흑영이 되겠다. 이 검은 그림자로, 주공에게 반하는 자들을 다 삼켜버리리라.'

무표정하던 전예의 입가에 옅은 웃음이 떠올랐다. 그 웃음을 본 성혼단 사내는 몸을 부르르 떨었다.

전예는 이규와는 다른 종류의 인간이었다. 인간의 감정을 모르는 게 아니라, 억누르려는 것이었다. 어쩌면 그가 택한 이 길이야말로 가장 힘들고 혹독한 길일지도 몰랐다.

잠시 후, 고문실에는 처참한 비명이 울려퍼졌다.

19

·

새로운 위협

익주성 내성의 대전에서는 조례가 한창이었다.

누대에 앉은 익주목 유언이 말했다.

"그럼, 오두미도 쪽은 완전히 잠잠해진 것인가?"

그는 본래 풍채가 당당하고 위엄 있는 외모였다. 거기다 자색과 금색이 섞인 화려한 장포에 작은 관까지 써서 마치 왕처럼 보였다. 실제로, 익주에서 유언은 이미 반쯤 왕이었다.

대전 양쪽으로 늘어선 가신 중 하나가 답했다.

"그렇습니다. 주공께서 데려오신 동평 장군과 삭초 장군의 활약으로 모두 제압하였습니다."

"좋다. 이제부터 익주는 공식적으로 성혼단을 지원할 것

이다. 성혼단에 들어오는 이에게는 쌀과 땅을 내리고 세금을
감면한다."

"……."

"그러나 몰래 오두미도를 섬기다가 발각되면 죽음을 면치
못하리라. 오두미도의 지도자인 장로가 제 어미를 이용해 날
죽이고 익주를 강탈할 음모를 꾸몄다. 반역도당을 어찌 용서
하랴. 성내에 방을 붙여 이 사실을 널리 알리라."

"예……."

가신들의 얼굴에 미미한 반발과 시름이 어렸다. 유언은 분
명 조정의 입장에서는 반역자였다. 하지만 익주에서는 널리
민심을 얻었다. 온갖 난으로 피폐해진 백성을 위로하고 안정
중심의 정책을 펼친 결과였다. 그만큼 가신들에게도 나쁘지
않은 주인이었다.

또한 유언은 엄연히 황가의 피를 이었다. 동탁이 멋대로
유변을 폐위시킨 후, 아홉 살짜리 유협을 천자로 앉히고 죽은
지금, 유언이 나라를 세우는 게 꼭 반역은 아니라고 여기는
신하들도 많았다.

유언 또한 평소 그 점을 은근히 강조하곤 했다. 당장 원소
등만 해도, 현 황제의 '정통성'을 문제 삼으며 또 다른 황족인
유우(劉虞)를 황제로 추대하려 했지 않은가.

문제는, 유언이 미묘하게 변해간다는 점이었다. 당장 말

투만 해도 지금처럼 고압적이지 않았다.

그는 본래 유주 내에 오두미도가 성행함을 알고 장로와 손을 잡았다. 장로가 유언의 명으로 한중에서 장안으로 가는 길을 끊었을 정도로, 둘의 사이는 돈독했다. 또 장로의 모친과 유언이 특별한 관계라는 것은 공공연한 사실이었다. 그 여자는 무슨 수를 썼는지, 환갑을 넘은 나이에도 불구하고 30대 초반 정도로밖에 안 보였다.

그런데 그랬던 유언이 하루아침에 태도가 돌변하였다. 제 손으로 장로의 모친을 죽이고 새로 얻은 장군들로 하여금 장로를 치게 했다. 무방비 상태에서 기습당한 장로와 오두미도의 간부들은 속수무책으로 전멸당하고 말았다.

그리고 가끔 흐리멍덩한 눈빛을 하거나, 매우 가까웠던 가신에게 매몰차게 대하기도 하고 서먹했던 가신을 살갑게 대하기도 했다.

그리고 또 하나의 큰 문제는, 바로 지금 유언의 양옆에 서 있는 일남일녀였다. 기이한 형태의 낯선 차림을 하고, 늘 옅은 웃음을 머금은 채 서 있는 작은 체구의 남자. 온몸을 검은 천으로 휘감은 채 두 눈만 내놓아, 목소리로 겨우 성별을 알 수 있는 여자. 이 둘을, 유언은 한시도 곁에서 떼놓지 않았다.

'주공을 움직여 오두미도를 치게 한 게 저 사내의 책략이란 말이 있던데.'

'아니, 장로의 어미를 질투한 저 여자가 주공을 부추겼다는 말도 있네. 하여간 저 둘이 나타나고서부터 뭔가 꼬이고 있음은 분명해. 대체 주공께선 무슨 생각이신지…….'

그중 다른 사람들과는 다른 이유로, 유언의 변화를 특히 이상하게 여긴 이가 있었다. 바로 동부(董扶)라는 이름의 가신이었다. 그는 고개를 약간 숙인 채 눈동자만 굴려서 유언을 훔쳐보았다.

'주공에게는 분명 왕의 기운이 흘렀다. 단, 그것은 불완전한 것으로, 천자의 기운이 엿보이던 촉한 땅의 지세와 합쳐져야 하며, 얼마나 오랜 세월이 걸릴지도 명확하지 않았다. 이에 예전에 익주 땅으로 오시길 권한 것인데…….'

원래 유언은 한실의 종친이라는 신분을 가졌다. 거기에 스스로 닦은 학식까지 더해져, 태상(太常)이라는 고위 관직에 있었다. 또 별다른 정적(政敵)도 없으니 벼슬길은 탄탄대로였다. 그러나 점차 조정이 환관들에게 휘둘리는 것을 보고, 중앙을 떠날 마음을 품었다.

'이대로는 제대로 일을 하기는커녕 곧 큰 난리가 일어나 제명에 죽지 못할 것이다. 차라리 최대한 조정에서 먼 지역으로 가서 뜻을 펼치는 편이 나으리라.'

이게 유언의 생각이었다. 그는 그 물밑작업으로, 그 전까지의 주자사에 군사적 권한을 더한 '주목'이란 제도를 제안했다. 마침 곳곳에서 반란이 일어나 조정에서 파견한 관리들이 죽어나갔다. 덕분에 유언의 제안은 타당하게 여겨져 승인되었다.

유언은 서둘러 지방의 주목으로 가길 자처했다. 그가 처음에 원한 곳은 남쪽 끝의 교주 지역이었다. 현대의 광저우 시와 홍콩 등에 해당하는 곳이니, 그야말로 최남단이었다. 중앙에서 최대한 멀어지려는 생각이었던 것이다.

하지만 그때 이 동부의 귀띔이 마음을 바꿨다.

"수도에 곧 변란이 일어날 것이며, 별의 움직임을 보니 익주 쪽에 왕의 기운이 있습니다."

동부는 유언에게 이런 내용을 은밀히 고했다.

그는 허튼소리를 할 사람은 아니었다. 기록에 의하면, '여러 경전을 통달했으며 천문과 풍수에도 능통했다'고 했다. 또 말재주가 뛰어나 '그가 일단 입을 열면 승복하지 않는 이가 없었다'고도 했다. 그 정도로 뛰어난 이의 말이기에 유언의 마음도 움직였을 터였다.

나중에 조정에서 나온 사신을 죽이고 한중의 가도를 끊은 일이 아니더라도, 그 말을 듣고 행선지를 익주로 변경한 것만 봐도 유언에게는 야심이 있었음이 짐작되었다.

당연히 동부도 그때 동행해 익주로 왔다.

그런 유언의 행보가 최근 심상치 않게 돌아갔다. 특히, 장로 일파를 멸절한 일은 충격이었다.

이에 그는 지난밤 천문을 유심히 보았다. 그 결과, 놀라운 해석이 나왔다.

'천문의 의미가…… 괴이하기 짝이 없었다.'

누군가가 죽었다고 해서 그를 상징하는 별이 당장 사라져버리진 않았다. 단, 빛이 약해지거나, '사선(死線)'의 자리로 접어들거나, 나쁜 기운을 가진 별이 접근하는 등의 움직임을 보였다. 제갈량 같은 사람도 이를 보고 자기 죽음을 예견하기도 했다.

동부가 보니, 유언의 별은 이미 기운을 잃은 후였다. 천문으로만 따지면 죽은 사람이나 마찬가지라는 뜻이었다.

'게다가 흉악한 기운을 가진 천강성들이 주변에 몰려 있었다.'

도교에서는 북두성 주변에 있는 서른여섯 개의 별을 천강성이라 했다. 북두성은 죽음을 주관하는 별이며, 그 주변에 있는 천강성은 당연히 죽음과 관계가 있었다.

'그 별들에 의해 왕의 기운이 차단되어버렸다.'

동부가 본 천강성의 수는 모두 넷.

'그리고 저 두 사람 외에…….'

유언이 어디선가 들인 장수가 두 명 더 있었다. 조금 전에 언급됐던 동평과 삭초라는 자들이다. 갑자기 나타나 유언의 최측근 자리를 차지한 이들과 그가 본 천강성의 수가 공교롭게 일치했다.

순간, 여자와 동부의 시선이 마주쳤다. 동부는 찔끔해서 얼른 눈을 내리깔았다.

'저 새빨간 눈…… 언제 봐도 섬뜩하군.'

여자가 계속 주시하는 바람에 동부는 몸 둘 바를 몰랐다.

마침 유언이 조례를 파했다.

"오늘 조례는 이걸로 마치겠다. 나가보도록."

가신들이 나가자, 유언의 눈빛은 금세 죽은 물고기의 그것처럼 흐릿해졌다.

"어이구, 잘했어요. 유언쩡."

붉은 눈의 여자가 유언의 턱을 살살 긁었다.

그래도 그는 멍한 표정으로 반응이 없었다.

그녀는 유언의 왼편에 서 있는 선한 눈매의 사내에게 말했다.

"한 놈이 뭔가 알아챈 것 같던데?"

"동부라는 자입니다. 딱히 뭔가를 벌일 배포는 없습니다만, 혹시 모르니 제거하도록 하지요."

잠시 후 대전으로 두 남자가 들어왔다.

한 명은 검은색 정장에 은빛 넥타이를 맨 단정한 차림새였다. 옷에 맞춰 구두까지 제대로 갖춰 신었다. 양손에 든 창만 아니었다면 대기업 사원쯤으로 보였을 것이다.

며칠 전, 피에 물든 쌍창을 들고 와서 오두미도의 지도자들을 제거했음을 보고했던 인물이었다. 이 남자가 바로 '쌍창장(雙槍將)'이라 불리는 동평이었다. 쌍창장은 두 자루 창을 쓰는 대장이란 뜻으로, 천강위 서열 15위, 원래 현대 중국에서는 인기 많은 배우였다.

다른 한 사람은 천강성 서열 19위, 삭초였다. 급한 성격 때문에 늘 먼저 나서서, 급선봉(急先鋒)이란 별명을 가졌다. 그는 2미터 가까운 키에 어깨가 떡 벌어졌다. 광대뼈가 튀어나온 네모진 얼굴 탓에 강퍅한 인상을 주었다. 부드럽게 보이려고 구레나룻을 기른 듯했으나 역효과였다.

삭초는 자신의 키만큼이나 자루가 긴, 큰 도끼 한 자루를 지팡이처럼 짚고 묵묵히 서 있었다. 거기다 갑옷 한 벌을 차려입고 사자가 새겨진 투구까지 썼다. 뭔가 이 시대를 즐기는 듯한 모양새였다.

선한 인상의 사내가 말했다.

"동평, 삭초 님. 오두미도 건은 정말 수고하셨습니다. 포상은 잘 받으셨겠지요? 오늘은 새 임무가 있어서 불렀습니다."

"……."

삭초는 도낏자루 끝으로 바닥을 긁으며, 아무 대꾸도 하지 않았다. 그는 원래 극단적으로 말이 없었다.

대신 동평이 답했다.

"커피."

"네?"

"커피 한 잔 마시고 싶습니다. 아메리카노로."

"아아, 드리지요."

선한 눈매의 사내가 여자에게 손짓했다.

"쳇."

붉은 눈동자의 여인이 짧게 투덜댔다. 그러더니 양손을 모으고 눈을 감았다. 왼손은 명치 앞에서 손바닥이 위로 가게 수평으로 들었다. 오른손은 약간의 공간을 두어, 왼손을 덮는 듯한 자세를 취했다.

그러자 기이한 일이 벌어졌다. 두 손 사이의 공간, 왼손 손바닥 위에 희미한 광채가 어렸다. 주변 대기가 일그러졌다. 광채는 점차 뭔가의 형체를 갖춰갔다.

동평과 삭초는 그 광경을 뚫어져라 응시했다.

10여 초 후, 여인의 손바닥 위에는 머그잔 한 개가 놓여 있었다. 안에서 아메리카노가 김을 모락모락 뿜어냈다.

병아리가 그려진, 흰색 머그잔을 받아든 동평이 말했다.

"감사합니다. 컵은 제 취향이 아니지만요."

"……주는 대로 먹어."

"그러지요. 송강 님의 천기는 언제 봐도 놀라울 따름입니다. 역시 위원회의 리더답습니다."

적안(赤眼)의 여인은 바로 위원회의 리더이자, 천강 36위의 최고 서열에 있는 송강이었다.

송강이 동평의 말에 코웃음을 쳤다.

"내 천기를 자판기처럼 이용하지나 말라고. 커피 만들 때나 쓰니까 우스워 보이지?"

"그럴 리가 있겠습니까."

동평은 뒷말을 속으로 삼켰다.

'당신처럼 무서운 여자에게 말입니다.'

송강의 천기는 총 몇 가지인지, 아직 위원회 멤버들 사이에서도 정확히 알려지지 않았다. 최소 셋 이상이라는 사실만 알 뿐이었다.

그중 하나인 '물질전송(物質傳送)'은 이름 그대로 원하는 물건을 불러오는 능력이었다. 천강위 서열 1위이자 위원회의 리더답게, 그야말로 '권능(權能)'에 가까운 천기.

그러나 모든 천기가 그렇듯 제약은 있었다.

첫째, 대상이 되는 사물의 이미지를 송강이 연상할 수 있어야 했다.

둘째, 생명 활동 중인 대상은 불가능했다. 단, 이 경우 유기물은 가능했다. 예를 들어, 살아 있는 나무는 안 되지만 목재는 전송할 수 있는 식이었다.

셋째, 전송 대상의 질량이 크고 정교할수록 오랜 시간이 걸렸다.

어쨌든 송강이 마음먹기에 따라, 이 세계의 질서를 파괴할 수도 있는 강력한 천기임은 분명했다. 권총이라도 전송해온 다면 어떻게 될 것인가?

"가영(假影, 거짓 그림자), 임무 브리핑해."

흰색 폴로셔츠를 입은 선한 눈매의 사내. 그는 송강의 병마용군인 '가영'이었다. 흑랑과 마찬가지로 남성형 병마용군이었다.

송강의 명에 그가 입을 열었다.

"그럼 제가 말씀드리겠습니다. 먼저 보고드릴 사항이 있습니다. 진한성 부자 암살을 위해 떠났던 조개 님과 이규 님께서 안타깝게도 임무에 실패했습니다."

동평과 삭초가 움찔했다. 가영의 말은 두 사람에게 작은 파문을 일으켰다.

역시나 묵묵부답인 삭초 대신, 동평이 물었다.

"임무 실패라면, 둘 다 소멸……됐습니까?"

동평은 전투 인형인 가영에게 예를 갖춰 말했다. 가영은 비록 병마용군이지만 특별한 존재였다. 상위의 세 병마용군은, 절대삼천(絶代三天, 절대적인 세 하늘)이라 하여 위원회 천강급 멤버 못지않은 대우를 받았다. 하물며 가영은 그중 첫 번째 서열이니.

가영은 시종일관 부드러운 표정으로 답했다.

"아닙니다. 이규 님은 진한성에게 당해 중상을 입었지만 흑랑이 구해서 돌아왔고, 조개 님은 아직 업성 안에서 기회를 노리고 있습니다. 아시다시피 그분은 쉽게 죽을 분이 아니니까요."

"그렇군…… 아깝군요."

동평의 말은 이규가 살아온 게 아깝다는 것인지, 임무 실패가 아깝다는 것인지 알쏭달쏭했다.

가영은 굳이 거기에 대해 캐묻지 않고 말을 이었다.

"해서, 희생 없는 암살은 어렵다는 결론이 났습니다."

동평이 재차 물었다.

"여러 명이 가면 안 됩니까?"

거기에 대한 답은 송강이 대신했다.

"천강위가 몇 명이나 가려고? 둘? 셋? 둘이 가면 위험할 수 있고 셋 이상부터는 발각될 우려가 너무 커. 가뜩이나 천강위는 무력 위주가 많아서, 은신에 능한 형제도 몇 없잖아. 발각되면 진한성과 그 아들뿐만 아니라, 이 시대의 장수들과 군대까지 상대해야 한다고."

"뭐 그런 것들쯤이야……."

"우습게 보다가 큰코다쳐, 동평. 기습으로 해치운 오두미도 일파와 비교해선 안 돼. 진한성의 아들놈은 무슨 생각인지 태사자, 조운, 장료, 장합을 모두 끌어들인 상태다. 그 넷이 한꺼번에 덤비면 만만치 않을 거야. 거기다……."

그녀의 붉은 눈동자가 번득였다.

"진한성이 훔쳐갔던 병마용군을 그 아들놈이 거느리고 있다더군."

"예?"

"그것도 넷씩이나."

놀라서 잠깐 말을 잃었던 동평이 항의하듯 말했다.

"그건, 그건 불가능합니다! 원래 주인인 우리도 한 사람이 한 개의 영혼과 교감하는 것만도 벅찬데……."

"그렇다는데 어쩌라고."

"확실한 겁니까?"

"성혼단의 교도가 직접 보고 전해준 거니까 확실해. 성수를 먹이면……."

송강은 얌전히 앉아 있는 유언의 머리를 툭 쳤다.

"이렇게 좀 멍청해지는 대신, 명령받은 일은 확실하게 하거든. 아까 신하들 앞에서 평소와 다름없이 행동하면서도 내가 시킨 말은 다 하는 거, 들었지?"

"예, 들었습니다."

"이 정보도 성혼단원이 제 목숨 아까운 줄 모르고 수집해온 거야. 그러고 보니 성혼단을 만든다는 구상은 꽤 쓸 만했어."

"주무 형제는 우수한 참모니까요. 지살위 최고 서열이고. 이곳에 일 년 가까이 앞서 온 만큼 나름대로 열심히 노력한 흔적이 보였습니다."

주무를 칭찬하는 동평의 말과 달리, 송강의 표정은 그리 좋지 않았다.

"참모, 그래…… 딱 그 정도에서 만족했어야 했는데."

"네?"

"아니다. 아무튼 결론을 내자면 그 정보는 확실하다는 거야. 진한성의 아들…… 이라고 매번 말하기도 귀찮네. 진용운이라던가, 걔가 무슨 수를 썼는지는 몰라도 병마용군 넷을 거느리고 있다는 거지."

"정말 이해가 안 가는군요."

"나도."

송강이 입을 다물자, 가영이 다시 말을 이었다.

"그 부분은 차차 알아보도록 하지요. 아무튼 조개 장로님이 처음에 성공했어야 하는데 벌집만 건드린 꼴이 됐으니, 자연 경호를 더욱 강화할 겁니다. 즉 다음번에 암살을 시도하려면 최소한 병마용군 넷 플러스알파의 전력을 은밀하게 보내야 한다는 뜻입니다. 최소로 잡았을 때의 얘깁니다."

동평은 고개를 설레설레 저었다.

"불가능하겠네요, 암살은."

"예. 그래서 송강 님과 제가 생각한 차선책은, 여러분들이 직접 나설 게 아니라 이 시대의 세력을 이용해서 둘을 제거하는 겁니다. 어차피 전쟁은 필수적으로 일으켜야 하니, 거기에 진한성 부자를 휘말리게 하자는 거지요. 진한성은 애초에 목적 자체가 위원회를 멸하려는 것이니 한 하늘을 이고 살 수 없는 상대입니다. 진용운 또한 세력을 모으는 모양새가 장차 큰 장애가 될 게 분명합니다."

"예, 이해했습니다. 저희는 뭘 하면 됩니까?"

"그래서 동평 님과 삭초 님께서는……."

싱긋 웃은 가영이 말했다.

"이곳은 안정됐으니 원소에게 가주십시오. 먼저 간 형제분들도 기다리고 있을 겁니다."

"원소?"

동평과 삭초는 고개를 돌려 서로 마주 보았다.

용운은 벽옥접상과 화타 덕에 빠르게 회복되어갔다.

불행 중 다행으로, 무력시위를 하던 원소군도 뭔가 사정이 생겼는지 한참 동안 잠잠했다.

그러는 사이, 190년이 가고 191년 새해가 밝았다.

아직 생일이 지나진 않았지만, 용운도 어느덧 성인이 된 것이다.

용운은 사천신녀와 함께 새해 첫 일출을 보며 생각했다.

'설마 190년대의 중국에서 스무 살이 될 줄이야. 거참, 기분 묘하네. 만약에 원래 세계로 돌아가면 난 뭘 해야 하는 거지? 스무 살 넘어서 애들이랑 같이 수능 봐야 하나?'

음력 1월 1일. 용운이 계산하는 양력으로는 대략 1월 31일이었다.

춘절을 맞은 업성은 표면적으로는 축제 분위기였다. 곳곳에 붉은 등을 내걸고 잔치가 벌어졌다. 하지만 보이지 않는 곳에선 피바람이 불고 있었다. 전예가 성안에 있는 성혼단 신도들을 색출하여 제거하고 있는 까닭이었다.

흑영대원들은 은밀하면서도 분주하게 움직였다. 성혼단 신도를 하나하나 찾아내 죽였다. 그 과정에서 제법 저항이 커, 흑영대원들의 희생도 적지 않게 발생했다.

평범해 보이던 성혼단 신도들은 궁지에 몰리면 간혹 이상한 괴력을 발휘했다. 전예는 지하의 어둠 속에서 그런 보고를 받았다. 그는 흔들리는 촛불을 보며 생각했다.

'흑영대의 무력 수준을 높여야겠구나. 입이 무거운 준예(장합) 님이 딱인데, 치안대장을 맡고 계시고 직급으로도 문제가 있으니 안 되겠지. 자룡 님은 훈련도감이고……. 슬슬 새로운 인물이 필요할 시점이다. 문약(순욱) 님께 건의해봐야겠군. 쓸 만한 사람이 있는지.'

그때 흑영대원 하나가 다급히 뛰어들어왔다. 상대를 확인한 전예의 눈이 가늘어졌다. 그는 업성 외부 쪽 첩보를 담당한 자였다. 그가 내민 죽간을 받아 읽던 전예는 심각한 표정이 됐다.

"즉시 주공께 보고드려야 할 사안이다."

전예는 서둘러 계단을 올라갔다.

업성처럼 겉으로만 괜찮기는 용운도 마찬가지였다. 그는 여전히 악몽에 시달리고 있었다. 창이 몸을 꿰뚫는 고통에 대한 기억, 그리고 암살의 공포 탓이었다.

'진짜로 죽을 뻔했어. 아니, 죽다 살아났다고 하는 게 맞아.'

이번에는 함곡관 때와는 차원이 달랐다. 그때도 상당히 위험하긴 했으나, 솔직히 용운은 목숨의 위협까지 느끼진 못했었다. 마치 남의 일이나 영화 속 일처럼 느껴졌다고나 할까. 사람들이 뉴스로 매일 사망 사고를 보면서도, 자신에게는 절대 그런 일이 일어나지 않을 거라고 믿는 것처럼. 실제로 후유증도 거의 없었다.

하지만 차가운 강철 날붙이가 몸을 헤집고 들어오는 순간, 용운은 코앞에 다가온 죽음을 봤다. 그 충격은 상상 이상이었다. 그리고 당시 일을 떠올릴 때마다 고통과 충격은 생생하게 재생되어 용운의 신경을 갉아먹었다.

'무서워……'

용운은 집무실의 삿자리 위에 누워 있었다. 거기서 청몽의 무릎을 벤 채였다.

그녀는 용운보다 먼저 회복되어, 이제 완전히 평소 상태로 돌아왔다. 정신적 충격도 훨씬 적었다. 용운을 또 한 번 제대로 지키지 못했다는 죄책감에 괴로울 뿐.

용운은 불면증에 시달린 끝에, 잠깐 낮잠을 청하려는 차였다. 집무실 가운데서 타고 있는 화로의 열기와 청몽의 부드러운 손길이 몸을 노곤하게 만들었다.

그의 이마를 쓰다듬던 청몽이 문득 말했다.

"주군."

"응?"

"우리 그냥 확 도망칠까요?"

"……엥?"

"중국 땅은 넓잖아요. 언니, 동생들이랑 다 같이, 우리 다섯이서만 아무도 모르는 곳으로 숨어버릴까요?"

"청몽, 그 일, 그러니까 우리가 공격받기 좀 전에."

입에 담는 순간 또 떠올라버렸다. 눈을 질끈 감았다가 뜬 용운이 말을 이었다.

"이제 이곳이 우리의 현실이라고 했잖아. 그러면 지금 네가 하는 말은 현실도피 하자는 거 아니야?"

"맞아요. 도피예요. 제대로 경호도 못한 주제에 이런 말 하긴 부끄럽지만, 그 붕대 놈에게 당한 건 주변에 사람이 너무 많았던 탓도 있었어요. 시장의 인파에 기척이 묻혀서……. 우리 다섯뿐이라면 절대 주군을 지키지 못할 일은 없을 거예요. 누가 쉽게 찾아오지도 못할 거고요. 이제 다시는 그런 끔찍한 일을 겪고 싶지 않아요."

잠자코 있던 용운이 누운 채 고개를 돌렸다. 그의 시선이 향한 곳은 집무실 구석이었다. 거기에는 크고 작은 단지며, 바구니에 담긴 말린 풀과 육포 따위가 잔뜩 쌓여 있었다. 최근에 성안의 백성들이 가져다준 것들이었다. 몸에 좋은 것들이라곤 해도, 무턱대고 다 먹을 순 없는 노릇이었다. 그래서 화타가 조금씩 가져가서 틈날 때마다 성분과 효능을 확인하는 중이었다.

용운이 그쪽을 가리키며 말했다.

"몽아, 저길 봐."

"네?"

"저게 다 사람들이 내가 걱정돼서 가져다준 거래. 참 웃기지 않아? 내가 업성을 다스린 지 몇 달이나 됐다고. 그런데도 저렇게 걱정들을 해줘. 그것으로도 모자라서, 내가 침상에서 일어날 때까지 하루도 빼지 않고 내성 앞에 와서 치성을 드린 분들도 많대."

"주군……."

"나도 무서워. 못나게도 너무 무서워서 잠도 못 잘 지경이야. 그래서 솔직히 네 말이 솔깃해. 하지만……."

끙차, 하고 일어나 앉은 그가 말을 이었다.

"너도 알잖아. 그러기에는 너무 늦어버렸어. 네 말대로 이제 여기가 현실이야. 날 걱정해주는 사람들이 있지만, 죽이려 드는 사람들도 있는 곳."

"……."

"누워 있는 동안 많은 생각을 했어. 그놈들은 왜 그렇게 나를 못 죽여서 안달인 걸까. 난 왜 이 세계로 오게 된 것일까. 아버지는 또 왜 나한테는 말 한마디 없이 먼저 이리로 왔을까……. 아무리 머리를 굴려봐도 당장은 답을 알 수 없는 게 태반이더라고. 그러니 일단 현실을 열심히 살아갈 수밖에."

"칫. 바보."

"말이 나와서 말인데, 그중에서도 제일 궁금한 건."

용운은 갑자기 청몽을 똑바로 응시했다.

청몽은 의아한 표정으로 그를 바라보았다.

해가 막 넘어가려는 참이었다. 어스름한 햇빛이 창으로 들어와 용운을 비쳤다. 햇빛에 반사되어 반짝이는 갈색 머리카락과 금빛을 머금은 까만 눈동자가 너무도 아름다워서, 청몽은 숨이 막힐 것 같았다.

"사천신녀가, 네가 어떻게 나타났느냐 하는 거야. 게임 속의 캐릭터들이 현실화됐다? 그건 내가 과거로 온 것보다 더 말이 안 돼. 그렇다고 하기엔 너는 정말 생생히 살아 숨 쉬고 있는걸. 마치 내가 잘 아는 사람처럼."

"……무슨 말인지 모르겠어요."

용운의 손이, 외면하는 청몽의 뺨을 어루만졌다.

"뭐, 상관없어. 좀 웃기긴 한데…… 내가 창에 찔려서 정신을 잃기 직전에, 마지막으로 한 생각이 뭔 줄 알아?"

"뭐, 뭔데요?"

"네 얼굴을 못 보고 죽어서 원통하다는 생각."

"멍청이."

"그리고 지금은 이런 생각이 들어. 앞으로 분명 피치 못할 전쟁과 암살의 위협을 또 겪을 테고 재수가 없으면 죽을지도 모르는데, 그때도 같은 후회를 하긴 싫다고."

"그래서 뭐요. 복면은 안 벗어요."

"아, 왜?"

잠시 머뭇거리던 청몽이 말했다.

"……못생긴 얼굴을 보이고 싶지 않아요."

"상관없는데. 난 그냥 네가 보고 싶은 거야."

용운은 청몽의 복면을 천천히 내렸다. 그는 내심 긴장하고 있었다. 얼마 전부터 이상한 기시감을 느꼈다. 사천신녀 모두에게서 익숙한 누군가의 흔적을 찾은 것이다. 처음에는 그러려니 했다. 애초에 컴퓨터 게임 속에서 장수들을 만들 때, 그들을 모델로 했었으니까.

또 심지어 그 익숙한 누군가 중 둘은 이미 죽은 사람이었다. 존재할 리가 없다는 뜻이다. 하지만 그렇다고 하기에는 컴퓨터로 프로그래밍 할 수 없는 부분까지 닮아 있었다. 예를 들면…….

'바닐라 향은 민주에게서 늘 나던 향기였어. 화가 나면 쓰는 말투도 비슷하고. 아니 말도 안 되는 생각인 건 아는데, 어쩌면…… 무엇보다 민주는 안 죽었잖아. 엄마랑 선생님과는 달리.'

이 복면 아래에서, 민주의 얼굴이 나타날지도 몰랐다.

용운의 손이 가늘게 떨렸다.

청몽은 그를 막진 않았지만, 뺨이 점점 상기됐다.

복면을 다 내린 용운은 탄식과 감탄이 뒤섞인 한숨을 토해냈다.

"아!"

민주의 얼굴이 아니었다. 분명 많이 닮았지만 미묘하게 달랐다. 다른 사천신녀들이 그렇듯이.

대신, 부끄러움에 살짝 눈물을 머금고 뺨이 분홍빛으로 물든 청몽은 형용할 수 없이 예뻤다. 왜 자신이 못생겼다고 주

장하는지 이해가 안 갈 정도였다.

'게임에서도 딱히 그런 설정은 하지 않았는데.'

용운이 짧은 평생을 통틀어, 못생겼다고 놀린 여자는 딱 한 명뿐이었다. 그때도 진심은 아니었다. 다른 남자아이와 장난치는 게 질투 나서 마음에도 없는 소리를 했었다. 지금은 후회하는 일이었다.

'청몽, 그리고 사천신녀. 너희는 대체 누구야? 조운 형처럼 역사상의 인물도 아니고 내가 추측했듯 주변의 사람들이 불려 온 것도 아니라면…… 도대체 어떤 존재인 거야?'

파르르 떨리는 새빨갛고 얇은 입술이 눈에 들어왔다.

'저런 건 도저히 그래픽으로는 만들 수 없다고.'

용운은 침을 꿀꺽 삼켰다. 그의 얼굴이 조금씩 청몽에게 가까워졌다. 눈은 입술에 취하고 코는 바닐라 향에 취했다.

'아아, 모르겠다. 예쁘긴 더럽게 예쁘다.'

청몽은 가만히 눈을 감았다.

전예가 둘 사이에서 중얼거린 것은 그때였다.

"분명 화 선생이 아직 무리하면 상처가 터질 수 있으니까 조심하라 했다고 보고받았는데."

"헉!"

용운과 청몽은 화들짝 뒤로 물러났다.

놀란 용운이 더듬거리며 말했다.

"뭐, 뭐, 뭘 무리했다는 거예요?"

"심장이 엄청나게 뛰던데요? 그 서슬에 잘못하면 명치 부근을 꿰맨 상처가 터질 듯했습니다."

"오, 오해입니다. 그나저나 오랜만이네요, 국양."

"하하, 그러게요, 주공."

청몽은 얼굴을 가린 채 그림자처럼 사라졌다.

그녀다운 한마디를 남기고.

"……씨발."

용운이 사라지는 그녀에게 다급히 외쳤다.

"이제 내 앞에서는 복면 쓰지 마!"

전예는 웃으며 말했다.

"왜요, 다시 시도하시려는 겁니까?"

"……무슨 일로 왔어요?"

"너무 노하지 마십시오, 주공. 저도 주모(主母, 주공의 처)로서 청몽 님이 나쁘지 않다고 생각합니다. 아무리 조사해봐도 과거를 전혀 확인할 수 없다는 게 좀 걸리지만."

"주, 주모는 무슨……. 그리고 지난번에 말했잖아요. 청몽이는 철든 후부터 나와 같이 산속에서 쭉 수련했어요. 그래서 과거가 없는 거예요."

"하긴, 과거 행적이 없기는 주공도 마찬가지니까요. 아무튼 혼례는 좀 더 안정된 뒤에 올리셔도 늦지 않다는 의견입니다. 지금도 주변이 위태위태해서……."

전예는 용운이 충격을 받을까 두려워 일부러 가볍게 얘기하고 있었다. 하지만 그의 이마에는 땀이 살짝 맺혀 있었다.

"급히 보고드릴 일이 생겨 무례를 범했습니다."

용운의 표정이 진지해졌다.

"원소입니까?"

"아니요."

잠깐 말을 끊었던 전예가 답했다.

"흑산적입니다. 십만에 달하는 흑산적이 불온한 움직임을 보인다는 정보를 입수했습니다. 목표는 업성일 가능성이 구할입니다."

20

·

본초북진, 봉선왕도

"흑산적?"

용운은 아차 싶은 기분이 들었다.

'그러고 보니 개들이 있었지……. 원래는 기주를 차지한 원소와 충돌하게 되는데, 지금 그 자리에 내가 있으니.'

흑산적은 황건적의 잔당이 모여서 만들어진 무리로, 주로 병주 및 기주 등지에서 활동했다. 장연(張燕)이란 자가 수령으로 있었으며, 전성기 때는 그 수가 백만에 달했을 정도로 강성했다.

흑산적은 주변 일대를 닥치는 대로 약탈했다. 조정에서 내려온 벼슬아치들도 거침없이 죽였다. 그야말로 겁날 게 없는 막무가내의 집단. 하북에서는 흑산적에게 해를 입지 않은 군현이 없을 정도로 피해가 심각했다.

'오죽하면 조정에서도 수령인 장연을 중랑장에 임명해서, 차라리 그의 병주 지배를 인정하는 쪽을 택했겠어. 도저히 진압이 안 되니까.'

동탁이 죽고 난 후, 장연은 독립하여 기주를 노렸다. 늑대가 집 지키는 개가 되긴 어려웠으리라. 그는 그 과정에서 원소와 여러 번 싸웠다. 적의 적은 아군이라던가. 공손찬이 멸망하기 직전, 그를 구원하려다 패하여 도주하기도 했다.

'업성은 기주의 중심지이니, 한 번쯤은 흑산적과 충돌하리라고 예상은 했는데……'

단, 그 시기가 용운의 예상보다 빨랐다.

전예는 침을 꿀꺽 삼켰다. 겉은 여유롭고 속은 늘 냉철한 그가 긴장하고 있었다.

용운은 굳은 표정으로 말했다.

"즉시 대책회의를 열겠습니다. 성 밖으로 병력을 이끌고 나간 이를 제외한 전원을 소집하세요."

"명 받들겠습니다."

답한 전예는 재빨리 집무실을 나갔다.

용운은 그의 뒷모습을 보며 생각에 빠졌다. 흑산적은 그 머릿수나 흉포함에서, 한복의 군대와 비교할 수조차 없었다.

겨우 업성을 안정시키고 암살의 위협에서 벗어나자 새로운 위기가 닥쳐온 것이다.

'내가 흑산적에게 패배한다면, 업성의 백성들은 무자비한 약탈 끝에 같은 흑산적의 무리가 돼버리거나 살해당한다.'

예의 압박감이 찾아왔다. 무형의 무거운 추가 온몸을 짓누르는 감각. 주변 사람들을 지키고 싶어서 전쟁을 시작했는데, 지켜야 할 대상이 점점 많아지고 있었다.

조금 전까지의 달콤한 기분은 싹 사라지고 말았다.

'그래, 이게 내 현실이지.'

용운은 고개를 흔들어 걱정을 털어냈다. 그의 전신에서 희미한 금빛 기운이 일어났다. 파르스름한 나비들이 주변을 바삐 날아다녔다.

그가 나직하게 혼잣말을 했다.

"모두를 지켜내겠어."

동시에, 은신한 청몽도 작게 중얼거렸다.

"그래요. 당신은 내가 지켜낼게. 이번에야말로 반드시. 털끝 하나도 다치게 하지 않을 테야. 흑산적인지 백산적인지, 다가오면 모조리 썰어버릴 테니까."

한편, 남피현 발해군.

용운이 전예로부터 흑산적에 대해 보고를 받기 얼마 전이었다.

발해는 업성과 같은 기주에 속한 지역이었다. 단, 훨씬 동쪽에 치우친 곳으로 현대 중국의 창주(滄州) 시 부근이다.

원소는 최근 들어 심기가 매우 불편했다. 뭔가 모든 일이 자기 뜻대로 안 풀리는 느낌이었다. 그 시작은, 공손찬이란 자가 어울리지 않게 반동탁연합군의 맹주를 맡으면서부터였다. 거기서 한술 더 떠서 옥새까지 얻었다. 이에 공손찬을 무너뜨리고 옥새를 뺏어볼까 했더니, 난데없는 여포의 난입으로 밀려났다. 그 와중에 원술은 지원을 요청해왔다. 그걸 거절하자, 원소가 첩의 자식이니 뭐니 하는 온갖 험담을 퍼뜨리고 있었다.

'낙양에서 여포와 맞서기도 버거울 터인데…… 어지간한 놈이다. 안 되겠다 싶으면 일찌감치 발을 뺄 것이지. 천박한 데다 멍청하기까지.'

그러나 몇 달을 끈 그 전쟁도 끝을 보이려 했다. 공손찬은 애초에 무리한 전투를 수행해왔다. 그가 병력을 조금씩 후방으로 물린다고 했다. 머지않아 북평으로 철수할 것이고, 그러면 균형이 깨지게 된다. 마등과 원술도 퇴각할 수밖에 없으리라.

'사실 이제까지 버틴 것만 해도 대단했지. 공손찬을 다시 봤을 정도니까.'

그중에서도 원소를 제일 화나게 한 건, 진용운이 업성을 얻었다는 소식이었다. 처음에 공손찬의 막료로 등장했을 때부터 마음에 안 들던 자였다. 그는 공손찬이 낙양에서 할거하자 재빨리 발을 빼 독립했다. 그리고 반역자의 수하라는 명분으로 쳐들어온 한복을 오히려 멸망시켜버렸다.

'한복, 이 못난 작자 같으니. 제 안방을 그렇게 쉽게 빼앗기면 쓰나.'

원소는 혀를 끌끌 찼다. 그는 내심 한복을 다음 먹잇감으로 생각했다. 마치 자기 성을 빼앗긴 것처럼 속이 쓰렸다.

근래 기분 좋은 소식이라곤 한 가지뿐이었다. 그 진용운이 홍수에 당해 쓰러졌다는 정보였다. 그 틈에 업성을 흔들어볼까 하고 휘하의 장수인 한거자(韓莒子)와 여위황(呂威璜) 등에게 각 일만의 군사를 주어 보내 무력시위를 하게 했다. 한데 진용운 휘하 부대의 군기가 엄정하고 성의 방비도 단단하여 하릴없이 물러나고 말았다.

어차피 업성은 원소의 첫 번째 목표인 기주 평정을 위해서라도 쳐야 했다.

'기주조차 손에 넣지 못하고 어찌 하북을 논하랴.'

그런데 업성에 침투한 첩자들의 보고에 의하면, 진용운이 차근차근 세력을 다지는 모양새가 심상치 않았다. 놔두면 장차 큰 걸림돌이 될 듯했다. 하지만 당장 더 규모가 큰 병력을 일으키자니 부담스러웠다.

지금의 회의도 그래서 연 것이었다.

대전에 모인 가신들은 원소의 눈치를 보느라 여념이 없었다. 언짢은 기색이 완연했기 때문이다.

헛기침을 한 번 한 그가 마침내 입을 열었다.

"진용운이라는 자가 문절(文節, 한복)을 해치고 업성을 차지하더니, 스스로 기주목을 자처하고 있소. 문절은 한때 나와 함께 연합군에 몸담은 의사(義士)요. 그가 비명에 갔는데 어찌 모른 체하겠소. 허나 진용운을 치자니, 업성의 병력을 고스란히 손에 넣었고 제법 뛰어난 장수와 재사들이 휘하에 있어 만만치가 않소이다. 뭔가 방법이 없겠소?"

원소와 한복의 사이가 최악이었다는 것은 대전에 있는 모든 가신이 아는 사실. 그렇다고 이 자리에서 사이가 나빴지 않았냐고 반문할 정도의 머리라면 원소의 막하가 되지도 못했으리라.

모사인 곽도(郭圖)가 먼저 의견을 내놓았다.

"진류에 있는 조맹덕에게 서신을 보내, 진용운을 공격하도록 해보는 건 어떻습니까?"

"음…… 지금 맹덕이 그럴 여유가 있을까."

"밑져야 본전입니다. 또 조맹덕은 그사이 집안의 재물을 쓰고 장막의 도움을 받아 군세를 상당히 회복했다고 들었습니다."

"그런가."

조조라면, 유우 추대 건으로 조금 삐걱하긴 했어도 아직 사이가 나쁘지 않았다. 언젠가 싸워야 할 상대일지도 모르나 지금은 아니었다.

가만히 듣고만 있던 봉기(蜂起)가 입을 열었다.

"나쁘지 않은 계책입니다. 단, 그냥 부탁하면 조맹덕을 움직이게 하기 어려우니, 업성을 직접 공격할 게 아니라 근처의 동군을 치게 하십시오. 그런 후에 동군태수 자리를 주겠다고 약조하면 병력을 움직일 것입니다. 그때 조맹덕과 더불어 주공께서 호응하신다면 업성은 사면초가가 됩니다."

동군은 복양현이 속한 지역으로, 업성의 바로 아래 위치했다. 조조로 하여금 그곳을 점령케 하면, 용운에게 적지 않은 압박이 될 터였다. 복양성에 병력을 주둔시켜두고 언제든 출병할 수 있기 때문이었다.

"과연."

원소가 고개를 끄덕였다.

봉기는 원소와 가장 친교가 깊었으며, 오랫동안 따른 책사였다. 그러나 단순히 그런 이유로 중용되진 않았다. 그는 확실히 총명하고 지모가 뛰어났다.

그때, 누군가 손뼉을 치며 크게 웃었다.

몇몇 가신들이 눈살을 찌푸렸다.

원소가 보니, 참모인 허유(許攸)였다. 허유는 젊은 시절, 원소와 장막과 더불어 분주우교(奔走友交, 마음을 허락해 위기를 만나면 달려올 친구)를 맺은 사이였다. 그는 189년경, 기주자사로 있던 왕분(王芬), 패국 사람 주정(周旌) 등과 함께 당시 황제였던 영제를 폐위하고 합비후(合肥侯)를 왕위에 앉히려다 실패했다.

그 일로 왕분은 평원으로 달아났다가 황제의 호출을 받자 두려운 나머지 자살해버렸다. 그리고 허유는 기주로 피해 있다가, 원소가 돌아오자 그에게 합류한 상태였다. 정사보다 상당히 일렀다.

원소는 다소 불쾌한 얼굴로 물었다.

"자원(子遠)은 어찌 그리 웃는가?"

허유는 천재라 할 수 있을 정도로 재주가 뛰어났으나, 욕심이 많고 오만했다. 특히, 원소와 오랜 친구라는 것을 믿고 지금처럼 방약무인(傍若無人, 주위 사람을 의식하지 않고 함부로 행동함)하기 짝이 없었다.

원소의 말에 허유가 답했다.

"다들 진짜로 중요한 게 뭔지 모르고 헤매고 있으니 나도 모르게 웃은 것이오."

"진짜 중요한 거라니?"

"하북의 패자 자리를 놓고 생각했을 때, 예전부터 쭉 주공에게 거슬렸던 사람은 누구요?"

"으음, 그야……."

"바로 공손찬이 아니오. 그 공손찬이 지금 낙양에서 헛짓을 하다가 군사를 물리려는 참이오. 그 뒤를 노려 친다면, 공손찬을 손쉽게 제거할 수 있을 뿐만 아니라 북평을 손에 넣는 것도 시간문제이니 행하지 않을 이유가 뭐겠소? 지금 공손찬을 치는 자는 의인이 될 판인데 이목을 꺼릴 것조차 없지 않소?"

원소는 눈앞이 환해지는 느낌이었다. 그러나 허유의 태도가 거슬려 쉬이 인정하기 싫었다.

"허나 진용운 또한 위협이 되는 건 사실일세."

허유는 콧방귀를 뀌었다.

"흥. 진용운 따위, 내란이 일어나는 바람에 운 좋게 업성을 손에 넣은 햇병아리에 불과하오. 공손찬과 결별한 시점도 그렇고 기가 막히게 시류를 잘 타는 건 인정하겠소만 거기까지요. 그래도 정 그가 마음에 걸린다면, 꼭 맹덕에게 아쉬운 소리를 하지 않아도 손 안 대고 코 풀 방법을 알려드리리다."

"그게 뭔가?"

"주공은 어찌 흑산적을 움직이려 하지 않으시오? 그자들은 늘 식량 문제로 골치를 썩고 있소. 수령인 장연에게 은밀히 사신을 보내, 업성을 치면 식량을 제공하고 벼슬을 주겠다 하면 반드시 응할 것이오. 진용운이 흑산적을 상대하는 사이, 주공은 공손찬을 쳐서 오랜 골칫거리를 해결하면 되니 이거야말로 일거양득이 아니겠소?"

곽도가 눈살을 찌푸리며 말했다.

"그래봐야 흑산적 놈들은 도적 무리에 불과하오. 세는 강성하나 신의가 없단 말이오. 그랬다가 그놈들이 업성을 차지하고 앉아 내주지 않으면 어쩔 참이오?"

허유는 곽도를 비웃듯 대꾸했다.

"공손찬을 격파한 주공에게, 업성을 치느라 전력이 소모된 흑산적 따위가 상대가 될 성싶소? 지금 아군의 힘을 무시하는 게요?"

"그, 그런 얘기가 아니지 않소."

"그런 상황이 되면 그때야말로 흑산적에게 보내던 군량을 끊고, 맹덕에게 동군태수 자리를 미끼로 병력을 요청하면 될 일이오. 그리하면 흑산적 따위, 빗자루로 낙엽 쓸듯 업에서 몰아낼 수 있소."

곽도는 입을 다물었고 봉기는 낮게 신음했다.

일말의 망설임도 없이 쏟아져나오는 몇 수 앞을 내다본 책략들. 확실히 허유의 재주만은 인정할 만했다.

결국, 원소도 거기 따를 수밖에 없었다.

"과연, 자원의 책략이 가장 좋은 것 같소. 공칙(곽도)은 흑산적과 교섭을 시작하시오. 그리고 공손찬의 움직임을 파악하여, 즉시 원정을 준비하시오."

그때, 대전 끝 쪽에서 조용히 듣고 있던 갑옷 차림의 한 장수가 말했다.

"공손찬을 칠 준비를 하면 되는 것입니까?"

"그렇소."

쇠를 긁듯 걸걸한 목소리와 당당한 체구. 그는 바로 원소군의 장군 안량(顔良)이었다. 안량은 문추(文醜)와 더불어 원소가 자랑하는 장수로, 하북 제일의 맹장으로 평가받는 자였다.

"그렇다면 주공께 드릴 청이 있습니다."

"음? 말해보시오."

"제가 최근에 쓸 만한 장수 몇을 들였습니다. 쌍창을 귀신처럼 다루는 동평, 저도 들기 어려운 대부를 수족처럼 쓰는 삭초 그리고 사냥꾼 형제인 해진과 해보라는 자들인데, 하나같이 무예와 기상이 뛰어납니다. 그들에게 적당한 자리를 주시면 이번 출정에 데리고 나가 활약할 기회를 주고 싶습니다."

"인재를 들이는 건 좋은 일이지. 일단 그대의 휘하에서 교위로 임관시키도록 하시오. 나중에 나도 한번 보고 싶군."

"감사합니다. 그리하겠습니다."

안량이 살짝 머리를 조아렸다.

목표가 정해진 원소의 진영은 분주하게 돌아가기 시작했다.

조금 재건되나 했던 낙양은 다시 폐허가 되고 말았다. 공손찬과 손견의 전투에 이어, 마등·원술 연합군이 참전하고 거기에 여포까지 끼어든 탓이었다. 금세 끝날 듯했던 전투는 의외로 길어졌다.

　개별로 놓고 보면 여포의 전력이 우세했다. 하지만 그는 이전과 달리 단숨에 몰아치지 않았다. 그 덕에 세 세력은 아슬아슬하게 균형을 맞췄다.

　그렇게 몇 개월을 끈 전투는 이제야 끝이 보였다.

　공손찬이 부대를 천천히 물리고 있었다. 퇴각 의사를 완연히 드러낸 것이다. 전력에도, 보급에도 한계가 왔다.

　그러나 마등과 원술은 함부로 움직이지 못했다. 궁지에 몰린 쥐가 고양이를 문다는 말이 있는데, 그런 공손찬을 공격했다가 여포에게 배후를 내줄까 두려웠다.

　여포도 굳이 공손찬을 추격하지 않았다. 그를 잡는 일보다 낙양을 수복하는 게 훨씬 더 중요했다. 애초에 더 큰 목표가 그것이었다.

　주무는 말에 올라, 폐허가 된 시가지를 거닐고 있었다. 적군이 없는 안전지대였다.

　동탁 사후, 장안에 머무를 이유가 없어졌다. 이에 초선과 함께 여포에게 와 곁에서 그를 보좌하고 있었다.

　'뭔가 이상하다.'

주무는 몇 가지 기묘한 조짐들 때문에 머리가 복잡했다. 그는 회의 천강급 위원들이 최근에 이 세계로 왔음을 감지했다. 그가 가진 유물이 반응한 것이다. 그게 아니더라도 조짐은 있었다. 성혼단 몇 개 지부의 명령체계가 누군가에게 넘어갔다. 특히, 익주 쪽은 모조리 접수되다시피 했다. 완전히 연락이 끊겨 지살급 위원들을 파견하기조차 어려울 정도였다.

'왜지?'

성혼단의 단주들은 성수, 정확히는 성수 안에 든 '나노 머신'에 의해 특정 주파수를 발산하는 사람의 명령에만 반응했다. 그 주파수는 성혼마석의 인정을 받아 별의 힘을 받은 이에게서 나오는 고유의 것이었다.

지살위의 누군가가 한 짓이라면, 주무가 모르는 사이에 그리하기란 불가능했다. 또 굳이 그럴 이유도 없었다. 부탁만 하면, 성혼단 지부 따위 얼마든지 내어줄 것이기 때문이었다.

'결국, 천강위원들이 임의로 그랬다는 것인데. 그렇다면 왜 내게는 아무 연락이 안 왔지? 성혼단 신도를 보내면 간단한데. 심지어 이 세계로 무사히 이동했다는 전갈조차 오지 않았다. 이걸 어떻게 해석해야 하나. 그냥 기다리면 되는 것인가…….'

주무는 골똘히 생각에 잠겼다. 일 년간 힘들게 만들어놓은 조직을 말도 없이 가로채가니 서운한 기분도 들었다.

그때 누군가 제법 강한 힘으로 어깨를 툭 쳤다. 그 바람에 하마터면 말에서 떨어질 뻔했다.

어느새 옆에 다가온 여포의 짓이었다. 여포는 허우적대는 주무를 잡아 바로 앉혔다.

"무슨 생각을, 그렇게, 골똘히 하나."

"아, 봉선 님. 아닙니다. 이후의 일에 대해서 잠시……."

여포의 곁에는 이제 그의 호위 겸 부장이 된 팽기와 초정이 따르고 있었다.

지살 43위, 천목장 팽기는 '공간 왜곡'의 천기를 가진 군복 차림의 사내로 입이 험했다. 군복 위에 사계절 입는 긴 코트를 걸치고 챙이 긴 모자를 눌러쓴 차림새였다.

지살 98위, 초정은 체술이 특기인 대머리의 근육질 장한이었다. 하지만 겉보기와 달리 소녀 감성을 가졌다.

팽기가 혼잣말처럼 투덜거렸다.

"아, 미친. 왜 이렇게 오랜만에 나온 느낌이지? 기분 엿 같네."

"어머, 팽기 형. 지금 누구한테 말씀하신 거예요?"

"닥쳐, 병신아."

팽기와 초정이 주무에게 가볍게 묵례를 했다.

늘 그랬듯 여포의 뒤에서 따라오던 가후가 웃으며 말했다.

"아직 주무 님께서 하실 일이 많은데, 몸을 조심하셔야지요. 낙마라도 하셨다간 큰일 납니다."

"아닙니다. 제가 한 게 뭐 있다고……. 군사님 덕에 여기까지 올 수 있었습니다. 이제 낙양 수복이 코앞입니다. 현재 마등군과 원술군의 동태는 어떻습니까?"

가후는 주무에 대해 여포에게 임관한 낙양 출신의 서생 정도로 알고 있었다. 그래도 주무의 식견과 정보력을 인정했기에 존중해주고 있었다.

주무의 물음에, 가후가 음흉한 웃음을 지으며 답했다.

"후후. 마등과 원술은 애초에 편의를 위해 손잡은 사이입니다. 둘 사이에 의리라고는 눈곱만큼도 없지요. 가뜩이나 연패하여 분위기가 뒤숭숭하던 차에, 아무래도 마등이 봉선님께 붙을 듯하다는 정보를 원술 쪽에 흘려넣었습니다. 한 달 정도의 시간에 걸쳐 부자연스럽지 않도록 꾸준히 말이죠."

"호오."

"과연 원술, 기대를 저버리지 않고 기다렸다는 듯이 보급을 끊더군요. 이제 적군의 와해는 시간문제입니다."

주무는 새삼스러운 시선으로 가후를 보았다.《삼국지》를 보아 알고 있긴 했다. 그가 여러 전술 중에서도 인간의 마음을 뒤흔드는 심리전에 특히 정통하다는 것을. 그 백미가 바로, 조조의 책사로 있을 때 한수와 마초 사이를 이간질한 계략이었다.

가후는 공손찬의 퇴각으로 기분이 좋은 듯, 평소보다 말이 많았다.

"이제까지 몇 개월이나 전투를 끌어온 것은, 주무 님도 아시다시피 적의 전력을 서서히 약화해 내분을 유도하기 위해서였지요."

"그렇습니다."

"어차피 아군은 병력에서도, 보급 면에서도 우위였습니다. 분명 봉선 님은 무서울 정도로 강하지만, 앞으로 갈 길이 먼 아군의 피해를 최소화해야 하니까요."

가후는 여포를 향해 말했다.

"그 성격에 잘 참아주셨습니다. 킬킬."

"문화, 나를 또, 놀리는군."

"그럴 리가요."

"넌, 내가, 무서울 정도로 강하다고 했지만, 너다. 진짜 무서운 것은."

"어이쿠, 제가요? 그건 더더욱 그럴 리가요."

이제 여포와 가후는 농을 주고받을 정도로 가까워졌다.

그 모습을 보던 주무는 어쩐지 부러운 마음이 들었다.

"아무튼 다행입니다. 두 분 덕에 무난히 승리했으니."

턱. 말하던 주무의 어깨에 여포가 팔을 걸쳤다.

놀라서 멈칫한 그에게 여포가 말했다.

"전투에서는, 가후의 말만, 들으면 되었다."

"······."

이제 여포는 조금씩 끊어서 하는 것만 빼면 말하는 습관이 많이 좋아져 있었다. '오랑캐의 흔적'을 지우고 싶어한 주무가 열심히 교정시킨 덕이었다.

"복구하고, 사람들, 다시 불러모으는 일은, 그대의 말을 따를 것이다. 새로운 왕도를, 만드는 데, 그대의 힘이 필요하다."

"봉선 님······."

"충분히, 잘해줬다. 그대는. 그대 덕에, 생겼다. 나의 새로운 목표가. 앞으로도 잘, 부탁한다."

말을 마친 여포는, 쑥스러웠는지 적토마를 몰아 앞으로 나아갔다.

그를 뒤따르던 가후가 눈을 찡긋해 보였다.

뒤에 남은 주무는 잠시 멍해졌다.

—충분히 잘해줬다.

이 말을 듣는 순간, 불현듯 가슴이 아렸다. 계획과는 달리 생각지도 못했던 삼국시대로 넘어와, 지살위의 동료들이 공황에 빠졌을 때 주무는 온 힘을 다해 그들을 어르고 달래며 일으켰다. 그러나 정작 자신은 불평하거나 하소연할 상대가 없었다. 약한 모습을 보이는 것조차 어려웠다. 그는 지살위의 리더이자 책임자였으므로.

비록 계획은 어긋났지만, 여기서라도 어떻게든 과업 달성에 가까워지도록 노력해야 했다. 또한 곧 따라올 천강위들을 위해 최대한 기반을 다져놔야 했다.

진한성과 진용운이라는 변수가 주무를 더욱 힘들게 만들었다. 결국, 판단착오로 지살위의 형제들을 잃고 남몰래 피눈물을 흘리기도 했다.

여포를 천자 후보로 택한 것은 과업의 달성이 주목적이었으나, 진한성과 진용운을 군사력으로 무너뜨리려는 이유도 있었다.

그랬던 주무가 원한 것은 딱 한 가지였다. 너는 틀리지 않았다고, 잘하고 있다고 누군가 말해주는 것.

'그 격려를 여포에게서 받을 줄은 몰랐구나.'

주무는 아래를 내려다보던 고개를 들어, 멀어지는 여포의 뒷모습을 바라보았다.

자리가 사람을 만든다고 했던가. 지난 몇 개월간, 여포는 조금씩 변화했다. 전장에서의 야수 같은 광기는 여전했지만, 그 외에는 언행에 위엄과 품위가 생겼다.

분명 편의를 위해 만든 왕이었으나, 그런 여포를 보면서 주무의 마음은 조금씩 달라지고 있었다. 돌이켜보면 그는 21세기의 중국에 살았을 때부터 지금까지, 진심으로 충성을 바치고 싶은 대상을 만난 적이 없었다. 심지어 위원회 안에서도. 그저 원래 그렇게 정해져 있는 것처럼 따랐을 뿐이었다.

주무는 입안으로 작게 중얼거려보았다.

"나의 왕이시여……."

얼굴은 살짝 뜨거워졌지만, 기분이 좋았다.

저만치 앞에, 어느새 나타난 초선이 여포에게 재잘대는 보습이 보였다.

시간은 난세를 살아가는 자에게도, 난세로 거슬러 온 자에게도 공평하게 흘렀다.

서기 191년 3월.

용운이 이 세계에 와서 맞이하는 두 번째 봄이었다.

흑산적들은 봄이 되자 일제히 진군을 시작했다.

기주, 업성에서는 용운이 흑산적을 맞아 싸울 마지막 준비에 한창이었다. 순욱과 저수 등의 조언을 바탕으로, 병력을 소집하고 식량을 비축했으며 성벽을 손봤다.

출전을 앞둔 마지막 전략회의였다.

대전에는 용운이 양피지에 그린 대형 지도가 걸려 있었다.

'한 번 봤던 지도를 외우는 거야, 일도 아니지.'

이 지도 덕에, 참모들은 전술을 제안하고 설명하기가 훨씬 수월해졌다. 이제 대전 양쪽으로 죽 늘어서지 않고, 가운데 있는 커다란 원탁 주변에 둘러앉는 것도 익숙해졌다.

전풍은 벽에 걸린 지도에 목탄으로 표시해가며 열변을 토하고 있었다.

"무엇보다 막아야 할 사태는, 흑산적이 위군과 동군을 점령하는 것입니다."

그의 말에 진궁이 고개를 끄덕였다.

"제 생각도 같습니다."

슥, 스윽. 전풍이 두 개의 동그라미를 그렸다. 각각 위군과 동군 지역이었다.

후한의 행정구역은 '군현제'에 의해 주, 군, 현의 순서로 세분화했다. 21세기의 한국이 도, 광역시, 시로 나뉜 것과 비슷했다. 주를 다스리는 장관이 도지사에 해당하는 '주자사(주목)', 군을 다스리는 장관이 광역시장급인 '태수', 현을 다스리는 장관이 시장격인 '현령'이다.

그 밖에 국(國)이라 하여 황제의 자식, 즉 황자에게 내린 땅이 있었다. 이런 국을 다스리는 장관은 상(相)이라 했고, 상이하의 관직은 해당 국에 봉해진 황자가 임명했다. 예를 들어, 조운은 국 중의 하나인 상산국 출신이며, 상산국의 장관은 상산상이 됐다. 반동탁연합군 중에서 포신이 제북국의 장관인 제북상이었다. 국은 군보다 조금 작거나 비슷한 규모였다.

군현제에 따르면, 기주 안에는 위군, 거록군, 상산국, 중산국, 안평국, 하간국, 청하국, 조국, 마지막으로 원소가 있는 발해군이 포함되어 있었다. 업성은 이 가운데 위군의 업현에 있는 성이었다. 기주의 중심이 되는 성이라 기주성이라고도 했다. 자연히 전풍이 그린 동그라미 안에는 업성도 포함됐다. 동군은 그 오른쪽 아래 지역으로, 중심이 되는 성은 복양성이었다.

용운은 지도를 보며 생각했다.

'만약 위군이 점령된다면, 업성은 자연히 외부와 차단된다.'

마치 흑산적을 상징하는 듯한 검은 동그라미 두 개가 불길해 보였다. 서울이 점령되고 사대문 안쪽만 무사한 것과 비슷한 형국이었다. 거기에 동군마저 빼앗기면, 서울에 이어 경기도까지 넘어간 격이니 더욱 갑갑해지는 것이었다.

'사대문 안쪽에 갇혀 오도 가도 못하게 되는 거지. 전풍 말대로 그런 사태만은 막아야 해.'

용운의 뒤에서 듣고 있던 사린이 물었다.

"그런데요, 주군. 뭐 하나 물어봐도 돼요?"

"응, 뭔데?"

"업성은 되게 높고 튼튼하잖아요. 그리고 주군이 두, 둔전제? 그거 시켜서 식량도 많고요. 서쪽에 있는 호수랑 물길을 잇고 새로 우물을 파서 물도 충분하고요. 또, 또 태사 아찌랑, 자룡 오빠, 장합 오빠, 장료 오빠 다 잘 싸우니까……."

"지키기만 하면 이기는 거 아니냐고?"

"네!"

용운은 열심히 말하는 그녀가 귀여워 머리를 쓰다듬었다.

"우리 사린이, 많이 생각했네?"

사린의 입이 헤벌쭉 벌어졌다.

"헤헤. 쓰담이당."

"물론 그것도 한 방법이지. 그렇게 방어하면서 겨울이 오기를 기다리는 경우도 있어. 단, 그건 적들에게 거점이 없을 때의 얘기야."

"거점이요?"

"응. 그러니까 한마디로 식량도 어디서 계속 가져와야 하고 잘 곳도 없어서 매일 밖에서 천막 치고 자야 하고, 적이 그런 상황일 때 통하는 방법이라는 거야. 그럴 때 겨울이 오면 싫겠지?"

"네엥."

"하지만 위군이랑 동군 안에는 성이 많거든. 당장 동군에 있는 복양성만 해도, 업성 못지않은 큰 성이고. 흑산적들이 그곳을 차지하고 교대로 쉬어가면서 우릴 공격한다면 아주 피곤해지지. 주변도 죄다 약탈당할 테고."

"끙……. 사무룩."

전풍이 웃으며 용운의 말을 받았다.

"주공의 말씀이 옳습니다. 또 스스로 전략적 한계를 자초하기 때문이기도 합니다. 오직 성을 지키는 것 외에 아무것도 못하게 되니까요."

용운은 전풍의 말에 공감했다. 고립되면 외부 작전을 수행하지도, 구원을 요청하지도 못하기 때문이었다.

'무너지지 않는 성은 없다는 걸 기억해야 해.'

성도 어차피 인간이 만든 것. 공손찬은 역경에 역경루라는 거대한 성을 지어, 수십 년을 견딜 수 있는 식량을 쌓아놓고 버텼으나 결국 패망했다. 그 공손찬을 무너뜨린 원소도, 업성에서 패했다.

"아, 미안해요, 원호. 방해했네요."

"아닙니다. 꼭 필요한 얘기였습니다. 그렇게 고립되지 않기 위해서는 나아가 싸워야 하겠지요."

전풍은 목탄으로 업성 왼편 아래쪽, 세로로 굵직한 산맥이 지나가는 지점에 동그라미를 그렸다.

"이곳이 흑산입니다."

그는 흑산에서부터 시작된 줄을, 산길을 따라 동쪽으로 죽 그어나갔다.

"여기서 위군과 동군으로 진출할 수 있는 가도는 두 갈래가 있습니다."

저수가 짐작했다는 듯 입을 열어 말했다.

"조가현과 연진이구려."

"그렇소. 놈들은 수적 우위를 믿고서 밀고 들어올 거요. 실제로 놈들의 진군을 방치했다가 포위된 성은, 대부분 약탈당하고 태수도 여럿 죽었소. 흑산적의 군세가 넓게 확장되기 전에, 조가현과 연진에서 승부를 봐야 하오. 우리의 장점인 기병으로 말이오."

조가현은 업성, 복양, 조가현으로 삼각형을 그렸을 때, 왼쪽 아래 꼭짓점에 해당하는 위치였다. 연진은 조가현에서 남쪽으로 조금 떨어진 지점. 두 거점에서 산길을 따라 더 서쪽으로 나아가면 흑산이 있었다.

용운은 고개를 끄덕였다.

'내가 아는 지식은 어디까지나 미래에서 사서를 통해 습득한 거야. 실제와 다를 가능성이 있는 거지. 그러니 최대한 참모들의 말을 참고해야 한다. 더구나 지금 내 주위에 있는 참모들은 모두 일류잖아? 전풍과 저수는 기주의 지형에 빠삭하고.'

현재 업성의 가용 병력은 총 오만 정도였다.

잠시 생각하던 용운이 마침내 명을 내렸다.

"자의(태사자) 님과 문원(장료) 님은 병사 만오천을 거느리고 조가현으로 가주세요. 저수 님이 군사로 동행해주시고요."

태사자가 포권을 취하며 답했다.

"알겠습니다."

"그리고 자룡 형님과 준예(장합) 님은 원호(전풍) 님과 더불어, 만오천의 병력으로 연진을 맡으세요. 장군들은 두 곳에서 적을 요격하면서, 긴밀하게 호응해주시기 바랍니다."

이번에는 조운이 정중한 태도로 대답했다.

"주공의 명을 받듭니다."

"저는 백마진 앞쪽에 일만의 병력으로 주둔하여, 진궁 및 화 선생과 함께 업성과의 연계와 보급을 담당하겠습니다. 문약(순욱) 님과 계규(최염) 님은 나머지 일만의 병력으로 업성에 남아 방어에 전념해주세요."

순욱과 최염이 동시에 답했다.

"알겠습니다."

태사자, 장료, 조운, 장합은 모두 능히 일군을 맡을 만한 장수들이었다. 용운은 그들을 둘씩 짝지은 걸로도 모자라, 각각 저수와 전풍이라는 일류 모사들을 붙여주었다.

'이런 조합이라면 아무리 병력이 열세라도 흑산적 따위에게 지진 않겠지? 만일의 경우에는 내가 사천신녀를 거느리고 불리한 쪽에 합류한다. 보급도 보급이지만 그러려고 백마진에 주둔하겠다는 거니까. 혹 장군 중 중상자라도 나오면 화타를 투입할 거고.'

이 정도면 어지간히 인재를 모았다고 생각했다. 그러나 업성을 얻고 전투를 앞두게 되자, 용운은 여전히 사람이 부족함을 실감했다.

'아오, 조조가 왜 그렇게 인재에 목말라했는지 알겠다.'

검후와 성월도 출진 준비를 위해 나가고, 대전에는 용운과 청몽 그리고 사린만이 남았다. 그 외에는 두어 명의 시종과 근위병이 전부였다.

그때, 순욱이 조심스레 다가왔다.

"주공."

"아, 문약 님. 뭔가 하실 말씀이라도?"

"실은 주공께 천거하고 싶은 사람이 있습니다. 인사종사 직에 있으면서 그간 딱히 보고드릴 일이 없어 송구했는데, 제가 초빙한 이들이 이제야 도착했습니다."

"……!"

용운은 순간적으로 말문이 막혔다. 이 순간을 얼마나 기다렸던가. 그는 자기도 모르게 중얼거렸다.

"드디어 대박 이벤트 발생."

"네?"

(4권에 계속)

외전

1

불타는 낙양성

"장군님!"

아침 댓바람부터 막사로 뛰어들어온 수하의 외침에, 공손찬은 시큰둥하게 답했다.

"무슨 일인데 이렇게 수선이냐?"

막사라곤 하나 그의 거처는 독채 저택이나 마찬가지였다. 기둥을 높이 세우고 고급스러운 가죽을 빈틈없이 둘렀다. 침상 또한 나무에 가죽을 여러 겹 깔고 그 위에 비단까지 덮었다. 반라의 여인이 거기 앉아서 그가 갑옷 입는 걸 돕고 있었다.

수하는 얼른 눈길을 돌리며 말을 이었다.

"부, 불, 불이 났습니다."

"뭐라?"

공손찬이 몸을 휙 돌렸다. 그 바람에 여인은 작게 비명을 지르며 갑옷을 놓쳤다. 쿵 하고 갑옷이 바닥에 떨어지는 소리가 났다.

"설마, 식량고에 불이 난 건 아니겠지?"

공손찬은 험악한 어조로 물었다.

가뜩이나 식량 부족으로 인해 연합군의 제후들 사이에서도 분란이 일어나는 판이었다. 식량 보급은 원술이 맡고 있었는데, 손견이 몇몇 작은 전투에서 활약하자 이를 질시하여, 제 휘하임에도 불구하고 식량을 끊어버렸다. 그런 판이니 사이가 좋지 않은 원소, 조조 등에게도 식량이 원활하게 공급되지 않았다.

'우리는 진 군사가 보급을 수없이 강조해서 엄청난 양의 식량을 바리바리 싸들고 왔다. 처음에는 수많은 제후들이 모이는 만큼 보급을 맡을 자 하나 없겠는가 생각하고 쓸데없는 짓이라 여겼지만, 이제 그게 얼마나 현명한 판단이었는지 알겠군. 그러고 보니 진 군사가 현덕과 함께 탁군으로 간 지 얼마나 됐더라? 이제 슬슬 불러들여야 하나.'

현재 연합군 진영에서 배를 곯지 않는 건 공손찬의 부대가 유일했다.

공손찬의 물음에 수하는 고개를 저었다.

"낙양입니다."

"그렇지. 응? 뭐?"

물어봐놓고 잠깐 딴생각을 했던 공손찬이 반문했다.

"낙양에 불이 났습니다. 동적(동탁)이 퇴각하면서 불을 질렀습니다."

"……뭐라고?"

동탁이 퇴각했다면 당장 싸울 일이 없다. 공손찬은 갑옷 대신 장포를 걸치고 부랴부랴 뛰어나왔다. 활짝 열린 성문 근처로 와보니, 망연자실한 제후들 몇이 그 앞에 서서 불타는 낙양을 바라보고 있었다.

"이게 어찌 된 일이오?"

공손찬의 목소리에, 원소가 고개를 돌렸다.

"오셨구려. 보시다시피 낙양이 불타고 있소. 동적, 그 미친 자가 천 년 도읍에 불을 지르고 달아나버렸소."

원소는 살짝 제정신이 아닌 것처럼 보였다. 혼란스러워하기는 다른 제후들도 마찬가지였다. 이 자리에서는 단 한 사람, 손견만이 무슨 일을 해야 할지 제대로 파악하고 있었다.

"이럴 게 아니라 어서 불을 끄고 백성들을 진정시켜야 합니다."

그의 말에, 원술이 버럭 소리를 질렀다.

"잘난 척 마시오! 다 생각하고 있으니까."

생각도 못한 동탁의 폭거에 다들 우왕좌왕할 때였다. 조금 늦게 달려온 조조가 말했다.

"뭣들 하고 계십니까?"

원소가 조금 못마땅한 투로 대꾸했다.

"앞으로의 일을 의논하고 있네. 자넨 뭐 하다 이제야 온 건가?"

"부대를 정비하고 오느라 조금 늦었네."

"부대를?"

"이럴 게 아니라, 어서 동탁을 추격해 격파해야 할 게 아닌가."

"뭐? 그게 무슨 소린가?"

듣고 있던 원술이 어이없다는 듯 반문하며 끼어들었다.

조조는 답답한 기색으로 설명했다.

"동적이 낙양에 불을 지르고 달아났다는 것은, 전황이 불리하다고 판단했기 때문이네. 놈이 자랑하던 맹장 여포를 아군이 퇴각시키고 서영 등을 베었으며 사수관도 함락했으니까. 저 불은 그저 우리의 추격을 늦추고 주의를 끌기 위한 걸세. 지금 바로 쫓아가서 뒤를 쳐야 놈에게 치명적인 타격을 입힐 수 있다, 이 말이네. 이제 이해하겠나?"

마음이 급하다 보니 은연중에 원술을 무시하는 속내가 말투에 드러났다.

이를 느낀 원술이 입술을 일그러뜨리며 말했다.

"……맹덕, 지금도 자네가 우리 사이에서 대장 노릇 하던 그때와 같다고 생각하나?"

"갑자기 무슨 말인가? 난 그저……."

"환관의 후손 주제에 꽤나 잘난 척하는군. 사세삼공의 우리 가문을 상대로 말이야."

조조와 함께 달려와 조금 뒤편에 서 있던 하후돈의 낯빛이 변했다. 그의 손이 검병을 잡으려는 것을, 조조가 고개를 저어 말렸다. 모욕당한 당사자인 조조가 만류하자 하후돈은 분을 억누르는 수밖에 없었다.

"잘도."

조조는 한마디를 내뱉으며 좌중을 둘러보았다.

"잘도 그따위 소리를 했군. 후일 내게 그런 말을 한 걸 후회하게 될 것이네, 공로."

원소는 못 들은 척하며 원술의 폭언을 말리지 않았다. 그의 말이 자신의 뜻과 다르지 않다고 여겼기 때문이다.

연합군 대장으로서 제후들을 다독이고 뜻을 모아야 할 공손찬은 어느새 달려온 수상쩍은 자의 귓속말을 듣기 바빴다. 최근에 가신으로 맞아들였다가 의형제의 연까지 맺은 유위대(劉緯臺)라는 자였다. 점쟁이 출신이라는데, 조조가 생각하기에는 아무리 봐도 사기꾼이 분명했다.

"오호, 그렇단 말이지."

공손찬은 그 사기꾼의 말을 들으면서 연신 고개를 끄덕였다. 이미 뭔가 딴생각으로 가득한 듯했다.

조조는 그 모습을 보며 생각했다.

'과연 진 군사가 백규(공손찬)의 곁에 남아 있었다면, 저런 자를 가신으로 맞아들이도록 놔뒀을까?'

이 순간 조조는 연합군에 대한 미련을 버렸다. 그는 돌아서며 하후돈에게 말했다.

"원양, 가자. 가서 우리 군만이라도 놈을 추격하는 거다."

"알겠네, 맹덕."

그때, 조조는 자신을 안타깝게 바라보는 손견과 눈이 마주쳤다. 둘은 살짝 묵례를 하고 멀어졌다. 그것이, 조조가 손견을 본 마지막이었다.

손견은 낙양 진화 작업에 구슬땀을 흘렸다. 눈썹과 수염이 그슬리는 것조차 마다않고 선두에 나서서 직접 물을 끼얹어가며 불을 껐다. 그런 그의 모습에 백성들은 안도하며 칭송했다.

점쟁이 유의대가 무슨 말을 했는지는 모르겠으나, 공손찬도 병사들을 동원하여 손견을 도왔다. 다만, 민가의 불을 끄기보다는 황궁 쪽에 인력을 집중했다. 그는 그러면서 연신 뭔가를 찾기에 바쁜 눈치였다.

동탁은 장안으로 퇴각하면서 엄청난 수의 백성과 관료, 궁녀들을 끌고 갔다. 화흠은 병을 핑계로 틀어박혀 화를 면했지만, 학식이 깊고 현명하기로 유명했던 순유는 동탁에게 잡혀갔다. 그는 평소에도 동탁을 비판하기를 서슴지 않았는데, 급기야 몰래 암살계획을 세우다가 발각되어 붙잡혔다고 했다. 사람들은 모두 그가 살아남기 어려울 거라며 애석해했다.

　동탁은 장안을 새 수도로 삼겠다고 공식적으로 발표했다. 허수아비 황제를 겁박하여, 정무도 그곳에서 보기 시작했다.

　그러나 여전히 의기 있는 여러 인물들이 낙양에 남아, 제국의 앞날을 걱정하고 차후의 일을 의논하고 있었다.

　이 누각에서 대화 중인 두 사람도 그런 인물들 가운데 하나였다. 한쪽은 복색에서 후한의 고위 장군임을 짐작하게 하는 장한이었고, 그의 맞은편에 앉은 이는 약간 곱슬곱슬한 머리에, 정기 어린 눈빛을 가진 청년이었다.

　"이것은 그대의 주인인 공손 백규의 뜻인가?"

　강직해 보이는 장한의 물음에, 청년은 고개를 저었다.

　"아닙니다, 공위(公偉, 주준의 자) 님."

　공위라 불린 자의 본명은 주준(朱儁)으로, 후한의 명망 높은 장군이었다. 그는 170년경 회계태수 윤단에 의해 주부로 임명되면서 관직 생활을 시작한 이래, 교지자사가 되어 양룡과 공지의 반란을 진압하는 등 크고 작은 공을 세워 간의대부가 되었다.

184년 황건적의 난이 발생했을 때, 조정에서는 주준을 우중랑장에 임명하여 진압하도록 했다. 그는 초반 전투에서 황건의 파재(波才)에게 패배했으나, 이후 황보숭, 조조 등과 함께 장사에서 대승을 거두었다. 이를 계기로 황건적의 세력은 주춤하기 시작했다.

그 후로도 주준은 완성의 황건적 대장 조홍을 토벌하고 장연이 이끄는 흑산적을 격퇴하는 등, 전공을 쌓아 하남윤에 임명되었다. 장수로서의 공적뿐만 아니라 성품도 강직하고 검소하여, 현재 황보숭, 노식 등과 더불어 후한에서 가장 존경받는 이라 해도 과언이 아니었다.

동탁도 그의 명성을 감안하여 장안으로 데려가려 했다. 하지만 처음부터 장안 천도를 반대했던 주준은 이를 거절, 반동탁연합군에게서 낙양을 지키겠다는 핑계로 남은 터였다.

사실 그의 진정한 목적은, 오히려 반동탁연합군과 손잡고 동탁을 숙청하는 것이었다. 그 일환으로 이 전예라는 이름의 청년을 만나고 있는 것이다. 그런데 청년의 말은 그의 예상과 사뭇 달랐다.

"그러하면 단독으로 탁군으로 가자는 말인가? 그, 진 군사, 아니 진용운이라는 이를 바라고?"

"그게 다는 아니지만, 그렇습니다."

"그의 이름은 나도 들은 적이 있네. 북평태수(공손찬) 밑에서 제법 공을 세웠다고 하더군. 허나 동탁의 힘은 세간에 알려진 것 이상이네. 가까이에서 그를 지켜본 나야말로 잘 알지. 무명의 학사 한 사람을 바라보고 어찌할 수 있는 일이 아니란 걸세. 이번에 한 번 이겼다고 해서 동탁을 얕보면 곤란하네. 게다가 진용운은 어차피 제 세력조차 없이 북평태수 밑에서 벼슬하는 자가 아닌가."

"공위 님, 겉보기에는 분명 그렇습니다. 허나 그분께는 말로 설명할 수 없는 뭔가가 있습니다. 그분께 부족한 것은 명성과 인망뿐입니다. 아직 사람들에게 널리 알려지지 못했기 때문입니다. 공위 님께서 함께해주신다면……."

"국양이라 했나."

주준은 사뭇 달라진 어조로 전예의 말을 막았다.

"그 명성과 인망이 차고 넘쳐도 어찌하기 어려운 상대가 바로 동탁이네. 막연한 기대만 바라고 내 계획을 포기하기 어렵군."

"그렇습니까……."

등용은 실패했다. 전예는 안타까운 얼굴로 누각을 나왔다.

'처음부터 너무 욕심을 부렸나?'

그는 용운이 공손찬에게 실망하여 독자적으로 행동하기 위해 낙양을 떠났음을 알고 있었다. 떠나기 전, 용운은 전예를 따로 불러서 부탁한 바 있었다.

―국양, 마음 같아서는 그대도 함께 데려가고 싶지만, 여기서 내가 부를 때까지 해줄 일이 있어요.

―그게 무엇입니까?

―함곡관에서의 매복이 성공한다면 좋겠지만, 만약 실패하면 동탁은 장안으로 천도하여 자신의 체제를 계속 유지하고자 할 거예요. 낙양은 혼란의 도가니가 될 거고요. 예를 들어, 그자가 불을 지르고 떠난다거나.

―설마, 아무리 동적이 제정신이 아니라 해도 그렇게까지 할 리가 있겠습니까?

―나도 그러지 않길 빌어요. 그러나 그런 일이 벌어진다면, 연합군은 분열하기 시작할 거예요. 그대는 낙양에 남아서 자신이 모시던 주군과 반목하는 인재나, 동탁의 폭거를 피해 숨어 있었던 재사들을 찾아 데려와줘요. 이는 향후 나의 앞길을 결정할 정도로 중요한 일이에요.

―그런 큰일을 제게 맡기셔도 되겠습니까?

―이 일을 해낼 사람은 그대밖에 없어요.

용운의 마지막 말 때문에 지나치게 기합이 들어갔던 걸까. 전예는 첫 번째 목표로 주준이라는 대어를 노렸지만 실패하고 말았다. 풀이 죽은 채 거처로 돌아와 있던 그를 누군가가 찾아왔다. 바로 태사자라는, 용운과 친한 젊은 장수였다. 둘은 원래 모르는 사이였으나, 용운을 매개로 제법 가까워졌다. 태사자 특유의 호탕한 성격도 한몫했다.

"왜 그렇게 울상을 하고 있나, 국양?"

"아, 자의 님. 오셨습니까."

"그래, 주공께서 하는 꼴을 보고 있자니 속이 터져서 한잔하러 왔지."

"그런 말을 그렇게 크게 하시면 안 됩니다."

"뭐가 어때서! 솔직히 자네도 주공한테 서운한 게 많지 않나?"

"……"

태사자는 지략이 깊은 장수는 아니었으나 전투에 대한 감이 뛰어나고 임기응변에 능했다. 그의 본능에 의하면 조조가 그랬듯, 달아나는 동탁을 추격하여 뒤를 쳤어야 했다. 단, 매복의 우려가 있으니 제후 단독으로는 위험하고 연합군 반 이상이면 복병을 무시할 수 있었다.

'한데 주공은 뭐에 홀린 듯, 병력을 다 동원하여 황성만 뒤지고 있으니. 그렇다고 손문대처럼 백성들을 돕는 것도 아니고. 또 이로써 전투가 끝난 거라면 마땅히 논공행상이 있어야 하는데, 점쟁이와 상인 같은 이상한 무리만 챙기기 바쁜 데다 정작 공을 세운 용운이의 사매들과 자룡, 그리고 이 국양 같은 이들에게는 관심조차 없다. 처음 선비족을 토벌할 때만 해도 이런 분일 거라고는 생각지 못했는데……'

전예는 그런 태사자를 잠시 바라보다 은근한 투로 물었다.

"하면 자의 님께서는 만약 용운 님이 주공을 떠나겠다고 하면 어쩌시렵니까?"

태사자는 말이 떨어지기 무섭게 대꾸했다.

"나도 용운이를 따라가야지."

"헛, 진심이십니까?"

"당연히 진심이지."

"허나 용운 님은 세력도, 자금도 없고 관직이나 봉작을 내릴 수 있는 지위도 없습니다."

태사자는 가볍게 코웃음을 쳤다.

"이 자의는 그런 것 때문에 주인을 택하지 않아. 그런 게 목적이라면 동탁에게 가면 그만이다."

"그건…… 그러네요."

"난 내 가슴을 뛰게 해줄 수 있는 주군, 정의로운 주군, 그러면서 수하와 백성 들을 아낄 줄 아는 주군을 원하네. 내 가슴이 바로 이 사람이라고 말하는 주군을 원해. 용운이는 이제까지 내가 만났거나 모셔본 이들 중 그 모든 것에 부합하는 유일한 사람이야. 신기하지? 나보다 나이도 훨씬 어린 데다 어쩐지 어리숙한 면까지 있는데…….”

“아니요, 별로 안 신기합니다.”

“응?”

“저도 그렇거든요.”

“오호, 하하! 국양, 사람 보는 눈이 있군. 어쩐지 용운이와 가깝게 지낸다 했어.”

전예가 목소리를 낮추고 사뭇 진지해진 어조로 말했다.

“자의 님, 사실 전 용운 님의 부탁으로, 미래에 뜻을 같이 할 재사를 찾는 중이었습니다.”

“뭐? 그게 무슨 말인가?”

전예는 용운과의 사이에 있었던 일을 상세히 알려주었다.

다 듣고 난 태사자가 감탄하며 말했다.

“역시! 동탁이 낙양에 불을 지르고 달아나리라고 예측한 사람은 천하에 용운이 녀석밖에 없을 거다.”

“그러게 말입니다. 전 동탁이 한 짓을 들었을 때보다, 그 일을 정확히 예견한 주공께 더 놀랐습니다.”

“주공? 자네 방금 주공이라고 했나?”

전예는 씩 웃었다.

“제가 그랬나요?”

“하하! 이 사람 보게. 그럼 나도 함부로 용운이, 용운이 하면 안 되겠군. 당장 고치기는 어렵겠지만……. 용운이가 세력을 일으키겠다면 무조건 개국공신 예약이다. 자네가 찾고 있다는 그 재사에 나도 끼워달라고."

"알겠습니다. 첫 번째로 기록해드리죠."

"좋아. 그리고 같이 데려가고 싶은 녀석이 하나 있네. 장합이라고, 싸움은 나보다 조금 못하는데 전장을 보는 눈이 탁월해서 지금의 자리에 두기 아까운 자야. 말수는 적지만 심성도 괜찮고."

전예는 고개를 끄덕였다.

"얼마든지 환영입니다. 저도 몇 명 점찍어둔 이들이 있거든요."

그는 그중 얼마 전에 들은 한 사람의 소문을 떠올렸다. 복양성에서 종사 자리에 있던 선비였는데, 일처리가 공명정대하고 엄하여 신망이 높았다. 그 선비가 최근, 주변의 만류를 마다하고 낙양에 와서 연합군 제후들을 관찰하고 다닌다 하였다. 특이한 행동이라 이름도 기억하고 있었다.

'진궁 공대라 했던가.'

거기 맞장구치듯 태사자도 한 사람의 이름을 입에 올렸다.

"나도 좀 특이해서 봐둔 자가 있네."

"그게 누굽니까?"

"하진 장군 밑에 임관했다가 얼마 전까지 동탁을 모시던 자인데……."

"그럼 안 됩니다."

"좀 더 들어보게. 그는 조정의 금위군 소속이었지. 동탁이 마치 천자처럼 행세하면서 금위군의 지휘권까지 손에 넣는 바람에 반강제로 거기 속하게 된 게야. 그랬다가 이번에 동탁을 따라가지 않고 낙양에 남았다더군. 정확히는 좀 뒤처져서 후발대로 가게 된 것인데, 남아서 하는 일처리를 보니 그대로 동탁에게 가도록 두기 아까워서 말이야."

태사자의 말에 따르면, 그 젊은 장수의 행보는 동탁의 다른 수하들과 사뭇 달랐다. 그는 낙양이 혼란에 빠진 틈을 타 횡행하는 도적 무리를 토벌하고 떠돌아다니는 병사들을 충실히 모아 훈련했다. 마치 아무 일도 없었던 것처럼 금위군으로서의 임무에 충실했던 것이다.

이에 그를 토벌하려던 원소와 손견 등도 함부로 행동하지 못했다. 그가 자신은 폐하의 부대를 정비할 뿐이라고 당당히 밝혔기 때문이다.

다 듣고 난 전예가 말했다.

"확실히 명령에 충실한 원칙주의자군요. 그런 사람은 어떤 주인을 만나느냐에 따라 영웅이 될 수도 있고 악적이 될 수도 있습니다. 본인의 성향과는 무관하게 말입니다."

"그럼 이대로 동탁의 개로 돌아가도록 두지 말고, 제대로 된 주인에게 소개해줘야 하지 않겠나."

태사자의 말에, 전예는 고개를 끄덕였다.

"그 사람의 이름이 뭡니까?"

그럴 줄 알았다는 듯, 씩 웃은 태사자가 답했다.

"장문원. 그의 이름은 장료 문원이네."

그로부터 며칠 후.

다섯의 인마가 낙양을 떠나, 탁군을 향해 달렸다.

한편 전예의 제안을 거절했던 주준은, 반동탁연합군의 주축을 이루는 제후들과 접촉했지만 실망만 남았다. 그들이 대부분 제 이익에만 혈안이 되어 있던 탓이었다. 이에 주준은 자신이 직접 동탁과 맞서 싸우기로 결심하고 낙양으로 파견된 동탁의 수하, 양의를 격파했다.

그 뒤 폐허가 된 낙양에 머무르기 어렵다고 판단, 중모(中牟)로 근거지를 옮겨 지원을 요청했다. 하지만 그의 제안에 응하여 병사와 물자를 지원해준 이는 도겸을 비롯해 두세 명에 불과했다. 그래도 포기하지 않고 세력을 키우려고 노력하던 주준은, 동탁이 암살되고 그 잔당들도 숙청됐다는 소식에 황제를 구하기 위해 장안으로 가다가 병을 얻어 죽으니, 그때가 195년이었다.

3권의 주요 사건 연표

190년 (초평 원년)

- 동탁, 낙양에 불을 지르고 장안으로 천도. 그 과정에서 천도를 반대하던 장온, 양표, 황완 등을 살해했으며 능묘를 모조리 파헤치고 보물을 탈취.
- 진한성, 손견을 돕기 위해 손책과 주유를 데리고 낙양에 입성.
- 마등과 마초가 이끄는 서량군도 낙양 외곽에 도착.
- 태사자, 전예, 장합, 진궁, 장료 다섯 사람이 탁군 누상촌의 진용운을 찾아와 합류.
- 원소는 유우를 황제로 추대하려 했으나 유우의 거절로 무산.
- 유비 삼형제, 진용운과 결별하고 누상촌을 떠남.
- 공손찬, 낙양에서 옥새를 발견하고 은닉.
- 진용운, 탁현의 현령으로 임관.
- 최염과 진림이 진용운에게 합류.
- 공손찬, 낙양에 새 도읍을 열고 칭제를 선포.
- 진용운, 공손찬에게서 독립하여 누상촌에서 할거.
- 기주목 한복, 별가종사 경무와 기도위 저수로 하여금 삼만의 병력을 보내 진용운을 공격하나 오히려 요격당하여 패배.
- 저수, 진용운에게 투항하고 기주를 얻는 데 협조.
- 공손찬, 원소 및 손견 등과 전쟁을 시작.

- 손견, 야습을 시도했으나 공손찬의 매복에 걸려 사망. 향년 35세.

- 마등, 공손찬과 전쟁을 시작.

- 원소, 원술, 공융, 도겸 등 공손찬과 전쟁 시작.

- 여포, 동탁을 암살하고 장안을 평정한 뒤 낙양 정벌을 시작.

- 진용운, 삼만의 병력으로 출진하여 업성을 공격. 수공을 펼쳐 성을 함락하고 스스로 기주목의 자리에 오름.

- 기주목 한복과 심배 등은 수하의 배신으로 사망.

- 순욱 문약, 진용운에게 투항 후 임관.

- 오용, 조조에게 임관.

- 노식, 기주목인 진용운에 의해 탁군태수로 임관.

- 송강, 오두미도를 몰살하고 유언을 세뇌하여 익주를 손에 넣음.

- 조개의 암살 시도로 진용운 중상.

- 화타, 진용운을 치료.

191년

- 흑산적, 업성을 목표로 준동.

- 순욱, 기주목 진용운에게 새로운 인재 소개.

주요 관련 서적

• 삼국지 정사(三國志 正史)

중국 서진의 역사가이자 학자인 진수(陳壽)가 저술한 삼국시대의 역사서. 위서 30권, 촉서 15권, 오서 20권, 총 65권으로 이뤄졌으며 위나라를 정통 왕조로 보는 시각에서 쓰였다. 내용이 엄격하고 간결해 정사 중의 명저로 손꼽히나, 인용한 사료가 지나치게 간략하거나 누락되어 훗날 남북조시대에 배송지(裵松之, 372~451)가 주석을 달았다.

• 삼국지연의(三國志演義)

중국 명나라 말기에서 원나라 초의 사람 나관중(羅貫中, 1330?~1400)이 진수의 《삼국지》를 바탕으로, 전승되어온 설화 등을 더하여 재구성한 장편소설이다. 후한 말의 혼란기를 시작으로, 위, 촉, 오 삼국의 정립시대를 거쳐 진나라가 천하를 통일하기까지, 유비, 관우, 장비 삼형제의 무용과 의리 그리고 제갈공명의 지모를 중심으로 서술했다. 《수호전》, 《서유기》, 《금병매》와 함께 중국 4대 기서의 하나로 꼽힌다. 중국인들에게 오랫동안 애독되었고 한국에서도 16세기 조선시대부터 매우 폭넓게 읽혔다. 현대에도 영화, 게임, 애니메이션 등으로 활발히 재생산

되고 있다. 정사와 다르다는 지적이 많은데, 그 이유는 애초에 정사를 참고한 소설인 까닭이다.

• **한서(漢書)**

중국의 역사학자 반고(班固)가 편찬한 전한의 역사서. 한 고조 유방이 한나라를 세운 기원전 206년부터 왕망의 신나라가 망한 서기 24년까지의 역사를 다루었다. 총 100편, 120권으로 이뤄졌다.

• **후한서(後漢書)**

남북조시대 송나라의 학자 범엽(范曄)이 후한의 역사와 문화를 정리한 책. 서기 25년부터 220년까지의 시기를 다루었으며 본기 10권, 열전 80권, 지 30권으로 이뤄졌다. 후한서 동이열전에 '동이'에 대한 언급이 있는데, 고구려, 부여와 더불어 일본이 동이로 분류되어 있다.

• **수호지(水滸志)**

중국 명나라 때 시내암(施耐庵)이 처음 쓴 것을 나관중이 손질한 장편소설. 북송시대 양산박에서 봉기한 호걸들의 실화를 바탕으로 각색하였다. 우두머리 송강을 중심으로, 별의 운명을 이어받은 108명의 협객들이 호숫가에 양산박이라는 근거지를 만들어, 부패한 조정 및 관료에 대항해 싸워 민중의 갈채를 받는 이야기다. 특히, 《금병매》는 이 《수호지》의 일부를 부분적으로 확대하여 재생산한 것이다.

호접몽전 3

1판 1쇄 발행 2016년 11월 7일

지은이 최영진
펴낸이 윤혜준
편집장 구본근
고　문 손달진
본문 디자인 박정민

펴낸곳 도서출판 폭스코너 | 출판등록 제2015-000059호(2015년 3월 11일)
주소 서울시 마포구 성미산로16길 32(우·03986)
전화 02-3291-3397 | 팩스 02-3291-3338 | 이메일 foxcorner15@naver.com
페이스북 www.facebook.com/foxcorner15

종이 일문지업(주) 인쇄 대신문화사 제본 국일문화사

ⓒ 최영진, 2016

ISBN 979-11-87514-03-9　(04810)
ISBN 979-11-87514-00-8　(세트)

• 이 도서의 국립중앙도서관 출판예정도서목록(CIP)은 서지정보유통지원시스템 홈페이지
  (http://seoji.nl.go.kr)와 국가자료공동목록시스템(http://www.nl.go.kr/kolisnet)에서
  이용하실 수 있습니다.(CIP제어번호: CIP2016025511)